JN153278

東欧の想像力

現代東欧文学ガイド

奥彩子／西成彦／沼野充義
編

松籟社

目次

東欧の想像力

現代東欧文学ガイド

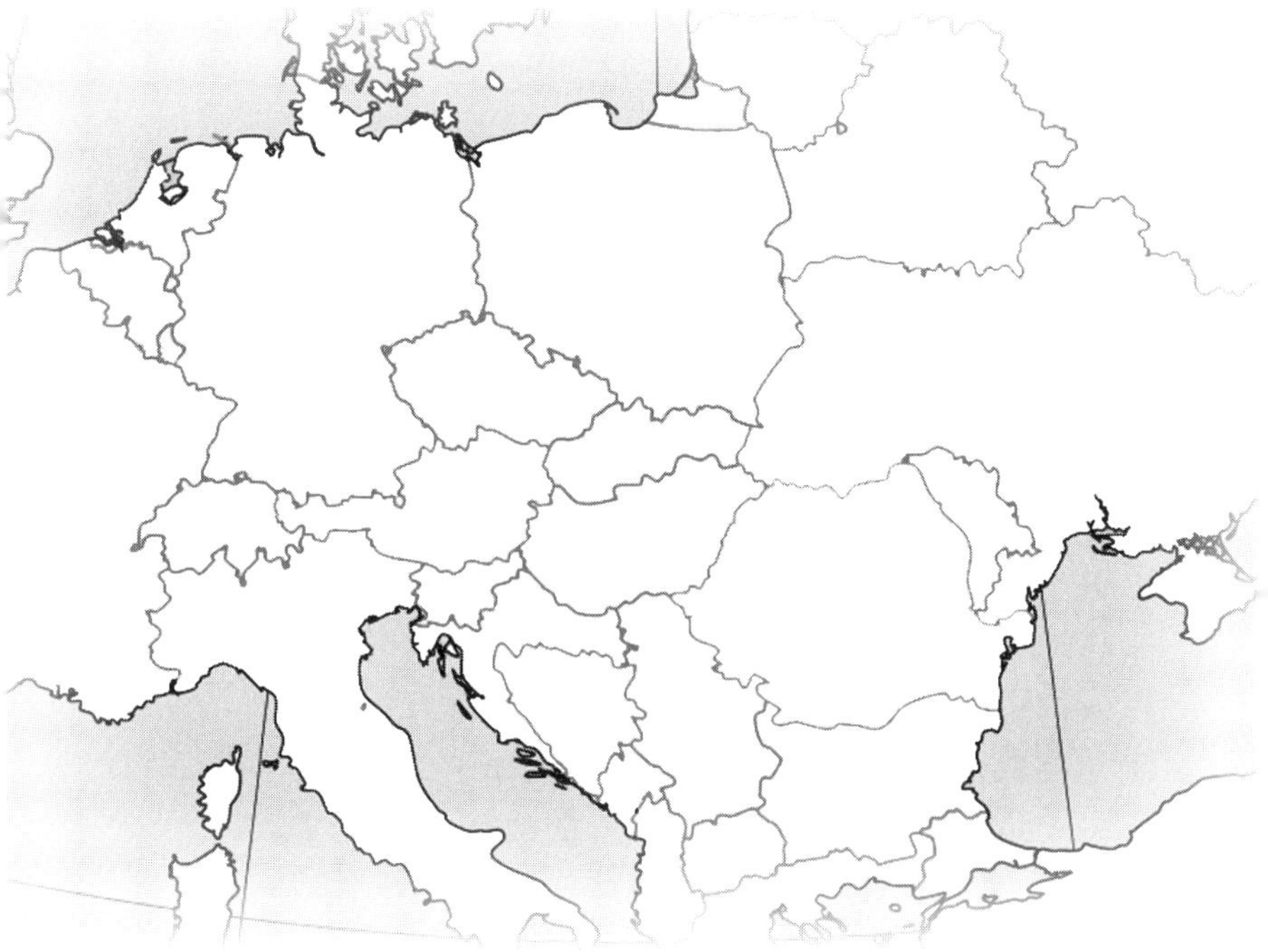

東欧文学とは何か？
——間《はざま》の世界の地詩学を求めて

沼野充義

1　はじめに——方位の相対性について

ポーランド系エストニア語詩人、ヤーン・カプリンスキという詩人に、「東と西の境界」という作品がある。

東と西の境界はいつもさまよっている
東に行ったり、西に行ったり
それがいまどこにあるのか、正確にはわからない
（中略）
北を向けば心臓は西

南を向けば心臓は東
そして口はどちらの側の代弁をすべきなのか

カプリンスキはその名前からも推測できるようにポーランド系だが（父がポーランド人、母がエストニア人）、エストニアで育ち、エストニア語で詩作をする。そんな彼の東西の両方にまたがったアイデンティティがよく表現された作品だが、もちろんこれは彼の個人の感覚には留まらない。中欧ないしは東欧と呼ばれる極めて境界が曖昧な地域の、西とも東ともつかない、まさにさまよえる自己同一性がここには鮮やかに表現されているのではないだろうか。

そもそも地球は丸いのだから、東や西といった方位の概念は相対的なものだ。何を基準にして、どこから見るかによって、くるくる変わる可能性がある。絶対的な西とか東など、あり得ない。そうだとすれば、「西」「東」「中」といった概念は、実体をともなわない一種のレッテルとして使われることが多かったことに不思議はない。つまり自分の立場から、自分や相手をどう見るかを示す呼び方である。例えば日本人は冷戦の東西対立構造の中では自分のことを〈西〉側の人間だと信じて疑わなかったが、東欧の人たちからみると日本は圧倒的に〈東〉の国でしかなかった。そもそも名前というものは、歴史上、多くの場合、そのようにして機能してきたのである。デカダン、フォルマリスト、テロリストといった言葉も、多かれ少なかれ、そういったレッテルとして相手に貼り付けられてきた。

ここで話題にすべき、微かに差別的なニュアンスとともに「東欧」と呼ばれてきた地域についても、当然、そういった側面があった。特に二十世紀後半、この地域の大部分がソ連の勢力下に置かれ社会主義化してからは、「東」は西欧とは異質なロシア＝共産主義のイメージと不可分に結びつき、強い負のイメージを帯びた。だからこそ、いわゆるビロード革命の後、チェコ、ポーランド、ハンガリーなどの知識人は、「東欧」という呼称を喜んで捨てて、「中欧」という自称に走ったのである。「東」は一種のスティグマだったのだ。

しかし、「東洋」の日本では「東」の負の価値はあまり意識されることがなかった。第一次大戦前にウィーンに駐在した外交官、信夫淳平《しのぶじゅんぺい》はおそらく日本で最初の本格的な東欧論とも言うべき『東欧の夢』（一九一九）という本を書いているが、そのタイトル自体が示唆しているように、日本の知識人は概して「東欧」にロマンティックな思い入れを持ってきたのではないだろうか。一九六〇年代以降の日本で東欧文学の普及のために最大の貢献をした恒文社の翻訳文学シリーズは「東欧文学全集」「東ヨーロッパの文学」と銘打たれていたが、読書人はそれを西欧文学とはひと味違ったものとして歓迎こそすれ、「東」が何か劣ったものという認識はあまり抱かなかった。村上龍の自伝的小説『69』には、一九六九年当時高校生だった主人公が当然知っているべき本として、サルトルや、ジョイス、プルースト、『資本論』と並んで、「東欧文学全集」の名前が出てくる。私自身も学生時代、「東欧文学」のカッコよさにしびれて、この道にはまり込んでいまでもはまり込んだまま、どこに向かったらいいのかよく分からないでここまで来てしまった。

嬉しいことに日本でも、本書の共編者である奥彩子氏を初めとする後続の若くて優秀な東欧文学研究者たちが続々と登場し、本格的に活躍し始めている。東欧文学と一口に言っても、言語的にも民族的にも極めて多様であり、日本ではそもそもこの地域の文学を原語できちんと読める専門家が本格的な活躍を始めるのは一九六〇年代になってからのことだった。しかし、いまや東欧の各国に若手研究者たちが分け入り、それぞれの言語に通じ、最先端の文学の息吹を伝えることができるようになった。彼らは本書のこの先の各章で、私よりもずっとシャープな頭脳によって、読者をきちんと導くガイド役を務めてくれるに違いない。私の前置きの役割は、その前に、東欧とは、そして東欧文学というのは魅力的だけれどもよく考えると極めて曖昧でわかりにくい領域だということを示して、読者を一度迷わせてしまうことにあると言えるかもしれない。

2 東(中)欧に関する一通りの概観

「東欧文学」とは、文字通り、東欧(東ヨーロッパ)諸国の文学の意味である。しかし、そもそもどこからどこまでを「東欧」と呼ぶのかについては、はっきりした定義があるわけではなく、文学研究にとってはあまりに漠然とした概念である。東欧は歴史的に変遷してきた相対的な概念であって、特に冷戦体制終結後の現代では、東欧という地域名の有効性自体が疑問視される傾向にある。また東欧を広義で用いる場合は、ロシアやバルト三国を含む場合がある。ロシアもウラル山脈以西は地理学的にも、文化的にも広義のヨーロッパなのだから、これを「東欧」と呼ぶことには一理あるのだが(私自身は一貫してそういう立場をとってきた)、一般にはロシアは東欧とは異質な、さらに「東」側の非ヨーロッパ的な地域であることが強調されるため、東欧とは区別されるのが普通である。

東欧文学という呼称

厳密な定義がないままとはいえ、一般に「東欧文学」という呼称が、日本だけでなく欧米でもしばしば用いられてきて現在に至っていることは事実である。ただし、その呼称がどれほど文学的な実体に即して使われてきたかについては疑問である。この呼称は、むしろ便宜的なものと言うべきであろう。つまり、東欧諸国の文学は、国際的には——フランスやイギリスの文学に比べた場合——はるかにマイナーな存在でしかなく、個別の国・民族別にはっきり認知されているとは言い難いので、それを便宜的にひとまとめにしてとりあえず「レッテル」を貼っておこう、という程度のことだったという面が強い。

それでは、文学的な観点から見た場合、「東欧文学」という呼称に何の意味もないのかといえば、そうとも言えない。ロシアおよび東方の非ヨーロッパ世界と西欧との間に挟まれ、歴史的な運命の多くを共有してきたこの地域の文学は、西欧の文学からは一線を画すような特徴を持っており、全体としてゆるやかなものであれ一つの文化圏を形成していると見ることができるのではないか。私はこれを「地政学」(ゲオポリティカ）的なまとまりではなく、「地詩学」（ゲオポエティカ）的な圏域だと考えている。

そもそも「東欧」とは何なのか?

東欧文学を全体として把握するためには、まず東欧という概念そのものの定義を検討する必要がある。「東欧」が「西欧」と区別して論じられるようになったのは、十八世紀末以来のことで、その後様々な立場から「東欧」の定義が試みられてきた。ロシアを含むスラヴ人の世界が東欧であるとするスラヴ主義的立場、西欧のローマ＝ゲルマン文化に対して、ビザンチン＝スラヴ文化圏を東欧として対置する立場、あるいは「東欧」とはドイツとロシアに挟まれた地域であって、そこにはロシアは含まれないとする立場など、じつに多様である。日本でも「東欧」という名称自体はやはり、かなり古くから使われてきた。さきに言及した信夫淳平は、アルプスからダニューブ川流域を中心として、かつてのローマ帝国の版図からバルカン半島に至る地域を「中欧および東欧」と呼ぶことを提唱している。

第二次世界大戦後に成立した米ソ対立に基づく冷戦構造の中では、東欧とは一般に、西欧の東側に位置するソ連周辺の社会主義国家の全体を指す政治的な、より正確にいえば「地政学」的な分類のための名称であった。その場合、東欧に含まれたのは、東ドイツ、ポーランド、チェコスロヴァキア、ハンガリー、ルーマニア、ブルガリア、旧ユーゴスラヴィア、アルバニアである。したがって、戦後の欧米や日本で「東欧文学」と言う場合は、具体的にはこれらの国々の文学を指すのが普通である。冷戦が終結すると、これらの国々の多くは、かつての「東」という政治的レッテルを嫌って、「中欧」（中央ヨーロッパ）という呼称を積極的に使うようになった。

そういった事情を踏まえて一九九〇年代以降は、ポーランド、チェコ、スロヴァキア、ハンガリーを「中欧」、旧ユーゴ圏、ブルガリア、ルーマニア、アルバニアを「バルカン諸国」と呼ぶ傾向が欧米・日本でも強まっているが、こういった分類もまたかなり便宜的なものである。これらの国々は、言語も民族も異なり、文化的・宗教的にも多様であり、そのすべてに共通する文化的特徴を見つけることは難しいからだ。チェコ出身の亡命作家ミラン・クンデラは、「中欧」のことを「地理的に中央部にありながら、文化的には西、政治的には東に位置する、最も複雑なヨーロッパ」と呼んだほどである。東欧ないし中欧をどのように定義しようとも、一つはっきりしているのは、地理的に西欧とロシアの間に、そのどちらにも完全には吸収されない地域が形成されてきたということである。

東欧の民族・歴史・文化的背景

［多民族的帝国支配の遺産］「東欧」（ないし「中欧」）と呼ばれる地域のかなりの部分は、かつてハプスブルク帝国の版図の中に入っていた。十九世紀後半から二十世紀初頭にかけて、ハプスブルク帝国がオーストリア＝ハンガリー二重帝国を形成していたとき、そこにはボヘミア（チェコ）、スロヴァキア、ポーランド、ウクライナの一部、スロヴェニア、クロアチアなどが含まれていた。小民族を数多く抱えながらも「多民族国家」としての統合力を持つ文化が、ウィーンを中心として存在していたのである。多くの民族が比較的狭い地域に共存するのは、東欧の歴史的宿命であった。

また、東欧の一部はハプスブルク帝国以外にも、ロシア帝国やオスマン・トルコ帝国などの支配を受けてきた。つまり、全体として見れば東欧は、多くの民族を抱える帝国の支配を恒常的に受け、国民国家の成立・発展を阻害されてきたと言うことができる。第一次世界大戦後に東欧の諸民族は、帝国の支配から抜け出て次々と独立し、国民国家を形成するが、国民国家の発展のための歴史的条件が西欧のように整っていたとは言いがたく、複雑な民族問題を内包しながら、民族的文化を発展させていく。チェコの評論家ヨゼフ・クロウトヴォルはこのような東欧（中欧）の歴史について、西欧の「歴史性」、東洋の「無歴史性」と対比しながら、「非歴史的」だと言っている。西欧と東洋をこのように単純に対比してしまうこと自体、オリエンタリズム的偏見だとも言えそうだが、東欧（中欧）の歴史の特異性を照らし出すうがった見方であることに間違いはない。

［**言語・民族**］　ミラン・クンデラは中・東欧を、「最小限の領土に最大限の多様性」が含まれた地域と呼んでいるが（その一方で、ロシア嫌いのクンデラはロシアのことを逆に「最大限の領土に最小限の多様性」がある国だと決めつけている）、実際、この地域の民族と言語は多様であり、それらの文学の全体を一人で原語で読めるような研究者の存在は考えられない。この地域で優勢なのはスラヴ系の民族と、彼らの使うスラヴ系の言語である。言語系統上、チェコ語、スロヴァキア語、ポーランド語のいずれも、スラヴ語派の中でも西スラヴ系に属し、ブルガリア語、および旧ユーゴラヴィアで用いられていたセルビア語、クロアチア語、スロヴェニア語、マケドニア語は南スラヴ系に属する。非スラヴ系のインド＝ヨーロッパ系言語としては、ロマンス語派に属するルーマニア語、独立した一派をなすアルバニア語がある。またハンガリー語は、フィンランド語と同じウラル語族に属している。旧東ドイツの主要言語はもちろんドイツ語である。また東欧には第二次大戦前には七〇〇万人にものぼるユダヤ人が住んでおり、彼らの母語であるイディッシュ語もこの地域で広く用いられていた。広義の東欧文学には当然、ユダヤ人によるイディッシュ語文学も含まれる。

［**宗教と文化的伝統**］　宗教の面から見れば、ヨーロッパはローマの影響下に発展した西側のカトリック圏と、ビザンチンの影響下に発展した東側の正教圏の二つに大別されるが、東欧は、ちょうどこれらの東西二大キリスト教圏の交錯する地域と言えよう。カトリック圏に属するのが、ポーランド、チェコ、スロヴァキア、ハンガリー、スロヴェニア、クロアチア、正教圏に属するのが、ルーマニア、セルビア、マケドニア、ブルガリアである。東西のキリスト教の違いは、文化的にもそれぞれの国に大きな影響を及ぼすことになった。これは使用する文字にも端的に反映している。カトリック圏は英語と同じラテン文字を使用し、正教圏

の諸国は、ルーマニアを除いてすべてがキリル文字（いわゆるロシア文字、ちなみにロシアはもちろん正教圏である）を使用しているので、東西の違いは視覚にも強く訴えてくる。

ただし、東西キリスト教の違いをどれほど決定的なものと考えるべきかについては、議論の余地がある。アメリカの政治学者サミュエル・ハンティントンは、有名な「文明の衝突」理論において、世界を七ないし八の「文明」圏に分け、「東方正教会文明」を独立したものとして規定し、カトリック教会に依拠した「西欧文明」と対置させている。しかし、その一方で、カトリックと東方正教がいかに異なるものであっても結局のところ一つのキリスト教文明圏をなすものであって、むしろそれらの差よりは、キリスト教圏対イスラム圏（非キリスト教圏の「オリエント」）の違いのほうがより決定的で本質的であることを忘れてはならないだろう。ロシア人のドストエフスキーはカトリックを忌み嫌い、作中人物に「カトリックは無神論よりも悪い」などと言わせているが、これはむしろ同じルートを持ちながら袂を分かってしまった民族に対する「近親憎悪」と考えるべきではないだろうか。

しかし、東欧の宗教はキリスト教だけにとどまらない。バルカン半島では、イスラム教の影響も大きく、ボスニア＝ヘルツェゴヴィナやアルバニアではイスラム教徒が多数派を占めている。その他に、ユダヤ教の存在もかつては大きかったが（このユダヤ人の圧倒的多数は、アシュケナジムと呼ばれる東方系ユダヤ人である）、第二次世界大戦中、ナチス・ドイツによるユダヤ人大量虐殺（ホロコースト）のせいで、東欧のユダヤ人口は激減した。東欧からロシア（ソ連）にかけての広い地域全体での正確な統計を導き出すことは難しいが、一番多くのユダヤ人口を抱えていたポーランドの場合、ユダヤ人口は一九三〇年代末には三三五万人だったのが、二〇一〇年現在は三二〇〇人になっている。

さらに、東欧全体に広がっていたロマ（いわゆるジプシー）の存在にも触れておこう。ロマはもともとインド北西部を出身地とすると言われるエスニック・グループだが、バルカンからハンガリー、さらに中欧・ロシアへと移動と拡散を続け、一九三〇年代末には東欧とソ連で約一〇〇万人の人口があった。ユダヤ人に比べると人口規模ははるかに小さいとはいえ、自らの国家を持たず、国境を超える存在であり続けたがゆえに、ナチス・ドイツによる人種撲滅政策の犠牲になったという点でも、ユダヤ人の運命と比べることができるだろう。東欧文学におけるロマの表象は、これから本格的に研究されるべき課題であろう。

3 「スラヴ語圏比較文学」の可能性
――チジェフスキーの試み

さて、これほど多様で複雑な東欧という地域の文学全体を視野に入れて、それをひとまとまりとして扱うということが、本当に可能なのだろうか。先ほども述べたように、一口に東欧諸国と言っても、それぞれ言語も異なるので、一人の人間がそのすべての国の文学を原語で読むことなど、常識的には不可能である。西欧をヨーロッパの文化的中心とした場合、その周縁に位置するヨーロッパ的な地域という意味では、東欧と少々似ているのがラテンアメリカであり、東欧文学とラテンアメリカ文学を比較することもある程度までは意味があるだろう。しかし、この両者が決定的に異なるのは言語の状況である。ラテンアメリカの数多くの国で文学の言語として使われているのは事実上の共通語であるスペイン語であり、スペイン語さえできればラテンアメリカのどの国の――ポルトガル語を使うブラジルだけは別として――文学もいちおう読むことができる。しかし、東欧の場合、そうはいかない。ポーランド語とセルビア語がいくら同じスラヴ系の互いに近い言語だとはいえ、ポーランド語しかできないポーランド文学の専門家が、セルビア文学を原文で読むことはできないのだ。

とはいえ、何事にも例外はある。スラヴ諸語によって書かれた文学に関しては、そのすべてを自由に読むことができたのではないかと思われる博覧強記の、ドミトリー・チジェフスキー（一八九四―一九七七。ウクライナ語風表記ではドミトロ・チジェフシクィイ）というスラヴ学者がいて、彼がその驚異的な語学力を駆使して書いた『スラヴ比較文学史』（ドイツ語原書一九六八年）という試みがある。これは十指に余る主要スラヴ文学を、その起源（古代）から二十世紀初頭に至るまで、比較しながら追ったもので、比較的薄いスケッチ程度の本とはいえ、その背後にある学識は超弩級のものだ。二十世紀半ばくらいまでは、このように一人で関連分野のすべてを把握できるような桁外れの博学な大学者が人文科学の領域にはいて、『ヨーロッパ文学とラテン的中世』を書いたエルンスト・ローベルト・クルツィウス（一八八六―一九五六）、『ミメーシス』を書いたエーリッヒ・アウエルバッハ（一八九二―一九五七）、全八巻の『近代批評史』を書いたルネ・ウェレック（一九〇三―一九九五）などの名前が思い浮かぶが、チジェフスキーこそはこれらの学者と並び立つ博識のスラヴ学者だった。まだこの頃までは、巨大な博識によって世界のすべてが把握できると信じられていた時代だった、と言ってもいいだろう。

チジェフスキーの文学史観は「様式史」にのっとったものである。つまり中世以降、ルネサンス、バロック、古典主義、ロマン主義、リアリズム、ネオロマン主義（モダニズム）といった様式が交代することによって歴史が進展していくというとらえ方だ。西欧の建築、美術や文学ではごく常識的な史観だが、チジェフスキーはこれを主要なスラヴ語圏文学のすべてに適用し――もちろん時期がずれたり、強弱があったり、様々なバリエーションはあるが――スラヴ文学を広義のヨーロッパ文学の枠に入れて提示して見せたのである。扱われるスラヴ文学の数は、章によって多少異なるが、たとえば最後の「ネオロマン主義」の文学の場合、ポーランド、ロシア、ウクライナ、ベラルーシ、チェコ、スロヴァキア、セルビア、クロアチア、スロヴェニア、ブルガリア、ソルブの十一言語によるスラヴ文学が取り上げられ、比較されている。

このようにスラヴ語圏の文学をひとまとめにして比較しているからといって、チジェフスキーが単純にすべてのスラヴ文学が似ていると主張しているわけではない。彼はスラヴ語圏文学には「求心性」、つまりスラヴ民族を一つにまとめる力と「遠心性」、つまりばらばらにする力の両者があるということを、バランスよく指摘している。

「求心性」の根拠となるのは、先史時代からの異教的な要素やスラヴ諸語の言語的共通性である。スラヴ諸語はもともとは一つのスラヴ祖語から分岐して現在の十数言語に分かれたと考えられており、言語学者ではない素人がちょっと見ただけでも、かなり共通性が強い言語グループであるということが分かる。特に基本的語彙はまったく同じである場合も多い。例えば「水」を意味する単語は「ヴォダ」で、綴りやアクセントの位置が言語ごとに違うとはいえ、ロシア語・ポーランド語・チェコ語・セルビア語・クロアチア語のすべてにわたって同じである。

しかし、その一方で、スラヴ諸国は――大国のロシアは別として――十九世紀から二十世紀にかけて、近隣の大国の支配を脱して独立しようとする志向を強め、それぞれが独自のナショナリズムを培ってきたため、遠心力を持つことになった。スラヴ諸民族を統合する政治的な動き（「汎スラヴ主義」）も時折あったものの、様々なスラヴ民族を一つにまとめるような「スラヴ意識」を過大評価すべきではない。スラヴ人としての共通のアイデンティティは決して時代や民族の具体的な状況を超えて超歴史的に存在するものではなく、むしろ政治的・宗教的な目的で使われてきた。また先史時代にまでさかのぼってスラヴ諸民族のフォークロアに統合原理が見られると考えるのも錯覚にすぎない。先史時代のフォークロアの共通性ということならば、それはスラヴ諸民族だけでなく、もっと広くインド＝ヨーロッパ語族やさらにそれ以外の民族にまで視野を広げて見るべきものだからである。

というわけで、「求心力」と「遠心力」に関するチジェフスキーの収支バランスは複雑で、どちらがまさるとも言い難いのだが、それでも彼が様式史の観点からスラヴ諸文学を比較してみることには根拠がある。それはロマン主義をはじめとしてバロックや古典主義など、様々な様式の時代に、スラヴ諸文学の間に驚くべきスタイルとテーマの類似が認められるからである。これは、スラヴ諸文学が結局のところ、ヨーロッパ文学の一部であって、西欧における様式の交代と呼応しながら発展してきたからに他ならない。ただし――と、チジェフスキーの議論は行ったり来たりするのだが――スラヴ文学は決して、西欧文学の亜流でもなければ、西欧文学の流行を後追いしてきただけではない。西欧に現れた潮流がスラヴ文学においてより強烈な形で表現されることもしばしばあり、また時には西欧を先取りしたこともあった。

かくして、西欧から見た場合のスラヴ文学の「辺境性」「後進性」は、むしろここでは西欧にはないものを表現できる可能性として肯定的に転じうることをチジェフスキーは示唆するのである。これは彼の比較文学史では扱われていない二十世紀前半の「戦間期」(第一次世界大戦と第二次世界大戦の間の時期)に、とりわけよくあてはまるのではないかと思う。ポーランドではヴィトキェヴィチ、シュルツ、ゴンブローヴィチという西欧でも考えられないような過激な前衛作家たちが次々に現れ、チェコではチャペックが活躍したこの時期に東欧は、まさに西欧が表現できなかったものを強烈に、そして先取りして創造しえた。というわけでチジェフスキーの比較スラヴ文学史は、東欧文学のまとまりと可能性を考えるうえでは、非常に示唆に富んだものと言えるだろう。ただし、彼はここでは「スラヴ文学」のみを扱っているので、東欧の中でもハンガリーやルーマニア、またユダヤ人の文学など、スラヴ系でないものは無視されている。私たちが「東欧文学」と言う場合、これらの非スラヴ系文学も視野に入れた形でのアプローチが必要である。

4　誘拐されたヨーロッパ、作られた東欧

チジェフスキーは、スラヴ文学は決して遅れた西欧文学として片づけられるようなものではなく、独自の価値と発展の歴史を持つものだと力説するのだが、それは逆に、「東」のスラヴを劣ったものとして見ようとする「西」側の偏見が強いということを暗に示すものでもある。「西」から見れば、「西」と「東」の格差は歴然としていたから、そこには当然、価値体系上

の上下関係があった。「西」は進んでいて、「東」は遅れている、文化の面でも「西」が中心で、「東」は周縁、という極めて明確な図式である。しかし、その図式そのものが多分に作られたものではなかったのか、という立場からの見直しの試みが最近目立っている。二十世紀後半、東欧がソ連ブロックに組み込まれていた時代には、あたかも自明のことであるかのように見なされがちであった「西欧」と「東欧」の間の地政学な差異が、じつは歴史的にある時期に（具体的に言えば、十八世紀啓蒙主義時代の西欧で）「作られた」（invented）、つまり人工的に創出されたものであることを雄弁に主張したのが、ハプスブルク帝国領の東欧、特にガリツィア地方の専門家であるアメリカの歴史学者、ラリー・ウルフである。彼によれば、そのようにして「東欧」が作られると同時に「西欧」も作られ、ヨーロッパのより文明的な部分を西側が「専有」したのに対して、「東側」には「遅れた地域」という性格付けが押しつけられ、東西の区分を自明のこととした「頭の中での地図作成」（mental mapping）が行われた、というのである。

ほぼ同様の方向で、バルカンに対して西欧が抱いてきた偏見を「バルカニズム」という言葉で説明したのが、ブルガリア出身の歴史学者、マリア・トドロヴァである。彼女に先立って、主に旧ユーゴスラヴィアを中心に分析したミリツァ・バキッチ＝ヘイドンは、その偏見の構造を単なる西―東の二項対立としてではなく、もっと複雑な「入れ子構造」（ロシアのマトリョーシカ人形を思わせる）として説明した。つまり「東」にはさらに遅れた他者としての「より東」があり、その先に「より東よりもさらにより東」がある、というのだ。下には下がある、という連鎖構造と言えば分かりやすいだろう。確かにパリやウィーンに比べればプラハは「田舎」だが、そのプラハに比べれば、例えばガリツィア地方のリヴィウはもっと「田舎」である。興味深いことに、こういった議論の出発点になっているのは、いずれの場合もエドワード・サイードの「オリエンタリズム」であり、これらの論客はみなサイードの理論を東欧に応用していると見なされがちである。ただし、単純な応用ではないことにも注意する必要がある。サイードの議論が、本人の意図を超えて、むしろその追随者たちによって、西欧対イスラム圏「東方」という二項対立に帰せられることは避けられず、そのような議論の中で、これはサイード本来の立場に反してというべきだが、ヨーロッパに関する「本質主義的」な見方が暗黙のうちに前提とされることにもなった。つまり、〈ヨーロッパというものは本来これこれの本質を持つものであって、それに対して異質なものが「東」である〉といった、東西の違いに対する見方である。

しかし、本書で扱う「東欧」は、サイードの扱った中東を中心としたイスラム教圏オリエントとはだいぶ事情が異なる。東欧は西欧列強やオスマン帝国によって半ば植民地化されていたという意味では、「半植民地的」semi-colonial と呼べないことはないが、厳密な意味で「植民地化」されていたわけではないし、地域的格差や辺境的な後進性の刻印を押されていたとはいえ、東欧の大部分はヨーロッパとつながったキリスト教文化圏を構成していた。しかもウルフが言うように、「東欧」が西欧によって〈発明〉されたのは比較的最近のことなのである。バルカニズムの主唱者トドロヴァも、自分とサイードの違いを力説しつつ、サイードのオリエンタリズムが二つの異なったタイプの地域・文化の間の相違を扱っているのに対して、バルカニズムは一つのタイプの中に存在する相違を扱うものであると主張している。

トドロヴァの主張をそのまま受け入れるかどうかは別として、こういう言説を通じて明らかになってくるのは、東欧という存在の定義しがたい曖昧さである。西欧から見た場合、イスラム教圏中東は明らかな〈他者〉であった。しかし、東欧となると、西欧にとってどこまでが自分で、どこからが他者なのか、判然としない流動的な領域である。むしろその曖昧さ、両義性、流動性を東欧の本質と考えるべきではないのだろうか。

このように考えてくると、改めて思い当たるのは、これまでの議論ではしばしば「作られた」「想像された」といった表現が用いられているということだ。これは、ナショナリズムの起源をインドネシアの場合に即して論じたベネディクト・アンダーソンの『想像の共同体』*Imagined Communities* における「想像された」imagined という言葉の使い方と軌を一にしている。つまり「境界」そのものが曖昧で相対的なもの、しばしば想像によって構築されたものであり、「東欧」や「バルカン」という地域概念もひょっとしたら半ば作られた、いや、言葉は悪いがほとんど「捏造」されたものではないかということだ。そうだとすると、東欧などそもそも実在しない、「幻影」だったということなのだろうか。はたして東欧には実体はないのだろうか。

5　西欧―東欧―ロシア

そこで改めて頭の中を整理するために、基本的な枠組みに立ち返ってみると、私の見るところ、東欧ないし中欧の位置づけを決めるために重要なパラダイムには（1）中心―周縁グラデーション・モデルと、（2）西―東対抗モデルがあって、ロシアとの関係も含めて考えると、この二つのモデルが絡みあうため、問題ががぜんややこしくなるのではないか。第一のモデルは、西欧（例えばパリなど）を洗練された文明の頂点とし、それが東に進むにつれて次第に崩れて野蛮なものになっていく、という見方である。それはあながち西欧人側からの偏見だけとは言えず、他ならぬ中・東欧人側もそれを自分のアイデンティティとして半ば引き受けているようなところがある。代表的な例は、ポーランドの作家、ヴィトルド・ゴンブローヴィチに見られる。彼はあるインタビューでこんな風に語っている。

私はポーランドの人間だった。たまたまポーランドに生まれたということですよ。では、ポーランドとは何か？

それは東と西の間の国、ヨーロッパが終わりを告げはじめるところ、そして東と西がたがいに溶け合う境界上の国です。弱められた形式の国……。ヨーロッパ文化の大きな運動は、一つとして本当にはポーランドのなかには浸透しなかった。ルネッサンスも、宗教戦争も、フランス革命も、産業革命も。こういった現象について、ポーランドが感じ取ったのは、微かなこだま以上のものではなかった。

つまり西欧の高度に洗練された文化の形式が東進するにつれて次第に崩れていき、それが完全に崩れて「無形式」の虚無に落ち込む一歩手前で踏みとどまっているのがポーランド（東欧）だ、といった見方である。

じつは「中欧」の「非歴史性」を説くクロウトヴォルも、本質的にはゴンブローヴィチと同じことを言っているようだ。彼によれば「中欧の非歴史性はむしろ、西の歴史性と東の無歴史性の間、歴史の動態的原理と静態的原理の間にある。西から東に行くに従って、歴史は何やら減少していき、動きのないアジア的永遠性と移っていく」というのである。ちなみに、ここでクロウトヴォルが「無歴史性」を特徴とする「東」と言うとき、彼の念頭にあるのは中東やアジアではなくロシアであり、ここにはロシアは自分たちとは根本的に異質な存在なのだということを強調したがる「中欧的」メンタリティが図らずも露呈していると言えるだろう。

クロウトヴォルの主張でもう一つ興味深いのは、中欧には「自分自身の歴史への権利を奪われている」ということ、『中欧の詩学』の訳者、石川達夫の見事な解説を借りれば、彼らは「なかなか歴史の主人公になれず、半ばエキストラとして歴史の欄外に追いやられた」のであって、こうしたチェコ人の書いた文学は「多分に歴史の欄外注という性格を帯びる」。そこでチェコ文学は、鋭いアイロニーよりはアネクドートやジョークの平民的精神を発展させたという論の展開になり、それはチェコだけでなく、大国に支配され、歴史に翻弄されてきた東欧の大部分の国に多かれ少なかれあてはまるものだろう。歴史に翻弄されてきたという点ではこれは確かに「非歴史的」だが、見方を変えれば、これはポーランドの詩人、スタニスワフ・バランチャクの言うように「歴史の過剰」でもある。中欧人は自分たちを翻弄する不条理な歴史の過剰から決して自由になることができない。ここで注意しておきたいのは、クロウトヴォルの主張が広く東欧にあてはまる可能性を持ちながらも、多分にチェコ的特徴の強調になっているということで、チェコが歴史の主人公となることができない「小さな人間」の詩学を発展させてきたとすれば、隣のポーランドではしばしば、いわば歴史の主人公の役割を取り戻そうとするかのように、十九世紀には支配者ロシアに対して、そして第二次世界大戦末期には占領者ナチス・ドイツに対して「蜂起」を繰り返しては悲惨な結果を招いてきた。それに対して、チェコでは一六二〇年に神聖ローマ皇帝軍に対してボヘミア貴族たちが蜂起した「ビラーホラの戦い」以来、反乱らしい反乱は――ナチス・ドイツの占領下でさえも――なかった。このチェコ人的冷静さに対して、冷静に計算すれば最初から敗北は目に見えているのに蜂起してしまうポーランド人の不条理でロマンティックな心性は対照的である。東欧を一括りにしようとすれば、その途端に、このように鋭い対照性もまた見えてくる。東欧はかくも複雑で多様である。

ここで関係の図式にロシアを持ち込むと、話はさらに複雑になる。東にどんどん進めば進むほど、より文明度の低い他者になっていく（あるいはクロウトヴォルの言うように、「無歴史」の世界に切り替わってしまう）というだけのことなら、話は簡単なのだが、東に進んだとき避けて通れないロシアは、それ自体が独自の文明の中心となる可能性をもった大帝国である。ロシアの側は、自分たちが西欧よりも文明度の低い遅れた存在であるという劣等感を歴史的に古くから持っていたが、その一方で、西欧に対抗できる独自の価値観を誇ろうとすることも珍しくない。それはロシアの民族主義者に顕著に見られる傾向であり、わかりやすい例としては、アレクサンドル・ソルジェニーツィンのハーバード講演（一九七八年）が挙げられるだろう。ここで彼は、欧米文明の退廃を非難し、その元凶をルネッサンスそのものに見たうえで、ロシアはルネッサンスを経ていないため、むしろ健全な精神的価値が保存されているとし、西欧に対するロシアの精神的優位を説いたのだった。

ここで対照のために再び引き合いに出してみたいのは、多分にクロウトヴォルと中欧観・ロシア観を共有するミラン・クンデラである。彼によれば、ルネッサンス以降、西欧は「理性、懐疑、遊戯、人間認識の相対性」といった精神を発展させてきた。こうして彼はルネッサンスを高く評価し、そういった精神が欠如しているロシアには結局、「深遠であると同時に粗暴な」不条理な精神しか育まれなかった、とロシアに対してあからさまに否定的な態度をとる。ソルジェニーツィンとは正反対の立場ではあるが、ここには奇妙な一致も見られることに注目したい。つまり二人とも、ルネッサンスの経験の有無が、二つの文明圏を分かつ決定的な要因となっていると考えている点だ。

しかし、いったい中欧とロシアは、それほど根本的に違った世界なのだろうか。確かにソルジェニーツィンとクンデラは互いに相容れないと思われるほど対照的な存在であり（だからこそ、この両方の作家をどちらもそれぞれ面白いと思って愛読してきた私のような読者は、かなり珍しい人間なのだ）、彼らの西欧観・ロシア観は一八〇度反対の方向を向いている。しかし、両者がいま見たように対立の中の奇妙な一致を見せることからも分かるように、中欧とロシアには共通するものも少なくない。それは端的にいって、西と東の関係の中に自らを置いてアイデンティティを形成し、試してきたということにおいて共通するからである。中欧ないし東欧とロシア（そのヨーロッパ部）は、「より東」のアジアに対して、キリスト教世界の前哨であるとか、砦であるといった自意識を強く持ってきたことでも共通している。つまり、ここでは西方カトリックと東方正教という、キリスト教内での違いよりは、キリスト教世界と非キリスト教世界の違いのほうが、はるかに根本的で重要なのである。

6　東欧文学の「地詩学」を求めて

私自身は「中心―周縁」でもなく、「西―東」でもない形で、あるいはその両者を融合するような形で、東（中）欧文化を捉える道はないかと長年考えてきた。たいして独創的な結論に達したわけではないが、一つ言えるのは、東（中）欧文学や文化はそれ自体として存在しているわけでもなければ、それ自体として定義できるものでもない、という見方である。最初にも述べたように、「西」や「東」は相対的な概念なのだから、それ自体が絶対的に「東」などという空間はあり得ない。東（中）欧文化は、西欧とだけでなく、ロシアとも同様の不断の相互関係のうちに存在してきた。ここでいう「相互関係」とは単純な影響とか、同化という意味ではない。確かに東（中）欧は西欧に対しては、歴史の大部分の時期を通じて同化したいという志向を抱いてきたのに対して、自分たちを東へと暴力的に「誘拐した」（クンデラの表現による）ロシアに対してはむしろ異化の志向を抱いていた。しかし、そうは言っても、東（中）欧はロシアとも歴史的・文化的に多くのものを共有してきたし、西欧から見れば、「東方的」な異質性に関して東（中）欧とロシアはいわば兄弟なのである。そしてこのいささか陳腐な比喩をさらに展開すれば、兄弟だからといっていつも似ているとも、仲がいいとも限らない。二十世紀の東（中）欧文学の輪郭は、このように複雑な西欧とロシアの双方との関係の文脈において初めて描くことが可能になるだろう。

こういった見方を前提として、私は東欧を一つの地詩学的な文化圏として捉えることを提唱したい。少なくとも文化や文学の領域では、それは非常に漠然とした規定できないけれども、やはりある種の共通性によってゆるやかに結ばれた一種の文化圏なのである。いま「ある種の共通性」といった曖昧な言葉でお茶を濁してしまったが、東欧文学は、言うまでもなく、非常に多様であり、異なった世界観を持ったさまざまな作家たちを抱えている。いったい彼らをどのように括ることができるというのか。当然の疑問だろう。しかし、例えば、セルビア出身のユダヤ系作家ダニロ・キシュが「中欧の主題の変奏」というエッセイに書いた次のような言葉は、求められている答えに思いがけず近いところまで来ているのではないか。

ポーランドのクシニェヴィチ（一九〇四年生）やハンガリーのペーテル・エステルハージ（一九五〇年生）を読むと、彼らの表現の仕方に、「中欧の詩学」のようなものへの帰属を見出し、自分に近しいと感じるのはなぜだろうか？　どのような響き、どのような振動が、ある作品をその詩学の磁場に位置づけるのだろう？　それは何よりも、本来的な〈文化の存在〉である。ヨーロッパ全体の遺産への言及、追憶、参照の方法、作品に対して意識的でありながらも作品の自発性を損なわないこと、アイロニーのこもったパトスと抒情的な逸脱のあいだの綱渡りのようなバランス。多くはない。それに尽きる。（奥彩子訳）

こういう言葉を読むと、私は二十世紀の世界文学の文脈の中で中欧文学の「地詩学」とでも呼べるようなものが成り立つのではないか、と夢想してしまう。「地詩学」（ゲオポエティカ）とはまだ普通の辞書には登録されていない耳慣れない用語だが、これはおそらく言葉としては、最初には一九七〇年代末にスコットランドの詩人ケネス・ホワイトが提唱したものである。彼は人類のもっとも大事なものは「詩的」なものであり、そのもっとも豊かな源泉は地球、自然であると考え、そこへの回帰を提唱する運動を展開するために一九八九年に国際地詩学研究所を設立した。つまり、これはその後、文学批評の世界で盛んになるエコクリティシズム（環境批評）を先取りするような性格のものだった。その後、一九九〇年代にロシア・ウクライナでこの地詩学の概念に注目して、独自の文学活動を展開したのがイーゴリ・シードという詩人・批評家である。シードは地詩学の概念を拡張して自らが依拠するクリミアの文学に適用し、クリミアの地域文学に関連した文学イベントを企画し続けてきた。彼に言わせると、クリミアの地詩学とは、クリミアに関する文学テキストを創造していくことではなく、むしろ地域神話の創造と変更に向けられた文化活動のプロジェクトなのだという。これは二〇一四年に勃発したウクライナ危機の中でのクリミアをめぐる政治的領有の争いの無意味さを、文学の側から示すものとも言えるだろう。

ホワイト、シードの「地詩学」はそれぞれの文脈と対象があり、そのまま東欧文学に適用できるものではないが、この言葉はその後、徐々に拡散して、東欧でも次第に使われるようになってきている。例えば現代ウクライナのポストモダニズムを代表する作家ユーリイ・アンドルホヴィチには『親密な場所の辞典』(二〇一三)という著作があり、これは辞典形式でアルファベット順に、著者が訪ねた土地についての記述が収められているのだが、この「辞典」には「地詩学(ゲオポエチカ)と宇宙政治学(コスモポリティカ)」の自由なハンドブック」という副題が添えられ、著者はウクライナや東欧だけでなく、世界中の土地についての見聞を、親密な関係のうちに描き出している。副題に現れる二つの新語は、手垢にまみれた「地政学」の解体と再編を示すものだ。

なお、アンドルホヴィチは、ポーランドの現代作家アンジェイ・スタシュクと親しく、彼と共著のエッセイ集『私のヨーロッパ――〈中欧〉と呼ばれるヨーロッパについての二つのエッセイ』(二〇〇一)という本も出している。アンドルホヴィチは西ウクライナのイワノ=フランキウシク出身で、一方、スタシュクはポーランドの東南部、スロヴァキアに近い国境地域の山麓に住み、どちらも歴史的に「ガリツィア」と呼ばれてきた地域の人間である。この二人が連携して新しい「中欧」の概念を打ち出している点が注目される。現在、ウクライナは危機的な政情が続き、東側のロシアと西側のヨーロッパの間で引き裂かれそうになっているが、今後ガリツィアに依拠するウクライナ作家たちは、明らかにロシアよりは東欧文学の文脈の中で語られるべき存在として脚光を浴びるに違いない。

政治学や国際関係論では東欧についてその「地政学」を論ずるのは常套的だが、そういう政治的な視点からでは東欧の文学の特異性と潜在的な可能性を理解することはできないだろう。この地域の文学の特徴を把握するためには、地理的領域と文学の原理を結び付け、統合的に考える立場が必要ではないかと発想するのは、むしろ自然なことではないか。「地詩学」という言葉をここで私が東欧文学に適用することによって提起したいのは、それぞれの土地の政治・経済・歴史・地理的条件と有機的に絡み合った、固有の文学的手法がありえるのではないか、少なくとも東欧の場合この見方は有効なのではないか、という問いに他ならない。それは言語・民族の分類を超えて、ハンガリーやルーマニア、アルバニア、さらには旧東ドイツや、バルト諸国などの非スラヴ民族の文学も視野に入れた形で展開されうるものではないだろうか。

こういう意識を前提として、東欧文学の特徴とは何か、まとめてみよう。東欧諸国の文学は、それぞれが独自の言語に基づく独自の伝統と文学史を持っており、その全体を一括りにして共通の特徴について語るのは容易ではない。しかし、この地域全体をゆるやかに結びつける、西欧文学とは一線を画すような特質はやはり存在する。

［中欧文学と愛国精神］　まず第一に、中欧文学のかなり大きな部分が、ナショナリズム、あるいは愛国主義の情熱に貫かれているということが挙げられよう。これは歴史的背景によるところが大きい。近代史上、ポーランド、チェコ、スロヴァキア、ハンガリー、アルバニア、ブルガリアのいずれも、二十世紀になるまで独立した民族国家を持つことができなかった。また旧ユーゴスラヴィア圏の場合、セルビアは十九世紀末にオスマン帝国の支配を脱し、独立した王国を形成していたが、スロヴェニア人とクロアチア人は第一次世界大戦までオーストリア＝ハンガリー二重帝国の支配下にあり、南スラヴ人の統一国家（セルビア人クロアチア人スロヴェニア人王国）が樹立されるのは一九一八年のことである。これらの民族が独立を勝ち取っていく歴史の流れの中で、民族文化の復興と民族独立を求める機運を代表したのが、何よりも詩人や作家たちの愛国的な作品だった。ハンガリーのペテーフィ・シャーンドルやアディ・エンドレ、ポーランドのアダム・ミツキェヴィチやヘンリク・シェンキェ

ヴィチ、チェコのボジェナ・ニェムツォヴァー、ブルガリアのイヴァン・ヴァゾフなどは、みなそういった意味での「国民詩人・作家」である。またセルビアの言語学者・文学研究者ヴーク・カラジッチは口承文芸を体系的に収集し、セルビア語を改革し、辞書を編纂し、近代セルビア文学の基礎を築いた。

ポーランドのように列強に国土を分割されるという悲惨な運命にあった国の場合、亡命者として国外で活動していた詩人たちの中では、ポーランドの受難を特別な使命のしるしと見なす「ポーランド・メシアニズム」の思想が強まることになった。

［文学の社会的役割］ こういった強烈なナショナリズムの代弁者となることを通じて、東欧では作家は社会的に重要な役割を負うことになった。作家の社会的コミットメントが強く求められるという東欧文学のありかたは、二十世紀に入っても基本的には変わらなかった。第二次世界大戦後には、ここで取り扱っている東欧諸国はすべて社会主義圏に入り、作家たちは社会主義体制の下でイデオロギー的な統制を受け、言論の自由を規制され、西側との交流も制限された閉鎖的な社会で創作をしなければならなくなった。チェコの現代作家イヴァン・クリーマは、「体制が人々に嘘をつくことを強いる」「全体主義と戦ってきた体験こそが［東欧の］共通の絆である」と指摘し、この体験が東欧独特の優れた文学を生み出す条件となったと主張している。こうして社会主義体制の下で、作家たちの言葉は、それがあからさまに反体制的なものではなくとも、政治権力が繰り出すイデオロギー的な宣伝の言葉に対抗する人々の精神的な拠り所となった。チェコスロヴァキアの一九八九年のいわゆる「ビロード革命」の結果、社会主義体制が崩壊して、劇作家ヴァーツラフ・ハヴェルが大統領になったのも、政治の言葉に対する文学の自由な言葉の勝利を象徴するものと言えるだろう。

［東欧の「後進性」と文学の前衛性］ しかし、ナショナリズムや、そこから派生する社会的責任は文学には重荷となり、文学の自由を縛ることになる。逆説的なことだが、文学を縛る伝統が強ければ強いだけ、それ

に対する反動も強烈な形で噴出する。東欧文学がしばしば極めて——時として西欧以上に——前衛的になるのも、まさにそのためである。特に二十世紀前半の「大戦間期」には、様々な前衛的流派が東欧で興り、すでに言及したポーランドの三人の前衛（ヴィトキェヴィチ、シュルツ、ゴンブローヴィチ）の他、チェコのカレル・チャペックとフランツ・カフカ、後に国際的な宗教学者となるルーマニアのミルチャ・エリアーデといった、それぞれの作風において世界の最先端を切って走るような作家がこの地域から生まれた。

　ハンガリーの経済史家イヴァン・ベーレントが指摘しているように、東（中）欧諸国は近代ヨーロッパの歴史に「遅れて」登場した。イギリスの産業革命やフランス革命に始まる経済的・政治的発展から取り残された結果、東（中）欧諸国では挫折感や、劣等感、そして「周辺に追いやられている」といった感覚が強まった。しかし、この「後進性」が逆にバネとなって、科学や文化の面での隆盛をもたらしたのである。「遅れてきた者」だからこそ、東（中）欧は西欧やロシアの最新の潮流を貪欲に吸収し、それをより徹底的に発展させることによって、世界の最先端に立つ科学者や芸術家を次々と生み出したのだった。

「地方性と越境」　またナショナリズムは時として、偏狭な「プロヴィンシャリズム（田舎くささ、地方性）」に陥る危険がある。実際、東欧の知識人はしばしば「小国コンプレックス」に悩まされ、「自分たちの国はヨーロッパの片田舎の小国に過ぎず、世界文化に何の貢献もできないのではないか」という疑惑を抱いてきた。しかし、だからこそ逆に偏狭な「ナショナルなもの」の境界を越えて、大きな世界に向かおうとする姿勢が一部の作家の間に強まることになる。

　ポーランドが生んだ世界的有名人と言えば、必ず名を挙げられるのは、天文学者のコペルニクス、作曲家・ピアニストのショパン、そして女性科学者キュリー夫人の三人である。しかし、皮肉なことに、この三人はみな「生粋のポーランド人」とは言えない側面を強く持っていた。彼らの生涯も仕事も、必ずしもポーランドという一国の枠の中にとどまるようなものではなかったからだ。しかしこういったケースは例外ではなく、中欧の学者や芸術家全般に共通した運命と言えるだろう。様々な民族が比較的小さな地域に集まっている中欧というヨーロッパの「周辺」から、世界に対して独自の学問や思想の真価を問うためには、国家や言語の境界をみずから越えて「外」に出ていかなければならない。これは単に地理的な移動の問題ではなく、小国・小民族の個別の現実に根ざしながらも「普遍」を目指していくという、知のあり方に関わる問題である。

この意味での「越境性」を最もよく体現しているのは、自分たちの民族国家を持たずに分散していた東欧のユダヤ人だった。この地域出身のユダヤ人は、実際に「外」に出ていったにせよ、東欧にとどまったにせよ、人為的な国境を越え、複数の国や文化にまたがって生き、仕事をした。精神分析学者フロイトの両親はポーランド出身だし、作曲家マーラーや哲学者フッサールも幼少の頃はモラヴィア（チェコ）で過ごした。アメリカでコンピュータの基礎を築いた数学者フォン・ノイマンはハンガリー生まれ、サイバネティクスの創始者ウィーナーも、変形生成文法理論を提唱した言語学者チョムスキーも、その先祖は東欧出身のユダヤ人である。こうして世界に分散した東欧のユダヤ的知性ぬきには、現代の学問も芸術も語ることはできないだろう。文学者では、まずフランツ・カフカの名前を挙げなければならない。カフカはドイツ語で書いたので、従来、日本ではドイツ文学の「縄張り」に入れられることが多かったが、プラハで暮らし作家活動をしたこの作家は、東欧文学の文脈にきちんと置いて読まなければならない。確かにカフカはプラハという町から外にほとんど出なかったので、その意味では他の多くのユダヤ人とは違ってあまり「越境的」ではなかったが、ドイツ、チェコ、ユダヤの三つの文化の境界が彼の中で複雑に交差していたのである。

亡命者や移民を数多く出してきたというこの地域の歴史的宿命ゆえ、国境を越え国外で執筆を続けざるを得なくなった作家も多い。そういった亡命者の外からの視点が東欧の「ナショナルなもの」を批判的に相対化するとともに、欧米にも新鮮な刺激を与えることになった。この点では現代の作家のうち、ユーゴスラヴィア出身のダニロ・キシュ、チェコからフランスに亡命したミラン・クンデラ、そしてハンガリーからスイスに亡命したアゴタ・クリストフなどが傑出している。

ただし、ここで改めて確認しておきたいのだが、国境をやすやすと越えていく（ように見える）「知的回路」が東欧の芸術・思想・科学の大きな特徴だとしても、逆説的なことに、それは必ずしも、民族意識が希薄だということを意味するわけではない。むしろ、近隣の大国の支配下で独立を求めてきた中欧諸国の知識人にとっては、「民族意識があまりにありすぎる」というのが実情だった。「民族の過剰」という逃れようのない現実の中で、その現実を超えようとして生まれ出る精神の強靱さと軽快さ。これがおそらく東欧的な知の最良の部分であって、それは最近流行の「無国籍」や「ボーダーレス」といった概念とは違う。「民族を否定することは、自分の魂を破壊することだ。魂は民族を通じてのみ生きるからだ」こう断言したのは、スタニスワフ・ブジョゾフスキである。ポーランドのこの特異な思想家は、一八七八年からのわずか三十三年の短い生涯の間に、ダーウィン、ニーチェからマルクス主義、カトリックへと、曲芸的な遍歴を続けた。強烈な民族性と激しい知的「越境」によって織りなされた彼の生涯は、東欧的な知の一つの典型を示すものと言えるだろう。

「曖昧さと両義性・間《はざま》性」 これまで何度か、東欧という地域自体曖昧であり、東欧文学も定義も境界の画定も難しい領域であることを強調してきた。それは中欧の西側に広がる西欧と、東側に広がるロシアという二つの文化圏にはさまれながら独自の伝統を築いてきた東欧の「中間的位置」に由来するものであり、「間《はざま》性」こそが東欧文化を理解するための鍵となる。東欧の自己規定は、「私とは何者か」よりはむしろ「私は誰と誰の間にいるのか」という問いを通じて行われてきた。

7 「小国」から世界文学へ——まとめにかえて

最後に、これまで述べてきたことを若干繰り返すことになるが、東欧文学の自意識についてまとめておこう。

①東欧文学は西欧とロシアの間に挟まれた自分の位置について、鋭く意識的である。一般的にそれはロシアとの差異を強調する反面、西欧と同一化したいという志向を強く持つが、いずれにせよ、その自意識と自己規定はつねに、西欧とロシアの両方に対する関係を通じて構築される。このように見ると、「世界の中での自分の位置について意識的である」という点こそが、東欧の文学や思想にとって最も顕著な特徴だと言えるかもしれない。心ならずも「周辺」に追いやられ、時には自分の民族の消滅の危機にさえ直面しながら、東欧の知識人は、世界の中で自分たちに果たすことのできる役割について、つねに自問してきた。「小民族が大民族の中に混じっても遅れをとらず、より高い人間性を求める仕事において自分の役割を分担するならば、それは偉大なことだ。われわれもまた、世界の鐘楼で鐘をつきたい」と述べ、小民族が決して大民族に劣るものではないと主張したのは、チェコの思想家マサリクだった。

②自国の位置に関して意識的であると、しばしば「小国コンプレックス」につながっていく。

③その「小国コンプレックス」は、さらにある場合には、頑強な愛国主義・民族主義的感情につながっていく。十九世紀以来、東欧において多くの詩人・作家が「国民的」存在として民族アイデンティティ復興の要となってきたのもそのためである。

④そうでない場合、つまり「小国コンプレックス」が外に向って開かれた形をとる場合、作家たちは民族的境界を超え、多文化的な出会いの場に向う。東欧文学の突出した部分は、こうして、「小国」の文学でありながら、広い世界へと越境してゆき、普遍的な魅力を獲得した。

つまり、小国の民族的アイデンティティに徹底的にこだわりながら、力強い文学的想像力によってときに軽々と民族の境界を超え、世界文学の地平に躍り出る。そんな才能を持った作家をしばしば生み出すのもまた、東欧の「バルカン作家」なのである。カダレやパヴィッチなどの「地詩学」はその典型であろう。

この点に関しては、チェコのカレル・チャペックが「世界文学はどのように作られるか」というエッセイ（一九三六）で、非常に的確な指摘をしているので、以下に引用しておこう。

> ディケンズなどという、イギリスのすべての作家の中でも最もイギリス的な作家が、いったい何のおかげで世界的な著作家になったのだろうか？　これ以上ロシア的なものは考えられないというほどのロシア文学を創造したゴーゴリやその他のロシア作家たちは、いったいどうして世界的な名声を獲得したのか？　絶対的に北欧的なハムスン、一〇〇パーセントアメリカ人のシンクレア・ルイス。そして好むと好まざるとにかかわらず、自分の国や自分の民族の魂や性格を表現し、典型や生活を描いてしまったその他多くの作家たちは？　いま名を挙げた作家たちは一つの精神的な家族や階級に属しているわけではないということは、私も重々承知しているけれども、しかし彼らはみな、ただ一人の例外もなく、国際的な文学のようなものを創りだそうなどとは考えず、純粋に、完全に民族的で、徹底的に国民的な作品を創造したのに、そのくせ結局——不思議なことに、しかも驚くべき明白さをもって——世界的な意義を持つ作品の作り手になったのだ。（阿部賢一訳）

私のさしあたっての結論は、あっけないほど単純なものだ。つまり、東欧（中欧）文学圏とは非常にゆるやかにしか規定できない、しかし一種の文化圏ではないか。東欧（中欧）文学は、言うまでもなく、非常に多様であり、異なった世界観を持ったさまざまな作家たちを抱えている。しかし、もしも彼らを「ゆるやかにしか定義できない文化圏」の中に括れるとしたら、私の考えでは、それは地政学よりは、むしろこれまで述べてきたような東欧特有の「地詩学」による。

この節で挙げた③と④は本来矛盾する、相容れないもののはずだが、こういう相反するものどうしが不断の相互作用（インタラクション）のうちにあり、それらの相互作用が複雑に織りなす総体が東欧文学のプロセスを形成している。そのような東欧は簡単には定義しがたいため、曖昧なものとして見られることが多いが、これは曖昧というよりは、両義的と呼ぶべきものだろう。強烈に民族主義的でありながら、しばしば境界を越えてゆく「越境性」をあわせ持ち、愛国的・保守的でありながら、時として世界の先端を切って走るほど前衛的にもなる。「周辺」の「小国」と見られがちだが、それだけ世界の中の自分の位置について自覚的になり、世界の文学を意識している。こういった自己矛盾に貫かれ、二つの相容れない極の間で引き裂かれそうになりながら、東欧の文学は西欧の文学ともロシアの文学とも異なる、独特の輝きを帯びることになったのである。

付記

本稿では「東欧」と「中欧」という言葉は厳密に使い分けられているわけではない。私自身はここでは意図的にその二つをあえて厳密には区別せず、多くの場合文換可能なものとして使っているのだが、強いて言えば、「中欧」はここで扱われる地域の人々の自己規定、「東欧」は西欧やロシア、日本など、他者の立場からこの地域を見た場合の規定という面が強い。

◇参考文献

伊東孝之・直野敦・萩原直・南塚信吾監修『新版　東欧を知る事典』平凡社、二〇一五年。

ヨゼフ・クロウトヴォル『中欧の詩学　歴史の困難』石川達夫訳、法政大学出版局、二〇一五年。

『思想』二〇一四年四月号、岩波書店（特集「中欧」とは何か？——新しいヨーロッパ像を探る——）

高橋秀寿・西成彦編『東欧の20世紀』人文書院、二〇〇六年。

三谷惠子『スラヴ語入門』三省堂、二〇一一年。

南塚信吾編『東欧の民族と文化』彩流社、一九八九年。

Dmitrij Čiževskij, *Comparative History of Slavic Literatures*, translated by

Richard N. Porter and Martin P. Rice, Vanderbilt University Press, 1971.

Walter Cummins, comp. and ed., *Shifting Borders: East European Poetries of the Eighties*, Associate University Presses, 1993.

Michael March, ed., *Description of a Struggle: The Vintage Book of Contemporary East European Writing*, New York: Vintage Books, 1994.

Maria Todorova, *Imagining the Balkans*, Updated Edition, Oxford University Press, 2009.

Larry Wolff, *Inventing Eastern Europe: The Map of Civilization on the Mind of the Enlightenment*, Stanford University Press, 1994.

Игорь Сид, Введение в геопоэтику, М.: Арт Хаус Медиа, Крымский Клуб, 2013.［イーゴリ・シッド編『地詩学入門』モスクワ、二〇一三年］

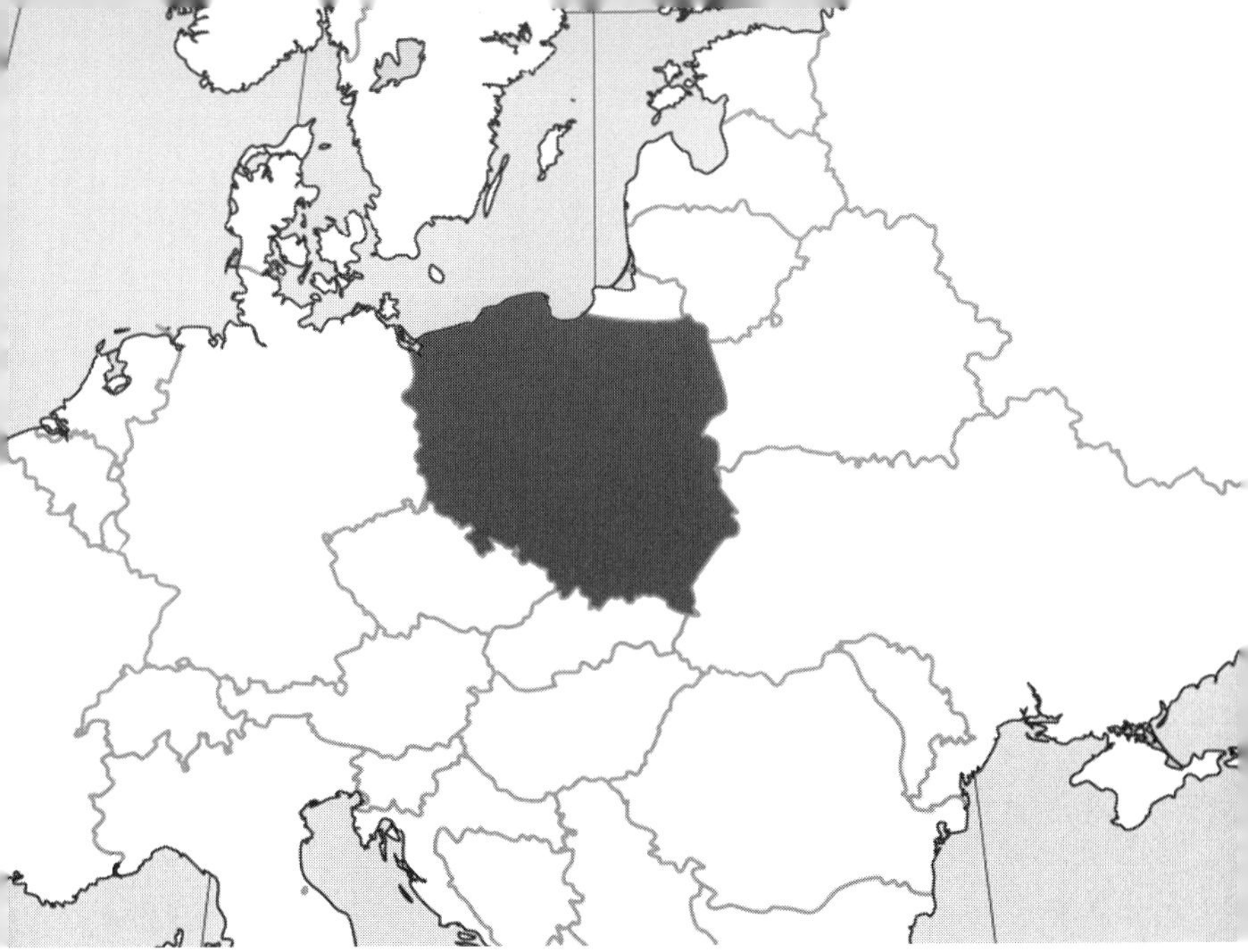

ポーランド

「ポーランドではなく」――両大戦間期の文学

一九一八年十一月十一日の第一次世界大戦の終わりは、ポーランドにとって長い三国分割からの解放と独立を意味した。両大戦間期のポーランド文学は、失われた故国ポーランドという主題から、実に百年以上ぶりに解放される。

「春には春を見よう／ポーランドではなく」（ヤン・レーホニ「ヘロストラトス」）――一九二〇年代は独立の祝祭的雰囲気のなか、新生ポーランドの新しい状況にふさわしい「新しい」文学を目指す動きが現れる。現代性の象徴としての都市と大衆を主要テーマとするワルシャワやクラクフの前衛詩人は、カフェの専用テーブルに集い、議論し、詩の夕べを催した。詩は町の雑踏に生まれた。

　詩人ユリアン・トゥーヴィム（一八九四―一九五三）、レーホニ（一八九四―一九五六）、ヤロスワフ・イヴァシュキェーヴィチ（一八九四―一九八〇）らのワルシャワの〈スカマンデル〉グループは、日常性を礼賛し、「今」と結びつく詩をロマン主義的な抒情や韻律を受け継ぎつつ書いて人気を博した。

　ポーランドの未来派はワルシャワとクラクフで一九一九年頃に同時的に発生し、二〇年頃から共同してハプニングの要素の強い文学の夕べを催しては、毎回スキャンダルを引き起こした。数々の「宣言《マニフェスト》」を発表し（ブルーノ・ヤシェンスキ「ポーランド国民へ告ぐ――生活の即刻の未来派化宣言」二一）、文学的パフォーマンスによって旧来の文学界に風穴を開けた。

　クラクフでタデウシュ・パイペル（一八九一―一九六九）が創刊した雑誌「転轍機」周辺の詩人グループは、今日〈クラクフ・アヴァンギャルド〉と呼ばれる。〈スカマンデル〉が受け継ぐ伝統的な抒情性や韻律に対し、メタファーが緊密に張り巡らされた言語的構築物として詩を捉えた。その詩学は後続の詩人に大きな影響を与えている。

　未来派や「転轍機」周辺の詩人や批評家は、クラクフで一九一七年から活動していた表現主義傾向の〈フォルミシチ〉（名前を時々に変える）グループと緩やかにつながっていた。このグループには後述の**スタニスワフ・イグナツィ・ヴィトキェヴィチ**（通称ヴィトカツィ）も参加している。

　一九三〇年代に入ると、世界恐慌の余波はポーランドにも及ぶ。不況と失業者の増加、民族主義とファシズムの高まり、東西ではナチスとスターリンが台頭するなか、悲観的トーンで未来を描く作品が生まれ、のちにこの傾向は〈カタストロフィズム〉と名づけられた。**チェスワフ・ミウォシュ**も参加したヴィルノ（現在のリトアニアの首都ヴィリニュス）の若手詩人グループ〈ジャガーリ〉とルブリンの詩人ユゼフ・チェホーヴィチ（一九〇三－三九）（これらは文学史上〈第二アヴァンギャルド〉と呼ばれる）、ヴィトカツィの小説『非充足』（三〇）がこの流れに数えられる。散文ではヴィトカツィ、ブルーノ・シュルツ、ヴィトルド・ゴンブローヴィチが同時代のどの潮流にも回収されない、独自の作品を残した。

第二次世界大戦と戦後の歩み

一九三九年九月一日、独ソ不可侵条約に基づきドイツはポーランドに侵攻し、第二次世界大戦の火蓋が切られた。九月十七日に東からソ連が攻め入り、ポーランドは両国による分割占領の時代に入る。ドイツ占領下、ポーランド文学は国外と、国内の地下出版に引き継がれた。

首都ワルシャワでは一九四四年八月、多くの市民が参加して対ドイツ蜂起が起きる（ワルシャワ蜂起）。この蜂起で若くして死んだ詩人クシシュトフ・カミル・バチンスキ（一九二一－四四）は、占領下のワルシャワを背景に、戦争に直面した個人の心情に寄り添う普遍性ある詩を残し、蜂起の象徴的詩人となった。

一九四五年、ソ連によって「解放」されたポーランドは、ソ連の影響下に新しい国家として歩み始める。大戦直後の作家たちは、戦争の非人道性を告発する優れた文学を残した。イエジ・アンジェイェフスキ（一九〇九－八三）の短編集『夜』（四五）は占領下の極限的条件における人間の判断と行動を主題化する。ナチス犯罪調査委員会に加わった女性作家ゾフィア・ナウコフスカ（一八八四－一九五四）の短編集『メダリオン』（四六）は、主観的コメントを抑制した語りが、ナチスの人道上の罪を静かに強く浮かび上がらせる。アンジェイ・ワイダによって映画化されたアンジェイェフスキの小説『灰とダイヤモンド』（四八）は、戦後の新体制下における戦争経験者の選択と葛藤を複数の世代の視点と立場から提示する。

戦後も比較的自由を維持していたポーランドの文学を取り巻く状況は、一九四九年に大きく転換する。

シュチェチンで開かれたポーランド作家組合大会で、社会主義リアリズムを唯一の文学形式とすることが決定され、五六年の「雪解け」、ポーランドで言う「十月の春」まで続く。

亡命文学――パリ、ロンドン、アメリカ

一九三九年のドイツ侵攻後、そしてソ連の影響下にある統一労働者党の一党独裁となった戦後のポーランド人民共和国時代、作家や文化人の多くが政治的圧迫を逃れて、言論の自由を求めて亡命した。戦後のポーランド語文学は、国内（合法文学と非合法文学）と国外という二つの大きな流れのなかで展開する。

戦後の在外ポーランド語文学の一大中心地がパリである。ここは失敗に終わった対ロシア十一月蜂起（一八三〇－三一）以来、ポーランド知識人の最大の亡命先でもあった。イエジ・ギェドロイツ（一九〇六－二〇〇〇）が設立した文学研究所は、月刊誌「文化」（一九四七－二〇〇〇）を刊行し、国内で出版の機会を奪われた作家と亡命作家の作品を掲載した。アルゼンチン滞在中に第二次世界大戦が勃発し、そのまま同地に亡命し、後にパリに移ったゴンブローヴィチの作品（『トランス・アトランティック』五三、『日記』五七－六六）、ミウォシュ『囚われの魂』（五三）などを刊行し、戦後のポーランド語文学の発展に果たした役割は量り知れない。

もう一つの在外ポーランド文学の中心地が、一九四〇年以降亡命政府が置かれたロンドンである。両大戦間期に前衛映画作家として活躍したステファン・テメルソン（一九一〇－八八）は、同地で出版社〈ギャバーボッカス・プレス〉を作って、哲学的で言語実験に富む小説を英語とポーランド語で発表した。

アメリカは高名な学者や詩人に大学のポストを用意して迎えた。外交官時代にフランスに亡命したミウォシュはさらにアメリカに移り、カリフォルニア大バークレー校で教鞭を執った。その講義録である『ポーランド文学史』（六九）は、建国から現代までを収めた巨視的かつ個人的なポーランド文学史である。シェイ

クスピア研究で知られる批評家ヤン・コット（一九一四―二〇〇一）もアメリカで、一九六八年の三月事件で教職を追われた哲学者で作家レシェク・コワコフスキ（一九二七―二〇〇九、『ライロニア国物語』六三）はイギリスで教鞭を取り、執筆活動を続けた。アメリカで英語作家となったのが『ペインティッド・バード』（六五）のイエジー・コシンスキである。

国内の動き――不条理演劇、SF、ニューウェイヴ

一九五六年の「十月の春」により、文学はある程度の自立性を取り戻す。演劇界ではそれまで発禁だったヴィトカツィ、ゴンブローヴィチの作品が、ベケット、イヨネスコなど海外の不条理演劇の代表作とともにレパートリーに並んだ。二十世紀のポーランド演劇を代表するスワヴォーミル・ムロージェク（『警察』五八年上演）とタデウシュ・ルジェーヴィチ（『カード目録』六〇年上演）もデビュー。演出家イエジ・グロトフスキ（一九三三―九九）が実験劇場を始め、タデウシュ・カントル（一九一五―九〇）がクラクフで劇団クリコ2を立ち上げた。

散文では、マレク・フワスコ（一九三四―六九）のデビュー作『雲の中の第一歩』（五六）が社会主義リアリズムの終わりを告げる。ムロージェクは短編集『象』（五七）を発表し、知の巨人レム（『ソラリス』六一）もSFの再定義を迫る作品を次々と発表した（八〇年代に意図的に断筆）。ユリアン・ストルィコフスキ（一九〇九―九六）は、第一次世界大戦前の旧ポーランド領東部国境地帯ガリツィアのユダヤ人共同体を小説に描いた（『旅籠屋』（邦訳『還らぬ時』）六六）。

〈言語学詩〉とも呼ばれるネオロジズムを多用した独創的詩が高い評価を受けるミロン・ビャウォシェフスキも五六年にデビューしている。

一九六八年の三月事件によって、五六年以降続いた〈ささやかな安定期〉は終わった。学生・知識人の活動が警察の暴力によって鎮圧されたこの事件を契機

に、反ユダヤキャンペーンも展開され、新たに多数の知識人が亡命した。一方、三月事件を体験した戦後生まれの第一世代の若手詩人と批評家は、文学を通した政治参加と、現実を見据えた率直な表現を標榜して活動し、〈ニューウェイヴ〉もしくは〈六八年世代〉と呼ばれる。のちにアメリカに亡命してハーヴァード大教授となるスタニスワフ・バランチャク（一九四六―二〇一四）、リシャルド・クリニツキ（一九四三―）、アダム・ザガイェフスキ（一九四五―）がその代表である。全体主義体制下のモラルを問うズビグニェフ・ヘルベルト（一九二四―九八）は、ミウォシュ、シンボルスカと並ぶ戦後ポーランドの代表的詩人だ（『コギト氏』七四）。

体制転換期

一九七〇年代、デモ隊に対する発砲や反体制派の不当な拘束などの弾圧の強化に対し、知識人と労働者の協力が進む。八〇年、自主管理労働組合〈連帯〉が発足すると、反体制派に対する国際社会の後押しを象徴的に示すかのように、同年、亡命中の詩人ミウォシュにノーベル文学賞が贈られた。翌年、戒厳令が敷かれて政治的振り子は大きく揺り戻される。三月事件に次ぐ大きな亡命の波が知識人の間に起きた。映画監督としても知られるタデウシュ・コンヴィツキは地下出版した七〇年代の小説で、同時代のポーランドの社会をグロテスクに描いている（『ポーランド・コンプレックス』七七、『小黙示録』七九）。

八九年、円卓会議後の総選挙で〈連帯〉が勝利し、一党独裁が終わる。検閲がなくなり、発禁だった内外の作家、作品が書店に並び、文学にほぼ五十年ぶりの自由がもたらされた。

一九九〇年代前半、新しい形式、言語、主題の文学が次々現れた。〈スキャンダル派〉と呼ばれたフェミニスト作家マヌエラ・グレトコフスカ（一九六四―、二〇〇七年にポーランドで女性党結成）、詩的な散文が内外で高く評価されているマグダレーナ・トゥーリ（一九五五―、

『夢と石』九五)、戦前生まれの世代では、リシャルト・カプシチンスキ(一九三二-二〇〇七、『黒壇』九八)が優れたルポルタージュを残し、ルジェーヴィチは戯曲、詩、散文と縦横無尽に創造力を発揮している。九六年には詩人ヴィスワヴァ・シンボルスカがノーベル賞を受賞した。雑誌「ブルリオン」(一九八六-九九)は九〇年代前半まで、伝統的文学に対するアンダーグラウンドの新しい流れを牽引した。

ヨーロッパへ?――EU加盟後の動き

九〇年代以降の文学で目をひくのは、祖国としてのポーランドから個人の〈小さな故郷〉へという焦点の変化である。六〇年代生まれのオルガ・トカルチュク(『昼の家、夜の家』九八)とアンジェイ・スタシュク(『ガリツィア物語』九五)は、首都ワルシャワから離れた国境地帯の現在の風景に神話的世界像を透視し、重ね合わせる。グダンスク在住の作家パヴェウ・ヒューレ(『ヴァイセル・ダヴィデク』八七)とステファン・フフィン(一九四九-、『ハネマン』九五)は、それまでのポーランド文学から抜けていた西部国境地帯を小説に取り上げた。これらの作家のその後の作品は、二〇〇四年にEUに加盟し、祝祭的に西欧に同一化しようとするポーランド社会の雰囲気と、そこで再生産されうるオリエンタリズムに対する警鐘とも読むことができる。

体制転換から十数年を経て、近くて遠かった西欧や世界の国々と政治的、個人的、芸術的問題を共有する感覚が若い世代を中心に根づきつつある。現代ポーランドにリンクしつつ、新境地を開拓する才能が現れている。八三年生まれのドロタ・マスウォフスカは、高校時代に小説『赤と白の旗の波露戦争』(〇二)でデビュー。現代ポーランドの若者の一タイプの日常を、彼らの言語で、意識の流れの系統にある語りで描き、新世代を代表する作家の座に躍り出た。演劇ではクリスティアン・ルパ(一九四三-)、クシシュトフ・ヴァルリコフスキ(一九六二-)が次々話題作を発表し、都市の文化シーンを牽引している。

(加藤 有子)

Stanisław Ignacy Witkiewicz (Witkacy)
スタニスワフ・イグナツィ・ヴィトキェヴィチ（ヴィトカツィ）

［1885-1939］

一九八〇年代半ば、東京の某出版社が『ヴィトキェヴィチ著作集』の刊行計画を立てたことがある。監修者として、ポーランド文学者の工藤幸雄、哲学者の中村雄二郎、文化人類学者の山口昌男が名を連ねていた。

実現していればまことに画期的だったが、残されたのは、編集者が著作集の構成を記したメモだけである（本項筆者は、故工藤幸雄の書庫からそれを発見した）。長編小説二～三巻、戯曲、論文（文学・美術・演劇・哲学）、書簡各一巻で全五～六巻、加えて別巻（ヴィトキェヴィチ研究）も出す予定だったらしい。

このころから一九九〇年代半ばまでの十年間は、日本におけるヴィトキェヴィチへの関心が高揚した時期にあたる（邦訳、戯曲上演記録参照）――演劇人（劇作家、理論家）、美術家（画家、理論家、写真家）、哲学者としての彼だ。長編小説の翻訳が皆無の状態で、小説家としての業績を紹介するのは難しかった（例外は、『秋の別れ』映画版が日本でも公開されたことか）。

スタニスワフ・イグナツィ・ヴィトキェヴィチは、一八八五年に、やはり文学・思想・美術に才能を発揮した同名の父と音楽教師の母の長男として生まれた（独り立ちすると、いや独り立ちするために、父との区別化を望み、姓の前半とミドル・ネームの後半を組み合わせて「ヴィトカツィ」の字《あざな》を名乗った）。二十世紀初頭にロシア、オーストリア、ドイツ、イタリアに遊学し、一九一四年にはオーストラリア、インドに調査旅行に出た。旅先で第一次世界大戦勃発を知り、ロシア軍兵士として革命を経験。ポーランドが独立を回復した一九一八年から三〇年代半ばまでが、順に、美術家、劇作家、小説家、哲学者として旺盛に活動した時期。

一九三九年九月一日にドイツが西からポーランドに侵攻して第二次世界大戦が始まると祖国軍に志願するが、年齢を理由に撥ね付けられ、愛人と東方に逃げる。同月十七日、ソ連が独ソ不可侵条約秘密議定書に基づき、東からポーランド国境を越える。その翌日、ヴィトカツィは自殺（片割れ心中）を遂げる。共産主義を死ぬほど恐れていた。

以下、文学に限って、創作の特徴を説明する。

ヴィトカツィは、幼年期（七〜八歳！）から中年期（四十六〜四十九歳）までの間に、約三十編の戯曲を書いた。そのマニフェスト「純粋形式について」（邦訳あり）は、次のように要約できる。「演劇の課題は、観客を存在の神秘の感情的理解に導くことにある」「問題解決が演劇の使命ではない」「観客は現実との関連性を忘却して芝居を観るべきだ」「作家は、観客が期待する《芸術》と絶縁して、作品を作るべきだ」。代表作は、『小さなお屋敷で』（二一）『狂人と尼僧』『母』（二四）『靴職人』（三一−三四）。これらがポーランド演劇の「現代の古典」として定着するのは、一九五〇−六〇年以降である。

主要な小説作品は、長編四編——『ブンゴ六二二回の墜落』（一〇−一一）『秋の別れ』（二七）『非充足』（三〇）『唯一の出口』（三一−三三）。ヴィトカツィは「長編小説は芸術作品にあらず、論争・実験・挑発の場である」と主張した。一九九〇年代に、『秋の別れ』『非充足』と続けて映画化された。

『非充足』は近未来小説の傑作。二十世紀末、ポーランドは独裁者コツモウホヴィチ統治下、腐敗・堕落し崩壊の危機に瀕している。中国軍が侵攻し、東の全体主義が勝利を収める。同時代の全体小説（『ユリシーズ』（二二）『失われた時を求めて』（一三−二七））、アンチ・ユートピア小説（ハクスレー『素晴らしい新世界』（三二））、実験小説（ドス・パソス『U・S・A』（三〇−三六））、性愛小説（ロレンス『チャタレイ夫人の恋人』（二八））と響き合っている。

実現しなかった『ヴィトキェヴィチ著作集』について記した。野心的な企画の成果はゼロだったわけではない。それどころか……。律義で勤勉な工藤幸雄は、『シュルツ全集』（九八）の原稿をまとめた後、『非充足』の翻訳に打ち込み、完成していたのである！　近未来小説は、近未来に松籟社から刊行される。お楽しみに！

（久山　宏一）

◇邦訳　『狂人と尼僧』（工藤幸雄訳、「新劇」一九七七年十二月号所収、白水社）、「純粋形式について」「演劇の新しい形式について」その他（松本小四郎訳、『ヴィトキェヴィチの世界　一九二〇年代の演劇的〈知〉』所収、PARCO出版）、『ヴィトカツィの戯曲四篇』（関口時正訳、未知谷）ほか。

◇戯曲上演記録　『幽霊の家』（原題は「小さな館にて」、演劇集団 円、一九八五年）、『水鶏（くいな）』、『肖像画商会』（ともにシアターX、一九九二年）、『母』（二〇一五年）ほか。

Bruno Schulz
ブルーノ・シュルツ

[1892-1942]

一八九二年、オーストリア＝ハンガリー帝国の北東の国境地帯ガリツィアの小都市ドロホビチ（現在ウクライナ領）で同化ユダヤ人の家庭に生まれる。ポーランド語とドイツ語を話したが、イディッシュ語は知らない。執筆言語もポーランド語である（一九三八年にドイツ語で中編「帰郷」を書いたが、原稿は行方不明）。父の名はヤクブ、町の広場に面して服地店を営んだ。この伝記的事実はのちの短編に反映される。

子供のころから絵に長け、美術の道に進むことを希望したが、家族の勧めによりドロホビチ近郊のルヴフ（レンベルク、リヴィウ）の工科大学建築学科に進学する。病弱のために休学し、復学してすぐに第一次世界大戦が勃発、一九一四年から一八年まで断続的に首都ウィーンに疎開する。第一次世界大戦後、ポーランド領となったドロホビチで画家として活動を始める。二〇年頃、マゾヒスムと紙一重の、男性による女性の偶像化を描くクリシェ＝ヴェールの制作を始め、連作『偶像賛美の書』にまとめた。二四年からは地元のギムナジウムの図工教員として働き、ナチス・ドイツが同地を占領する四一年まで続けた。

一九二〇年代半ばに友人の影響で文学創作を始める。のちのイディッシュ語詩人、ポーランド語作家のデボラ・フォーゲル（『アカシアは花咲く』）と出会い、その文通からのちの短編の原型が生まれた。三三年に短編集『肉桂色の店』を刊行してデビュー、首都ワルシャワの文壇で前衛作家、詩人を中心に大絶賛され、全国的な文芸誌に短編、エッセイ、書評を次々発表していく。三七年、自作の挿絵三十三点入りの第二短編集『砂時計の下のサナトリウム』を刊行した。

ユダヤ人シュルツは四二年十一月十九日、ナチス・ドイツ占領下のドロホビチのゲットーの路上でゲシュタポ将校に射殺された。二つの短編集と雑誌掲載の四つの短編、計三十二編が散文作品のすべてとなる。

　シュルツの物語は言葉が濃密なうねりとなって連なり、生地ドロホビチと思しき町の自然の情景に、自伝的要素を反映した一人称の語り手の少年と服地商の父ヤクブを軸とする物語が明確なプロットなしに、奇想天外に展開する。厳選された言葉は前後に緊密に関連し、メタファーをなし、人物の動きや情景を眩いまでの光と闇のコントラスト、空気の動きや温度、湿度とともに鮮やかに立ちあげる。二十世紀初頭のどの芸術潮流にも還元されず、不条理や幻想小説とも言い切れないその作品は、現在では四十以上の言語に翻訳され、「ポーランドの」という限定詞なしに、世界の二十世紀文学に独自の位置を占めつつある。クエイ兄弟のアニメーション・フィルムを筆頭に映画、演劇化も多く、文学ではキシュやミルハウザーなど、ポーランドの枠を越えて後世に影響を与えている。フラバルもシュルツの大ファンを公言していた。

　ドイツ語に堪能だったシュルツはポーランドの作家のほか、リルケ、トーマス・マン、カフカを愛読したことが知られる。マンの『ヨセフとその兄弟』をヒントに祖形の反復という歴史／物語観に辿りつき、自身の創作を「現実の神話化」すなわち「自分の神話的系図を見つけ出す試み」と捉える。小さな町の親子の日常にはいつしか旧約聖書の物語が重ねられ、時空の法則が解体していく。

　作家デビュー後もシュルツは生涯絵を描き続けた。画家時代から共通するのは〈書物〉に対する関心である。文学と視覚芸術という強固な区画分けに対し、両者を包含する第三の芸術ジャンルとして〈書物〉を想定していたことが、絵画から短編集までのその作品から浮かび上がる。

　二〇〇一年には、ドロホビチのドイツ占領時代にナチス将校の命で描いた壁画が民家に発見され、それをイスラエルのホロコースト記念館ヤド・ヴァシェムが剝離し、イスラエルに搬出したことが国際的論争を呼んだ。ガリツィアのユダヤ人シュルツの帰属先には、民族や国家の限定詞なきドロホビチこそがふさわしいだろう。

（加藤　有子）

◇邦訳
『シュルツ全小説』（『肉桂色の店』『砂時計《クレプスイドラ》サナトリウム』ほか、平凡社ライブラリー）、『ブルーノ・シュルツ全集』（新潮社）※いずれも工藤幸雄訳

Witold Gombrowicz
ヴィトルド・ゴンブローヴィチ

［1904-69］

ゴンブローヴィチは一九〇四年、ロシア領ポーランドの農村で、領主貴族の家庭に生まれる。二二年にワルシャワ大学法学部に入学。二七年に法学修士の学位を取得後、パリの大学に籍を置きながら二年ほど西欧を遊学。帰国後しばらくは裁判所などで司法修習生として勤める傍ら、それまでに書きためた小説をまとめ、三三年に短編集『成熟途上の記録』（五七年に増補改題『バカカイ』を刊行）でデビュー。三七年に出版した長編『フェルディドゥルケ』は反響を呼び、ブルーノ・シュルツを筆頭にポーランド文壇の一部から賞賛される。三八年に戯曲『ブルグンド公女イヴォナ』を刊行。三九年七月に、グディニャから南米に向かう大西洋横断客船の処女航海に参加。アルゼンチンで欧州大戦勃発の報に接して足止めを食らい、以後、母国の土を踏むことはなかった。

アルゼンチンでの滞在は二十四年弱にも及ぶが、その間もポーランド語の執筆を継続。十九世紀からヨーロッパとアメリカ大陸に形成されていた在外ポーランド人社会が、その作家活動を支えた。

一九五三年に、パリに拠点を置く亡命出版社から、戯曲『結婚』と併せて『トランス＝アトランティック』を出版。同じ頃、月刊誌「クルトゥーラ」に「日記」の連載を開始。この連載は晩年まで続いた。また、執筆と並行して自作の翻訳にも力を注ぐ。ビルヒリオ・ピニェーラなど、ブエノスアイレスの若い作家たちと共同で『フェルディドゥルケ』をスペイン語に翻訳（四七年に刊行）。五八年に刊行したフランス語版『フェルディドゥルケ』が話題になり、国際的な評価が高まる。六〇年に『ポルノグラフィア』を出版。

六三年にフォード奨学金を得て、ベルリンに一年間滞在。その後、健康を理由にヨーロッパにとどまり、南仏ヴァンスに移住。六五年に『コスモス』を刊行。「探偵小説」の体裁をとった本書は、ヌーヴォー・ロマンや構造主義のブームに乗って話題になり、六七年に国際的な文学賞であるフォルメントール賞を受賞。六九年七月に呼吸器不全のため死去。

全体主義の暴力が荒れ狂った二十世紀は多数の「亡命作家」を生み出したが、とりわけゴンブローヴィチに特徴的なのは、全体主義に対する批判が、国家レベルだけでなく、日常生活の微細なレベルにも向けられた点である。

代表作『フェルディドゥルケ』は、齢三十を越えて学校に戻された主人公ユージョの、荒唐無稽な冒険譚である。彼は大人たちが押しつける「形式」に悶え苦み、ひたすら逃亡を試みる。学校にも家庭にも、都会にも農村にも、どこにも帰属できないアウトサイダーであるがゆえに、目に映る対象すべてがグロテスクに戯画化される。そこでは「形式」は「つら」と言い換えられ、純潔と不良、現代的と時代遅れ、旦那と作男など、様々な「つら」の貼り合いが展開されるアリーナとして人間社会が描かれた。

晩年の『コスモス』は、より微細な個人の意識活動に焦点を当てている。主人公の若者は、旅の途上、「首吊りのすずめ」を発見する。宿泊先の主一家に容疑の目を向けながら、無限の可能性の中から、つじつま合わせの推理を捻り出し、整合性を求めるあまり自ら犯罪的な行動に手を染める……

ゴンブローヴィチの小説にはナンセンスな造語が頻出する。宿泊先の主レオンの口癖「ベルグ」がそれで、幼児の言葉遊びに似ているが、「場違い」なタイミングに投げ込まれると爆弾としても機能する。

集団生活の裏でささやかに営まれる「オナニスト」たちの嗜癖は、「正常」な人間活動を背後から突き動かす原動力にもなれば、その土台を揺るがす起爆剤にもなる。人々の秩序の裏側、その混沌とした「地下の論理」の解明を『コスモス』は試みた。

ゴンブローヴィチは、集団生活から個人の意識活動まで、人生のあらゆる局面のままならなさを描き続けた。しかし、その作品には悲壮感は漂わず、あらゆる固定観念を笑い飛ばす独特のユーモア感覚に溢れている。

（田中　壮泰）

◇邦訳　『バカカイ』『ポルノグラフィア』（ともに工藤幸雄訳、河出書房新社）、『フェルディドゥルケ』（米川和夫訳、平凡社ライブラリー）、『トランス＝アトランティック』（西成彦訳、国書刊行会）、『コスモス』（工藤幸雄訳、恒文社）ほか

Czesław Miłosz
チェスワフ・ミウォシュ
[1911-2004]

二十世紀後半のポーランドは国際的に高く評価される詩人を何人も輩出した。ルジェーヴィチ、ヘルベルト、シンボルスカ、ザガイェフスキ。これらの詩人たちは、それぞれ作風をはっきりと異にする個性的な存在だが、「ポーランド派」としてゆるやかに括れるような要素も備えている。言語に関して意識的でありながら、実験のための実験といった難解な方向には走らず、むしろ平明な言葉を操っていく。そして言葉の音楽的な美しさを無視するわけではないが、言葉によって表され、伝えられる意味や思想を重視する。歴史や政治に対してもいつも鋭く意識的で批判的だが、あからさまに政治的になることはなく、むしろ非政治的でしなやかな言葉の使い方を貫くことによって、政治に対抗する力を獲得する——こういった点で、彼らは共通していると言えるだろう。その中でも、長年にわたる創作活動の豊かさと知的な視野の広さにかけて群を抜いているのが、チェスワフ・ミウォシュだ。

ミウォシュは一九一一年、当時ロシア帝国領だったリトアニアのシェテイニェ村に生まれた。国籍上はロシア帝国の臣民でありながら、地理的にはリトアニアを故郷とし、文化・言語的にはポーランドの詩人。後年さらに、共産主義化したポーランドを逃れてアメリカに渡った亡命者という「顔」が付け加わる。彼の生涯は多民族性と越境性によって彩られていた。多くの民族の境界が交差するまっただなかに生き、多くの言語に通じ、長いこと亡命生活を送った。それにもかかわらず、九十三年にもおよぶ彼の長い生涯を振り返ると、激動の世紀を生き延びながらも、彼がじつに見事なまで一人のポーランド詩人であり続けたことに改めて胸を打たれる。彼

自身、おそらくその難しさを誰よりもよく知っていた。「アルス・ポエティカ?」という作品では、こんなことを書いていたほどだ。

詩の効用は、同じ一人の人間でい続けるのが/どんなに難しいか思い出させてくれること/なにしろ、私たちの家は開けっ放し、戸には鍵がなく/目に見えない客人が勝手に出たり入ったりしているのだから

実際、彼は生涯を通じて、ひとりの人間では通常体験できないくらい多くを体験した。二つの革命（ロシア革命と東欧革命）、二つの世界大戦、二つの全体主義体制（ナチスドイツとスターリニズム）の興亡、亡命と帰還。詩人・評論家で、ハーヴァード大学教授として教鞭をとったスタニフワフ・バランチャクは、「歴史の過剰」というものこそポーランド詩につきまとう宿命だと言ったことがあるが、ミウォシュの生涯はまさに身をもってそれを示すものだった。そして、彼の詩は、精神的な意味において一種の歴史の証言にならざるを得なかった。第二次世界大戦直後に刊行された詩集の「献辞」には、驚くべき真率な言葉が見られる――「民族や人々を救わない詩とは/いったい何だろう」

第二次世界大戦後、ミウォシュは西側に亡命し、一九六〇年に渡米、その後二十年近く、カリフォルニア大学でロシア文学やポーランド文学を講ずることになった（その教歴の成果の一つが、英語で書かれた『ポーランド文学史』である）。一九八〇年にはノーベル文学賞を受賞した。その直後、一九八一年から八二年にかけてハーバード大学で行われた彼の連続講義は、後に『詩の証言』のタイトルを冠した一冊の本にまとめられた。当時留学中であった筆者は、満場の大教室で、時に通路に座り込みながら、毎回食い入るように彼の――ポーランド訛りの強烈な英語による――講義を聞いたものだった。

ほどなくしてポーランドの社会主義体制は崩壊し、ソ連という国家さえも消滅する。ミウォシュは一九九三年にクラクフの名誉市民として祖国に迎え入れられ、二〇〇四年、この町で死去した。一見平明なようでいて、底知れぬ深さを秘めたミウォシュの膨大な詩の遺産は、いまだに私たちの解読を待っている。

（沼野　充義）

◇邦訳　『ポーランド文学史』（関口時正・西成彦・沼野充義・長谷見一雄・森安達也訳、未知谷）、『チェスワフ・ミウォシュ詩集』（関口時正・沼野充義編、成文社）、『世界　ポエマ・ナイヴネ』（つかだみちこ・石原耒訳、港の人）、『囚われの魂』（工藤幸雄訳、共同通信社）

Stanisław Lem
スタニスワフ・レム
［1921-2006］

photograph © Mariusz Kubik

　レムはポーランドが生んだ最大のSF作家である。その膨大な著作の大部分は世界数十か国語に翻訳され、代表作の『ソラリス』（六一）はSFというジャンルを超え、二十世紀の世界文学の古典の地位を獲得している。彼の著作の幅は極めて広い。シリアスなSF長編、諧謔と風刺の効いた短編群の他、批評的・哲学的著作も多い。レムは自然科学の最先端から人文社会科学のあらゆる分野まで通暁していた。私はこれまで様々な大学者に会う機会に恵まれてきたが、彼ほど博識で驚異的な頭脳にはお目にかかったことがない。
　レムは一九二一年、現在ではウクライナ領になっているルヴフ（ロシア語名リヴォーフ、ウクライナ語名リヴィウ）で、ユダヤ人の医師の家に生まれた。ここは当時ポーランド領だったが、その後、ナチスに占領され、さらにはソ連赤軍に「解放」されてソ連領に組み込まれた。第二次世界大戦後、レム一家はソ連領となったルヴフから、ポーランドのクラクフに移住することを余儀なくされた。
　レムの世界観の形成にとって、二十世紀の激動を東欧の「辺境」で、国家に対する帰属が流動的な歴史的状況の中で育ったという経験は測り知れないほど大きかった。レムの踏破しがたい巨大な山を思わせる著作の全体を、一本の筋のように貫いているものがあるとすれば、それは人間の理性の限界を見定めようとする透徹したまなざしであり、理性の限界の外に広がる宇宙の驚異に対して自らを開いていこうとする姿勢である。それは独自の脱人間中心主義的な相対主義と呼びうるものだが、これこそは歴史と地理の境界領域での、知の訓練のたまものだった。彼の作品の背後には、戦争に翻弄され、国境線が何度も書き直され、ホロコーストの脅威にさらされ、確実なものなど何一つないという状況のなかを生き抜いてきた経験がある。

SF作家としてのレムの実質的なデビュー作は、長編『金星応答なし』（五一）だが、彼が本領を発揮し始めるのは、一九五〇年代末からで、地球外の知性との遭遇を扱った三大長編『エデン』（五九）、『ソラリス』、『砂漠の惑星』（六四）によって、彼はポーランドSF界の第一人者としての地位を確立した。この時期に明らかになってくるのは、人間の認識能力に対する懐疑的な態度である。特に三大長編では、人間の理解を超えた宇宙の存在との出合いを通じて、人間の知性の相対性が強調されている。さらに、宇宙からの謎のメッセージを解読しようとする計画が失敗に終わる過程を描いた『天の声』（六八）も、その流れに連なる長編である。

一九七〇年代以降レムは、既成の手法に飽き足らず、新しい小説の可能性をメタフィクション的な方向に探るようになった。この傾向の代表作としては、『完全な真空』（七一）と『虚数』（七三）という二つの作品集がある。前者は実在しない架空の書物についての書評を集めたもの、後者は架空の書物に添えられたとされる序文集という体裁をとっている。

こういった試みゆえに、レムは西側ではときおり〈SF界のボルヘス〉とも呼ばれるようになった。

レムの『ソラリス』は、周知のようにソ連のタルコフスキーによって映画化された。しかし、レムにはこの映画はまったく気に入らなかった。ロシア人の監督が母なる大地に回帰しようとする「懐かしさの人」であったのに対して、レムはあくまでも未知の他者と向き合おうとする「違和感の人」だったからである。一九九五年、クラクフの自宅にレムを訪ねたおり、私はタルコフスキーとの関係について彼に直接聞いてみた。するとレムは映画化の話が持ちあがったとき、モスクワに呼ばれて監督と話し合ったのだが、結局喧嘩別れになり、「お前はバカだ」と言い捨てて、クラクフに帰ってきたのだ、という。私に対してもわざわざロシア語で「バカ」と繰り返したレムの語気の強さが、今でも忘れられない。

（沼野 充義）

◇邦訳
『ソラリス』（沼野充義訳、ハヤカワ文庫）、『砂漠の惑星』（飯田規和訳、ハヤカワ文庫）、『完全な真空』（沼野充義訳、国書刊行会）、『虚数』（長谷見一雄・西成彦・沼野充義訳、国書刊行会）など多数。国書刊行会からは全六巻の〈スタニスワフ・レム コレクション〉が刊行中（『天の声・枯草熱』、『FIASKO—大失敗』、『高い城・文学エッセイ』など）。

Tadeusz Różewicz
タデウシュ・ルジェーヴィチ
[1921-2014]

第二次世界大戦後ポーランドでは、アヴァンギャルドの伝統がかつての勢いを失い、詩人たちは新しい言語の可能性を模索していた。タデウシュ・ルジェーヴィチは、そんな戦後第一世代の詩人のひとりである。

ルジェーヴィチの功績は、詩の分野にとどまらない。彼はスワヴォーミル・ムロージェクらとならぶ、不条理演劇の立役者でもある。

一九二一年ポーランド中部の都市ラドムスコに生まれたルジェーヴィチは、ドイツ占領下では国内軍に加わり、抵抗運動に身を投じた（一九四三-四四）。戦後グリヴィツエで本格的な執筆活動を始めるや、たちまち批評家の注目を集めた。一九六八年以降はヴロツワフに居を定めた。

ルジェーヴィチの創作は、大きく三つの時期にわけることができる。初期詩集『不安』（四七）や『赤い手袋』（四八）では、人間の残虐性や死に対する感覚の麻痺、道徳的価値観の崩壊、生のさなかで味わう孤独や疎外感といった主題が、比喩を切り詰め、飾り気なく綴られている。

第二期にあたる一九五〇年代後半から七〇年代、ルジェーヴィチは、日常的なものの物質性を露わにしようとした。とくに一九五六年の「雪解け」以後は、荒廃した世界の奥にある混沌や多義性を描くために、あえて実験的に比喩を使った。T・S・エリオットの影響がうかがえる詩集『我アルカディアにおいてもあり』（六一）には、以下のような一節がある。

女は花のようだ

そんな美しくて
古くさい比喩は
ほっておけ
微笑む花
恐れる花
髪に花を飾った花
自分を売る花
やって来ては、立ち去る花
女は女のようで
花は花のようだ

一九六〇年代は、ルジェーヴィチが劇作家として活動し始めた時期でもある。彼は時に、空間、時間、主人公の統一性、事件の因果律を無視した非日常的でグロテスクな設定を用いて、現代世界の混沌や無形性を表す。『カード目録』（六〇）、『証人たち、あるいはわれらのささやかな安定』（六四）、『老女が卵を抱いてうずくまる』（六九）は、西側での彼の名声を不動のものとした。七〇年代に入っても劇作の勢いは衰えず、『白い婚礼』（七五）のほか、フランツ・カフカの作品を題材に、『断食芸人の出立』（七七）と『わな』（八二）を発表した。

第三期にあたる一九八〇年代から九〇年代、ルジェーヴィチの詩作活動は一時下火になったかに思われたが、詩集『母は立ち去る』（九九）で再び勢いをとり戻した。詩・写真・メモをちりばめたこの詩集は、ポーランドで最も権威あるNIKE文学賞に輝いた。彼の精力的な詩作活動は死の直前まで続き、数々の文学賞にノミネートされた。

ルジェーヴィチの作品は、詩・散文・戯曲をあわせ、これまでに四十以上の言語に翻訳されており、国際的評価も高い。一九七五年以降、一度ならずノーベル文学賞の候補となった、この偉大な詩人・劇作家の名前は、日本でまだほとんど知られていない。

（井上　暁子）

◇邦訳
「いま他――詩集『母は立ち去る』より」（工藤幸雄訳、『るしおる39』所収、書肆山田）、「愛・一九四四」「ほっといてくれ」（沼野充義訳『ポーランド文学の贈りもの』所収、恒文社）、「愛・一九四四」「なんてすてき」（沼野充義訳、『世界文学のフロンティア2』所収、岩波書店）、「生きていたものが死んでいった」（西成彦訳、『ポケットのなかの東欧文学』所収、成文社）

Sławomir Mrożek
スワヴォーミル・ムロージェク
［1930-2013］

photograph © Ayano Shibata

スワヴォーミル・ムロージェクは生涯の半分近くを国外で過ごした亡命作家であるにもかかわらず、デビュー以来、祖国ポーランドで変わらぬ人気を博している。

ムロージェクは一九三〇年、ポーランド南部、クラクフ近郊のボジェンチン村に郵便局員の息子として生まれた。一九五〇年に漫画家として、また滑稽なコラムの寄稿作家としてデビュー。一九五三年に二冊の短編集を上梓し、作家としても活動を始め、第二次大戦後のポーランド社会の現実を鋭い諷刺精神で描いた『象』（五七）、『原子村の婚礼』（五九）、『雨』（六二）などの短編集で注目を集める。処女戯曲『警察』（五八）のワルシャワでの上演以降、国内外で評価が高まり、三世代家族を描いた悲喜劇『タンゴ』（六四）の初演（六五）は演劇界に衝撃を与え、劇作家としての国際的な評価を確立した。その後もポーランド不条理演劇の第一人者として、『亡命者』（七四）、『クリミアの恋』（九三）など数多くの戯曲を世に送り出し、世界各地で上演されつづけている。

一九六三年からイタリアに滞在していたが、一九六八年「プラハの春」事件が起きると、ワルシャワ条約機構軍によるチェコスロヴァキア侵攻に抗議する公開書簡状を発表し、パリに政治的避難所を求める。このとき彼の作品は本国で一時的に出版・上演禁止となる。だが二年後の解禁以後も彼自身は帰国せず、アメリカ、ドイツ、イタリアと居を移しながら国外生活を続けた。その間もポーランド国内で彼の作品は合法的に出版・上演・放送されていた。亡命作家の作品に自由に触れられるような状況は、同時期のソ連や東ドイツにはなかった。

一九八九年以降はメキシコ人の夫人とともにメキシコで

暮らすが、現地の治安悪化ほか諸般の事情により、ついに三十三年間の国外生活に終止符を打ち、一九九六年、古巣のクラクフに戻る。このあたりの経緯はエッセイ集『帰還の日記』(〇〇)に詳しい。帰国後もエッセイや漫画の執筆を続けていたが、二〇〇二年に脳梗塞で倒れ、失語症のため、活動の中断を余儀なくされる。約三年間のリハビリテーションの末、読み書きと発話能力を回復。リハビリの一環として言語療法士の勧めで書き上げたのが、初の自伝『バルタザル』(〇六)である。二〇〇八年、突如「気候のよい南フランスのニースに永住する」と事実上の隠居宣言をして、家族とともにふたたびポーランドを出国した。二〇一〇年、『日記』全三巻刊行開始(~一三完結)。同年、生誕八十年を記念しワルシャワで「二十一世紀のムロージェク」フェスティバルが開催され、本人も出席した。二〇一一年には長年交流のあった作家スタニスワフ・レムとの『書簡集』が出版された。二〇一三年、ニースにて死去。遺骨はクラクフの聖使徒ペテロとパウロ教会地下の国立記念堂に葬られた。

共産主義社会を諷刺した初期短編の強烈で不条理なユーモアは、ボイからガウチンスキに至るポーランド現代文学における諷刺作品の技法を踏襲している。しばしば文体模写やパロディという手法を用いて官僚主義的体制を痛烈に揶揄する彼の筆は、集団の中の一個人のちっぽけな自尊心をも同時に嗤いとばし、いずれもグロテスクな茶番劇に仕立てあげる。一九八九年の民主化以降ポーランドの現実社会が変わっても、こうした作品の面白さが薄れないのは、人間本来が持つ愚かさ、弱さ、滑稽さがあぶり出されているからだろう。熱狂的愛国者が多いポーランドをムロージェクは外側からシニカルな目で観察する。「パパ、ポーランドにとって最大の脅威って何?」「ポーランド人」(漫画より)

一九七〇年代半ば以降は次第にポーランド社会の現実から離れ、現代文明の脅威や自由といった、より普遍的・哲学的なテーマを扱うようになる。他方、失語症克服のために書かれた自伝では、それまでの軽妙なユーモアがすっかり影をひそめ、淡々と事実のみを綴っていくが、乾いた筆致の中にも、若くして亡くなった母親への思慕がにじみ出ている。

(芝田 文乃)

◇邦訳

『タンゴ――ムロジェック戯曲集』(米川和夫・工藤幸雄訳、テアトロ)、『象』(長谷見一雄ほか訳、国書刊行会)、『所長 ムロージェク短編集』『鰐の涙 ムロージェク短編集』(ともに芝田文乃訳、未知谷)、「抽斗のなか」「旅の道すがら」「蠅の独白」「原子村の婚礼」「小さな友」(吉上昭三ほか編訳、『現代東欧幻想小説』所収、白水社)

Wisława Szymborska
ヴィスワヴァ・シンボルスカ

[1923-2012]

二〇一二年二月一日、女性詩人としてポーランド初のノーベル賞受賞者ヴィスワヴァ・シンボルスカは、古都クラクフの自宅で八十八歳の生涯を閉じた。重症の肺癌によるものだと伝えられたが、脳動脈瘤という難病とも闘っていた。しかし周辺にその苦しみを訴えることもなく、一時も煙草を手放すことはなかった。咎められると「トーマス・マンだって煙草なしに、あの『魔の山』を書くことはできなかったろうよ」と相手を煙に巻いて反論したものであった。

濫作を拒み、推敲に推敲を重ねた作品は三百五十編を数えるほどで、遺稿集の詩集の題名も『それで充分』というものであった。本詩集に収められたもっとも短い「掌《てのひら》」という作品の〝『わが闘争』も『くまのプーさん』も五本の指があればそれで充分〟からとられている。

photograph © Mariusz Kubik

身近で平凡な物ごとから永遠の真理を導き出す能力は、他の追随を許さぬものがあり、ここ半世紀におけるヨーロッパ随一の詩人と評価される。いわゆるマスメディア等の宣伝なしに流行作家と同じような発行部数を獲得し得た秘密として、平易で簡潔な言葉で深い哲学的真実を読者に伝達、ステレオタイプを排し、ユーモアや皮肉のオブラートに包む、独自な手法などが挙げられる。ドイツのポーランド文学者カール・デデツィウスは「瞬間をマッピングする詩人」と評した。

若者たちに支持され、いかなる流派にも属さず、実存的独自性ともいうべき我流の創作方法を貫いた。神話、伝説、歴史、人間、自然界のあらゆる存在物、自分自身にさえ距離をおいた。詩のみならずエッセー、コラージュ、また若い頃には童話や英語初等教科書のイラストにも抜きん出た才能を発揮した。あらゆることに関心を抱き、「すでに起こったことを語るのでなく起こり得ること、あり得ることを詩にすることのできる（アリストテレス）」稀有な詩人であった。

国境線を自由に行き来する蟻や鳥、領海を無視し流れ行く何千、何百という木の葉、はたまた蛸の長い手足に託してうたった「懇願」は、そんなことにこだわっているのは人間だけと訴えかけ、全人類への警鐘となっている。十四歳でドストエフスキーを読破、〝ドストエフスキーよりディケンズが好き〟と「可能性」という詩に歌ったのは、一九六〇年代、詩人三十七、八歳頃のこと。東日本大震災のあとに「心に響く生活者の詩」として日本のメディアにも取り上げられ、日本の代表的詩人茨木のり子とも比較された。

西部ポーランドのブニンに生まれ、父はザモイスキ伯爵邸の管理人兼樹木医。母アンナの父は国有鉄道のコンダクター、その父親は十八世紀末の西部ポーランドの大蜂起で活躍した闘士であった。一九三九年十六歳のときに第二次世界大戦勃発。一九四五年ヤギェウオ大学のポーランド学科に入るも、後に社会学科に転科。鉄道局の事務員、出版社校正係を経て、「文学生活」の詩欄を担当、投稿作品には辛辣な論評、また書評欄には健筆を振るう。最初の夫アダム・ヴォデクの影響で一九四八年に労働者統一党に入党。六年で離婚、党とも離れる。その後、職場の上司であった妻子ある作家コルネル・フィリポヴィッチ（一九一三―九〇）と愛の関係を結ぶ。その死を悼んで謳《うた》った「猫」、「雲」、「景色との別れ」は、最高傑作とも評される。

詩人の亡骸は遺言により火葬され、無宗教形式で行われた葬儀の日には「なにごとも二度はない」のヒット曲がマリア教会の塔からラッパでソロ演奏された。現在「シンボルスカ基金」が軌道にのり、走り始めている。二〇一三年には、その死を悼んだ回顧展が開催されロングランを記録した。また死後、未発表の短編小説「連発回転銃の閃光」が発見されたが、三頁ほど欠落があり、「きらめく連発銃」という未発表の作品集には収録されているものの、一冊の書物としては発表にはいたっていない。

（つかだみちこ）

◇邦訳
『橋の上の人たち』（沼野充義訳、未知谷）、『終わりと始まり』（沼野充義訳、未知谷）、『シンボルスカ詩集』（※エッセーを含む。つかだみちこ編訳、土曜美術出版販売）
「笑い」「ユートピア」（沼野充義訳、『ポーランド文学の贈りもの』所収、恒文社）、「玉葱」（つかだみちこ訳、『文学の贈物』所収、未知谷）

Miron Białoszewski
ミロン・ビャウォシェフスキ
[1922-1983]

ヴォイティワ（ヨハネ・パウロ二世）（一九二〇-二〇〇五）、バチンスキ（一九二一-四四）、ルジェーヴィチ（一九二一-二〇一四）、ビャウォシェフスキ（一九二二-八三）、シンボルスカ（一九二三-二〇一二）、ヘルベルト（一九二四-九八）――綺羅星の如きポーランド詩「一九二〇～二四年生まれ世代」のうち、国外での名声はともかく、創作の特異さでは誰にも負けないのが、ビャウォシェフスキである。

自由と独立を尊重し、経験（確認し得る唯一の真実！）を口語で綴る。政治状況にコミットしない。ロマン主義的な「源泉」（民族・歴史・自然）回帰志向を持たない。ポーランド語を駆使した、非ポーランドな詩人。

ワルシャワに生まれ、ドイツ占領下の地下大学でポーランド文学を学んだ。蜂起（四四）鎮圧後、強制退去・労働を経て、終戦前に生地に戻り、心臓発作で死去するまで暮した。「雪どけ」後に処女詩集『事物の回転』（五六）を刊行する。一九六〇年代後半にかけて、作品の傾向は、未来派・立体派絵画の影響を受けた絵画的な詩から言語遊戯へと変貌していく。アパートを本拠地に美術家たちと「孤立劇場」を主催した。蜂起中の日常を市民の目で、パトス抜きに語る『ワルシャワ蜂起の回想』（七〇）が評判を呼んでから、散文が創作の主体になる。七〇年代後半からは再び詩作に従事した（というのが定説だったが、『秘密日記』（一二）の刊行で、再検討が求められる）。詩、散文、劇――ジャンルを問わず、執筆に先立って、必ず口述してみせたという。

同性を愛した彼は、二十年以上、四歳年下の画家と同居した。別離後の生活を支えたのは、盲目の女性詩人だった。それを素材に、伝記映画の秀作『数えるほどの人々、少しの時間』（〇五、アンジェイ・バランスキ監督）が作られた。

「へま」（死後発表）と題された最晩年の詩を読もう――「ぼくはいつもポーランド人でいなければならないのか？／ぼくはいつも人間でいなければならないのか？／ときに混乱する／かろうじて息をしている／ぼくはただの哺乳類だ」　（久山　宏一）

◇邦訳
「ああ、もしももしもストーブを取り上げられても……」汲めど尽きぬわが喜びの賛歌」「買い物行きバラード」（沼野充義訳、『ポーランド文学の贈りもの』所収、恒文社）

Tadeusz Konwicki
タデウシュ・コンヴィツキ

［1926-2015］

ポーランド文学／映画を代表する小説家／映画監督。故郷ヴィルノ（現リトアニア共和国の首都ヴィリニュス）は、第二次世界大戦中、まずソ連に、次にドイツに占領された。国内軍の地下抵抗運動に加わり、ヴィルノ蜂起（一九四四年七月）では、（占領していた）独軍・（東から接近していた）ソ連軍と戦った。

一九四五年五月、現ポーランド領に移り住む。クラクフのヤギェロン大学ポーランド文学科で学び、二十代前半で作家生活に入る。共産党に入党するが六六年離脱、七七年から十年間は「第二の流通経路」で作品発表。妻ダヌタ（一九三〇-九九）も挿絵作家として著名だった。

長編小説約二十冊、ロング・インタビュー三冊、雑文集・シナリオ集各一冊、そして長編劇映画六本を発表した。

文学創作は、社会主義リアリズム小説、成長小説、心理小説、日録、風刺小説、恋愛小説に分類される。『動物人間妖怪（邦題：ぼくはだれだ）』（六九）は成長小説の傑作。語り手の少年は、波乱万丈の物語を語り終えてから、「本当はぼく自身のために話したんだ。少しでも苦痛や恐怖やいやな思いから解放されたかったから」と告白する。少年はどういう境遇にあるのか？　世界文学広しと言えども、かくも残酷な「夢落ち」は稀。衝撃的な後味のファンタジーだ。同じくメタ小説的な恋愛小説『ボヒン（地名）』（八七）も秀作。

英語訳のある『現代夢占い』（六三）『小黙示録』（七九）など心理・風刺小説も捨てがたいが、現代の読者に訴えかける力を保持しているだろうか。後者は、東欧革命直後の一九九二年に、政治映画の巨匠コスタ＝ガブラスが映画化した（日本未公開）。

コンヴィツキ自身が監督した映画作品は、『夏の最後の日』（五八）『サルト（宙返り）』（六五）『溶岩流』（八九）しか日本紹介されていない。現代ワルシャワと戦中のヴィルノを往還する『なんてここから遠い、なんて近い』（七二）も、ポーランド映画史の里程標を成す傑作だ。上映時間と物語内の時間が一致している「リアルタイム劇」として、米映画『真昼の決闘』（五二）に勝るとも劣らぬ映画的興奮を引き起こす。（久山　宏一）

◇邦訳

『ぼくはだれだ』（内田莉莎子・小原雅俊訳、晶文社）、『ポーランド・コンプレックス』（工藤幸雄・長與容訳、中央公論社）、『小黙示録』（長與容訳、「新日本文学」一九九〇年秋号所収、新日本文学会）、「諸民族の歌流れる世界のために」（工藤幸雄との対談、「国際交流」一九九一年第五十六号所収、国際交流基金）

Paweł Huelle
パヴェウ・ヒューレ
［1957- ］

ヒューレは、一九五七年グダンスク（旧ダンツィヒ）に生まれた。グダンスク大学ポーランド学科卒業後、自主労組「連帯」のジャーナリスト、編集者、大学の非常勤教師、ポーランドTVグダンスク本部局長等の職を経て、一九八七年長編『ヴァイゼル・ダヴィデク』でデビューする。この小説は発表されるや「十年に一度の傑作」と絶賛され、各国語へ翻訳された。短編集『引っ越しの時の物語』（九一）、長編『メルセデス・ベンツ――フラバルへの手紙より』（〇二）、『カストルプ』（〇四）、『最後の晩餐』（〇七）、『冷たい海の物語』（〇八）などの作品も、国際的に高い評価を得る。

ヒューレは言う――「私は断片から世界を創りたかった」。ヒューレの故郷は、第二次世界大戦前までドイツ系住民を多く抱えた地域であった。戦後生まれの彼は、過去について、故郷に残された異民族・異文化の痕跡について、一切語ろうとしない大人たちの間で育った。『ヴァイゼル・ダヴィデク』の語り手は、少年の頃、好奇心と畏怖に胸を震わせながら神話的世界に入っていった。しかし、その世界の輝きは、成人した語り手の手には届かない。彼は記憶の空白を埋めるべく、幾度も語り直す。物語の断片を掘りおこし、交錯させることによって、この地域の多元性・神話性が鮮やかに浮かび上がるのだ。その複層的な語りの手法は、「再録羊皮紙」に譬えられる。

もっとも、彼の描く地域が「再録羊皮紙」に譬えられるのは、その語りが地域の失われた記憶の断片をただ浮かび上がらせるからではない。そこには、他の言語で書かれた文学テクストが散見される。『ヴァイゼル』には、ギュンター・グラスの『猫と鼠』や『ブリキの太鼓』のモティーフが現れ、『メルセデス・ベンツ』ではボフミル・フラバルの文体が模倣される。『カストルプ』は、『魔の山』の主人公ハンス・カストルプが、グダンスク工科大学で過ごした半年間の物語だ。

確固たる足取りでポーランド語文学を踏み越えていくヒューレの姿は、私たちに文学の可能性が無尽蔵であることを教えてくれる。

（井上　暁子）

◇邦訳
「テーブル」（工藤幸雄訳、『新日本文学』一九九三年夏号所収、新日本文学会）、「初恋」（沼野充義訳、『新潮』一九九六年二月号所収、新潮社）、「蝸牛、水たまり、雨・・・」（工藤幸雄訳、『群像』一九九六年五月号所収）

Andrzej Stasiuk
アンジェイ・スタシュク
［1960- ］

首都ワルシャワ生まれ。兵役中に脱営し、一年半投獄された体験を基にした小説『ヘブロンの壁』で一九九二年にデビュー。八〇年代半ばにポーランドの東南部、スロヴァキアとの国境地帯の山麓に移り住む。初期の代表作『ガリツィア物語』（九四）は、体制転換後の社会的変化を遠景に、同地の自然と村人の生活を観想、アイロニー、諧謔を織り交ぜて描く。スリラーや幽霊譚の要素も織り込み、ジャンル混淆的な独自の文学世界を作り出すとともに、土地の記憶に遡行する詩的な観想に村の男たちの卑近な日常の描写と言葉を隣接させる独自のスタイルを築いた。

ポーランドがEU加盟に沸き、社会全体の視点が祝祭的に西へと向かっていた二〇〇四年の紀行エッセイ集『ババダグに向かって』では、作家はポーランド東部国境地帯のさらに東へ、南へ、EU非加盟のもう一つのヨーロッパへ向かう。西欧が自己定義した「ヨーロッパ」によって「辺境」と措定された東欧の周縁に視点を据え、そこから見える世界像を「私のヨーロッパ」として提示した。中東欧の周縁の生を内部から描く作品は、ドイツを筆頭にヨーロッパで広く読まれ、同じ現実を共有する中東欧諸国の言語にも多数翻訳されている。九六年からは執筆活動の傍ら、妻と出版社チャルネを運営し、中東欧の現代作家の作品を精力的に紹介している。隣国の同世代作家たちと自然に連携しながら、西欧中心の言説に対する強力な対抗言説を作り出している。

ドイツ・ポーランド間の民族的ステレオタイプを正面きって利用して、現代ヨーロッパの経済と人の関係を悲喜劇に仕立てた『夜』（〇六）を皮切りに、戯曲も手掛ける。時に露悪的にポーランドの自己像と、EU東方拡大以降のヨーロッパの内部で生じる新たなオリエンタリズムを文学の俎上に載せるスタシュクは、文体の面でも主題の面でも、現代ポーランド文学を代表する作家として国内外で高い評価を受けている。

（加藤 有子）

◇邦訳
「場所」『ガリツィア物語』より（加藤有子訳、『ポケットのなかの東欧文学』所収、成文社）、「ババダグに向かって（抄訳）」『ババダグに向かって』より（加藤有子訳、『石井光太責任編集ノンフィクション新世紀』所収、河出書房新社）

Olga Tokarczuk
オルガ・トカルチュク

[1962-]

いまポーランドの読者にもっとも愛されているこの作家は、国外でももっとも読まれている作家でもあり、翻訳された言語は二十数か国語にのぼる。一九六二年ポーランド共和国西部スレフフ生まれ。ワルシャワ大学で心理学を専攻、卒業後はセラピストとして研鑽を積む。一九九三年『本の人々の旅』で本格的に文壇デビュー。『プラヴィエク村とそのほかの時』(九六)で、ポーランドにある架空の村を舞台に、この国の経験した激動の二十世紀を神話的に描きだし、国外にもひろくその名を知られるようになった。『昼の家、夜の家』(九八)、『いろいろな太鼓をたたく』(〇一)、『最後の物語』(〇四)とコンスタントに話題作を発表、扱うテーマはメソポタミア神話から政治、フェミニズムまで多彩である。

しかし、そうは言っても、彼女の小説にもっとも魅力的に書かれるものは、個人のちいさな経験だ。人びとは、ふたつと同じもののない、それでいてありふれた生を生きている。「連帯」や「政治」に倦み疲れた読者たちが彼女の物語にまず発見したのは、単純でより普遍的な真実、つまりだれの日常にも確実に神秘が潜むという、そのことだった。

平明だがメタファーを多用した、ときに矛盾を含んだ言葉に合理主義への反発がにじむ一方で、中欧という「はざま」の地域の不連続な運命を、断片的な文体が体現しているようでもある。

慌ただしく移動しつづける現代人をロシア正教のセクトになぞらえた『逃亡派』(〇七)につづき、中世史に取材した一千頁近い長編『ヤクプの書』(一四)で、二度目のニケ賞に輝いた。アグニェシュカ・ホラント監督の一七年公開の映画(『痕跡』)原作である『死者の骨に黎をとおせ』(一〇)は、タイトルをブレイクの「地獄の格言」の一節にちなむ。過去の伝統を破壊して前に進め、という原詩の示唆のとおり、創造と革新を旨とする作家は、「よい本は人間のように変化するもの」と言い、自作に対する読者の自由な解釈を歓迎している。

(小椋 彩)

◇邦訳

『昼の家、夜の家』『逃亡派』(ともに小椋彩訳、白水社)、「番号」(つかだみちこ訳、『ポケットのなかの東欧文学』所収、成文社)、「冬空の郵便馬車～ショパンの心臓とルドヴィカは、こうして故国へ戻った～」(つかだみちこ訳、「月刊ショパン」二〇一一年二月号所収、ショパン)

バルト三国の文学――神々の森

バルトときいて、ヨーロッパの北に位置するバルト海、そして、その東岸に連なる三つの国、エストニア、ラトヴィア、リトアニアのことを思い浮かべる人は、日本にどれだけいるだろうか。二十世紀末に東欧を揺るがした体制転換を記憶する世代なら、バルト三国が、非暴力を貫いた「歌う革命」によって、ソ連からの分離独立をやってのけた国々であることを思い出すだろう。

ところで、ソ連時代から一括りに語られることの多かったバルト三国だが、実際には、言語も文化もそれぞれに個性的で異なっている。フィン・ウグル語族に属するエストニア語はもちろん、インド・ヨーロッパ語族のバルト語派の姉妹語であるラトヴィア語とリトアニア語も、互いに話が通じないほどには遠い。三国を繋ぐものといえば、何よりもまず、バルト海をのぞむヨーロッパ辺境の地に隣接し、周辺大国の勢力争いに翻弄されてきた小国という共通点、そして、民族的アイデンティティの形成においてフォークロア文化の伝統が大きな役割を果たしたことに他ならない。

文学も同様で、エストニアの小説家タンムサーレ（一八七八－一九四〇）、ラトヴィアの詩人ライニス（一八六五－一九二九）、リトアニアの詩人ミエジェライテス（一九一九－一九九七）ら、三国を代表する作家や詩人は、いずれもフォークロアの様式や題材を好んで作品に取り入れ、民族精神の復活に情熱を注いだ。また、三国の文学においてとりわけ重要な位置を占める詩は、民謡から多くを引き継いでいる。

さて、二十世紀のバルト三国は、大戦間の短い独立期と、ドイツとソ連の二大勢力による占領という厳しい経験を共有した。投獄、収容所送り、強制移住、そして国外追放によって、いずれの国も知識人層の致命的な喪失を経験し、また同時に、数多くの亡命作家・詩人を生み出した。国内に生き残った者には、ソ連体制下のイデオロギー的抑圧が重くのしかかった。

　リトアニアの第一次独立共和国時代を代表する叙情詩人バリース・スルオガ（一八九六―一九四七）は、これら二つの両極的な時代を生きた。ロシアのペテルブルグ大学とモスクワ大学で文学を学んだ後、ドイツのミュンヘン大学でスラヴ学や演劇・芸術史を研究、リトアニア民話をテーマにした論文で博士号を取得。小説家・劇作家として国内外で高い評価を受けている他、文芸批評、フォークロア研究の分野でも多くの優れた論文・著作を遺した。

『神々の森――回想録』（五七）は、スルオガの実体験に基づく自伝的小説である。すでにリトアニアで名の知れた詩人・作家であった「教授」スルオガは、ナチス・ドイツ占領下の一九四三年、秘密警察に政治犯として逮捕され、ポーランド・グダンスク近郊の強制収容所に送られる。運命の皮肉か、そこはかつてバルト民族の神話の舞台として知られた聖なる土地。だが「神々など戻ってきはしなかった――そこに棲みついたのは、悪魔に似た住民だった」（本文より）。スルオガは、第二次大戦が終結しソ連軍に救出されるまでの日々を、多数派のポーランド人を筆頭に、ドイツ人、ロシア人、ラトヴィア人、エストニア人など周辺の諸民族の犯罪者らとともに、人間の尊厳を剝奪された一囚人として過ごす。精神的・肉体的に限界まで追い詰められながらも「理性による笑い」に救われて奇跡的に生き延びるが、さらに皮肉なことに、彼の苦悩は帰還したソ連邦リトアニアにおいていっそう深まることになる……。

　強制収容所での過酷だがユーモラスな日常を描いた小説『神々の森』は、何よりもまず、人間性とは何かという普遍的な問題をテーマとした心理的・哲学的作品であり、ナチスの蛮行や戦争の悲惨さを訴えることを目的に書かれたものではない。ところが、その政治性の欠如故に小説はソ連当局に出版を禁じられ、スルオガの死後十年を経てようやく日の目を見ることになる。アイロニーとブラック・ユーモアを利かせた、洗練された文体による悲喜劇 tragicomic 小説の手法は、その後のリトアニア文学に大きな影響を与えた。


（櫻井　映子）

スウェーデン映画『六月の四週間』
――統合されないポーランド移民

„Are you going to . . . break the house down totally, or what?"
"Yes, I am sorry . . . No. Just new wall."

『六月の四週間』（Fyra veckor i juni, 2005; H・マイヤー監督）の主人公サンドラ（T・ノヴォトニー）は、浮気した恋人をハサミで切りつけて保護観察と奉仕活動の処分を受けた若いスウェーデン人女性。両親の離婚で里子に出され、高校を中退し、元恋人の子どもを中絶し、リストカットがやめられず、奉仕施設でも人間関係がうまく築けない彼女だが、同じアパートに暮らすドイツ系ユダヤ人の老女リリー（G・ネアビュー／同役で「金虫賞」助演女優賞）に心を開く。二人の住むアパートは改修工事中で、ポーランド人労働者たちが毎日のように外壁を削っているのだが、そのうちの一人マレク（ム・ガルリツキ）にサンドラは惹かれていく。冒頭の引用は二人が交わす最初の会話だ。サンドラは、マレクにまずはスウェーデン語で話しかけるが、通じず、スウェーデン人にしてはたどたどしい英語で同じ質問をする。マレクの英語も流暢ではなく、二人の会話はいつも、言葉が少なく沈黙の多い短文だ。

バルト海を挟んで向かい合うスウェーデンとポーランドの間では、ロシアを交えて制海権を争った十六世紀末以降、大きな戦争が繰り返され、その対立は断続的に冷戦時代まで続いた。一方、現在のスウェーデンにとって、ポーランドは最大の移民輩出国の一つだ。スウェーデンは、二十世紀前半まで、主にアメリカへの移民を多く輩出したが、第二次世界大戦中にポーランドとドイツから毎年あわせて五千人の亡命者を迎えて以降、移民受け入れ国に転じた。一九五〇年代・六〇年代の経済成長期には、他の北欧諸国、イタリア、ユーゴスラヴィアなどから多くの労働者が移民した。七〇年代の経済停滞期には、労働移民にかわって政治難民の受け入れが強化され、八〇年代・九〇年代の東欧混乱期に、延べ六千人以上のポーランド人が亡命している。二〇〇〇年代に入ると、高齢化社会における労働力不足を背景に、スウェーデンは再び労働移民受け入れに舵を切り、二〇〇四年に東欧十か国がEUに加盟した際、新規加盟国に対して労働者の移動の自由を制限しない最初の三国の一つとなった。ポーランドからの移民は、二〇〇〇年に七八〇人、〇四年に二五二一人、〇七年に七五二五人と急増し、一四年にも五一三八人と高い数字を保っている。二〇一四年一二月三一日現在、スウェーデンの総人口九七五万人のうち、外国生まれは一六・五％の一六〇万人。ポーランド生まれは、フィンランドとイラクに次いで多い八万一六九七人だ（急増するシリア出身者は約六万八千人で、イラン、ユーゴスラヴィアに続く第六位）。二〇一五年一月一日現在の神奈川県の人口が九一〇万人、同県の川崎市が一四六万人、綾瀬市が八万三九八一人といえば、その比率がイメージできるだろうか。現在、移民は最も重要な社会問題で、二〇〇九年に始まったREVAプロジェクト（不法滞在者の取り締まり強化）の是非が、しばしば議論の俎上にのぼる。

『六月の四週間』で、実は不法就労者だったマレクは、警察の介入を予感した雇い主に、約束よりはるかに安い賃金を渡されて無理やり船に乗せられる。サンドラが切符も買わずに出発間際の船に飛び乗って、マレクと再会する場面で映画は終わる。居場所のなかった主人公が恋人と共に新天地に向かう、希望に満ちた結末だ。しかし、気を付けておきたい。この結末に共感するためには、「ポーランド人は貧しい犯罪者」というステレオタイプイメージの共有が不可欠だ。スウェーデンで暮らすポーランド人労働者の二二％は企業で働き、会社経営者も八％にのぼる。そうした中で、マレクはあえて、スウェーデン人が敬遠する建築現場で働く一八％の一人、しかも、不法就労者として描かれている。彼にふさわしいのは、情緒不安定な前科持ちの恋人とともに、違法にスウェーデンを去る結末なのだ。アパートの外壁沿いに組まれた足場という非日常的な場所で出会った二人が、「新しい壁」に囲まれたきちんとした家で、家庭生活を営むことはない。この結末は、リリーが、折り合いの悪かった娘に、娘の父親はユダヤ人の夫ではなく、ナチ党員の相手家族の反対で結婚を諦めたスウェーデン人だと告白し、和解することと対照的だ。『六月の四週間』が描くポーランド人は、ドイツ系ユダヤ人の過去が「克服」された後も、日常世界の外に居続けるよそ者なのだ。

（中丸 禎子）

チェコ

「ボヘミアの文学」から「チェコ語文学」へ

文学史という時間の軸を検討するにあたり、基準とするのは「空間」（ボヘミアとモラヴィアで様々な言語で書かれた「文学」）か、あるいは「言語」（チェコ語で書かれた「文学」）かという問いがあるが、ヨーロッパの多くの文学がそうであるように、チェコにおいても、ひとつの空間にひとつの言語という、いわゆる「国民文学」に収斂していく大きな流れがある。だが空間を軸に「ボヘミアの文学」として捉えると、古代スラヴ語、ラテン語、ドイツ語、チェコ語、ヘブライ語の文学の系譜があり、後者の視点を取るにしても、相互影響の視点は不可欠なものとなっている。

この地の最古層に位置するのが古代スラヴ語の文学である。九世紀にビザンツからキュリロスとメトディオスという二人の聖職者が大モラヴィア公国に招聘され、キュリロスがグラゴール文字を作ったことがスラヴ民族による独自の文学を持つ契機となった（当時の古代スラヴ語の文献はこの地には残存していない）。十世紀以降、主要な言語となったのはラテン語で、チェコ語による作品が登場するのは十四世紀以降であった。なかでも、十四世紀半ば、カール四世が神聖ローマ帝国の首都としてプラハを遷都し、中欧最古の大学が設立されるなど、文学を取り巻く状況は好転する。その後、宗教改革者ヤン・フス（一三六九－一四一五）がチェコ語の正書法を導入したほか、数多くの書物をチェコ語で残し、その精神は教育学者として知られるヤン・アーモス・コメンスキー（一五九二－一六七〇）に継承され、『世界の迷宮と心の楽園』（一六三一）という不朽の名作を残している。

自由主義の波が席巻した十八世紀末にはヨゼフ・ドブロフキー（一七五三－一八二九）が『チェコの言語と文学』（一七九二）を著し、ハプスブルクの主要言語であるドイツ語に対峙する独立した「チェコ文学」の位置付けが明確になされた。十九世紀以降、「国民文学」としての意識を持った作家たちが数多くの名作を輩出する。各地の民話を題材にしたカレル＝ヤロミール・エルベン（一八一一－七〇）、小説『おばあさん』（一八五五）で農村の女性を描いた女流作家ボジェナ・ニェムツォヴァー（一八二〇－六二）、『皐月』（一八三六）によってチェコ近代詩の礎を築いた詩人カレル＝ヒネク・マーハ（一八一〇－三六）、『小地区物語』（一八七七）でプラハ市民の日常を描いたヤン・ネルダ（一八三四－九一）らは、その一例である。

「この世のありとあらゆる美しさ」――第一共和国の文学

一九一八年のチェコスロヴァキアの独立によって、「チェコ語文学」はより主体的な位置を占めることになり、きわめて多岐にわたる芸術潮流を産み出すこととなる。一九二〇～三〇年代にかけ、マサリク大統領を軸に新しい社会が構築されていくなか、文学者たちも新しい世界を多面的に描いていった。なかでも、戯曲『R・U・R』(二〇)などで知られる作家カレル・チャペックはプラグマティズムの視点からマサリク体制を擁護する論陣を張り、作家そしてジャーナリストとして当時の文化潮流を牽引した。一方、無政府主義的な傾向のあるヤロスラフ・ハシェクは長編『兵士シュヴェイクの冒険』(二一–二三)によって風刺文学の一つの系譜を切り開く。一九二〇年代には「この世のありとあらゆる美しさ」を詩として歌う「ポエティスム」という芸術運動が生まれ、詩人ヤロスラフ・サイフェルト、ヴィーチェスラフ・ネズヴァル(一九〇〇–五八)は、遊び心にあふれる、前衛的なタイポグラフィー処理を施した詩集をそれぞれ発表して文学と美術との接近を印象付けた。ネズヴァルは、一九三〇年代後半にはシュルレアリスムに傾倒していく。ナチス・ドイツの保護領となった一九四〇年代前半は閉塞的な状況下、詩人イジー・コラーシュ(一九一四–二〇〇二)らを中心に「グループ四二」が結成される。「我々が生きている世界」、つまり「都市」における日常性を主題とした美学は戦後の世代に多大な影響を与える。

なお、当時、ドイツ系住民が多数居住していたプラハを中心に、フランツ・カフカ(一八八三–一九二四)など、ドイツ語文学の流れがあったことは忘れてはならない。だがこの系譜は二次大戦後ドイツ系住民が追放されたことで、途絶えてしまう。またユダヤ系文学をより広角的に捉えた場合、カフカに近いチェコ語作家リハルト・ヴァイネル(一八八四–一九三七)などもおり、プラハあるいはボヘミアという空間を軸に異なる言語で執筆する作家を横断的に視野に入れることは今後の課題となっている。

「黄金の六〇年代」

第二次大戦後、社会主義体制に移行してからは東欧諸国同様に「社会主義リアリズム」の理念を軸にきわめて狭隘な芸術観にもとづく作品しか許容されなかった。だが一九六〇年代中葉になると文化面での開放政策が進められ、検閲の廃止など、文化を取り巻く環境が一変する。「黄金の六〇年代」とも呼ばれる開放的な雰囲気のなか、ボフミル・フラバル、ヨゼフ・シュクヴォレツキー、ミラン・クンデラ、ヴィェラ・リンハルトヴァー（一九三八-）など、二十世紀後半を代表する作家たちが次々とデビューを飾った。なかでも大戦時のユダヤの記憶を扱った作品が多く発表され、アルノシュト・ルスティク、オタ・パヴェル（一九三〇-七三）、イヴァン・クリーマ（一九三一-）といったユダヤ系作家だけでなく、ユダヤ系ではないラジスラフ・フクスもまた、この主題に取り組んでいる。

だがこのような状況は、ソ連軍を中心とするワルシャワ条約機構軍がチェコスロヴァキアに侵攻した一九六八年八月を境に終わりを迎える。その後の「正常化」の時代には社会主義リアリズムの理念にもとづいた「公式文学」が再び主流となり、その結果、多くの作家が沈黙を余儀なくされ、作品を発表するには、国内での「地下出版」、国外での「亡命出版」のいずれかの道を選択せざるをえなかった。そのため、「公式文学」・「地下文学」・「亡命文学」という三つの流れが併存する形になり、作家とテクストを取り囲む環境はきわめていびつなものとなった。このような中、フランスに渡ったミラン・クンデラが「翻訳」でしか自分の作品が読まれないことを痛感し、執筆言語をチェコ語からフランス語に変えたことはよく知られている。また、国内での発表が制限されていた詩人ヤロスラフ・サイフェルトが一九八四年にチェコの作家として初めてノーベル文学賞を受賞したことは、国内外における評価のずれを物語っている。

「国民文学」の軛を脱して

一九八九年のビロード革命後、反体制派であった劇作家ヴァーツラフ・ハヴェル（一九三六-二〇一一）が大統領に就任したことは、文化潮流の転換という点においてきわめて象徴的な出来事となった。だが、九〇年代以降の「文学」を待ち構えていたのは、ばら色の世界ではなく、映画など多様な娯楽媒体との競合を余儀なくされる過酷な競争世界でもあった。そのような、さまざまな価値観が入り乱れる混沌とした世界を過激なまでの文体を用いて描いたのがヤーヒム・トポルであり、長編小説『シスター』（九四）は九〇年代文学の口火を切る作品となった。

一九九〇年代以降の作家にとって焦眉の課題となったのが二十世紀の清算であった。ダニエラ・ホドロヴァー（一九四六―）は都市プラハの記憶をポストモダン的に構築し、ミハル・ヴィーヴェグ（一九六二―）はユーモアとアイロニーを込めつつ過去の歴史の相対化を試みた。また、ブルノを舞台とした作品を書き続けるイジー・クラトフヴィル（一九四〇―）、オストラヴァの市井の人々を描くヤン・バラバーン（一九六一―二〇一〇）など、プラハの一極集中を相対化する作家たちの営為にも注目が集まっている。それに対し、チェコというローカルな場を離れ、ヨーロッパというより高次の視点から眼差しを投げかけているのがパリ在住のパトリク・オウジェドニーク（一九五七―）であり、引用によって複数の語りを実現した『エウロペアナ　二〇世紀史概説』（〇一）はヨーロッパ各地で高い評価を受ける。ミハル・アイヴァスは『もうひとつの街』（九三）で幻想的なプラハを描き、『黄金時代』（〇一）で文明社会の意義を問うなど、その両極を行き来していると言える。

他にも、これまで沈黙を保ってきたロマ系の作家たちも作品をロマニ語で（あるいはチェコ語訳との二言語表記で）発表するようになったほか、マルチン・シュマウス（一九六五―）がロマを主人公とした小説を著すなど、チェコにおけるロマ文化の見直しも行なわれつつある。

このようにして見ると、「チェコ文学」というきわめて単線的な「国民文学」の形が瓦解しつつあることが分かる。他国においてチェコ語で執筆する作家、あるいは他の言語へと執筆言語をシフトする作家が次々と出現するなかで求められているのは、テクストの系譜をめぐる、より多層的なアプローチなのである。

（阿部　賢一）

Karel Čapek
カレル・チャペック
[1890-1938]

小さな国のこの大きな作家は、東チェコのクルコノシェ山脈の麓に生れ育ち、土地の有力者である医師の父、やや神経質な母、才媛だった姉ヘレナ（一八八六―一九六一）、画家で作家の兄ヨゼフ（一八八七―一九四五）、後に同居した母方の祖母という家庭環境の中で人格を形成した。国民学校卒業後、生家を離れ、フラデツ・クラーロヴェーのギムナジウムに入学したが、非公認のアナーキスト学生クラブに参加したことで学校当局に忌避され、姉の嫁ぎ先を頼って五年次にブルノのギムナジウムに転校、七年次には一家揃ってプラハに移住。早くも在学中から兄と共に評論活動を開始、以後何回か共作を発表。ギムナジウムを優等で卒業し、カレル大学哲学部に進学、哲学・美学・文学を学び、在学中にベルリンおよびパリに留学、復学後美学関係の卒業論文を提出し、教授陣から高い評価を受け、審査の結果哲学博士の学位を取得、研究職に就くものと期待されたが結局地位を得られず、文筆業の世界に進むことになった。その活躍は実に多岐にわたり、チェコの作家辞典の一つには次の説明がある――両大戦間期におけるチェコ文学最大の人物の一人。散文作家で劇作家、ジャーナリストでエッセイスト、児童読物作家、詩人で翻訳家。……文学の領域をはるかに超えて活動した人物――。自身では「わたしの〝市民としての〟職業はジャーナリストである」と言い切っているが、その枠には収まり切れない。作家としては兄との共著『輝く深淵とその他の散文』（一六）でデビューし、「ナーロドニー・リスティ」紙の編集に加わり、戯曲『R・U・R（ロボット）』（二〇）を発表した。この作品は大好評を得、諸外国語に翻訳されて国際的に一躍有名に

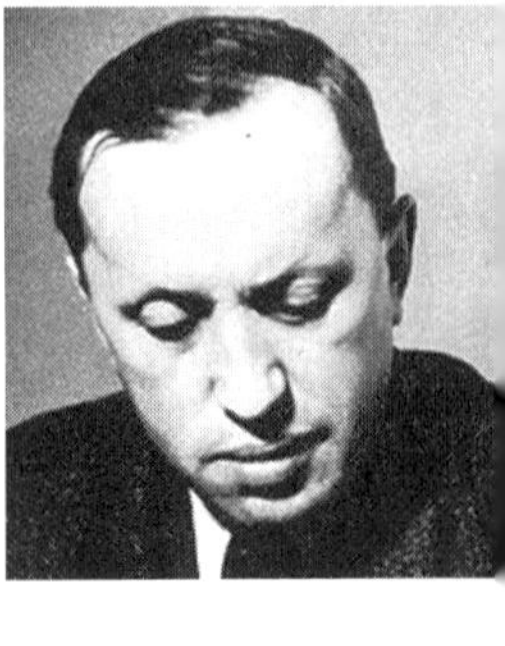

なり、著者の運命を決定的にした。それに続く戯曲『虫の生活から』（二一）はヨゼフとの共作で、これも成功を収め、兄弟の地位を定着させた。この間、二一年には兄と共に「リドヴェー・ノヴィニ」紙に移り、以後最期に至るまで同紙上で健筆を揮った。そのジャンルは前述のように多種多様で、最も膨大であり、没後に選集や全集が何回か出版されたが、現在でも新たな遺稿が時折発見される。作品全体を一応分類すると、戯曲、小説（長編および短編）、旅行記、エッセイ（論説、批評、ルポを含む）、詩（翻訳を含む）などになる。著者にとって人間ほど「汲めども尽きぬ興味の源泉」はなく、筆を休める暇もなかった。それぞれの分野ですぐれた作品を生み出したが、根底にあるものは「人間なるがゆえに人間を愛する」愚か者の精神である。とりわけ「科学技術の過度の進歩は、人間を決して幸福にはしない」という先見的思考はSF的諸作品を通じて流れ、二十一世紀の現在でも評価されている。知識欲旺盛で趣味も多く、人間ばかりか犬や猫、さらに植物にまで愛情を注いだ。人間愛に基く人間社会への深い洞察は「ゾーオン・ポリティコン（政治的動物）」に集約され、ジャーナリストとしての具体的・歴史的状況下でナチスドイツに対するペンを用いての戦いに発展した。論説や戯曲にもそれが反映されているが、SF長編『山椒魚戦争』（三六）はまさに象徴的である。ただし、その本領は飽くまでも文筆活動で、ロンドンのペンクラブに招待された後、二五年にはプラハにペンクラブを創設し、会長となり、国際的な連携を強めるのに努力した。国内ではマサリク大統領との親交が有名で、名著『マサリクとの対話』（三五）がある。いわゆる哲学三部作『ホルドゥバル』『流れ星』『平凡な人生』は三三年から三四年にかけて出版、三五年には長年交際していた女優オルガ・シャインプフルコヴァーと結婚、義兄筋から譲られたプラハ郊外のストルシュの別荘で執筆を重ねたが、三八年末肺炎のために死去。日本にはまず劇作家、次いで園芸家、愛犬家、SF作家、童話作家、コラムニストとして紹介され、近年翻訳も進み、軽妙な文体と鋭敏ながら深遠な博愛主義、相対主義的思想の表現者として愛読者も多い。

（飯島　周）

◇邦訳

『ロボット』（千野栄一訳、岩波文庫）、『山椒魚戦争』（栗栖継訳、岩波文庫）、『チャペック小説選集』（全六巻）（石川達夫・飯島周訳、成文社）、『カレル・チャペック　エッセイ選集』（全六巻）（飯島周編訳、恒文社）、『チャペック旅行記コレクション』（全五巻）（飯島周編訳、ちくま文庫）、『チャペックの犬と猫のお話』（石川達夫訳、河出文庫）、『園芸家の一年』（飯島周訳、平凡社）、『マサリクとの対話』（石川達夫訳、成文社）など多数。

Bohumil Hrabal
ボフミル・フラバル
[1914-1997]

一九一四年、ブルノ・ジデニツェ（現チェコ共和国）生まれ。チェコスロヴァキアの独立後、フラバル一家はプラハの東数十キロに位置するヌィンブルクに移り住み、父フランチシェクは同地のビール醸造所の支配人となる。フラバル一家はビール醸造所の敷地内に居を構え、ボフミルは多感な少年時代を文字通りビールにまみれて過ごすこととなる。「わたしが育ったのはビール醸造所だった。このことはわたしに決定的な影響を与えた」とフラバル自身が後年述べているように、ビール醸造所での両親を描く『剃髪式』（七六）、『時の止まった小さな町』（七八）など、人びとが行き交い、さまざまな語りが披露される「ビアホール」は作家フラバルを育む場となった。

プラハ大学法学部に入学するも、ナチス・ドイツにより、大学が閉鎖され、その間、駅員、訪問販売員といった職に就く。駅員の体験は『厳重に監視された列車』（六五）に投影されている。大戦後、再開した大学で学位を取得するも、法律の道には進まず、古書処理業、劇場の裏方といった職を転々としながら、詩や散文を執筆する。初期の詩には、シュルレアリスムの影響が窺えたが、徐々に散文へ傾倒していくようになる。作家としてのデビューは遅く、日常の慎ましい喜びを題材にした第一短編集『水底の小さな真珠』（六三）が刊行された時、フラバルは四十九歳だった。以降、プロの作家として、『パービテルな人びと』（六四）、『もう住みたくない家の広告』（六五）など、次々と作品（大半は短編集）を発表し、ミラン・クンデラやヨゼフ・シュクヴォレツキーと並び、チェコ文学のみならず、中欧の文学を代表する作家とな

photograph © Hana Hamplová

る。また『厳重に監視された列車』や『つながれたヒバリ』など、多くの作品がイジー・メンツェル監督の手によって映画化された。

一九六八年の「チェコ事件」以降、多くの作家同様、国内での作品発表の機会を失い、発表の場は国内の地下出版や国外の亡命出版に制限されてしまう。だが逆説的なことに、七〇年代から八〇年代にかけては、棘を抜いた作品がいくつか公刊されたほか、『わたしは英国王に給仕した』（七一、執筆）、『あまりにも騒がしい孤独』（七六、執筆）、妻エリシュカを語り手にした三部作『家での結婚式』（八四-八五、執筆）など、代表的な作品が数多く執筆され、作家生涯のなかで最も豊饒な時期となった。八七年に最愛の妻が他界して以降、執筆する機会が急減するも、祖国の政治転換の鼓動を感じ取ったのか、九〇年代前半には時事的な話題を元にしたエッセイを次々と手がけるようになり、民主化されたチェコでふたたび脚光を浴びる存在となる。だが一九九七年二月三日、入院中の病院で鳩に餌をあげようとして、五階から転落し、命を落とす。

次々とエピソードを繰り出していく、淀みない語り口が特徴的で、フラバルはそのような語り手を「パービテル」と呼ぶ。「滔々と話をする人」を意味する「パービテル」の語りは、時として「意識の流れ」などの無意識の表出といった手法に比されるが、けっして晦渋なものではなく、むしろ居酒屋で管を巻く人びとの語りのような親しみやすさにあふれている。このような市井の人びとへの共感、平民的な眼差しはフラバル作品に通底するものとなっている。同時に、フラバルの作品には、しばしば性（エロス）と死（タナトス）のイメージが交錯しており、時として「モンタージュ」的な効果を生み出し、重層的な声を反響させている。

また実験的な精神を持ち合わせていたことでも知られ、叔父ヨゼフ（通称ペピンおじさん）に刺激を受け、ピリオドが一つしかない長い文章で綴られている『老人と上級者のためのダンス・レッスン』（六四）なども残している。全般的に自伝的要素が色濃く作品に投影され、そのなかでも、ユーモアと悲喜劇の妙なるバランスがフラバル作品の魅力となっている。

（阿部 賢一）

◇邦訳 『あまりにも騒がしい孤独』（石川達夫訳）、『厳重に監視された列車』（飯島周訳）、『剃髪式』（阿部賢一訳）、『時の止まった小さな町』（平野清美訳）※いずれも松籟社、『わたしは英国王に給仕した』（阿部賢一訳、河出書房新社）、「魔法のフルート」（赤塚若樹訳、『世界文学のフロンティア3』所収、岩波書店）、「黄金のプラハをお見せしましょうか？」（橋本聡訳、『ポケットのなかの東欧文学』所収、成文社）

Milan Kundera
ミラン・クンデラ
[1929-]

今日の〝世界文学〟においてもっともよく知られている作家のひとりといっていいミラン・クンデラについては、日本語で書かれたモノグラフさえいくつか出版されている。そのクンデラのことをいまさらもっともらしく「紹介」するというのもどうかと思う。たとえばこんな光の当て方はどうだろう。

この作家のビブリオグラフィには『小説の技法』と題された著作がふたつ並んでいる。ひとつは一九六〇年刊行の、チェコスロヴァキアの作家ヴラジスラフ・ヴァンチュラにかんするモノグラフで、もうひとつはクンデラが「亡命作家」となったあとの一九八六年に刊行された、小説をめぐるエッセイ集。前者の序文にはつぎのような件りがある――「ヴァンチュラの詳細な経歴をあつかうモノグラフは私よりもふさわしい書き手によって著わされるべきだろう。私は文学史家ではない。しょせん文学の実践者にすぎず、ヴァンチュラ作品にかんする私の考察も、理論化をめざすひとりの実践者の考察でしかない」。五〇年代のクンデラはときに評論も手がけていたとはいえ、文学活動の中心には詩があり、詩集も三冊出していた。「実践者」というのであれば、当時の読者からは何よりもまず詩のそれと受け取られていたにちがいない。いまクンデラといえば真っ先に小説が思い浮かぶが、散文フィクションを書きはじめたのはちょうどこのモノグラフの執筆と前後した時期だったのだ。いずれにしても第一の『小説の技法』は詩人クンデラがヴァンチュラの小説を「理論」的に（大ざっぱにいってフォルマリズム的視点から）検討したモノグラフだった。

著者の態度表明とも言い訳ともとれるこの引用の言葉は第

二の『小説の技法』（邦題『小説の精神』）の序文でつぎのように変奏される――「私に理論への野心などまったくなく、この本がひとりの実践者の告白にすぎないということを強調しなければならないだろうか」。これを書いたときクンデラはすでに代表作とみなされる小説『冗談』（六七）、『生は彼方に』（七三）、『笑いと忘却の書』（七九）、そして『存在の耐えられない軽さ』（八四）を発表していた。つまり「小説」の「実践者」として揺るぎない地位と名声を確立しており、ときにノーベル文学賞の有力候補と目されるほどになっていたのだ。〈東〉と〈西〉が「鉄のカーテン」によって明確に仕切られていた当時、「亡命作家」の作品に政治的なものをみないことなどおよそ不可能なことだった。もちろんそれで作品のすべてを語るのは論外だとしても、そこに歴史的現実の具体性、そのあらわれ、その手ざわり、その痕跡を感じ取らないのは逆に不自然だったし、不当なことでもあっただろう。さらにいうならクンデラの小説にあっては、こうしたことがらを取り込みながらなされる、無垢の批判ともいうべきものが最大の魅力だったのではないかと思う。すくなくともそれによってクンデラの小説に独自の輝きがあたえられていたのは事実ではないか。

創作活動の重心が詩から小説へと移行した――詩の実践者から小説の実践者へとかわった――クンデラには、彼自身の言葉を信じるなら「理論への野心」はないという。たしかに「理論家」としての野心はないのかもしれない。しかしこうした言葉を持ちだすことそれ自体に「理論」への「意志」があらわれているともいえるはずで、たとえばそのことは、ふたつの『小説の技法』につづいて刊行された『裏切られた遺言』（九三）、『カーテン』（〇五）、そして『出会い』（〇九）という、小説や芸術をめぐるエッセイ集にも見て取ることができる。そしてそれ以上に注目すべきは、クンデラの小説そのものが『冗談』のときからずっと物語外で展開される省察を抱え込んでいる点で、それはまさに「理論」への意志のあらわれともいえるのではないか。「理論」ないし「理論化」という見地からクンデラの文学に光を当ててみてはどうだろう。きっと新たな読みの可能性が開けてくるにちがいない。

（赤塚　若樹）

◇邦訳　『冗談』（西永良成訳、岩波文庫）、『笑いと忘却の書』（西永良成訳、集英社文庫）、『不滅』（菅野昭正訳、集英社文庫）、『存在の耐えられない軽さ』（千野栄一訳、集英社文庫／西永良成訳、河出書房新社）など多数。エッセイ・評論に『小説の精神』（金井裕・浅野敏夫訳、法政大学出版局）、『裏切られた遺言』『カーテン』（ともに西永良成訳、集英社）、『出会い』（西永良成訳、河出書房新社）など。

ヤロスラフ・ハシェク
Jaroslav Hašek
[1883-1923]

未完の大作『兵士シュヴェイクの冒険』の作者の一生は波瀾に満ち、作品の基調は〝泣きたくないから笑うのだ〟という抵抗心であり、ほぼ同年代のプラハの作家F・カフカのユーモアの抽象性・閉鎖性に対して、具体的・攻撃的な風刺が特徴である。プラハの新市街に育ち、ギムナジウムを素行不良のため中退したが、親族などの世話で新設の商業学校に入学、無事に卒業し、銀行に職を得たものの、放浪癖のため間もなく辞職、放縦無頼の生活に入った。恋人ヤルミラとの結婚条件として定職に就き、動物雑誌の編集者となり、一子を儲けたにも拘らず生活を持ち崩し、妻子にも去られ、連日酒場に入り浸り、住所も転々とする状態になった。生来のアナーキスト、ダダイストとして、あらゆる権威と権力者を茶化し、一種の酒場政党まででっち上げ、飲み代稼ぎに雑文を書きまくった。原稿を売るために、判明しているだけで百を越す筆名・偽名を用いたため、作品の総数は不明だが、千数百編と推定されている。やがて第一次世界大戦がはじまり、オーストリア帝国軍の召集を受け、東部戦線に配属されたが、機会を得て脱走し、ロシア軍の捕虜となり、本国独立を目指すチェコスロヴァキア軍団に参加した。しかしロシア革命勃発を機に軍団と対立する赤軍に移り、一滴も酒を飲まず共産革命を信じて行動し、部隊の政治委員さえ務めた。その後、独立を達成した本国での共産党活動を進めるという名目でロシア人妻と帰国したものの、本国は名大統領マサリクの下で民主主義が確立され、革命の夢は消え、祖国に対する謀反と重婚の罪に問われ、再度の貧困と無頼の生活の中で書き始めた『シュヴェイク』が大当たりを取り、漸く生活の安定を得、喧噪のプラハを去って片田舎のリプニツェに移住、酒場で口述筆記させるような状態で夭折。文章は多彩なナンセンスやパロディーに富む冗舌体で、集大成の「シュヴェイク」像はチェコの国民性の象徴と評価されている。

（飯島　周）

◇邦訳
『兵士シュヴェイクの冒険』〈全四巻〉（栗栖継訳、岩波文庫）、『不埒な人たち　ハシェク風刺短編集』（飯島周訳、平凡社）、『プラハ冗談党レポート』（栗栖継訳、トランスビュー）、「犯罪者たちのストライキ」（飯島周訳、『文学の贈物』所収、未知谷）

Jaroslav Seifert
ヤロスラフ・サイフェルト

［1901-86］

一九八四年度ノーベル文学賞を受けたチェコの詩人サイフェルトは、プラハの労働者の家庭に生まれ育ち、早くもギムナジウム在学中に詩作を開始し、前衛芸術団体「デヴィエトシル」の創設に参加、多くの芸術家と共に活動、ギムナジウムを中退して共産党機関紙を皮切りに各種新聞雑誌の編集者となったが、四九年以後は完全な作家生活を送った。二十世紀のほぼ全体にわたるその生涯は、中欧の小国である祖国の運命と共にゆれ動き、詩作の内容も形式も変遷した。すなわち、初期の素朴なプロレタリア詩、ポエティスムと呼ばれる新詩体による技巧に富んだ諸作品、純粋な抒情詩、ナチスドイツに対する抵抗と愛国心を秘めた定型詩、少年時代への追想などを中心とする情感豊かな韻律詩、病気による休止を経て、瞑想や告白を主題とする自由形式の詩体への到達である。もちろん、その作品数は膨大で、それぞれの時期の特徴的な代表作が、国民の各層に愛誦されている。たとえば社会正義や幸福に憧れる労働者階級の心情を訴える処女詩集『涙の中の町』（二一）、親友だった才人カレル・タイゲ（一九〇〇-五一）の装丁による活版術を縦横に駆使した『無線通信の電波に乗って』（二五）、懐かしい母への思い出を中心にする『マミンカ（おかあさん）』（五五）、生誕八十年を記念して編集された『ヴィーナスの腕』（八四）など。詩人自身は左翼思想から出発したが、徹底的な人間愛の立場から非人間的な共産党の圧政に反抗、〝プラハの春〟の後には反体制派の烙印を押され作品の発表もままならなかった。しかし、絶妙なリズムと平明な用語の持つ透明感は〝言葉の結晶〟として輝き、人生への愛と郷愁に満ちた作品は国内的にも国際的にも高く評価され、各種の賞を得て、遂にはノーベル文学賞さえ獲得した。〝バラと涙〟に象徴されるこの詩人には、『この世の美しきものすべて』と題する大部の回想録があり、二十世紀ヨーロッパの文化を偲ぶよすがを提供している。

（飯島　周）

◇邦訳
『この世の美しきものすべて』（飯島周・関根日出男訳、恒文社）、『J・サイフェルト詩集　マミンカ（おかあさん）』（飯島周訳、恒文社）、『新編　ヴィーナスの腕』（飯島周訳、成文社）

Ladislav Fuks
ラジスラフ・フクス
［1923-94］

一九二三年、プラハ生まれ。ベルクソンに関する論文によってカレル大学で博士号を取得した後、学芸員として国立美術館等で勤務。並行して短編を雑誌に発表していたフクスにとって転機となったのは、デビュー小説『テオドル・ムントシュトック氏』（六三）。収容所への移送を待ちかまえるユダヤ人の心理を幻想的に描いた本作によって、フクスは一躍脚光を浴び、それ以降、文筆業に専念する。

初期の作品では、ユダヤのテーマが見受けられるが、フクス自身はユダヤ系の出自ではない、戦時中、自身も同性愛傾向を持っていたフクスが、ユダヤ系住民と同じく同性愛者が迫害されるのを目の当たりにして強い衝撃を受け、ユダヤ系の人びとに共感を抱くようになったとしばしば指摘されている。フクス作品全般にわたって支配的であるのが、生きること、日常を営む不安の感覚であり、言いようもない絶望感である。だが、その不安感は、しばしば、グロテスクなまでの戯画性とともに描出されていく。そのため、『テオドル・ムントシュトック氏』やユライ・ヘルツ監督によって映画化された『火葬人』（六七）など、生に対する不安感がピークに達する、「ホロコースト」を扱った作品でありながらも、グロテスクな細部描写を特徴とし、心理小説、ホラー小説とも評されることがある。

政治的態度を明確にしなかったため、七〇、八〇年代にも、SFや探偵物など多様な作品を公刊することが可能であったが、後期の大作『公爵夫人と料理女』（八三）によって、フクスは、自身が中欧文学の系譜に連なる作家であることを証明するにいたる。世紀末のウィーンを舞台に没落貴族の人びとの盛衰を描いた本書は、執拗な細部描写や様々な文学的な仕掛けによって、フクスの代表作となったのみならず、ローベルト・ムージルの『特性のない男』にも呼応する世界観によって、中欧文学の一極を形作る重要な作品となった。

（阿部　賢一）

◇邦訳
『火葬人』（阿部賢一訳、松籟社）

Josef Škvorecký
ヨゼフ・シュクヴォレツキー
[1924-2012]

クンデラ、フラバルとともに二十世紀後半のチェコ文学を代表する作家。チェコ東部のナーホト生まれ。早くからジャズと英米文学に傾倒。カレル大学で哲学と英語を専攻後、教師や兵役を経て出版社に勤務。ヘミングウェイ、フォークナーを始め英米文学を精力的に紹介する。五八年、『意気地なし』で本格的に文壇デビュー。そのシニカルな視点と口語的な文体が大いに物議をかもすが、一躍人気作家になる。一九六八年のチェコ事件後、カナダに亡命。トロント大学に職を得た後、一九七一年には夫妻で「六八出版」をたちあげ、作家、大学教授、編集者と三足のわらじを履く。チェコ事件の年号を名に冠した同社からは、自著のほかクンデラ、ハヴェルなどチェコ国内で発禁になった作家の作品を次々に世に送り出し（九二年までに二百二十七点）、チェコ亡命文学の一大拠点を築いた。

『二つの伝説』（八七）で「私にとって文学とは常に、青春について謳いあげることであり……大洋の向こうの国に追いはらわれたときに、故国について歌うことであった」と綴っているとおり、二つの全体主義をくぐりぬけたシュクヴォレツキーにとって、体験を反芻し、そこから真実を探ることが一貫したテーマのひとつだった。オルター・エゴ、ダニー・スミジツキーを語り部または主人公として、『意気地なし』では五月蜂起を背景に小市民的態度を風刺し、『戦車大隊』（七一）では五〇年代の軍隊の全体主義をあぶりだし、『すばらしき季節』（七五）、『奇跡』（七二）ではそれぞれ保護領下、プラハの春に至るまでの時代を捉え、『人間の魂の技師の物語』（七七）では自由なカナダと故郷の二つの世界を対比させた。悲劇をユーモアでバランスを取り、個人の体験を空想にくるんで描いたこれらの五部作のほか、ミステリーや歴史小説でも天性の語り手と呼ばれるゆえんを遺憾なく発揮。幅広いジャンルで健筆をふるい、海外で最も知られるチェコ人作家の一人となった。

（平野　清美）

◇邦訳
『二つの伝説』（石川達夫＋平野清美訳、松籟社）、『ノックス師に捧げる10の犯罪』（宮脇孝雄・宮脇裕子訳、早川書房）、「どのように私はドイツ語と英語を学んだか」（石川達夫訳、『文学の贈物』所収、未知谷）、「チェコ社会の生活から」（村上健太訳、『ポケットのなかの東欧文学』所収、成文社）

Arnošt Lustig
アルノシュト・ルスティク
[1926-2011]

一九二六年、プラハのユダヤ系の家庭に生まれる。一九四二年、テレジーンの強制収容所に送られた後、ダッハウの収容所に移送されるが、奇跡的に脱出し、戦後プラハに帰還する。以降、執筆活動を本格化し、イジー・ヴァイル(一九〇〇-五六)、オタ・パヴェル(一九三〇-七三)らとともに、戦後チェコのユダヤ系文学を牽引する作家となる。

「ホロコースト」を奇跡的に生きながらえたという経験は、作家の心に深く刻まれ、デビュー短編集『夜と希望』(五七)から晩年にいたる作品まで、この問題を徹底的に追及し、様々な形で変奏してきたとも言える。数十作にもおよぶ小説作品のなかで、これほどまで「ホロコースト」の体験を探求してきたユダヤ系作家はほかに例を見ない。

ルスティクの作品に特徴的であるのが、市井の人びとの生に焦点が当てられ、とりわけ、子どもたちや女性の眼差しが色濃く投影されていることだろう。「ホロコースト」を生き延びたものの、戦後の日常生活に耐え切れず、亡命先でみずから命を絶ってしまう女性を描いた『ディタ・サクソヴァー』(六二)、史実に着想を得た「少女カテジナのための祈り」(六四)、さらには、ピュリツァー賞にノミネートされた『美しい緑の瞳』(〇〇)にいたるまで、「ユダヤ人」という大きな物語ではなく、固有名を有する一人ひとりの姿を正面から受け止めることによって、「ホロコースト文学」の枠組みを超える個の物語を築き上げている。

六八年のチェコ事件以降、ユーゴスラヴィア、イスラエルを経由して、アメリカ合衆国に渡り、現地で教鞭を執る。九〇年代以降、故郷とアメリカを行き来しながら、チェコ語版「プレイボーイ」の編集長としても活躍した。晩年はたびたびノーベル文学賞の候補として名前が取り沙汰されていたが、受賞することなくこの世を去っている。

(阿部 賢一)

◇邦訳
「少女カテジナのための祈り」、「闇に影はない」、「一口の食べ物」(栗栖継訳、『星のある生活・少女カテジナのための祈り』所収、恒文社)、『愛されえぬ者たち ペルラ・S.の日記より』(野口忠昭・羽村貴史訳、吉夏社)

Michal Ajvaz
ミハル・アイヴァス
[1949-]

一九四九年、ロシア系移民の子供としてプラハに生まれる。カレル大学でチェコ語と美学を修めた後、警備員や管理人など、様々な職を転々とする。散文『ホテル・インターコンチネンタル殺人事件』(八九)でデビューを飾って以来、多数の著作を発表したアイヴァスは、国内の主要な文学賞を受賞したほか、『黄金時代』の英訳が amazon.com のSF・ファンタジー部門で第一位(一〇)に輝くなど、現在、最も注目されるチェコ作家のひとりである。

アイヴァスが描き出す世界を端的に示すならば、現実世界とは一線を画す平行世界、つまり《もうひとつの街》を探し求める物語と言えるだろう。日常に潜む神秘的で幻想的な空間を追い求め、知覚のもうひとつの可能性を探し求めていく主人公の姿は、デリダに関する著作もある哲学者アイヴァスの分身ともいえる。カフカやマイリンクのプラハの幻想文学の系譜を継承し、ボルヘスやカルヴィーノのメタ・フィクション的な想像世界に刺激をうけたアイヴァスの小説世界は、その高度な思索性により、従来の幻想文学やファンタジーと一線を画している。

平行世界を題材にした『もうひとつの街』(九三)に始まり、未知の文明との接触を扱った『黄金時代』(〇一)、ヤロスラフ・サイフェルト賞の受賞作『誰もいない街路』(〇五)、ミステリー仕立ての冒険譚『南方旅行』(〇八)、インターネットが「もうひとつの世界」の入り口となる『リュクサンブール庭園』(一二)にいたるアイヴァスの小説はいずれも、幻想小説、SF、ミステリー、紀行文学、哲学書といった特定のジャンルによる定義付けを軽やかに拒絶しながら、読者の感覚に揺さぶりをかけていく。日常に潜む「もうひとつの存在」への目配り、そして「見る」という日常の営為に対する問いかけが、全作品を通して試みられている。

(阿部 賢一)

◇邦訳
『もうひとつの街』、『黄金時代』(ともに阿部賢一訳、河出書房新社)

Jáchym Topol
ヤーヒム・トポル
[1962-]

一九六二年、反体制派の戯曲家ヨゼフ・トポル（一九三五―二〇一五）の長男としてプラハに生まれる。体制に抗う芸術家として父の生きざまを目の当たりにしたヤーヒムは、みずからもまた、父の歩んだ道に共鳴していく。一九八〇年代には、二冊の詩集を地下出版で発表したほか、非合法の雑誌「レヴォルヴァー・レヴュー」の設立に尽力し、共産党体制下のアンダーグラウンド・シーンを牽引する存在となる。

体制が変わった九〇年以降も、体制（大きな流れ、商業主義）に抗う姿勢が揺らぐことはなく、むしろ、一見平穏に見える社会の暗部をえぐり出そうとする視線は鋭さを増していく。そのようなトポルの世界が結実したのは、五〇〇頁にもおよぶ大小説『シスターー』（九四）であった。革命後の混沌とした世界のなかで、暴力、欺瞞にまみれながら、「メシア」を探し求める人びとが次々と登場する本作が衝撃を与えたのは、描かれる世界のグロテスクさであり、グロテスクな世界で発せられる躍動的な言葉の新しさであった。スラング、アルゴットといった様々な層からの口語表現を過剰なまでに用いた文体は、新たな時代の到来を読者の心に焼きつけることとなった。

六八年のソ連軍侵攻時に、「もし」抵抗運動を繰り広げていたらどうなったか、という歴史のもうひとつの可能性を描いた『石炭水の暾』（〇五）、あるいはチェコやベラルーシの収容所を舞台に「記憶」の問題を描いた『冷たい大地を』（〇九）といった近年の小説では、「歴史」の書き換えという果敢な試みによって、重層的な読みの可能性が提示されている。作品に登場する虚構世界の人物たちの多くは、「全体主義体制」の刻印から逃れられず、グローバリゼーションに翻弄される現代人の物語としても読み解くことができる。そのため、近年の著作はいずれも、歴史的な題材を下敷きにしながらも、「近未来小説」という印象を与える作品になっている。

（阿部　賢一）

◇邦訳
なし

スロヴァキア

仮に、スロヴァキア文学とはスロヴァキア文章語によって書かれた文学であると規定するならば、その始まりは文化史のうえで啓蒙期と分節される一七八〇年代に見いだされるだろう。この頃から一八四〇年代にかけて、スラヴ人ないしスロヴァキア人としての自覚が知識人層に浸透していった。

二つのスロヴァキア文章語

一七八四年にヨゼフ・イグナーツ・バイザ（一七五五―一八三六）が発表した『青年レネーの冒険と経験 第一部』は、近代小説の嚆矢とされる。知識の収集に重きを置く啓蒙の時代に欧州で流行した架空旅行記の形式を取っていたが、画期的であったのは西部方言をもとにした独自のスロヴァキア語で書かれていたことである。バイザの言語的試みを批判しつつ、やはり西部方言を基礎にスロヴァキア語の標準化を図ったのがカトリック司祭のアントン・ベルノラーク（一七六二–一八一三）だった。この〈ベルノラーク語〉による執筆活動に取り組んだのは、紀元九世紀の大モラヴィア国時代を題材に数編の叙事詩を著したヤーン・ホリー（一七八五–一八四九）など、一部のカトリック系作家に限られた。いっぽう、プロテスタント系は文章語としてチェコ語を使用し続けていたため、スロヴァキア人牧師で汎スラヴ思想を主導したヤーン・コラール（一七九三–一八五二）による一大叙事詩『スラーヴァの娘』（一八二四）は、チェコとスロヴァキア双方の文学の古典となっている。

一八四〇年代に入ると、プロテスタント系知識人からも別個にスロヴァキア語の標準化を模索する動きが現れた。一八四三年に民族啓蒙家であり教師でもあったリュドヴィート・シトゥール（一八一五–五六）によって、中部方言を基準とした文章語が制定される。現代スロヴァキア語の基盤となったのは、この〈シトゥール語〉である。シトゥールのもとで学んだヤンコ・クラーリ（一八二二–七六）は民謡や民衆譚に依拠しつつ、香り高い悲劇性に富むバラードを発表する。クラーリと学窓を共にしたヤーン・ボト（一八二九–八一）は、スロヴァキアの伝説的義賊ヤーノシークをモチーフに、ロマン主義期特有の革命的形象を生み出した。両詩人の作品の多くが暗い情熱を基調とし、民族の運命に寄せる悲壮感を漂わせているのに対し、同じく〈シトゥール語〉の詩人アンドレイ・スラートコヴィチ（一八二〇–七二）は、素朴な明るさをたたえた言葉で個人の至高の感情としての恋愛を謳いあげた。

ロマン主義からリアリズムへ

民族啓蒙団体マチツァ・スロヴェンスカーの創立（一八六三）など、徐々に文化的自立を強めつつあったスロヴァキア系知識人であったが、一八六七年のオーストリア・ハンガリー二重帝国の成立以降はしだいに逆風にさらされることになる。この頃からロマン主義は衰退し、リアリズムへと移行していく。まず、欧州各地の文芸に通詳した評論家としてスロヴァキア文学の水準を高めることを希求したスヴェトザール・フルバン＝ヴァヤンスキー（一八四七―一九一四）が、詩集『タトラ山脈と海』（一八七九）で写実性の重視を明確に打ち出した。これを受け継いだパヴォル・オルサーク＝フヴィエズドスラウ（一八四九―一九二一）は、劇詩『森番の女房』（一八八四―八六）において高踏的な文体を駆使し、スロヴァキア語による文学表現の可能性を広げた。散文ではマルティン・ククチーン（一八六〇―一九二八）が、短編「赤毛の牝牛」（一八八五）や中編「山腹の家」（一九〇三―〇四）などで農村を舞台に人びとの悲喜劇を活写し、その後の小説のテーマと文体に大きな影響を及ぼした。リアリズムの優位は一九二〇年代まで続き、テレージア・ヴァンソヴァー（一八五七―一九四二）やボジェナ・スランチーコヴァー＝チムラヴァ（一八六七―一九五一）など女性作家も登場した。一方で、二十世紀の初頭にはチェコのシンボリズムに刺激を受けた詩人イヴァン・クラスコ（一八七六―一九五八）、ヴラジミール・ロイ（一八八五―一九三六）らが世紀末風の憂愁を自由詩で表現し、モダニズムの芽生えもうかがわれた。

新国家のスロヴァキア・モダン

一九一八年のチェコ・スロヴァキア国家の成立は、スロヴァキア文学が存続していくために必要な社会的地盤を提供した。新世紀の文学潮流に触れて、表現主義的文体、心理主義的描写を駆使したゲイザ・ヴァーモシ（一九〇一―五六）の『エディタの目』（二五）、ミロ・ウルバン（一九〇四―八二）の『生ける鞭』（二八）などが現れる。特に、村落そのものを有機体として描いたヨゼフ・ツィーゲル＝フロンスキーは、山間のモダニズムとでも呼ぶべき独特な小説空間を切り開いた。この傾向を発展させ、自然への回帰や畏怖をモチーフとしたことからナチュリズムと称される一連の作家は、叙情性を強調した詩的散文で山里の生活を描いた。ドブロスラウ・フロバーク（一九〇七-五一）の短編集『友人ヤシェク』（三七）に端を発するこの流派は、マルギタ・フィグリ（一九〇五-九五）の『三頭の栗毛の馬』（四〇）を経て、フォークロア世界と作中現実が渾然一体となったフランチシェク・シヴァントネル（一九一二-五〇）の長編『高原牧場の花嫁』（四六）において表現の頂点に達している。

文学言語としての洗練を急速に高めるスロヴァキア語ではあったが、両大戦間期には、言語的近親性ゆえにチェコ文学との差異化も問題になった。ラツォ・ノヴォメスキー（一九〇五-七六）が率いた左翼文芸運動「ダウ」のように、思想やモチーフをチェコの同質の運動に大きく負うケースも見られた。一九三六年には第一回スロヴァキア作家会議が開かれ、スロヴァキア文学の自立性を強調する宣言が採択されている。三〇年代後半にもともとチェコのそれと密接に連動したシュルレアリスムの運動が盛んになり、ルドルフ・ファブリ（一九一五-八二）、シチェファン・ジャーリ（一九一八-二〇〇七）らが活躍するが、三八年にはナドリアリズムと自称してチェコの運動と距離を置く。また同じ頃、シュルレアリスムの手法的影響を受けつつも、カトリック信仰の強いスロヴァキアでは、ヤンコ・スィラン（一九一四-八四）やルドルフ・ディロンク（一九〇五-八六）らカトリック僧がキリスト教神秘思想に支えられた詩作を行い、いわゆるカトリック・モダンを形成する。

社会主義下の文学と新たな胎動

一九四八年の共産党政権樹立から一九五六年頃までは、社会主義リアリズムに基づく図式的な作品が多い。しかし五六年にドミニク・タタルカの風刺的エッセイ『同意の悪魔』とミラン・ルーフス（一九二八-二〇〇九）の詩集『大人になるまで』が出版されたのをきっかけに、六八年のプラハの春にかけて新たなテーマと方法を模索するネオモダニズムの動きが活発となる。なかでもルドルフ・スロボダ、ヤーン・ヨハニデス（一九三四―二〇〇八）、パヴェル・フルース（一九四一―二〇〇八）らによる個人の感覚と世界の相克、その相互が孕む歪みなどをテーマに据えた小説は、現代的な都市文学の登場を感じさせるものであった。チェコと比べるとスロヴァキアでは七〇～八〇年代の「正常化時代」を通じて完全に沈黙を強いられた作家は比較的少なかったとはいえ、ヴィンツェント・シクラ（一九三六―二〇〇一）やラジスラウ・バレク（一九四一―二〇一四）らの連作長編に代表される、同時代よりも両世界大戦を始めとして歴史的事件をテーマにした小説に良質な作品が多い。詩では、ヤーン・オンドルシ（一九三一―二〇〇〇）、リュボミール・フェルデク（一九三六―）ら五〇年代末に登場した「トルナヴァ派」と称される詩人たちが、政治体制に距離を置きながら、知的なメタファーに彩られた具象詩を一貫して書き続けた。八〇年代後半に入ると、パヴェル・ヴィリコウスキー（一九四一―）、ドゥシャン・ミタナ（一九四六―）などがポストモダンの要素を内包する小説を上梓している。

八九年の体制転換後、即座に文学状況に変化が見られたわけではないが、ペテル・ピシチャネク（一九六〇―二〇一五）、ダニエラ・カピターニョヴァー（一九五六―）、ペテル・マチョウスキら九〇年代にデヴューした書き手が、様々な言語ジャンルを混交させた文体やパロディ、魔術的リアリズムなどに依拠しつつ、社会主義の歴史とポスト社会主義の現代を生きる人びとの生活を表そうとしている。また、全体主義が社会にもたらした罪悪を人道的視点から問う作家に、五〇年代に政治犯として長く監獄にあったルドルフ・ドビアーシ（一九三四―）、キリスト教系地下出版に携わってきたルドルフ・レスニャーク（一九二八―二〇〇六）などがいる。エテラ・ファルカショヴァー（一九四三―）、ヤナ・ユラーニョヴァー（一九五七―）らによる、女性主体の視線から家族や社会のイメージを語り変えようとするフェミニズム文学の台頭も注目される。

（木村　英明）

Jozef Cíger-Hronský
ヨゼフ・ツィーゲル＝フロンスキー
[1896-1960]

一九八九年の共産党政権の崩壊をきっかけに表舞台に浮上した非公式文学のなかで、フロンスキーほど社会的、また政治的関心を喚起した作家は少ない。ファシズム国家とされる第二次世界大戦中のスロヴァキアを全面的に支持し、戦後は海外に亡命した経歴が、新たな体制が模索されていた転換期に賛否両論を呼ぶのは当然であった。

フロンスキーは中部スロヴァキアの町ズヴォレンに生まれ、師範学校を修了し教職に就いたが、すぐに第一次世界大戦下のイタリア戦線に出征した。多くの作品で重要なモチーフとなっている戦争の非合理性に対する嫌悪は、この時の体験に根ざしている。復員後は再び教員を務めながら小説を書き、短編集『我が地で』（二三）で文壇デヴューを果たした。続いて発表した短編集『家路』（二五）と『蜜の心』（二九）も含め、二〇年代にはリアリズムの確立者であるマルティン・ククチーンの影響が色濃く感じられる農村小説を発表した。しかし長編『スタンコウスキー博士の予言』（三〇）以降、モダニズムへの傾斜を鮮明にする。都市生活者である主人公「彼女」と三人の「彼」をめぐる恋愛関係が、そこでは表現主義的要素を強調するスタイルで描かれている。代表作である二つの長編『パン』（三一）と『ヨゼフ・マク』（三三）は、スロヴァキア文学の伝統的背景と言っていい村落に回帰しながらも、前衛的な小説となっている。前者では、裕福な農民一家とそのまわりの人びとの日常と感情、やがて訪れるそれぞれの死がモザイク状に配されて、集団としての村の有機性が全景として浮かび上がる。対照的に後者では、同名の主人公を構成の中心に据え、その生涯を誕生の瞬間からたどり、家庭や恋愛、共同体の中で経験する孤独と苦悩に満ちた歳月が叙述されている。ヨゼフは最も一般的な男性名であり、マクはケシ粒を意味することから、スロヴァキア人の典型的形象とその物語であるとされる。モダニズムに通底する特徴のひとつに都市性があるが、チェコ人との共同国家チェコスロヴァキア成立後も依然としてスロヴァキア人の都市生活者は少なかったため、自然に囲まれた僻村にモダニズムの手法を導入するフロンスキーの作風は、その後のスロヴァキア文学にひとつの潮流を築いた。一方、長編『グラーチ書記』（四〇）では、戦争で心に傷を負った都市住人の孤絶、他者とのコミュニケーションの不可能性が一人称で、かつ死者を含めた不在の相手との仮想的対話を通して描かれている。一九六〇年代ネオモダニズム期の実存主義的な都市小説の先駆けとなる作品であった。

　フロンスキーは児童文学作家としても活躍した。子供向け雑誌「お日さま」（一九二七―五〇、一九六九―）の編集長を務めた時期もあり、『ゆうかんなウサギ』（三〇）、『ブトカーチクとドゥプカーチク』（三二）など、現在も読み継がれる童話を残している。

　一九三三年から専従職員になった民族啓蒙団体マチツァ・スロヴェンスカーにおける活動がもとで、一九四四年のスロヴァキア民族蜂起時にはパルチザンによって一時拘束された。一九四五年にはドイツ、イタリアを経てアルゼンチンへと亡命する。亡命先でも執筆活動を続け、共同体から疎外された個人の哀切を描いた歴史小説『アンドレアス・ブール親方』（四八）には当時の個人的心境がうかがわれる。没後出版された最後の長編小説『トラソヴィスコ村の世界』（六〇）は、第二次大戦中のスロヴァキアを背景に、反ファシズム蜂起がソビエト共産党の策動によるものであったとして真っ向から否定する内容であり、一九九一年に国内で出版されるや、その歴史解釈と芸術的評価をめぐり議論を呼んだ。

（木村　英明）

◇邦訳

「マグダレーンカとヴァヴリネツじいさん」（木村英明訳、『文学の贈物　東中欧文学アンソロジー』所収、未知谷）

Dominik Tatarka ドミニク・タタルカ

［1913-1989］

チェコスロヴァキアの体制転換に先立つこと二年前の一九八七年、ブラチスラヴァの教育系出版社から四巻本の『スロヴァキア文学史』の最終巻が刊行された。しかし、「一九四五年以後のスロヴァキア文学」を扱っているそこに、読者はドミニク・タタルカという名前を見つけることはできなかった。まさにタタルカは、体制側にとって、そんな作家など存在していないのだと言い張らなければならない存在であった。

タタルカは一九一三年、スロヴァキア北西部にあるドリエノヴェーの農家に生まれた。プラハのカレル大学哲学部を一九三八年に卒業したのち、パリに一年間留学、このかんシュルレアリスムの感化を受ける。おりしも第二次大戦の開戦前夜であった。一九三九年三月、チェコはナチス・ドイツによって保護領化され、いっぽうスロヴァキアはドイツの支援のもと独立国となって、チェコスロヴァキアは解体された。

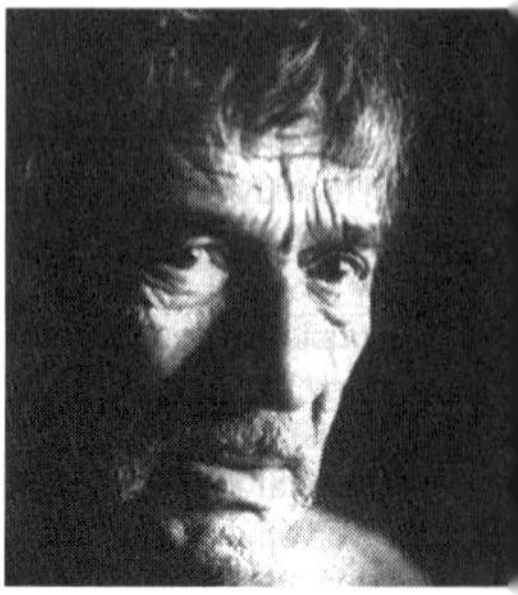

タタルカはフランスから戻ったのち、中部スロヴァキア地方の高等学校でフランス語教師として働く。そのかたわら、デヴュー作となる、シュルレアリスムの傾向を強く感じさせる短編小説集『探求の苦悶のなかで』（四二）、次いで中編『奇跡の聖母』（四四）を刊行。スロヴァキアでは一九四四年に、反ファシズム武装闘争「スロヴァキア国民蜂起」が展開されるが、タタルカもこれにパルチザンとして参加している。

戦後は新聞や雑誌の編集者として活動、六〇年代前半には脚本家として映画製作にも携わった。一九四八年、第二次大戦下のカトリック僧を大統領に頂いた「独立国家」スロヴァキアの姿を辛辣に描いた『法衣を着た共和国』を刊行して文名を得る。その後、「国民蜂起」への参加経験をもとにした

『第一撃と第二撃』（五〇）を刊行。ファシズムへの抵抗を続けたパルチザンが、戦後には社会主義建設に邁進していく姿を描いた社会主義リアリズム的な小説だが、タタルカは五〇年代後半からは、社会主義体制および社会主義リアリズムに懐疑的になっていく。

一九五六年に雑誌「文化生活」に発表され、六三年に書籍化された『同意の悪魔』では、「すべてを同意させる」全体主義体制の機構を寓意的に描き、当時の抑圧的な社会に暮らす人々に衝撃を与えるとともに、のちの民主化運動にも大きな影響を及ぼした。フランス留学時代の体験に取材した中編『籐椅子』（六三）は、第二次大戦開戦前のパリを舞台に、主人公とあるフランス人女性との恋愛をリリカルに描く。チェコスロヴァキアからやってきた主人公は、母国の運命を恋人と話しあいながら、個人が大いなる社会変動にさらされるなか、他者を理解し、受け入れる愛という営みを模索する。『悪魔に抗して』（六八）は、ドストエフスキーやリルケ、モーリヤックなどの文学に加えて、建築や絵画も扱った評論集だが、そのなかで「社会主義ヒューマニズムのマニフェスト」を掲げ、社会主義リアリズムの原則のもとでもより自由な実験は許容されると主張した。

一九六八年の「プラハの春」への、ワルシャワ条約機構軍による軍事介入を批判し、いわば社会主義体制の意向への「同意」を拒否したタタルカは、これによって公人としての活動と国内での作品発表を禁じられる。同じような状況に陥った作家たちは、ある者は国外に亡命し、ある者は自国での作品発表を優先して一定の妥協を甘受した。タタルカは国内にとどまり、しかも非妥協的な姿勢をくずさなかったため、スロヴァキアにおける反体制の象徴と目されるにいたる（のちにヴァーツラフ・ハヴェルらが発起人となって発表された反体制の文書「憲章77」にも、署名者として参加している）。以後、作品は国外で出版され、自伝的作品『書き下ろし』（八四）や、録音した語りを文字起こしした『語り下ろし』（八八）などで、独特な語り口で自身の思想を開陳すると同時に、より感覚的・官能的で遊びに満ちた作品世界を展開した。

非妥協的な姿勢を貫いたまま、タタルカは一九八九年の五月に世を去った。その約半年後の十一月、「やさしい革命」（ビロード革命）によって、タタルカの存在を否定し続けたチェコスロヴァキアの社会主義体制は倒され、その作品は二十年のときを経て社会に復帰した。

◇邦訳　『語り下ろし』（抄訳、長與進訳、『新日本文学』一九九〇年秋号所収）

Rudolf Sloboda
ルドルフ・スロボダ

［1938-95］

作者自身の内面と外界の関係に密着した独特のスタイルで異彩を放つルドルフ・スロボダは、しばしば、その全作品が一冊の書物にたとえられる。

ブラチスラヴァの郊外、オーストリアと境を接する地区ジェヴィーンスカ・ノヴァー・ヴェスに生まれる。高等教育はほとんど受けず（ブラチスラヴァのコメンスキー大学に入学するも中退）、炭坑や製鉄所の労働者として働いていた。そののち編集や映画製作の仕事に携わり、もの書きの道に進んでいく。

一九六五年に長編『ナルシス』によって作家デビュー。長文のモノローグを連ねた内省的な語りでつづられるこの作品は、哲学的・宗教的問題、あるいはモラルの問題を、著者の博識に裏付けられた深遠な思考で追究していく。作中、主人公は勉学の道を中断して炭坑労働者となるが、この主人公の決断には作者自身の経験が反映されている。じっさい、スロボダはこの後も、たとえば、アルコール中毒治療施設に入所した経験を長編『失楽園』（八三）に描くなど、オートバイオグラフィ的な手法にこだわり続けた。

続く第二作『剃刀』（六七）は、男女間の関係の危機、嫉妬を描いた作品。のちの作品でもしばしば扱われるこのテーマもまた、スロボダ自身の実生活において、切実なものであったという。

七〇年代・八〇年代も、ときにその矛先を自らに向けることを辞さないアイロニーやパロディを織り交ぜつつ、社会主義体制下で自我を探求する問題作を発表しつづけた。代表作に、理想と日常生活との懸隔を描いた『もう一人の男』（八一）、芸術と人生の関係を扱った『理性』（八二）などがある。

チェコスロヴァキアが民主化を果たした一九八九年以後もその創作意欲は衰えず、体制転換前後の社会変動に取材した『血』（九一）などで存在感を示していたが、一九九五年十月、自ら命を絶ってしまった。まだ五十八歳であった。

◇邦訳

「白犬伝」（長與進訳、『文学の贈物　東中欧文学アンソロジー』所収、未知谷）

Daniela Kapitáňová
ダニエラ・カピターニョヴァー

［1956- ］

一九九〇年代のスロヴァキア文学は、しばしば危機や低迷といった言葉をともないつつ回顧される。社会主義体制の崩壊により経営難に陥った出版各社は、目先の利潤を求めて欧米の安手な翻訳物を氾濫させた。加えて、旧来の書き手たちも、自らが巻き込まれた市民生活の激変のなかで筆がとどこおりがちだった。そんななか、新しい才能を発掘してスロヴァキアのオリジナルな文学を守ろうとした編集者がいた。彼、コロマン・ケルテーシュ・バガラが立ち上げた個人出版社L・C・Aからは、二十一世紀初頭にかけてスロヴァキア文学の先頭に立つ新進作家の多くが巣立つこととなる。その代表が、ダニエラ・カピターニョヴァーであった。

カピターニョヴァーはスロヴァキア南西部、ハンガリーと国境を接するドナウ河畔の町コマールノ生まれ。プラハの音楽大学演劇学部で演出を学んだ後、コマールノの劇場で働きながら小説を書き継いでいた。完成した原稿を先のバガラに送り、その原稿は『墓地の書』（〇〇）として刊行される。知的障害を持つ「作者」が「小説」を書き進めるという体裁を取ったそれは、「作者」＝語り手であるサムコ・ターレ名義で発表された。九〇年代地方都市の混迷する現在と過去を往還しつつ、社会や民族、文化の既成概念を地口や語呂合わせを多用してシニカルに描いた同書は、現代文学としては珍しいベストセラーとなり、他言語へも相次いで翻訳された。

現在は首都ブラチスラヴァのラジオ局でドラマ製作にかかわりながら、実名で作品を発表している。放送界でひととときブームを呼んだリアリティー・ショーを背景に、とある殺人事件の顛末を描く長編『そのことは家庭内にとどめて』（〇五）、古今東西の探偵小説やドラマのパロディを試みた連作短編集『スロプナー村の殺人』（〇八）などが刊行されている。二作とも、演出家出身ならではの個性的な人物造詣とユーモラスな言葉遊びを特徴とし、犯罪を題材にしつつ明朗な言語空間を作り上げている。新聞各紙に連載されている洒脱なフェイエトンの作者としても知られる。

（木村　英明）

◇邦訳
サムコ・ターレ『墓地の書』（木村英明訳、松籟社）

Peter Macsovszky
ペテル・マチョウスキ

[1966-]

一九八九年の体制転換後に作品を発表し始めたスロヴァキアの作家たちは、八〇年代後半から現れ始めたポストモダンの傾向をいっそう強く推し進めてきた。物語の「語り」そのものをテーマとして作品を紡ぐパヴォル・ランコウ（一九六四－）や、魔術的リアリズムに依拠して人間の絶対的孤絶を描くモニカ・コムパーニコヴァー（一九七九－）など、諸外国の文学潮流を摂取し、自らの創作に取り入れてきた彼ら彼女らが新しいスロヴァキア文学を形成してきた。そのなかでも先鋭的な方法意識で突出した存在が、ペテル・マチョウスキである。

マチョウスキはスロヴァキア南西部に位置するノヴェー・ザームキ市のハンガリー系の家庭に生まれ育ち、ニトラ教育大学（当時）でスロヴァキア文学と英語学を学んだ。卒業後、看護師、高校教師、編集者など職業を転々としながら執筆に取り組んできた。デビュー作となった詩集『ユートピアの恐怖』（九四）では、学術書、芸術書、大衆的な一般書等々、様々なテクストから引用された言葉を散りばめ、文学言語が外的現実や詩人の主体を美的に映すものだとする慣習的な理解の枠外に詩作の可能性を求めた。さらに『アムビト』（九四）、『解剖実習』（九七）では、先行する自作の詩句も引用し、テクストの自己言及性と意味の解体への志向をいっそう強めている。ハンガリー語でも数冊の詩集を上梓し、二〇〇〇年以降は小説の執筆に着手する。ジャンルの混交と文章の断片性が際立つ、造語をタイトルにした小説『フルストラエオーン』（〇〇）、『ファブリコーマ』（〇二）では、国家から宗教、芸術、性愛にいたるまで、社会と文化全般を支配するステレオタイプを暴きだす。『噂話小説』（〇四）は、女性作家デニサ・フルメコヴァー（一九六七－）との共著で、二人が喫茶店で語り合ったスロヴァキア社会の噂話からなる。電子工学を素材にした『雷を鳴らす人』（〇八）は近未来ＳＦ風の作品であり、現在作家が居住するアムステルダムを物語空間に設定した『骸骨を揺する』（一〇）は、不確かな生と死をめぐる思弁的な幻想小説である。

（木村　英明）

◇邦訳
なし

「ジプシー」の道

『プラハ侵攻一九六八』などで知られるチェコ出身の写真家ヨゼフ・コウデルカ（ジョセフ・クーデルカ）。彼の作品に『ジプシーズ』という写真集（二〇一一）がある。一九六〇年代にチェコスロヴァキアやルーマニア各地を回り、「ジプシー」の人びとをファインダーに収めたものだ。そのなかに一枚の写真がある。右手には草むらに停まっている馬車を数人のひとが取り囲み、左手には舗装された道で女性が子供を抱えている。手前中央ではシャツのボタンをはだけた少年が手を前に組んで、こちらをじっと見つめている。その姿はなにか自問しているように見える。馬車に乗って土の上を走っていこうか、それともアスファルトの車道にするか……。

一九九〇年以降、「ジプシー」と呼ばれる人びとについて、様々なメディアを通して目にしたり耳にする機会は急激に増えている（近年、「ロマ」という語に置換されることが多いが、「ジプシー」全体を表す総称ではない）。トニー・ガトリフの映画「ガッジョ・ディーロ」（九七）によってポスト共産主義下のルーマニアのロマ・コミュニティの様子を知ることもできれば、同作にも出演していたタラフ・ド・ハイドゥークスなどもたびたび来日し、「ジプシー・ミュージック」に直接触れる機会も増えている。

では、「ジプシー」の文学についてはどうだろうか？　たしかに「ポライモス」（ナチスによる「ジプシー」の絶滅政策）を語るフィロメナ・フランツなど、様々な証言に光があてられるようになっているが、十分に認知されているとは言えない（類似する概念である「ホロコースト」の映画や小説の蓄積に比べてみると差は一目瞭然だろう）。むしろ近年目立つのは、チェコの作家マルチン・シュマウスの『娘よ、火をわけておくれ』（二〇〇五）、アイルランドの作家コラム・マッキャンの小説『ゾリ』（〇六）など、ガジョ（非ロマ）の作家たちの活躍だ。とはいえ、いかにそれらが魅力的な作品であったとしても、ロマ文学と言い切るのは難しい。いずれも、ロマが描かれる客体に留まっているからだ。例外は、スロヴァキアのロマ作家エレナ・ラツコヴァーが描いた自伝的作品『幸せな星のもとに生まれて』（九七）で、ロマの側から日常を生き生きと描いた奇跡的な作品と言える。だが社会主義時代を舞台にする同書がある種の牧歌的な雰囲気を有していることも否定できないだろう。

そういったなか、ダニス・タノヴィッチの映画「鉄くず拾いの物語」（二〇一三）は、冷戦崩壊後、もはやノスタルジアとともに「ジプシー」を語ることができなくなった現実を突きつけてくる。ドキュメンタリータッチの本作で描かれるのは、ボスニアの農村でひっそり暮らすナジフとその家族たち。かつてロマの人びとは鋳掛屋などの生業で知られていたが、一家の主ナジフは同じ鉄でも、鉄くずを拾って換金し、生活費を工面する日々。ある日、妻が腹痛を訴え、流産が判明するも、保険に入っていないため高額の医療費が払えず、手術を受けることができない。その時、ナジフと家族が直面するのは市場経済の論理であり、そこでは文化や伝統といった言葉が何の重みも持っていないのが明らかになる。そのことを裏付けるように、かれらの日常生活に「ジプシー音楽」が響くことはなく、子どもたちもボスニア語のＴＶ番組にかじりつくばかり。そう、ナジフと家族の生活に「ロマ」文化の痕跡を見出すのは難しい。そこに描かれているのはただのひとでしかない。それは、ある意味でさまざまな習俗や風習を喪失しつつある近代人の悲しい姿でもある。

もう一度、コウデルカの写真を想い起してみよう。さきに少年は自問していると書いたが、じつはそうではなく、写真を見ている私たちに問いかけているのかもしれない。

「これから君はどうするの？　アスファルトの道を走り続けるの、それとも……」。

（阿部　賢一）

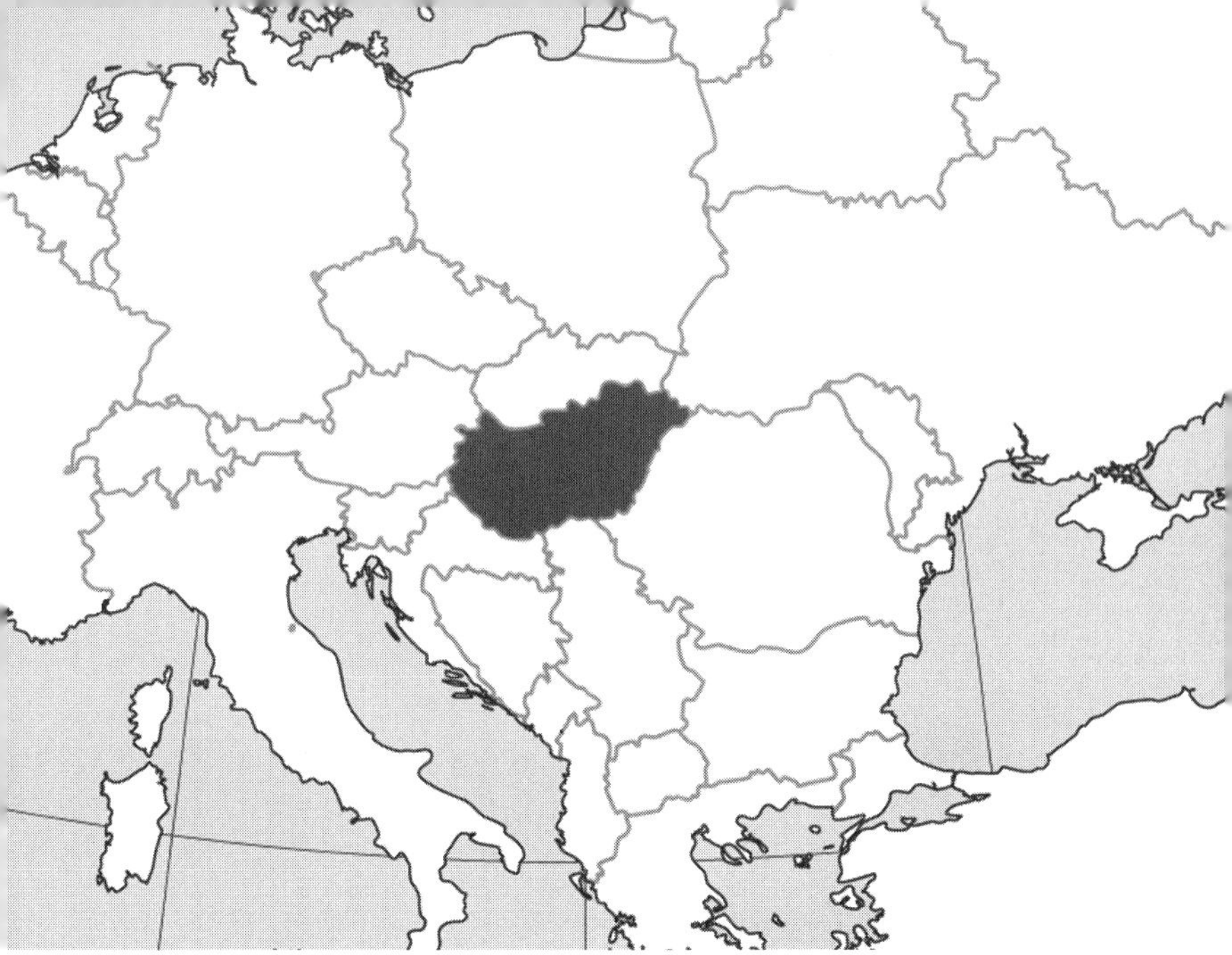

ハンガリー

いかなる文学や文学史も、歴史や政治の状況から自由であることはできない。ハンガリーでは、伝統的に文学や文学者の社会的役割が重要視され、文学は反権力の闘争手段と見なされることが多かった。その背景には、ハンガリーが、オスマン帝国、ハプスブルク君主国、ソビエト連邦といった大国に支配され抑圧されてきた苦渋の歴史があるように思われる。

戦うハンガリー文学者の典型が、国民的大詩人ペテーフィ・シャーンドル（一八二三–四九）である。ペテーフィは「立て、マジャル人よ」と、ハプスブルク君主国下で隷属状態にある人々に決起を呼びかけ、一八四八年の独立戦争に参加、若くして戦場の露と消えた。民族主義が最高潮に達した時代、同じひとつの言語を話す均質な国民から成る国民国家の形成が目標に掲げられ、ハンガリー独自の国民文学の創成が求められていた。民話を芸術的な叙事詩へと昇華させたペテーフィの『勇者ヤーノシュ』（四四）のように、当時の作家たちは、ドイツ・ロマン主義の影響のもと、民族固有の精神が宿るとされる民話や民謡を作品に取りこむことによって、ハンガリー固有の国民文学の形成をめざしたのである。

「西方」と「東方」の間で

ペテーフィが戦った独立戦争は敗北に終わったが、一八六七年、オーストリアとの間に「妥協」と呼ばれる条約が締結され、ハンガリーは一定の自治権を獲得、ここにオーストリア・ハンガリー君主国が成立した。政治的安定のもと、ハンガリーは経済的に大きく発展し、首都ブダペストは近代的大都市へと変貌をとげる。一方、中小貴族は没落し、ブルジョワ階級が台頭して、労働者階級が出現するなど、社会構造は劇的に変化し、さまざまな社会問題や民族問題が顕在化して、社会変革の必要性が声高に叫ばれた。

そこに登場したのが、詩によって社会改革を訴えたアディ・エンドレ（一八七七―一九一九）だった。パリでボードレールやヴェルレーヌの影響を受けたアディは、ハンガリーを「未開拓の荒れ地」と表現するなど、独自の象徴を駆使した新しい文学形式を用いて、西欧に対するハンガリーの後進性、封建制、金権主義、富裕支配などを痛烈に批判し、社会改革の必要性を訴えた。

アディをはじめとする当時の作家たちが活動の場としたのが、ハンガリー文学を西欧の水準に引きあげようと創刊された文芸誌「西方」だった。「西方」派の作家には、農民出身で、貧しい農村や田舎町の生活をリアルに描き、現実の非情さを訴えたモーリツ・ジグモンド（一八七九―一九四二）や、急激に変化する社会で生きる近代人の矛盾に満ちた心の内面や人格の多重性をあぶりだした**コストラーニ・デジェー**らがいる。

編集者として「西方」の中心的役割を演じたバビッチ・ミハーイ（一八八三―一九四一）は、ダンテ、シェイクスピアなど、西欧文学をハンガリー語に翻訳し、『ヨーロッパ文学史』（三六）を著した。バビッチにとっては西欧文学こそが、手本にし目標とすべき対象であった。

ハンガリー的なものを切り捨て、キリスト教的なもの、西欧的なものをよしとするバビッチの思考のあり方に対して、哲学者ルカーチ・ジェルジは西欧的規範を無批判に崇拝するものとして批判を加えた。だが、そもそもハンガリー的なるものとはいったい何であろうか？ ハンガリー人の祖先は、九世紀末にウラル山脈の方からヨーロッパにやってきた。定住後はキリスト教を受容し、ヨーロッパの一員となったが、東方からやってきた異民族であるという自意識は、折々にヨーロッパに対する劣等感や敵対心となって表面化し、さまざまなジレンマや軋轢、対立を生んできた。

文学においても、一九三〇年代に、『プスタの民』(三六)で知られるイエーシュ・ジュラ（一九〇二–八三）のように、農村にこそ真のハンガリーらしさがあると考え、田舎の生活を社会学的、民俗学的に描こうとした「農民派作家」が現れ、「都市派作家」と対立した。

「行間を読む」時代

第二次世界大戦後、ハンガリーでは共産主義政権が成立、貴族階級や中産階級は「人民の敵」とみなされ、ブルジョワ文学は批判の対象とされた。文学の世界でも、共産党員でないもの、党の活動に積極的に参加しないものは排斥されて、当局による検閲や弾圧が始まった。

「西方」の伝統を継承しようと創設された文芸誌「新月」は、ブルジョワ的、民主主義的であることを理由に短期間で廃刊に追いこまれた。この雑誌に関わったマーンディ・イヴァーンやエルケーニュ・イシュトヴァーンは、一定期間、沈黙を強いられた。マーンディは、ブダペストの下町に暮らす貧しい人々のほろ苦い日常や孤独を映画的手法を駆使して描きだした。エルケーニュは、現実社会の不条理性をグロテスクかつ滑稽に描いた短編やショート・ショートで知られている。

共産党員から反体制派に転じた作家もいる。デーリ・ティボル（一八九四–一九七七）は、中編小説『ニキ ある犬の物語』(五六)で、戦死した息子のかわりに犬を愛玩する夫婦の姿を描くことをとおして、個人崇拝や共産党の教条主義を暗に批判し、党を除名された。さらには五六年の事件に参加して、投獄された。

独裁体制に抵抗して人々が立ち上がった一九五六年の革命は、ソビエト軍戦車に蹂躙され、多くの犠牲者と亡命者をだした。スイスに亡命し、のちにフランス語作家となったアゴタ・クリストフもそのひとりである。

その後、当局は「われわれの敵でないものは味方である」として、国民との融和をはかろうとした。検閲は多少緩和されたものの、依然として作家は党により、「支持される者、容認される者、禁じられる者」の三つのカテゴリーに分類された。検閲に対抗するために、作家たちは、暗喩や寓意、風刺など、さまざまな文学手法で体制批判を試み、他方、読者の側にはテキストの隠された意味を探り、「行間を読む」技法が求められた。

作品が外国語に翻訳されて国外で先に出版されることもあった。メーセイ・ミクローシュ（一九二一―二〇〇一）の『陸上選手の死』は、一九六五年にフランス語訳がフランスで出版されたことで、翌年にハンガリーでも日の目をみた。メーセイは、淡々とした断片的な状況描写によって、人間の心理を浮かびあがらせる新しい文学形式によって、後続の作家たちに影響を与えた。

また、憲章77（一九七七）に署名するなど、民主化運動の活動家としてもその名を馳せた。

社会学者から小説家に転身したコンラード・ジェルジも、ハンガリー民主化運動のリーダーだった。共産主義体制の暗く閉塞した状況をドキュメンタリー・タッチで描き出す反体制作家として、しばらくは作品の出版を禁じられた。八〇年代には、歴史・文化的な運命共同体としての「中欧」の復活を提唱し、「西欧」世界に広くその名を知られるようになった。

ナーダシュ・ペーテルの長編小説『回想の書』（八六）も、検閲のために、出版までには長い歳月を要した。ナーダシュは、共産主義体制下や体制転換後のハンガリーの社会や歴史を背景に、人間の意識の内側を重層的に描き出して、プルーストにも比された。

体制転換後

一九八九年、ハンガリーは共産主義国家から民主主義国家へと体制転換をはたす。党による検閲制度はなくなり、五六年事件が「動乱」ではなく「革命」として再定義されたように、文学においても再評価が行われた。ブルジョワ出身のリベラルな作家としてナチスや共産主義に反抗し、共産党が権力を掌握した四八年にハンガリーを去ったマーライ・シャーンドル（一九〇〇-八九）は、八〇年以降、イタリアやフランス、ドイツで紹介されて評判を呼び、ハンガリーでも再評価された。ドイツで評価され、ハンガリー人作家としてはじめてノーベル文学賞を受けた（二〇〇二年）ケルテース・イムレも、受賞により国内で認められるようになった。

検閲がなくなったことについて、ポストモダン的小説で知られるエステルハージ・ペーテルは、「社会主義時代の用法が染みついた言葉を洗い直し、新しく定義し直す必要が出てきた」と語っている。エステルハージは、引用、比喩、風刺、ジョーク、パロディー、言葉遊びなどを駆使して、独自の新しい文体を作りあげ、既存の体制、既存の文学に対して、言葉による挑戦を続けている。

体制転換後は越境が容易となり、ルーマニアのトランシルヴァニア地方（旧ハンガリー領）出身の作家の活躍が目立つようになった。ボドル・アーダーム（八二年にハンガリーに移住）の『スィニストラの地』（九二）に描かれている閉塞的な状況は、東欧の独裁体制を暗示している。若手作家バルティィシュ・アティッラ（八四年移住）が『散策』（九五）で語るのも、トランシルヴァニアとおぼしき土地を舞台にした非情で過酷な人間世界である。

切れ目なくうねるように続く長文と、精緻で詳細な解剖学的描写を文体的特徴とするクラスナホルカイ・ラースローも、貧困、抑圧、破壊、暴力など、人間をとりまく絶望的で出口のない状況を描いている。

こうした作家たちのいずれもが、ヨーロッパの東半分が体験せざるをえなかった共産主義体制下の独裁体制や全体主義社会を暗示的に描いているが、不安に満ちた閉塞的な状況や目に見えない権力の存在は、現在のハンガリーや日本も含めて、あらゆる時代、あらゆる場所に存在する。その意味で、ハンガリー文学は、ヨーロッパの一地域の個性的な文学にとどまらない、普遍的な価値を有しているといえるだろう。

（早稲田　みか）

Kertész Imre
ケルテース・イムレ
［1929-2016］

一九四四年、ブダペストの軍需石油工場で強制的に働かされていた十四歳のケヴェシュ・ジェルジは、あるとき工場に向かうバスから数人の友だちとともに降ろされる。わけもわからぬままドイツでの労働募集に応募したケヴェシュが連れて行かれた先は、アウシュヴィッツだった……

小説『運命ではなく』（原題『運命ではないこと』、七五）を書いたユダヤ系作家ケルテース・イムレは、二〇〇二年にノーベル文学賞を受賞。受賞理由は「人間が社会的圧力にますます服従している時代にあって、個人として生き、考え続ける可能性を追求した」であった。『運命ではなく』は、作家自身の体験をもとにした自伝的小説である。主人公ケヴェシュと同様、ケルテースも強制収容所に収容され、からくも生き延びた。帰還後、自宅がなくなっていたのも、父がアウトハウゼンの収容所で亡くなっていたのも、小説と重なる。

photograph © Csaba Segesvári

ケルテースは一九四八年にギムナジウムを卒業し、新聞社に勤めたが、社会主義体制が始まった翌年の五〇年に追放された。工場労働者を経て、五一年から精錬・機械産業省の広報部に勤務。五三年からフリーランスの書き手になったが、当時は珍しい存在であった。経済的事情のためか、ミュージカルの台本などもたくさん書いている。翻訳も手がけ、ニーチェの『悲劇の誕生』のほか、フロイトやカネッティなどのユダヤ作家・学者による作品をハンガリー語に訳している。

『運命ではなく』執筆を開始したのは一九六〇年。四年前のハンガリー革命失敗後、全体主義的な抑圧が強まっていた。七三年に完成後、ある出版社に持ち込んだが断られる。第二次大戦終了三十年にあたる一九七五年、別の出版社から戦争関係の本として出版されたが、書店にはほとんど出荷されなかったと言われている。八三年にある若手作家が文芸週刊誌「人生と文学」でこの作品について批評したのが、評価のきっかけになった。九〇年代になると、ドイツを始め欧米で広く翻訳され、ノーベル文学賞受賞につながった。

『挫折』(八八)は、『運命ではなく』を書いたために、そして他の職業もないために作家になってしまった〈年寄り〉を主人公とする小説だ。この作家が書く小説には『運命ではなく』の主人公ケヴェシュが登場し、小説内小説の体裁をとっている。『生まれなかった子のためのユダヤ教の祈り』(九六)は、ユダヤの子は迫害されるという恐れから、子どもを産みたいと言う妻(戦後生まれ)の望みを拒否したために、妻と別れざるをえなくなるユダヤ人男性の心的過程を描く。全体が一人称の主人公のモノローグからなっているが、章立てなし、段落も非常に少なく、一つの文が一ページ以上にわたる場合もある。強制収容所での経験、それ以前に入れられた養護施設の非合理かつ抑圧的な環境、共に暮らすことになった父の権威者としての支配的な態度、それらの記憶が主人公を苛む。彼は、とりあえず適応することで、生き延びたと語る。

ノーベル賞受賞が自身に混乱をもたらし、新しい創作を中止したと語っていたケルテースだが、〇三年に『決算』を発表。体制が変化した後、九〇年に自殺した大作家B.を主人公とし、その自殺の理由や、遺作となった小説のメッセージを探っていく作品だが、これまでのケルテース作品とはかなり違った印象を与える。多くの人物が入り乱れ、様々な文体が混在し、引用などのポストモダン文学の技法が用いられる上、構成も複雑で、迷宮のような小説構造となっているのだ。

ノーベル賞受賞後のテレビインタビューで、ハンガリー革命失敗後にも国に留まった理由を問われたケルテースは、「完全に言語の理由です」と答えた。「私はとても興味深い言葉を話します。完全に秘密の言葉です。少ない人が理解するし、少ない人が話します。実は、詩のための言語です」。そうした「詩のための言語」で綴られる彼の作品世界は陰鬱な印象を与えがちだが、作者によれば「根本的には肯定的」なものだという。「私のすべての作品において、人間を解放する束の間がありますから。」

二〇〇六年から一一年まで毎年一作品を書き、一四年に『最後の居酒屋』を出版した。

(岩﨑　悦子)

◇邦訳
『運命ではなく』(岩﨑悦子訳、国書刊行会)

Konrád György
コンラード・ジェルジ
［1933- ］

photograph © Lenke Szilágyi

一九四四年五月十五日、十一歳のコンラードは両親と離れ離れになってしまう。ハンガリー東部のベレッチョーウーイファルで鉄商を営んでいたユダヤ人の父親は、イギリスのスパイと密告されて捕えられた。同じくユダヤ人の母も、夫のあとを追うように姿を消す。

コンラードは親戚を頼ってブダペストに行こうとするものの、当時の状況では困難なことであった。両親が隠していた大金を探し出し、温和な反ユダヤ主義者である弁護士を通じて旅行許可書と切符を入手する。姉、従弟二人とコンラード、それに知り合いの若者が汽車に乗り、ほぼ一八五キロ離れた首都に着いた。その出発の翌日、ベレッチョーウーイファルの全ユダヤ人がアウシュヴィッツに送られたという。

この経験についてコンラードは、「私の年齢とユダヤ人である由来において、一九四四年に、人が攻撃されうること、どのような災難も起こりうること、それに対して何もなしえないような攻撃が起こりうることに、立ち向かう必要があった……私自身の手段において、それについて書くことで、とにかく返事をしなければならないと考えた」と『共犯者』（七八）刊行後のインタビューで語っている。

叔母の庇護のもとホロコーストを生き延びたコンラードは、その後両親とも再会する。ELTE（通称ブダペスト大学）を卒業後、雑誌「風俗画報」の創刊に携わるも、一九五六年十月二十三日に発行予定が中止となる。折しもハンガリー革命勃発の日であった。コンラードは革命に際して結成された国民衛兵隊の大学支部に参加したために、革命失敗後の数年間、職を得られない日が続いた。

一九五九年から六五年までブダペストの青少年保護監督になり、第Ⅶ区で勤務。この間、マジャル・ヘリコン出版社で仏・露の作家をとりあげる双書についてアドバイザーを務めてもいた。六五年から都市建設研究計画院に勤務するが、七三年に同僚セレーニ・イヴァーンと共同で執筆した『階級権力に至る知識階級の道』が国家に対して危険な煽動をするものとして拘禁される。後に解放されたが、執筆をすべて禁止された。その後数年間、ドナウ以西のドバという村の精神病院で働いた。しばらく外国旅行を禁止されていたが、それが解かれた後、西ドイツで文学プログラムなどに招待され、滞在し、アメリカで世界文学を教えるなどしていた。

自身が携わった仕事に材を取り、青少年福祉事務課に勤めるTの手記の形をとった『ケースワーカー』(原題『訪問者』、六九)は、Tのもとに相談に訪れる〝犯罪者〟、〝異常性欲者〟、〝精神障害者〟などの姿を描く。Tは時に体制の側に立ち、来談者たちの弱さ、怠惰さ、融通のなさを非難し、時に来談者たち――社会主義体制から落ちこぼれた最下層の人たちの側に立ち、法規則の一面性、冷たい官僚主義を批判する。そして、その非難の矢は役人である自分自身にも向けられる。

想像上の都市計画設計図を描く建築家のモノローグ『都市の創設者』は、政治的理由で七三年に出版を断られ、七七年に大部カットされた上で刊行された。三部作目の『共犯者』は外国で翻訳が刊行されたものの、国内ではサミズダート(地下出版)で流通。大戦からハンガリー革命の時代を背景に、ハンガリー・ユダヤの左翼知識人が陥った歴史の罠を描く。

八五年にサミズダートで刊行された『庭の歓待』は、出版禁止が解かれた八九年に根本的に改作され、『備忘録、1.庭の歓待』として出版。大戦から戦後の社会主義体制下のハンガリーを舞台に、作家自身を思わせる人物コブラ・ダーヴィドが、自身や家族、友人たちの運命を語る。一九四四年五月に汽車で一八五キロを乗ってブダペストに逃れたエピソードも取り上げられている。作中、ダーヴィドが信頼するアーノルド伯父は、ユダヤ人たちを殺す人々に対して革命を起こさないのかと訊ねられ、こう答える――「熱愛する人は愛情が何か分からないし、憎む人は怒りが何か分からないぞ」。

コンラード・ジェルジは一九九〇年から九三年まで国際ペンクラブの会長を務めた。

(岩崎 悦子)

◇邦訳
『ケースワーカー』(岩崎悦子訳、恒文社)

Nádas Péter
ナーダシュ・ペーテル
[1942-]

photograph © Lesekreis

エステルハージ・ペーテルとともに現代ハンガリー文学を代表する作家。ブダペストのユダヤ系の家庭に生まれるが、父親の考えのもと、キリスト教の洗礼を受ける。早くに両親をなくし、若い頃からフォトジャーナリストとして働き始め、編集者の職を経て、やがて小説や戯曲を書き始める。一九六八年、チェコ事件（プラハの春）にハンガリーが政治的に介入したことに失望し、これを機に文学活動に専念するようになる。共産政権時代には、反体制作家として秘密警察の監視下におかれ、作品の出版や自由な出国もままならなかった。

初期の短編や中編小説の第一作『ある一族の物語の終わり』（七七）では幼少期の出来事が子どもの視点から語られる。いずれも自身の実体験にもとづいており、作品の多くは自伝的であり、つねにハンガリーの現実の社会と歴史が背景に描かれている。

十年の歳月をかけて執筆された代表作のひとつ『回想の書』（八六）は、検閲のために出版まで五年の歳月を要したが、英語やドイツ語、フランス語に翻訳されて国際的な注目を集めた。今は亡きスーザン・ソンタグは「われわれの時代に書かれたもっとも偉大な小説」と賞賛し、ナーダシュをプルーストやトーマス・マンにも比している。これまでに国内の文学賞を総なめにしているが、国際的な評価もきわめて高く、オーストリア国家賞（九一年）やフランツ・カフカ賞（〇三年）など、ヨーロッパ各国の数多くの文学賞を受賞している。

『回想の書』を最後まで読み通すには、それなりの忍耐が必要である。一千ページにおよぶ大作だからというばかりでなく、複数の語り手による回想は、一九七〇年代と十九世紀末のベルリン、一九五〇代のブダペストと、時代や場所が交互に入れ替わり、同じ表現や酷似したシチュエーションを目にした読者は既視感に襲われ、話し手が誰なのか判然としなくなる。さながら森の深奥に迷いこんだかのようだが、それはヒトという生物の心と身体の脱出口なき奥深い森だ。ナーダシュ作品の小説作法上の大きな特徴は、その森を構成するヒトの身体や心の顕微鏡的な細密描写にある。

たとえば、バイセクシャルな三角関係に苦悩する「わたし」(男性)が、少年時代に恋心を抱いた同級生の男の子と唇を触れあわせる場面。唇と唇が接触する瞬間に至るまでの身体の微細な動きがクローズアップされ、スローモーションで詳細かつ克明に語られる。顔の表情、眉やまつげや虹彩のかすかな動き、声にあらわれた微妙な抑揚、時々刻々に移ろいゆく感覚や感情の的確で巧緻な描写。人間的生の様態のあらんかぎりを顕微鏡でのぞきこんで、分子レベルで記述しようとしているかのようだ。そこから浮かびあがってくるのは、身体と心の分裂、矛盾、軋轢に苦しむ、感じやすく傷つきやすい生身の人間の姿である。

『回想の書』をも凌駕する超大作で、もうひとつの代表作となる作品が、十八年をかけて執筆された『パラレル・ストーリーズ』(三巻、〇三)である。一巻本として刊行された一二〇〇ページにおよぶ英語訳(一一)は、ドアストッパーに最適とも評された。ファシズム、ホロコースト、社会主義体制からベルリンの壁崩壊まで、二十世紀のドイツとハンガリーを舞台に複数の断片的なストーリーが平行して語られてゆくが、それらの間に明確な関連性を読みとることはできず、冒頭で起きた殺人事件の結末にもまったく触れずじまい、読者を意識の宙吊り状態に放置したまま大作は終息する。

顕微鏡的な描写はカメラのファインダーをのぞく写真家の目にも通じている。ナーダシュは作家であると同時に現役の写真家でもある。写真の個展も開き、写真集も刊行されているが、心臓発作で死の淵をさまよった体験を、庭にたつ一本の大木を通年撮影した写真とともにまとめた著作(『自らの死』、〇四年)がとりわけ印象深い。エッセイの名手としてもつとに名高く(そのエッセイはほとんど短編小説のようだ)、三島由紀夫についてのエッセイもある。

(早稲田　みか)

◇邦訳
「労働歌」(早稲田みか訳、『季論21』第六号、本の泉社)、「文字の伝える体温で」(U・ケラーほか編『ヨーロッパは書く』、鳥影社)、『ある一族の物語の終わり』(早稲田みか＋簗瀬さやか訳、松籟社)

Esterházy Péter
エステルハージ・ペーテル
[1950-2016]

photograph © Lesekreis

現代ハンガリー文学を代表する作家。作曲家ハイドンも伺候していたハンガリーの名門大貴族エステルハージ家の末裔。祖父は、オーストリア・ハンガリー君主国時代、短期間ながらハンガリーの首相を務めた人物だった。その出自ゆえに、第二次世界大戦後の共産主義政権下、家族は家や財産を没収され、一時、地方への強制移住を余儀なくされた。

小説を書き始めたのは二十代中頃で、一九七九年発表の『生産小説』で社会主義リアリズムやドキュメンタリズムに代表されるそれまでのハンガリー小説から大きく逸脱するポストモダンなスタイルを用いて、賛否両論の大反響をまきおこし、一躍、作家としての名声を獲得した。

エステルハージ作品の特徴は、作家みずから「私は自分の人生を生の資料として使う」と公言するように、つねに自伝的要素が随所に織りこまれていることである。主人公、登場人物、語り手である「私」、そのいずれもが作家自身の実像と重なりあい、読者はこうした複数の語り手が織り上げる現実と虚構がないまぜになった迷宮の世界へとひきずりこまれることになる。

その迷宮は、エステルハージ作品のさらなる特徴である、無数の引用にあふれている。『純文学入門』（八六）は、自作および他作家の作品からのおびただしい引用を組みあわせたコラージュともいえる。敬愛するユーゴスラヴィアの作家ダニロ・キシュの短編作品がまるごと引用されていて、剽窃と指弾されてもさほど不思議には思われない。だが、作家の弁によれば、「暴力的な技法ではあるが、テクストは新たな環境に置かれることで新しく生まれ変わる」のである。テクストの再利用によって生まれる表現の新たな可能性の追求は、語を組みあわせて文を生産していく行為と何ら選ぶところはないというわけだ。語も文も、さらにはテクストも、作品を構成する一要素なのである。

代表作といってよい大作『ハルモニア・ツェレスティス（天上のハーモニー）』（〇〇）では、輝かしい歴史に彩られたエステルハージ家の先祖をめぐるありとあらゆる出来事が語られ、登場する先祖の誰もが「わが父」と呼ばれる。一族の歴史が語られるものの、テクストは時間軸にそって構成されてはいないし、万事が史実に基づいているわけでもない。史実と虚構、逸話、伝説、そして自作や他作家の作品からの引用で構成される断片の数々が非時系列的に配置されたテクストの迷宮は、エステルハージ特有の巧緻な比喩や風刺、アイロニー、ユーモア、ジョーク、ことば遊びであふれかえっている。こうした細部のおもしろさこそがエステルハージ作品を読む楽しみのけっして小さくない部分をしめており、また作家自身も、読者をいかに楽しませるかに腐心している。

とはいえ、作家たるもの現実から自由でいることはかなわない。とりわけ旧東欧地域の文学作品には、伝統的に歴史のつめ跡がくっきりと刻印されていることが多い。中央ヨーロッパを縦貫して流れ下るドナウ川に仮託した奇想天外の書『ハーン＝ハーン伯爵夫人のまなざし―ドナウを下って―』（九一）はそのよい例といえるだろう。旅することを生業とするプロの旅人がドナウ川の源泉から河口まで旅する過程で描かれるのは、ハンガリーと中央ヨーロッパの歴史や文化にまつわる逸話、政治がらみの諸問題、哲学や文学のありうべき姿、はては料理やサッカー（エステルハージは若い頃、アマチュアのサッカー選手だったから、もちろんサッカー小説も書いている。『ペナルティ・エリアの彼方へ』（〇六）にいたる多事万般。ブダペストを描いた一章はそもそもイタロ・カルヴィーノ作『見えない都市』のまるごとのパロディーだし、ハイネやムージル、カフカ、キシュ、フラバルなど、影響を受けた作家たちの引用も陰に陽にちりばめられている。一本つながっているのはドナウ川ばかりで、寄り道につぐ寄り道を繰り返しながら、ドナウ川が黒海にそそぎこむまで、その迷宮世界から脱出することは瞬時もかなわない。

（早稲田　みか）

◇邦訳
『黄金のブダペスト』（ハンガリー文芸クラブ編訳、未知谷）、『ハーン＝ハーン伯爵夫人のまなざし―ドナウを下って―』（早稲田みか訳、松籟社）、『女がいる』（加藤由実子＋ヴィクトリア・エシュバッハ＝サボー訳、白水社）

Krasznahorkai László
クラスナホルカイ・ラースロー
［1954- ］

エステルハージ、ナーダシュと並び、現代ハンガリーを代表する最も重要な作家の一人。一九五四年、ルーマニアとの国境に近い小さな町ジュラに生まれ、セゲドとブダペストの大学で法学と文学を学ぶ。その後、出版社勤務をへて、一九八三年から作家活動に入り、処女作『サタンタンゴ』（八五）で一躍その名を知られるようになった。主要な作品のほとんどはドイツ語や英語に翻訳されており、とりわけドイツでの評価はきわめて高く、続く小説『抵抗の憂鬱』（八九）は一九九三年の最優秀外国文学賞を受賞した。

いずれの作品も、いつの時代のどこの話とも作品中では言及されていないが、ハンガリー辺境の荒れ果てた田舎町とおぼしい土地を舞台に、貧困、抑圧、破壊、暴力など、人間をとりまく絶望的で脱出口の見いだせない不条理な状況が描かれており、そこにカフカや、トーマス・ベルンハルト、サミュエル・ベケットらとの類縁性を指摘する声も少なくない。

photograph © Lenke Szilágyi

登場人物たちは、束縛された絶望的で無秩序な状況からの解放、自由、調和を求めてもがきあえぐが、けっして救済されることはなく、現況からの脱出の試みは、結局は堂々巡りにおわる。希望の見えないこの閉塞感をいっそう重苦しいものにしているのが、その特異な文体である。一文が長々とうねるように執拗なまでに持続し、ときには数ページにもおよぶ。作家の言によれば、これは自然な呼吸のリズムと呼応しているのだが、読者にとっては息苦しさがいや増すばかりだ。さらにはそれに追い打ちをかけるかのような、冗長ともとられかねない単調な語句の繰り返しや、自然現象の気が遠くなるほど微細で専門的な描写がある。こうして読者は、蜘蛛の糸に絡めとられるように、クラスナホルカイの黙示録的世界にひきずりこまれていくことになる。

『サタンタンゴ』と『抵抗の憂鬱』は、ハンガリーの映画作家タル・ベーラ（Tarr Béla）の手で映画化された（それぞれ一九九四年、二〇〇〇年の作品。後者の日本題名は『ヴェルクマイスター・ハーモニー』）。世界の終焉を描くタル監督最後の映画『トリノの馬』（二〇〇一年、日本題名は『ニーチェの馬』）も含めて、脚本は原作者クラスナホルカイと監督タルの共同執筆による。

クラスナホルカイは一所不住の作家である。欧米のみならず、モンゴルや中国、日本にも旅している。一九九七年に初来日、二〇〇〇年には（二〇〇五年にも）国際交流基金招聘フェローとして半年間、京都に滞在した。その体験から生まれたのが、京都を舞台にした小説『北は山、南は湖、西は道、東は川』（〇三）である。題名は、「北に山、南に湖、西に道、東に川」がある土地に寺を建立すべしという古来の定めに由来している。千年の時空を超え、京阪電車に乗って京都の町に姿を現した「源氏の孫君」が、「完璧な美を体現した庭園」を探し求めて亡霊のように彷徨するが、それはけっして見つかることはない。行く先々には、破られた扉、放火の跡、目を釘で打ちつけられて板にぶらさがる金魚など、不吉な破壊の痕跡（あるいは予兆）が残されている。金堂の仏像は、腐敗した世の中を目のあたりにしなくてもすむように、その美しい顔をそむけている。この不穏な終末論的気配が漂う小説には第一章がなく、いきなり第二章から始まるのだが、文字通り、入り口も出口もない不思議な味わいをもつ小説である。

作家の日本体験は、さらに近年の作品にも結実している。真の芸術を追求する人々をテーマとした全十七話から成る『西王母降臨』（〇八）では、世阿弥や能面師など、日本の伝統文化にまつわる作品が六編を占めている。その中にも登場し、作家が京都滞在中に足繁く通って師と仰ぐ観世流能楽師井上和幸氏の言葉が、インタビュー集『問わず答えず』（一二）に紹介されている。「言葉をもってしてはどこにも到達できないことがおわかりでしょう。……ラースローさん、書くのを止めることですよ。」

二〇一五年、国際マン・ブッカー賞を受賞した。

（早稲田　みか）

◇邦訳
『北は山、南は湖、西は道、東は川』（早稲田みか訳、松籟社）、「楽園の狂―日本の美に捧げる厳粛なる賛歌」（『日本の美学』第33号、燈影社）

Kosztolányi Dezső
コストラーニ・デジェー

［1885-1936］

スボティツァ（現セルビア）で生まれたコストラーニは、ハンガリーの戦間期を代表する作家で、文芸誌「西方」を創刊時から活躍の場とした。モーパッサンやワイルドなどの翻訳も手がけたほか、詩人としても有名である。

小説家としてのコストラーニは、一九二〇年代に『ひばり』、『エーデシュ・アンナ』などの代表作を次々と発表した。その中でも、コストラーニのものの見方や個性を最も強く表現していると考えられるのが一九三三年に発表された『エシュティ・コルネール』である。一九二五～三三年に書かれた十八章から成るこの作品は、奇想天外で自由奔放な主人公エシュティ・コルネールの「体験」談であふれている。空想も人生のうちだと話すエシュティは、「正直者の町」で、医者に「風邪に効く薬はない。放っておけば治る。それより子供のいる私にうつさないようにしてくれ」と言われたり、雑誌を一冊借りるだけなのに、ああだこうだと四時間もかけてしまう友人の話をするかと思えば、別の章では、様々な研究会や会議で代表や議長を務めているのに会ではいつも居眠りをする男が、会のない時期に不眠症になってしまう話を展開する。日常生活でよく見られる光景をユーモアたっぷりに、そして時に皮肉や風刺をこめて描いたり、想像したことをまるで現実のように語るエシュティに、ひいては人間観察の鋭いコストラーニに、我々の固定観念は根底から揺さぶられる。

コストラーニの親友にユーモア作家のカリンティ・フリジェシュ（一八八七－一九三八）がいるが、この二人はさまざまな状況に置かれた人間を演じて遊んでいたようだ。いろいろな人になってみたが、「テーマはいつも同じ、固定観念の計り知れない空虚さと不可解さだった」というカリンティの回想を読むと、エシュティはコストラーニの「分身」なのだと思わずにはいられない。

エステルハージの小説『エシュティ』（二〇一〇）がこの作品のパロディーであるという点からも、コストラーニのハンガリー文学界への影響力が感じられる。

（簗瀬　さやか）

◇邦訳　「石膏の天使」「水浴」（徳永康元編訳『青ひげ公の城　ハンガリー短編集』所収、恒文社）、「幼稚園」（岩崎悦子編訳『トランシルヴァニアの仲間　ハンガリー短編集』所収、恒文社）

Örkény István
エルケーニュ・イシュトヴァーン
[1912-79]

　ユダヤ系の家庭に生まれ、薬学を修め、初の短編集を一九四一年に発表した。四二年に地雷の撤去や鉄条網設置などの労役のために徴集され、ドン川の前線へ送られた。四三年にはソ連の捕虜となり、帰国がかなったのは四六年のことである。また五六年革命に参加したために五八～六二年まで作品が発禁処分になるなど、自らも作家活動は順風満帆ではなかったと述べている。

　しかし、彼の文学界・演劇界での存在感には圧倒される。ブラック・ユーモアやグロテスクな作風には、人の心を揺さぶり、落ち着かせない何かがある。彼にとってのグロテスクとは、「確立されたものを揺さぶるが、そのかわりに何かを確立することもない。終止符のかわりに常に疑問符を置く、つまり、閉じたり終えるのではなく、道を開き、動かし始める」ものなのだ。

　六六年の『ザ・トート・ファミリー』では、トート家が息子の上官を客に迎える。精神的に不安定な上官の理不尽な言動により平穏な生活を失い、精神的な負担も強いられるが、戦地にいる息子の命運を握る上官に抗うこともできずに苦しむ。ついには上官を裁断機で裁断し、死に至らしめるという話だ。周りの状況が人を極限状態に追い詰めていく様子、不条理を描くこの小説は翌年に舞台化もされ、国内外で大成功を収めた。日本でも八五年に出版・初公演されている。

　六八年の『一分間短編』は、その名のとおりショートショートである。作家活動をたびたび制限された彼は、ものごとの本質を簡潔にかつ正確に書くよう努めていたようで、このスタイルを好んで用いた。獄中でアリに二足歩行の訓練をさせる男。ハエ取り紙につかまるもなおオペラ鑑賞に行かんとするハエの奥さん。一つの帽子を、まるで三つの異なる帽子であるかのように三回客に勧める帽子屋と、そうと知っても買い求める男。歯切れの良い文章でつづられる彼独特の作風が、別の角度から眺めた日常世界を我々に広げてくれる。

（簗瀬　さやか）

◇邦訳
「アーコシュとジョルト」（岩崎悦子編訳、『トランシルヴァニアの仲間　ハンガリー短編集』所収、恒文社）、『薔薇の展示会』（岩崎悦子訳、未知谷）、『戯曲　ザ・トート・ファミリー――少佐殿万歳――』（平田純訳、劇団文芸座）

Mándy Iván
マーンディ・イヴァーン
[1918-95]

ブダペスト生まれ。早くに両親が離婚、父親とともに暮らした。家をもたず、安いホテルを泊まりあるく放浪生活だったという。そんななか、自ら高校を辞めることを決意。戦時は病院を転々とすることで兵役をくぐりぬけた。十五歳の頃から執筆を始め、エルケーニュと並んで「短編の改革者」と呼ばれる。出版を許されなかった一九四九〜五七年には、子ども向けのラジオ放送劇を書いていた。

多くの作品のモチーフとなっているサッカー、映画、カフェ、広場は、いずれもマーンディ自身が親しんだものである。ブダペストから出ることはほとんどなかったというマーンディ。行き交うさまざまな人々を見つめ、彼らのさりげない一言やふとした動きにインスピレーションを得るという。ブダペストの下町に暮らす貧しい人々、社会の底辺に生きる人々を描いている。金のためにいとも簡単に人を殺してしまう下町のちんぴら兄弟を描く「ボール遊び」(五七)。何よりも大切なサッカーチームに優秀なゴールキーパーを勧誘すべく、悩み、奮闘する男を描いた小説『フィールドの片隅で』(六三)。無声映画をモチーフとした『古き良き映画館』(六七)の主人公は、ポスターや雑誌を見ては空想の中で映画スターと会話をしたり、スター同士の会話を想像したりする、父と貧しいホテル暮らしをする映画好きの少年だ。サッカーや映画館は、マーンディ自身にとっても現実から逃避することのできる夢の世界だった。

短編小説というジャンルを好むマーンディの文体は、装飾がなく、簡潔かつ正確で、ときにト書のようにも感じられる。場面の転換も特徴的で、突然、話の筋が登場人物の記憶や想像の世界につながり展開される。ストーリー性に重きが置かれず、話の展開がなくとも、行間から醸し出される、どこかさびしげで哀愁漂う雰囲気が印象的だ。「風景やモノの世界を描き、そこから人間というものを解き明かすのだ」というマーンディの言葉が思い出される。

(簗瀬 さやか)

◇邦訳
なし

Bodor Ádám
ボドル・アーダーム
［1936- ］

トランシルヴァニア、コロジュヴァール生まれのハンガリー人作家。反政府組織を友人らと組織し、一九五二年に逮捕され、青年時代の二年間を獄中で過ごした。ルーマニアでの作家活動が難しくなったために、一九八二年にブダペストへ移住している。

彼は牢で感じたという「牢獄のにおい」を、現在でも感じることがあると語る。二年間の牢獄での生活がその後の作家としての人生に大きな影響を与えたと自ら振り返っている。

彼が作品を書き始めたのは一九六五年であるが、政治犯であったこともあり、注目を浴びたのは一九九二年、『スィニストラの地』が出版されて以降である。

初めての作品「冬の日々」を収めた、一九六九年出版の短編集『証人』などに見られるように、ボドルの作品には短編が多い。そんな中で長編『スィニストラの地』は「章から成る小説」とされ、アンドレイ・ボドルという名の男が、スィニストラという地から自分の養子を連れ帰ろうとするところから始まる。兵士、遮断機、有刺鉄線。閉鎖的なスィニストラの地に入ってしまうと、容易に外へ出ることはできない。しかし、この閉鎖的な地が、広大な地とも捉えられるような、巧みな表現で描き出されている。空間の広がりと閉鎖性が共存しているのだ。ボドルにとって、「辺境」と「閉鎖性」は重要なテーマである。そして、この作品全体に霞のかかったような「雰囲気」が漂っている。共産党政権下の東ヨーロッパを思い起こさせるような何か。彼自身も述べているが、彼の作品の根本を成すのは「何かつかみどころのないもの、神秘的なそよ風」なのだ。感覚に訴えてくる背景や状況。それを、無駄のない凝縮された文で描いている。

二〇〇一年に出版された『牢獄のにおい』は、ボドルのラジオ・インタビューをまとめた本である。『スィニストラの地』はもちろん、彼の作品について、そして人生についてを彼自身の言葉で聞くことができる大変興味深い一冊である。

（簗瀬　さやか）

◇邦訳
なし

Bartis Attila
バルティシュ・アティッラ

[1968-]

トランシルヴァニアのトゥルグ・ムレシュに生まれる。反体制作家である父に再び投獄の危険がせまり、八四年に親子はブダペストへ移住、同時にアティッラ自身もルーマニア国籍を失い、九〇年まで故郷の地を踏むことを許されなかった。こうしてトランシルヴァニアとブダペストという、二つの「家」を持つことになる。

生まれ育ったトランシルヴァニアは、「望む、望まないにかかわらず」、作品に影響を与えている。トランシルヴァニアを離れていた間、彼のその地のイメージは神秘的なものとなり、後に現実を目の当たりにしてもそれが消えることはなかったという。一九九五年の処女作『散策』の舞台はトランシルヴァニアとおぼしき地であり、国外でも反響を呼んだ代表作『静謐』（〇一）は体制転換前後のブダペストを舞台とするも、ルーマニアの共産主義時代の要素が混在する。

作品のテーマが時代に沿ったものであるかどうかにこだわらず、また、詩人タンドリ・デジェー（一九三八-）をして「ハンガリー文学界における孤高の存在である」と言わしめたバルティシュ。神についてのエッセー集『ラーザールの聖書外伝』（〇五）では、不浄のしるしと非難され、そばかすを消そうとする少女「ツェデンカ」の話が印象的だ。『静謐』では、政治的理由から劇団を追われ、家に閉じこもった女優の母親と、その息子の病的ともいえる人間関係を描く。重苦しいストーリーの断片、そして同じく断片的な記憶が綴られ、それを縫うように翼の折れた鳥や、自らの血を雛に与えるペリカンのモチーフが現れ、これらが全て見事に調和している。二〇〇三年にはバルティシュ自身がこの作品をもとに脚本を書き舞台化された。さらに二〇〇八年には映画化もされている。

劇作家であるほか、写真家としても活躍し、男性作家と匿名の女性の肖像写真を対にしたシリーズ「エンゲルハルトの遺産」を一九九六年の写真展で発表した。興味深いことに、エンゲルハルトは『散策』の登場人物である。（簗瀬　さやか）

◇邦訳
なし

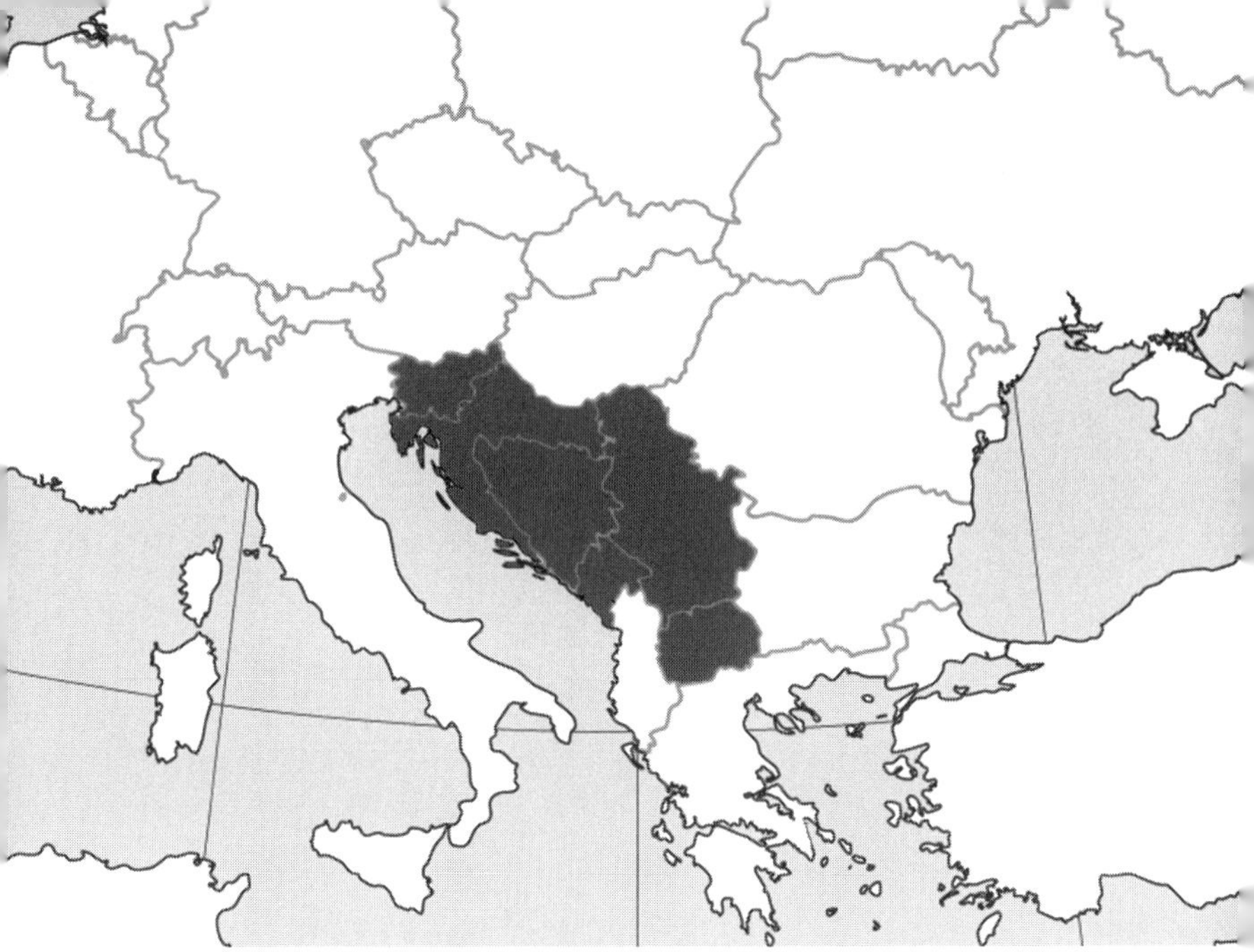

ユーゴスラヴィア

文学史は、ナショナル・アイデンティティの要請にともなって構想され、維持され、また修正されてきた。その枠組は一定不変ではなく、いわば流動的である。とりわけ、国家という政治的な枠組が歴史の波をうけて動揺すれば、文学史の枠組も、当然、変動にさらされる。ユーゴスラヴィア諸国の文学史はそんな流動性を見るうえでの好例といえよう。そこでは、近代に入ってからもなお、国家の政治形態や統合規模の変動に応じて、多様な枠組が提唱されてきた。基本になるのは、セルビア文学やクロアチア文学であり、それがユーゴスラヴィア文学という統一的な枠組に組み換えられ、ユーゴスラヴィアの解体とともに、ふたたび個別に分離されるようになった。近年は、モンテネグロ文学、コソヴォ文学という声も聞こえてくる。

国家と文学史が緊密に結びつくとき、個々の作家や作品の受容と評価もまた不変ではありえない。たとえば、ユーゴスラヴィアでただ一人のノーベル賞受賞作家イヴォ・アンドリッチの評価が劇的に変わったことは記憶に新しい。とはいえ、いや、だからこそ、ユーゴスラヴィアの文学は政治の枠組を超えて、読者に訴えかける力を持っているといえるだろう。文学の根源の力は、地域と時代を超え、文化の相違を超えた普遍的なものにある。そのことをはっきり自覚させてくれるところに、ユーゴスラヴィアの文学に接するおもしろさがあるのだが、ここではひとまず、文学史とナショナル・アイデンティティの関係に注意しつつ、ユーゴスラヴィアの文学を通時的にたどってみよう。

近代文学の成立

スラヴ人は、七世紀ごろ、カルパチア山脈を越えてバルカン半島の各地に定住した。そして、その後、約千年ものあいだ、それぞれの歴史を生き、言語も少しずつ異なっていくなかで、それぞれの文学を生み出した。中世セルビア王国における聖者伝や、バルカン半島の各地に残る民族叙事詩は、南スラヴ人の文化を今なお生き生きと伝えてくれる。中世から近代にかけて、異色とも言える豊穣ぶりを示したのは、アドリア海沿岸都市におけるルネッサンス期からバロック期にかけての文学だ。しかし、この、ごく地域的な、つかの間の煌めきは例外ともいえる。南からはオスマン帝国の、北からはオーストリア、ハンガリーの圧力にさらされるなかで、南スラヴの人々によるまとまった文学は生み出されなかった。

このような状態に変化が訪れるのは、十九世紀に入ってからのこと。ウィーンをはじめとして、国外で学んだ知識人が、南スラヴの各地方それぞれの国民文学の礎となる作品をつぎつぎと生み出しはじめる。その背後には、西欧で主流となっていたロマン主義的な思想があった。

政治的独立の希求と、民族の文化的共通性への意識は不可分の関係にある。たとえば、オーストリア＝ハンガリー帝国の支配下にあったクロアチアでは、とくに、一八三〇年代から四〇年代にかけて、リュデヴィト・ガイ（一八〇九-七〇）を中心として、「イリュリア運動」（南スラヴ人をイリュリア人の末裔とみなして、連帯を呼びかけた）が繰り広げられ、南スラヴ諸民族統一の機運が高まった。こうした政治運動のさなかの一八五〇年、帝国の首都ウィーンで、マジュラニッチをはじめとする五名のクロアチア人と、カラジッチをはじめとする三名のセルビア人とが、「一つの民族には一つの言語」という考えのもとに、「国語」についての協定を結ぶ。これが「ウィーン文語協定」である。クロアチア、セルビアを代表する知識人が、一つの標準語を定めたという事実は、のちのユーゴスラヴィアの建国に大きな影響を与えることになる。

ロマン主義文学がそうだったように、南スラヴの各地域の文学は、西欧とロシアの文学思潮の影響にさらされる周縁地域として、ほぼ同時的に展開していく。一八七〇年代から八〇年代には、リアリズムに根ざした、地方色の強い小説が多く生まれた。リアリズムへの反動が見られるようになるのは、世紀末である。そして、二十世紀初頭にかけて、アントゥン・グスタフ・マトシュ（クロアチア、一八七三-一九一四）、アレクサ・シャンティチ（ヘルツェゴヴィナ、一八六八-一九二四）などの詩人や、小説家イヴァン・ツァンカル（スロヴェニア）らの手になる作品によって、モダニズムの基礎が作られた。

大戦間期

はじめてのユーゴスラヴィア文学史は、いつ、だれによって書かれたのだろうか？　それは、一九一七年、亡命先のロンドンで、南スラヴ統一をめざす「ユーゴスラヴィア委員会」のメンバーのひとりパヴレ・ポポヴィチ（セルビア、一八六八-一九三九）によって書かれた『ユーゴスラヴィア文学』である。書物は翌年ベオグラードでも刊行され、第一次世界大戦前まで版を重ねることになる。異国にあって資料を参照するのもままならない環境で、ポポヴィチがあえてこの書物を書きあげたのは、近く発足する統一国家の足固めとして、セルビアとクロアチアとスロヴェニアには共通の文学が存在するという主張を国内外に示すためだった。文学史刊行の翌年、そして、ウィーン文語協定から七十年近く経った一九一八年、「セルビア人・クロアチア人・スロヴェニア人王国」（第一のユーゴと呼ばれる。一九二九年には「ユーゴスラヴィア王国」に改名）が建国される。こうして、「ユーゴスラヴィア文学」という統一的な概念は、「国家」という枠組をえた。同年、ザグレブで刊行された文芸誌「南方文芸」（一九一八-一九）には、アンドリッチをはじめ、クロアチア、スロヴェニア、セルビアなど各地の文学者が参加し、「ユーゴスラヴィア」のアイデンティティの形成に大きな役割を果たした。

第一次大戦後は新しい国家体制のもと、新しい文学が次々と生まれる。とくに実り豊かなのは二〇年代で、周辺の東欧諸国と連動するかたちで、アヴァンギャルド運動が盛んとなった。なかでも、「表現主義のマニフェスト」を著したユダヤ系作家スタニスラヴ・ヴィナヴェル（一八九一-一九五五）、はじめての国際文芸誌「ゼニット」（一九二一-二六）をザグレブで刊行したセルビア人文学者リュボミル・ミツィチ（一八九五-一九七一）らの名が挙げられる。文学におけるアヴァンギャルドを牽引したのはもっぱら詩人だが、多岐にわたる創作活動をおこなった二人の文学者の名前を挙げておきたい。それは、ミロシュ・ツルニャンスキーとミロスラヴ・クルレジャだ。二人の巨匠は、第二次大戦以降も多くの卓越した作品を発表した。ただし、ユーゴが解体された今日では、それぞれ、「セルビア文学」、「クロアチア文学」を代表する作家とされている。

第二次大戦〜九〇年代初頭まで（第二のユーゴ）

第二次世界大戦がはじまると、ユーゴスラヴィア王国は解体される。それぞれの民族主義集団同士がぶつかりあうなか、支持を拡大したのはティトー率いるパルチザン勢力で、文学者もまた、パルチザン戦争に身を投じた。たとえば、イヴァン・ゴラン・コヴァチッチ（一九一三-四三）は戦闘の犠牲に若い命を捧げるまでの短い間に、珠玉の詩篇を数多く残し、後に隆盛となるパルチザン文学の原点となった。

一九四五年、ティトーを大統領とする新国家、「ユーゴスラヴィア連邦人民共和国」(第二のユーゴ)が建設されると、戦時中に日の目を見なかった作品が次々と世に送り出される。アンドリッチのボスニア三部作もそのひとつである。壮大なスケールで描かれたボスニアの物語は、ナチ支配下のベオグラードで蟄居生活を強いられるなかで生み出されたのだった。

「第一のユーゴ」と「第二のユーゴ」でもっとも異なっているのは、マケドニア文学の発展だろう。マケドニア語は、クルステ・ミシルコフ(一八七四―一九二六)によって二十世紀初めに文語が確立されたが、第一のユーゴでは公的な使用は認められなかった。このため、マケドニア語による文学活動を行ったのは、コチョ・ラツィン(一九〇八―四三)などごく一部の文学者に限られていた。マケドニア語が公用語として認められるのは、一九四五年であり、これを契機として、マケドニア語による創作が盛んに行われるようになる。この運動を牽引したのは、詩人であり言語学者でもあるブラジェ・コネスキ(一九二一―九三)だった。マケドニア文学は、時代とともに文学思潮が変遷してきたユーゴの他の地域と異なり、一九四五年からのわずかな間にさまざまな傾向の文学を一度に花開かせた。

さて、共産主義国家の建設にともなって、「ユーゴスラヴィア作家同盟」が結成された。同盟の内規には、創作活動を通して国家統一に貢献するという方針がうたわれている。とはいえ、ソ連じこみの社会主義リアリズムは、ユーゴスラヴィアでは、一九四八年にコミンフォルムを脱退するまでの短い間にとどまった。代わって文壇を席巻したのはパルチザン文学で、ミハイロ・ラリッチ(一九一四―九二)、ドブリツァ・チョシッチ(一九二一―二〇一四)、ブランコ・チョピッチをはじめ、多くの作家がこの主題に取り組んで作品を残した。

国家と強く結びついた戦後の文学に転換をもたらしたのは、一九三〇年前後に生まれた作家たちである。彼らは、多かれ少なかれ、少年期に戦争から受けた心の傷を、文学の創造へと昇華させる道を選んだ。ミオドラグ・ブラトヴィチ(一九三〇―九一)やブラニミル・

シュチェパノヴィチ（一九三七－）が独特の語りの技法で風土に根ざした作品を生み出す一方、ダニロ・キシュ、ボリスラヴ・ペキッチ（一九三〇－九二）らは読書を通じて世界の文学に精通しようとつとめ、文学の形式の多様な追求を通して、ナショナルな価値を止揚する普遍的なるものをめざした。ナチ・ドイツ支配下のヴォイヴォディナ地方を描いたアレクサンダル・ティシュマ、スターリン時代の粛清を描いたキシュ、ティトー体制下の強制収容所を描いたドラゴスラヴ・ミハイロヴィッチなどの作家に共通するのは、個別の政治的な主題に普遍的な価値を発見するために、表現の多様な形式を探求していることだろう。さらに、戦後文学の中でも、特異な存在感をはなっているのは、メシャ・セリモヴィッチだ。ボスニアのムスリム（イスラム教徒）を主題として、人間存在の根源的な不安に迫る作品の数々を残した。さらに、八〇年代に入ると、ポストモダン的な手法をこらした小説が多くみられるようになる。たとえば、ミロラド・パヴィッチの三部構成からなる事典形式の小説『ハザール事典』は、その代表といえる。

女性作家の活躍が目立つようになるのも、八〇年代の著しい特色といえる。それまで女性文学者といえば、短編作家でエッセイストのイシドラ・セクーリッチ（一八七七－一九五八）、イヴァン・マジュラニッチの孫で児童文学者のイヴァナ・ブルリッチ＝マジュラニッチ（一八七四－一九三八）、そして二十世紀全般を通じて活躍した詩人デサンカ・マクシモヴィチの名があがる程度にすぎなかったが、八〇年代に入り、女性作家の活躍が見られるようになる。とはいえ、旧ユーゴスラヴィアでもっとも権威のあるＮＩＮ文学賞を受賞した女性作家は、これまでにたったの二人。ドゥブラヴカ・ウグレシッチ（一九八八年受賞）は、パッチワークのような緻密な構成の小説によって高く評価されていたが、九〇年代に母国クロアチアのナショナリズムを厳しく批判したことからバッシングを受け、西欧に「亡命」せざるをえなくなった。対照的に、スヴェトラナ・ヴェルマル＝ヤンコヴィチ（一九三三－二〇一四。一九九五年受賞）はベオグラードで作家活動を続け、二〇〇六年にセルビア・アカデミー会員に選出されるなど、国内で高く評価されている。

国家解体とその後

九〇年代、ユーゴスラヴィアが解体し、各共和国に分裂していく過程は文学の世界にも大きな傷跡を残した。他の共和国や、国外へ移住した文学者は少なくない。たとえば、戦後世代の旗手ともいうべきユダヤ系作家ダヴィド・アルバハリは、九三年にカナダに「自由亡命」し、セルビア語での執筆を続けている。一方、シカゴ短期滞在中に故郷サラエヴォが封鎖され帰国できなくなったアレクサンダル・ヘモン（一九六四-）は、そのままアメリカに残り、英語での執筆の道を選んだ。ユーゴスラヴィア内の移住については、ミリエンコ・イェルゴヴィチのように生まれ故郷のサラエヴォを離れザグレブに移り住んだ作家もいれば、ミルコ・コヴァチ（セルビア、一九三八-二〇一三）のように妻の故郷であるクロアチアへと移住した作家もいる。

もっとも、ユーゴスラヴィア時代でも国外に住む作家はけして珍しくなかった。ツルニャンスキーが第二次大戦中に住んでいたロンドンから帰国するのは六〇年代になってからだったし、ペキッチもまた亡命先のロンドンから戻ることはなかった。ボリス・パホルのように、イタリアのトリエステで生まれ育ちながらスロヴェニア人としてのアイデンティティを持ち続ける作家もいる。故郷とは人の心に望郷の思いとともに育つ。少なくとも、「国家」という理念がもはや故郷の代替物ではなくなってしまっているところに、こうした作家たちの文学の特色があると言えるだろう。

国家の解体以後、旧ユーゴスラヴィアでは、それぞれの共和国を枠組とする文学史が再編されつつある。しかし、そのような文学史は、多くの移民作家と「亡命」作家の存在によって、「国家」という個別の枠組を超えた、多言語多地域の文学の歴史とならざるをえない。この言語と地域の多様性を要求する状況こそが、いずれは、現在ともすれば見られるような、互いを排除する方向に傾きやすい文学史の見方を、変化させる原動力になるのではないだろうか。

（奥 彩子）

Ivo Andrić
イヴォ・アンドリッチ

[1892-75]

旧ユーゴスラヴィアの作家。初期はクロアチアの詩人として出発したが、第二次大戦後、セルビアではセルビアの作家とされている。

アンドリッチの思想は、人間の善と美と希望の永続性の象徴としての《橋》の哲学に収束する。彼はエッセイ「橋」のなかで「人間が生命の本能によって創出し、建造したすべての物のなかで最良にして最も価値あるものは、橋をおいて他にない」と述べ、また、代表作『ドリナの橋』の肯定的な登場人物の一人でヴィシェグラードの橋の管理者アリ・ホジャに「天地創造のはじめ大地は美しい金の皿のように平らで滑らかだったのを悪魔が妬んで、大地の表面を爪で引っ掻いたので、深い川や淵が出来て地方と地方、人と人とを引き離した。悪魔の掻き傷である川や谷を渡れずに嘆き悲しんでいる人間を見て、天使が憐れみ、その場所に自分の翼を広げて人を渡らせ、橋の造り方を人間に教えた」という橋のイスラム神話を語らせている。アンドリッチは少年時代をボスニアのヴィシェグラードでドリナ川に架かる橋を見つめてすごした。この橋は十六世紀後半にトルコの大宰相ソコル・メフメド・パシャが五年の歳月をかけて建造させた十一のアーチをもつ堅牢で壮麗な石造の橋。『ドリナの橋』はボスニアの隷属の歴史に当たる約四百年の時の流れ（一五一六－一九一四）を氾濫も急流も大渦も淀みもあるドリナの川の流れになぞらえて捉え、その間、風雪に耐えて立つ不変不動の「ドリナの橋」を冷徹な歴史の解釈者と見立てて構想した大河小説で、ノーベル文学賞の対象作品となった。この作品と共にナポレオン時代のボスニアの小都市トラヴニクの生活史を描いた

『ボスニア物語（トラヴニク年代記）』、フランシスコ会の修道士がイスタンブールの監獄の不条理世界を語る『呪われた中庭』（五四）は、宗教・文化・民族が複雑に交錯するボスニアの本質を理解するうえで重要。

アンドリッチは一九八二年十月九日ボスニア（当時オーストリア・ハンガリー帝国の支配下にあった）の地方都市トラヴニクの近郊に生まれた。両親はサラエヴォ出身のカトリック教徒のクロアチア人。イスラム文化圏のボスニアにおいてカトリック教徒でクロアチア人であることは、社会の被抑圧階層に属していたことを意味した。二歳にして病弱な父を失い、寡婦となった母は息子をドリナ河畔の町ヴィシェグラードの姉の家に預ける。少年は伯母夫婦の愛情につつまれて成長し、サラエヴォのギムナジウムを卒業後、ザグレブ大学、ウィーン大学、ポーランドのクラクフ大学に学んだ。

第一次大戦開始後、ギムナジウム時代に民族解放運動に参加していたかどでオーストリア官憲に逮捕され、しばらく獄中と保護観察のもとでの生活を送る。一九一七年釈放されてグラーツ大学で学業を再開。一九一八年処女詩集『エクス・ポント（黒海より）』、一九二〇年第二詩集『不安』を出版。同年「セルビア人・クロアチア人・スロヴェニア人王国」（後のユーゴスラヴィア王国）の外務省に入局し、キャリア外交官の途を歩み出す。一九二四年論文『トルコ支配の影響下におけるボスニアの精神生活の発展』でグラーツ大学より博士号を取得。一九三九年ベルリン駐在特命全権大使になるが、一九四一年ベオグラードに帰還し、外務省を退職して戦争終結までナチス占領下のベオグラードで蟄居してひそかに長編小説『ドリナの橋』『ボスニア物語（トラヴニク年代記）』『サラエヴォの女（令嬢）』の執筆に専念した。戦後の一九四五年この三作が相次いで出版されて、ユーゴスラヴィアの文学界に新風が吹き込まれ、やがて世界の注目を浴びた。一九六一年「ユーゴスラヴィアの歴史主題と人間の運命を描写した筆力」に対してノーベル文学賞が授与された。

（栗原 成郎）

◇邦訳

『ドリナの橋』（松谷健二訳）、『ボスニア物語』（岡崎慶興訳）、『サラエボの女』『ゴヤとの対話』（ともに田中一生訳）、『呪われた中庭』（栗原成郎訳）、『サラエボの鐘』（田中一生・山崎洋訳）　※いずれも恒文社

「窓」（田中一生訳、『世界短編名作選 東欧編』所収、新日本出版社）

Miroslav Krleža
ミロスラヴ・クルレジャ
[1893-1981]

事を叙して熱を帯びる。熱を帯びて目角が冴える。紳士な叙事作家ものかは。随所に本人が顔を出す。作家ヴラディミル・バルトルは海坊主だと言い、作家マルコ・リスティチは魔術師だと言った。辛辣偏介で食えない化物か、凡百の事柄も彼の筆に掛かれば忽ち深淵を開いて見せる一代の秀逸か。

十六世紀は農民蜂起時代の作に擬した『ペトリツァ・ケレンプフのバラード』（三六）。言語まで標準化されざる地域語《カイカフスキ》の、アルカイックに尖ったのを捻り出す破格ぶりは訳者を途方に暮れさせるが、冒頭はおおよそ「下手人三人処刑の果ての／吊られし三者の足の下／タンブーラ弾く黒衣ぞケレンプフ／ふらり風来流れ者」。ティル・オイレンシュピーゲルの係累、民衆本の主人公ケレンプフへコメディア・デラルテのスカラムーシュを継ぎ足して、得手勝手にひとを宙へ吊し上

げる権力の無体を戯語に絡め取った。妄語専一の道化を登用したのは海坊主の面目、社会の非理を抉剔する手風は魔術師の本領である。本領の発揮はデヴューから一貫している。連作短編集『クロアチアの神マルス』の中の一作「ビストリツァ・レスナの戦い」（二三）では、第一次世界大戦への人びとの非意の出征と戦死の散々を勁い筆致で描き出し、雑誌『炎』の言立て「クロアチア文学のウソ」（一九）では、近代を画す一大旗幟であった「民族の復活」なるものが謳ったその民族とは一体だれの謂いであったか、吊す者と吊される者との、ないしは支配と被支配との幾百年の常態を棚に上げて何が民族か、何が復活か、その矯飾を撃つことを等閑に付して何が文学であるかと問うた。

バルカンの酒肆では灯が消えれば刃が燦めくとはこの作家

の言。架空の小国群を配して酒肆の一狂態を写してみせた長編『ブリトヴァの宴』（三八）の、圧政と戦うジャーナリスト然り、長編『理性の縁にとどまりて』（三八）の、公正を求め虐遇を受ける弁護士然り、いずれも個の矯抑に邁進する力の瞋恚に晒されて流亡の境涯に生き延びる。「それが生きていることの深いリアルであれば、それを日夜鍛えよ。そうして孤独に人々の失笑から脱出せよ」とクルレジャが言う。ザグレブに大ブルジョア一族の三百年を仮構して種々のエピソードを描いた連作『グレンバイ家の人びと』（二六―三〇）には「そのヘーゲルとやらで何人殺しました」と悪魔に問われるグレゴル博士なる人物も登場する。思想、社会、組織、土地風土のあれこれが個を開発するのであれ、個に徹すれば所属がなす馴致に収まり返るわけにはゆかない。収まり返れない片付かなさが個でもある。クルレジャの、我を恃む歌い手はどうにも孤立無援のふらりである。長編『フィリプ・ラティノヴィチの帰郷』（三二）は、疲れた心を抱えて陰鬱なパリから花光の旧里へ戻った画家を主人公に、寄る辺なく宙を彷徨う個我の心性に翳る寂寞を描ききった傑作。

クルレジャはザグレブの人。ペーチの歩兵学校、ブダペストの士官学校に学んだ。オーストリア＝ハンガリー帝国なる国家に仕えることを肯じ得ず学校は除籍。大戦従軍後、筆一本で立つに至った。早くから南スラヴ統合理念とコミュニズムとに親炙した。結党初期から党に属しながらもスターリニズムに異を唱え、美に右も左もあるものかと述べて運動に奉仕する芸術のあり方を眉唾とした。社会主義ユーゴスラヴィアでは文化機関の要職に就くとともにティトーの信任を受けて非同盟主義など新生国家の根幹に関わるイデオロギーを支えた。第二次大戦後の事績に、国の社会主義リアリズム放棄を後押ししたリュブリャーナ演説（五二）、己の生きた時代を総ざらえで描こうとした長編『旗』（六二―六八）。編集主幹に就いた『ユーゴスラヴィア百科事典』にも心血を注いだ。著作はザグレブ版新全集で六十余巻に及ぶ。晩年に至るも、恐竜に勝ち目があるのは宙を舞う蝶のみと語った。曰く「蝶のインスピレーションが社会を変える」。『ケレンプフ』の最後の詩にも詩人を喩えて蝶が出る。宙とはまた希望へも繋がるか。

（荒島　浩雅）

◇邦訳　「千と一つの死」（栗原成郎訳、『世界文学大系93』所収、筑摩書房）、「クロアチア文学のウソ」（荒島浩雅訳、『アヴァンギャルド宣言』所収、三元社）、「ビストリツァ・レスナの戦い」（荒島浩雅訳、『ニセモノビトノ思ヘラク―バルカン翻訳小説集』所収、近刊、龜鳴屋）

Miloš Crnjanski
ミロシュ・ツルニャンスキー
[1893-1977]

セルビア二十世紀文学の巨匠。バルカン半島の激動の二十世紀、その人生は故郷と異郷に引き裂かれたものだったといえる。一八九三年、チョングラド（ハンガリー領）生まれ。両親はともにセルビア人。一八九六年、家族がルーマニアのテミショワラへ移住、そこで小学校（正教会系）、ギムナジウム（カトリック系）を修了。一九一三年ウィーンで医学部に入学するが退学。一九一四年、セルビア人の祖国解放運動家プリンツィップがオーストリア・ハンガリー帝国皇太子を暗殺、第一次大戦が勃発すると、オーストリア・ハンガリー帝国による学徒動員でガリツィア戦線へ送られて負傷し、ウィーンの病院に入院した。このころから文学活動を開始。一九一九年、ベオグラード大学文学部入学、詩集『イタカの抒情』を発表。一九二一年、小説『チャルノイェヴィッチに関する日記』を発表。一九二二年、ベオグラード大学文学部卒業。一九二九年、ユーゴスラビア王国の外交官出版担当官としてベルリン勤務、一九三五年から一九四一年まではローマ勤務となる。第二次大戦が勃発するとローマを離れ、マドリッド、リスボン経由でロンドンに逃れ、一九四四年までユーゴスラヴィア王国亡命政権出版部勤務。一九四五年、社会主義国家ユーゴスラヴィアが成立すると、妻のヴィダとともにロンドンに亡命し、靴屋の会計係りなどをしながら、『ロンドン物語』（七二）などの執筆を続けた。最後の詩作品となった「ベオグラード悲歌」は、一九五六年、イギリスのクードン・ビーチで書かれた。一九六五年、ユーゴスラヴィアに帰国、ベオグラードに住む。一九七七年老衰にて永眠。

ツルニャンスキーはスマトライズムを提唱、セルビア前衛文学運動の担い手として、ドイツ表現主義に霊感をうけた魂の速記ともいうべき叫びのシンタクスを生み出し、伝統的な民族文化の枠組みからセルビア文学を解き放って、詩と小説に新しい表現をもたらした。彼の文学の核をなす主題は、故郷喪失、あるいはユートピアとしての故郷である。伝統的な韻律のかわりに、シンタクスとイントネーションによってリズムを生む自由詩を生み出し、詩を散文に、散文を詩に接近させ、ジャンルの境界を崩した。第一次世界大戦の従軍体験から生まれた詩集『イタカの抒情』は、ホメロスのオディッセイにセルビアの若者の運命をなぞらえた。異郷から帰郷した兵士を待つ故郷は荒れ果て、廃墟となっていた。抒情的で幻想的な小説『チャルノイェヴィッチに関する日記』も同じ主題を扱う。

後の二つの長編小説『流浪』（二九）、『流浪2』（六二）は、トルコに追われ、ハンガリー帝国へ、さらに十八世紀にはロシアへと流浪していくセルビアの民の宿命を描き、民族という集団の故郷喪失を主題とした。故郷喪失の主題は、最後の長編小説『ロンドン物語』に引き継がれる。亡命時代の体験をもとに大都市ロンドンにおける移民、難民の生き様を描いた極めて今日的な作品である。

ツルニャンスキーの詩学の形成には、東洋の伝統詩が重要な役割を果たした。一九二〇年十月から一年間パリへ遊学、東洋の伝統詩に自由詩のモデルを見出した彼は、パリ国立博物館で東洋翻訳詩集を編むべく資料を集め、『中国の抒情』（二三）と『日本の古歌』（二八）を編んだ。重訳ながらセルビア文学史上初の東洋詩の翻訳詩集であり、意義が深い。老子の「無」の思想が、「ベオグラード悲歌」にも主題として現れるほか、日本の伝統詩からは、無常の象徴としての桜を受け入れ、「ストラジロヴォ」、「セルビア」などの詩でも、桜の花は重要なモティーヴとなっている。「遥かな地」として東洋は彼の文学に豊穣をもたらしたのだ。

（山崎　佳代子）

◇邦訳
なし

Meša Selimović
メシャ・セリモヴィッチ
[1910-1982]

本名はメフメド・セリモヴィッチ、〃メシャ〃は学生時代の友人たちがつけた愛称を、本人が好んで作家名としたもの。一九一〇年、ボスニアの北東部にある町トゥズラで、裕福なイスラーム教徒の家に生まれた。長くオスマン帝国の領内にあってイスラーム文化の影響下に形成されたボスニアの風土は、否が応にもこの地で育ったメシャの感性の一部となっていたにちがいない。後に「無神論者の共産主義者」を自認した作家が、入魂の一作として世に問うた小説――代表作の『修道師と死』(六六)――は、主人公がコーランを唱え、その魂の呼び声がボスニアの山間に余韻嫋々と響くような語りの書となったのだから。

　メシャの生涯は、ざっと見渡せば、二十世紀ユーゴスラヴィアの優等生のもののように見える。地元の学校を終えた後、ベオグラード大学で文学を修め、故郷の高校に教師として奉職、第二次大戦中はパルティザン運動に参加して共産党員となり、戦後はサラエヴォ大学の教壇に立ちながら作家として活動した。だが第二次大戦という悲劇に無縁だった人がいないように、彼もここで大きな苦悩を体験している。終戦近い一九四四年、同じパルティザン運動員だった兄が、勤務先の軍の施設で窃盗容疑のために逮捕され、銃殺刑に処せられてしまう。思いがけない形で失われた兄、処刑された男の弟としての後ろめたさと疎外への恐怖、この体験は彼の心に深い痕跡を残し、いつか兄の死を作品に描きたいという思いが後の作家セリモヴィッチを形成した。また終戦直後には、すでに妻子ある身でありながら別の女性と恋に落ちて同居生活を始め、この私生活を咎められ共産党から除名される。そ

の女性――ダルカは生涯の伴侶となり、彼自身も二年後には復党するが、ここでも彼は疎外と孤立の不安を味わった。

最初の短編集『第一連隊』（五〇）、十年以上を経て発表された長編『静寂』（六二）、続く『霧と月明かり』（六五）はどれも、世界の不条理とそこに生きる人間の不安を、パルティザン戦争を題材に描いた作品だが、これらに漂う孤独な影は、作家の心に刻まれた苦い記憶でもある。だが人生と運命を、抑制された精緻な文体で描いたメシャの作品は、発表時にはさほど注目を浴びず、後になってより評価されるものとなった。

前作までの、どちらかといえば凡庸な作家という評判を覆した『修道師と死』は、コーランの引用を随所に配した異色作、信仰に身を捧げ世俗と縁を切ったはずの「私」が、弟の逮捕を契機に現世の人間関係に引き戻され、内なる自己と対峙していく姿を描いた一人称小説である。メシャが長年抱いてきた兄の死への思いは、「私」の世界に亀裂を入れる弟の姿に投影され、人間の生と死、愛と世界の喪失を問う作品のモチーフとなって結実した。舞台はオスマン帝国時代のボスニアのどこか、だがいつのどことは言及されない。このあいまいな設定が、現実と神の秩序の間で葛藤する「私」の心の闇をさらに深くする。「私」の語る世界はきわめてボスニア的、イスラーム的でありながら、全く別の場所を想定し、コーランの言葉を聖書の引用に置き換えても同じ思想をもって現れるかのようにも響く。初期の作品からうかがえる文体へのこだわりは、「これ以前のものはすべて習作だった」と作家自身が認めるまでに練り上げられ、「私」の独白の基調をなす古風な構文に、迂言的な言い回しと装飾的な反復の数々が埋め込まれて、独自の言語世界を生み出した。

一九七〇年に同じくオスマン時代のボスニアを舞台にした長編『砦』を発表した後、七三年にベオグラードに転居、八二年にそこで没した。ボスニアを出たのは地元の人間関係が原因らしいが、『修道師と死』によってボスニアを代表する作家と評された彼が最後にこの地を拒絶する形になったのも、ボスニアのもつ複雑さ、そしてメシャが抱いていた故郷に対するアンビバレンスが招いた必然だったのかもしれない。

（三谷　惠子）

◇邦訳
『修道師と死』（三谷惠子訳、松籟社）

Milorad Pavić
ミロラド・パヴィッチ
[1929-2009]

「二百年前から作家だった」と本人がうそぶくのは、芸術家や文人を輩出した家の出なればこそ。最初のユーゴスラヴィアが誕生してほどなく、セルビアの首都ベオグラードに生まれ、同じ町で最後のユーゴスラヴィアが消滅するのを見届け、祖国セルビアとその文化をこよなく愛し、八十歳で作家として実りの多い生涯を閉じた。

世界の文学界に鮮烈な驚きをもって迎えられた『ハザール事典』(八四)は、歴史のかなたに消えたハザール人に関する十七世紀の歴史資料の再版という体裁をとった事典形式の小説、〝事典〟だから読みたい項目だけを拾うことも、項目から別の項目へと関連を追いながら読み進めていくこともできる。そうしながら伝説と空想に満ちた世界を、読み手は自在に遊べる仕掛けになっている。『お茶で描かれた風景』(八八)は「クロスワードパズル愛好家のための小説」という副題つきで、小説の途中にクロスワードパズルが埋め込まれ、続きをどう読むかは、クロスワードのマスの選び方次第となる。『風の裏側　ヘーローとレアンドロスの物語』(九一)は、本の両扉からそれぞれ始まって真ん中で出会う二つの物語からなる作品、そして『帝都最後の恋　占いのための手引き書』(九四)ではタロットカードが付録につき、読み手はタロット占いで運勢を読み解きながら、カードの導くままに章をたどるという、二重の楽しみを手に入れる。「古典的な意味での始めも終わりもない、非線状的な語りを作る」と自らの創作の意図を語るパヴィッチ、非線状的な語りは彼の専売特許ではないにしても、小説の読み方を形から明示的に変えて見せ、なおかつどんな読み方をしても小説として成立する作品

photograph © Keiko Mitani

を提供するというメタ文学上の冒険は、この鬼才にしかできないことだった。

　奇想天外の作品を次々に発表したパヴィッチだが、もちろんその魅力は形式の意外さにあるだけではない。史料に依拠したとばかりに語られる〝歴史〟、作り話であるかのように挿入される史実、物語の中に埋め込まれたとたんそれらの虚実は意味をなくし、読み手だけが作る歴史のエピソードとなる。衒学的で荒唐無稽な対話、不気味でやや残忍な大人のための童話、夢とエロスに割って入る現実、語りの中の語り、アレゴリー、バルカンのフォークロア的要素、これらが交錯して多彩な言葉の世界を作り上げる。豊富な民族文化の知識と古典への素養は、パヴィッチ本人が、セルビア文学史とくにバロックから近代までの専門家であることに裏打ちされたものである。作家として世界的になる前には、セルビア文学史に関する五〇〇ページを越える大著を三冊完成させ、そして文学史の中の人々は、やがて作家パヴィッチの創作活動に動員されて、読者の前に生き生きと姿を現すことになる。

　創作の面では、詩集『パリンプセスト』（六七）でまず詩人としてデビューした。七〇年代から八〇年代の初めには、『鉄のカーテン』（七三）、『聖マルコの犬』（七六）、『ボルゾイ犬』（七九）、『魂たちの最後の沐浴』（八二）といった短編集を刊行。これらに収録された短編は、いずれも小さなびっくり箱から異次元世界が飛び出してくるような話ばかり、夢と幻惑にあふれたその世界は確かに『ハザール事典』を予告するものである。

　コンピュータとインターネットの現代は、利用者がリンクをたどって情報から情報へと渡り歩く時代となった。『ハザール事典』で紙の上にこれを実現したパヴィッチが、この文明の利器を活用しないはずはなく、ホームページに分岐型小説を掲載して、閲覧者に新しい読書の楽しみを披露した。小説の形のあらゆる可能性に挑戦し続けた作家は晩年、ごくふつうの形式の小説『第二の肉体』（〇六）を書いたが、内容はといえば、主人公がその未亡人とともに旅をするという、やはり奇想天外なものだったのである。

（三谷　惠子）

◇邦訳

『ハザール事典　夢の狩人たちの物語』〈男性版／女性版〉（工藤幸雄訳、創元ライブラリ）、『風の裏側　へーローとレアンドロスの物語』（青木純子訳、東京創元社）、『帝都最後の恋　占いのための手引き書』（三谷惠子訳、松籟社）

Danilo Kiš
ダニロ・キシュ
[1935-1989]

ダニロ・キシュは、友人の小説家ペキッチによれば、死の直前に「痛いところはあるか」と聞かれ、「人生」と答えたという。

キシュの人生は幼少のころより移動の連続だった。一九三五年、ユーゴスラヴィア北部の町スボティツァで、ハンガリー系ユダヤ人の父とモンテネグロ人の母の間に生まれる。二年後ノヴィサドへ引っ越すが、やがてユダヤ人に対する迫害の嵐が迫ってくる。数千人が虐殺された「寒い日々」事件を目撃した後、西ハンガリーの農村に避難するものの、父をはじめ親戚の多くがアウシュヴィッツに移送されて帰らぬ人となった。第二次大戦後、母の生まれ故郷モンテネグロのツェティニェに移り住むが、母は数年後に病死。五四年にベオグラード大学比較文学科に入学し、同輩のミルコ・コヴァチらとの交流を深める。六二年、最初の小説『屋根裏部屋』・『詩篇四四』を刊行する。前者は都会に出てきた若者の懊悩を主題とし、後者はアウシュヴィッツから脱走した女性を主人公としている。そして、子ども時代をもとにした自伝的三部作『庭、灰』(六五)、『若き日の哀しみ』(六七)、『砂時計』(七二)によって作家としての地位を確立した。パリへの「ジョイス的亡命」は一九七九年のこと。引き金となったのは、スターリン時代の粛清を扱った小説『ボリス・ダヴィドヴィチの墓』(七六)に対する中傷であった。激しい応酬はついに法廷にまでもつれこむ。裁判には勝利したものの、失望は大きく、七九年にベオグラードを離れてパリに「自由亡命」。八三年に発表した短編小説集『死者の百科事典』がアンドリッチ賞を受賞し、ユーゴスラヴィアの文壇と一応の和解に至った。八九年にパリで死去。遺体は本人の遺言にもとづき、ベオグラードでセルビア正教にのっとって埋葬される。

キシュは寡作で、生涯に刊行したのは小説七冊とエッセイ集三冊だけ。一口に小説といっても、散文詩風の『若き日の哀しみ』、モザイク小説の『砂時計』から、ボルヘスを思わせる短編小説集『死者の百科事典』まで、その様式は一作ごとに変化している。多様な作品を貫くのは、空疎な作り事はしないという信念である。したがって、作品と作者の人生は密接に結びつくことになる。なかでも自伝的三部作は、キシュを創作に駆り立てることとなった「不安を生み出す差異」——父の喪失とユダヤ性に源を発する抑圧された感情——に取り組んでいる。三部作は自伝的といってもノンフィクションではないし、年代記的な構成もとっていない。少年時代の黒々とした苦痛の記憶を、それぞれにフィクションを織り交ぜながら、異なった手法で描いている。とくに『砂時計』は、キシュの作風である「形式へのこだわり」と「抒情とアイロニーの混合」のひとつの極致を示している。複数の視点（三人称、一人称、対話、実在の手紙）が入れ替わり立ち替わりするなかに、異化、断片化、モンタージュ、羅列、細部への固執、パスティーシュといった技法がふんだんに織りこまれ、読者は、悪夢のような饒舌の迷路をさまようことになる。しかし、苦しみのあとに待っているのは、切実な抒情が夜明けの光となる瞬間である。「苦悩と狂気のゆえに、私は貴方がたよりも、美しく豊かな人生をおくった。」

キシュを苦しめた差異の感情は深い。土着の文学ではなく、普遍性を志向したのはそれよりほかに道が残されていなかったからである。まさに、真実のものは痛ましさから生まれる。人生と文学の境界に立ち続けるという苦悩から生まれた作品は、いま、アルバハリやヘモンといった、根ざすべき故郷を失ったユーゴスラヴィアの現代作家から深い共感をもって受けとめられている。

（奥 彩子）

◇邦訳
『若き日の哀しみ』（山崎佳代子訳、創元ライブラリ）、『死者の百科事典』（山崎佳代子訳、東京創元社）、『砂時計』（奥彩子訳、松籟社）、『庭、灰』（山崎佳代子訳、河出書房新社）
※参照　奥彩子著『境界の作家ダニロ・キシュ』（松籟社）

Ivan Cankar
イヴァン・ツァンカル
[1876-1918]

一八七六年、オーストリア＝ハンガリー帝国治下のスロヴェニアで貧しい仕立て職人の子に生まれた。奨学金を得て工学を学ぶべくウィーンの大学に進学したが、文学への傾倒を深めてまもなく中退。以後十数年に及ぶウィーン滞在期間のほとんどを、労働者階級の町オッタークリング地区で社会の下積みに生きる人々と共にすごした。いずれもウィーン時代に書かれた代表作『慈悲の聖母病棟』（〇四）や「使用人イェルネイと彼の正義」（〇七）では、弱肉強食の原理が横行する非人間的な社会の惨状が容赦ない筆致で告発されている。

旺盛な執筆活動のかたわら民族主義的な政治運動にも接近し、やがてウィーンを離れて故郷のスロヴェニアに戻ると、スロヴェニアの文化や言語の独立を訴える講演活動に奔走するようになった。長年にわたる貧困と飲酒と過度に活動的な生活はしだいに健康を蝕み、第一次大戦が終結してオーストリア＝ハンガリー帝国の支配が終わりを告げた一九一八年、施療院の一室で四十二年の生涯を閉じた。

ツァンカルの作品世界は社会悪や人間悪に対する痛烈な糾弾の姿勢に貫かれている。しかし、一読圧倒されるほどの激しい怒りや憎悪の背後からは、抑圧され、虐げられ、辱められて生きるあらゆる人々に対する限りない愛と共感が滲み出している。この愛の源流をたどるとき、そこには苦労の末に早逝した母親への愛が、幼少期の夢を育んだ故郷スロヴェニアの人や自然や言語への愛が、静かに熱く脈打っているのを見出すことができる。「私の目は死んだ道具ではない、私の目は私の魂に従う魂の器官である、——私の魂と、私の魂の美の、共感の、愛と憎しみの器官である……」

ツァンカルは文筆一本で生涯を生き抜いたスロヴェニアで最初の作家である。スロヴェニア語の散文を初めて芸術の域にまで高めたと評される彼の文章は、平明な日常語を用いながら、独特のリズムを備えた簡潔で音楽的な文体を生み出している。

（佐々木 とも子）

◇邦訳

『イヴァン・ツァンカル作品選』、『慈悲の聖母病棟』（ともにイヴァン・ゴドレール、佐々木とも子訳、成文社）、「一杯のコーヒー」（柴宜弘訳、『世界短編名作選 東欧編』所収、新日本出版社）

Boris Pahor
ボリス・パホル
［1913- ］

スロヴェニア生まれの両親が移住したトリエステで、一九一三年に生まれ、幼い頃からスロヴェニア人として育てられた。ファシズムの台頭とともに、スロヴェニア人小学校の閉鎖、文化会館への放火などの迫害に晒される。同化の圧力は、むしろ、少年の心にスロヴェニア人であることの自覚を植えつけた。第二次世界大戦ではイタリア軍隊の一員としてリビアに従軍。敗戦後にトリエステに戻っていたところ、ゲシュタポに逮捕され、強制収容所に送られた。四八年に初めての作品が出版され、以後、文学を教えながら執筆活動を続ける。その才能がスロヴェニアで認められたのは、九一年のスロヴェニア独立以後のこと。九二年にはスロヴェニアでもっとも重要な文化賞であるプレシェレン賞を受賞。スロヴェニアを代表する作家として国外でも知られており、作品が各国語に翻訳されているほか、二〇〇七年にはレジオン・ドヌール勲章も受賞している。

パホルの作品には二つの主要なテーマがある。一つは、生まれ育った町トリエステ。この町は「苦しい町《ウルブス・アマラ》」としてさまざまな作品で繰りかえし取り上げられている。異国を故郷に持つ苦しみは、国外へ移住した多くのスロヴェニア人が共有する問題であり、さらに、スロヴェニア人アイデンティティをめぐる厳しい問いかけとなって本国に向けられてもいる。もう一つは、強制収容所での体験である。『共同墓地《ネクロポラ》』（六七）は、収容所体験を持つ「私」が数十年後に収容所を再訪する物語だが、単なる自伝的作品ではないし、告発を意図するものでもない。平易な語りのなかで、読者自身がいつの間にか「私」と一体化し、収容所を、過去の苛酷な記憶とともに体験することになるのだ。

パホルは、いまもトリエステに住みつづけ、スロヴェニア本国の政治に鋭い眼差しを向けている。その揺るぎない姿勢は、ドラゴ・ヤンチャルをはじめとする本国の現代作家たちに大きな影響を与えている。

（茂石チュック・ミリアム）

◇邦訳
なし

Branko Ćopić
ブランコ・チョピッチ

[1915-1984]

ボスニア西部の村で、農業を営む両親のもとに生まれた。第二次世界大戦中はパルチザンに参加し、共産党系の新聞に多くの寄稿をした。戦後はパルチザン文学や児童文学を次々と発表する。民話をふまえたユーモラスで読みやすい文体はすぐに評判になり、ユーゴスラヴィアでもっとも愛される作家の一人となった。チョピッチの尽きることのない創作活動への意欲を支えたのは、故郷ボスニアに生きる貧しい農家の人々への愛情と、平等主義への理想だった。

チョピッチはパルチザンに身を投じた地方出身の若者たちをいくども主題に取り上げているが、大戦後の官僚的な共産主義体制に対しては、しばしば諷刺のこもった視線を投げかけた。彼の作品が体制が崩壊したいまも愛され続けているのは、その批判的精神と失われないユーモアのためである。七五年の小説『ビハチの英雄たち』以後は、心身ともに不調になり、入退院を繰りかえす。そして、ティトー大統領の死から四年が経った八四年の春、ベオグラードのサヴァ河にかかる「ブランコ橋」から身を投げて、命を絶った。

数ある作品のなかでも自伝的小説『思春期』(六〇)は、古き良き時代の思い出がつまった物語として、懐かしく読みつがれている。この作品は、ボスニア内戦の直前にサラエヴォ出身の監督によって映画化され、九四年に、なお戦火の続くサラエヴォで公開された。旧ユーゴの各地から出演した子供たちが戦争をどのように体験したかについては日本にもドキュメンタリーがある。「ユーゴスラヴィア」を表現しようとした映画の企画は、逆に統一がもはや存在しえないことを示す結果となった。映画の終わりで主人公は近い未来を先取りしてこんな言葉を語っている。「私はある日、これといった理由もなく橋から身を投げた。次の戦争で、私の大事な読者の皆が帰らぬ人となるのを見なくてすむように」。

しかし、いや、だからこそ、国家解体の渦から逃れて、チョピッチの作品は今も人々の心に穏やかな愛をもたらし続けられるのかもしれない。

(奥 彩子)

◇邦訳

「親愛なるジーヤ、水底の子ども時代」(清水美穂・田中一生訳、『ポケットのなかの東欧文学』所収、成文社)

※参照　堅達京子著『失われた思春期──祖国を追われた子どもたち』(径書房)

Aleksandar Tišma
アレクサンダル・ティシュマ
[1924-2003]

一九二四年、ヴォイヴォディナのホルゴシュで、ユダヤ商人の家庭に生まれる。四二年ペストの経済大学に入学したが、作家志望のためフランス語と文学を学ぶ。さらにザグレブで医学を、ベオグラードで芸術史を専攻し、最終的にはベオグラード大学哲学部で英語学を専攻。語学に堪能で、ハンガリー語をはじめ、ドイツ語、英語、フランス語までもを習得した。

第二次世界大戦期はノヴィ・サドとブダペストを行き来しながら、四二年の「寒い日々」事件（三千人近いセルビア人とユダヤ人が虐殺される）で家を焼き払われながらも難を逃れる。四四年ハンガリーがナチスに占領された後、トランシルヴァニアに送られ強制労働に就くが、赤軍により解放された。戦後は「ヴォイヴォディナ解放」紙でジャーナリストとして働き、のちにベオグラードの共産党系の「ボルバ」紙に移る。さらに八二年まで、セルビア最古の文化・科学誌「マティツァ・スルプスカ年報」の編集もつとめていた。

「寒い日々」事件を生き抜いたユダヤ人を描いた『ブラムの本』（七四）で作家デビューし、以後、国内外の賞を多数受賞。キシュらと並んで「中欧文学」に位置づけられることもある。暴力と愛をテーマに第二次世界大戦に翻弄される四人の人生を描いた『人間の利用』（七六）はその年のＮＩＮ賞を受賞した。ティシュマはかつて「アドルフ・ヒトラーより私のそばにいる人物はいない。……我々に生と死、生存の条件を示したのは彼だから。だから『世界でどの思想家が自分に一番影響を与えたか』と問われれば、『ヒトラーだ』と言おう」と語り、その作品は戦争、信仰（の放棄）、人間の矛盾や葛藤などをテーマにしたものが多い。

こうしたティシュマの「混沌の世界に生きる人間を描く」という姿勢は芸術へと昇華する。知的に組み立てられた筋書き、矛盾や不均衡のない文章、音にも欠点はない。その完璧な物語世界に、矛盾だらけの人間たちが踊るのだ。

（栃井　裕美）

◇邦訳
なし

Dragoslav Mihailović
ドラゴスラヴ・ミハイロヴィッチ

[1930-]

一九三〇年、チュープリア（セルビア）生まれ、ベオグラード大学文学部卒業。セルビア現代文学を代表する作家。十九歳のとき、党を除籍になった友人を擁護したため、「裸の島」と呼ばれる強制収容所で過酷な「再教育」を受け、八ヶ月を過ごす。その後、定職につくことができず、様々な仕事を転々としながら、執筆活動を開始する。一九六七年、短編集『フレッド、お休み』で「十月賞」を受賞。翌年、『南瓜の花が咲いたとき』で、作家として揺るぎない地位を確立した。炭鉱夫の末亡人の生涯を語る『ペトリアの花輪』（七五、「アンドリッチ賞」受賞、ドラシコヴィッチ監督により映画化）、幼年時代を描いた『モラヴァ燃ゆ』（九四）などがある。

現実の空間、現在の時間に焦点を絞り、スラングや方言を用いた自然な語り口、無駄のないシャープな表現によって抒情的なリアリズムの詩学を打ち立てた。代表作『南瓜の花が咲いたとき』は、語り手が読み手に語りかけるモノローグの形式をとる小説。スウェーデンで移民として暮らす元ボクサーのリューバが主人公。ナチス・ドイツ占領下のセルビア、ベオグラードの下町を舞台に、一九四二年あたりから終戦、ユーゴスラヴィアがコミンフォルムから追放された一九四八年を経て、主人公がすべてに絶望して国外へ出る決心をする十年あまりを描く。主人公の兄は政治の力を信じて祖国解放運動に身を投じたが、戦後、政治犯として収容所に送られ、家族にも刻印が押される。主人公の妹は、無法者に犯されて自殺、心痛から母と父も病に倒れて死ぬ。戦争、政治、権力、暴力、「力」に翻弄され、崩壊していく下町の家族を描きながら、再生の可能性を、主人公が異郷で手にした家族愛に求めた。国家や歴史など、大きな「力」に弄ばれる「普通の人たち」の運命を温かな眼差しで見守るミハイロヴィッチの文学には、素朴な深い味わいがある。

（山崎　佳代子）

◇邦訳
『南瓜の花が咲いたとき』（山崎洋訳、未知谷）

David Albahari
ダヴィド・アルバハリ

[1948-]

一九四八年、コソヴォのペーチに生まれる。セファルディムの父、ユダヤ教に改宗経験のあるセルビア人の母を持つ。五四年からベオグラードのゼムンに居住、六六年に教育短期大学に進学、文学・英語を学ぶ。七三年に『家族の時間』で作家デビュー。自伝的かつ日常の断片で綴られた短編集『死の記述』(八二)はアンドリッチ賞を受賞した。また、アップダイク、ナボコフ、バーセルミ、ピンチョンらをセルビア語に翻訳している。

アルバハリの文学は、世界が孕む暴力性に翻弄される個人の運命を、ポストモダンの手法で描くことにより成立している。ユーゴスラヴィアのマイノリティ、混血のユダヤ人である彼が、アメリカのポストモダン文学に傾倒することは意味深い。「オルタナティヴであることは、実際には、伝統を破壊することだ。つまり最も多様な伝統を混ぜ、一見相容れない文化間の結びつきを確立し、新しい伝統を確立する」と彼は述べる。ユーゴスラヴィアの社会主義体制、ナショナリズム、紛争、国家の崩壊、反ユダヤ主義。歴史や文化が孕む不条理への抵抗と、その芸術への昇華が彼の文学の志向である。

紛争が続く九四年、カナダへ拠点を移し、カナダ三部作を発表する。『スノーマン』(九五)は失った祖国へのノスタルジー、二度と叶わない帰還への熱望を、『餌』(九六)は亡命の地で亡き母の声に揺さぶられるユダヤ人男性の葛藤を、『闇』(九七)は道徳を欠如させユーゴの崩壊の罪と死を描き出す。なかでも『餌』はNIN賞のみならずバルカン賞も受賞し、作家としての地位を確固たるものとした。また彼は、ユダヤ人であることも積極的に背負い、第二次世界大戦時のベオグラードの強制収容所を舞台とし、歴史と記憶を問うた『ゲッツとマイヤー』(九八)、反ユダヤ主義をテーマとした『ヒル』(〇五)などの作品を発表している。

アルバハリは矛盾と不連続の中に生きる人間のアンビバレントな感情に鋭く切り込み、解決の糸口が見つけられない難問を読者に提示し続ける。我々は彼のテクストを前に、知的な言葉の戯れに溺れつつ、そのもつれた糸と対峙することになろう。

(栃井 裕美)

◇邦訳
なし

Dubravka Ugrešić
ドゥブラヴカ・ウグレシッチ
［1949- ］

一九四九年、ザグレブ近郊に生まれる。父はクロアチア人で、母はブルガリア人。ザグレブ大学で比較文学とロシア文学を専攻し、七〇年代にモスクワに留学する。このとき手にした赤のパスポートには、「ユーゴスラヴィア」の文字。帰国後、文学理論研究所でロシア・アヴァンギャルドを研究するかたわら、実験的な小説を次々に発表する。八八年、『大河＝小説をわたって』で、女性作家たちによる男性中心主義の文壇へのお仕置きをユーモアたっぷりに描き、ＮＩＮ文学賞の女性初の受賞者となる快挙をなしとげた。

九一年に内戦がはじまると、青のクロアチアのパスポートが彼女に押しつけられる。ナショナリズムに鋭く反対したため、裏切り者、魔女といった罵声が浴びせられ、九三年、ついに国を離れた。エッセイ『バルカン・ブルース』は、母国では出版できなかったものの、欧米で好評を博し、皮肉にもクロアチアを代表する作家となる。

次に手にしたのは、また赤のパスポート。ただし今度は亡命先のオランダのもの。しかし、パスポートの色も国籍も、彼女を変えることはない。「アイデンティティの決めつけに同意することは、文学は地政学の領域にあるという考えを受け入れることを意味する。それはかぎりなく現実に近いのかもしれない。だが、現実だからというだけで、あらゆる現実を受け入れることはできない。」

ウグレシッチが抵抗しつづけるのは決めつけに対してである。現実の世界でも小説の世界でも。亡命後の小説『無条件降伏の博物館』（九八）では記憶のかけらを断片のまま提示することで、『痛覚省』（〇四）では忘却の痛みを主人公の叫びを通して、目に見えない「現実」を描き出した。亡命を単純化する視線を批判する二作とは異なり、最新作『バーバ・ヤガーは卵を産んだ』（〇八）はスラヴ民話の魔女を主題とする。この女性作家は、心の痛みをも糧に、小説という魔女の乗り物を駆使して、創造の空を飛ぼうとしている。

（奥　彩子）

◇邦訳

『バルカン・ブルース』（岩崎稔訳、白水社）、「君の登場人物を貸してくれ」（三谷惠子訳、『世界文学のフロンティア2』所収、岩波書店）、「ユーロヴィジョン大賞としてのヨーロッパ文学」（『ヨーロッパは書く』所収、鳥影社）

Miljenko Jergović
ミリェンコ・イェルゴヴィチ
［1966- ］

サラエヴォの生まれ。サラエヴォ大学で、哲学と社会学を専攻した。一九八八年に最初の詩集でI・G・コヴァチッチ賞を受賞。九三年、戦火のサラエヴォを逃れ、ザグレブに居を移した。翌年、短編集『サラエヴォのマルボロ』でE・M・レマルク賞を受賞する。同書の英訳がペンギン・ブックスから出版されると、第二のアンドリッチとして一躍脚光を浴びた。現在、作品は二十以上の言語に翻訳されている。故郷を離れてから、イェルゴヴィチはクロアチア、ボスニア、セルビアの日刊紙にコラムを連載してきた。それは、ユーゴスラヴィアの作家たろうとするささやかな試みである。

『サラエヴォのマルボロ』は、ユーゴ時代の思い出、包囲される街での暮らし、去る人と来る人などの記憶と日常のスケッチの連作である。筆致は柔らかいけれども、非日常が日常となることの怖ろしさが綴られる。ただし、アイロニーのこもった視線は、感傷に身をまかせることを許さない。たとえば、最後の章「図書館」では、サラエヴォという一つの町がどのように失われていったのかが、書物の運命を通して描かれる。絶え間ない砲火の下で、まず個人の蔵書が燃えていく（だが、そのなかできちんと読まれた本はどれくらいある？）。それから、図書館。何日もかけて、ちろちろと、燃えていく。「人々の無関心によってすでに毀損されていたものを火の手から救ったところで何になる。パリやロンドンの美しさは、悪党どものアリバイに過ぎない。ワルシャワやドレスデンやヴコヴァルやサラエヴォの美しさが失われたのは、やつらのせいだ。」燃えることのなかった町は、まさにその事実ゆえに罪深い。

難解な作品が珍しくないユーゴの文学において、イェルゴヴィチは口語を多用した平易な文体を採用する。それは日常の裂け目から世界をのみ込もうと待ち構える歴史の渦を際立たせると同時に、終わることのない「戦い」と日々の暮らしの先にある未来を仄暗く照らしてもいる。

（奥 彩子）

◇邦訳
なし

ソルブ語とその文学

ソルブ人は、ドイツ東部に残るスラヴ系少数民族、彼らの話すソルブ語は、系統的にはポーランド語やチェコ語に近い西スラヴ語の一つだが、ソルブ人の住むラウジッツ地方の歴史的経緯のために、ザクセンの上《かみ》ソルブ語とブランデンブルクの下《しも》ソルブ語に分かれて現在に至る。古くよりラウジッツに居住しながら、中世以後はドイツ化の波に押されて同化が進み、十九世紀初頭の資料で約二十万人いたとされるソルブ人は、二十世紀初頭にはその半分になり、一九八〇年代末の東ドイツでは、公称で約六万人となっていた。現在、ソルブ語を話す人の実数は、さらにこの半分以下になると見積もられる。

ソルブ語の文字文化と文学の歴史は、ドイツ宗教改革の時代に始まり、聖書の翻訳を原点に、上ソルブ、下ソルブそれぞれに文章語が作られた。世俗文学は十九世紀ロマン主義興隆の中で、近代標準語の形成と相携えて始まり、ラウジッツの景観や、ソルブ人の歴史を題材にした詩が生まれた。ハンドリィ・ゼイラー(一八〇四–七二)の『ソルブのラウジッツに』(二七)は、その一節「美しきラウジッツ」がソルブ人の民族歌となり、ヤクブ・バルト＝チシンスキ(一八五六–一九一九)は『わがソルブ告解』で、消え行く小民族の運命を大海の中の島になぞらえた。マト・コスィク(一八五三–一九四〇)は韻文の大作『シュプレーワルトのソルブの結婚式』(八八)を下ソルブ語で歌い、アメリカに説教師として渡った後も、故郷にソルブ語で詩を送り続けた。

第一次世界大戦後のワイマール共和国時代には、一九一二年に結成された民族組織「ドモヴィナ」が活動を展開し、ザクセンでは雑誌や新聞を中心にソルブ語の出版文化も盛んに行われた。ヤクブ・ロレンツ＝ザレスキ（一八七四―一九三九）は、『忘れられし者たちの島』（三一）で、それまで韻文がほとんどであったソルブ文学に散文文学の道を切り開き、二十世紀初頭のソルブ文学の重要な柱の一人となった。

しかしナチス時代になると、ソルブ語は出版をはじめ公の場での使用を禁じられ、存続の危機に曝される。第二次世界大戦末期には集団強制移住の計画さえ浮上したという困難な時代を経て、一九五〇年代にようやくソルブ社会は文学活動を復興させる。ソルブ人として最初にドイツ語で作品を発表したユリィ・ブレザン（一九一六―二〇〇六）は、ソルブ民族の伝説を形而上学的主題に転換した小説『クラバート　あるいは世界の変容』（七六）などでドイツ語圏で最も知られる作家となり、ユリィ・コホ（一九三六―）はソルブ語で発表した『七つの橋の間で』（六八）を自らドイツ語で戯曲に書き直し、以後はバイリンガル作家として、またラウジッツの資源開発とソルブ文化の喪失をテーマに環境活動家として、メッセージを発信する。ワイマール時代の作家ロレンツ＝ザレスキの孫であるキト・ロレンツ（一九三八―）は、ソルブ文学の秀作をドイツ語の対訳付きアンソロジー『ソルブ読本』（八一）に編集して、ソルブ文学の紹介に貢献した。学校で初めてソルブ語を学んだロレンツ自身は、詩人として、ドイツ語でソルブをテーマに作品を書く。

だがソルブ人作家がドイツ語で作品を発表することには、二律背反がつきまとう。ドイツ語の選択は、ソルブ人の文学をドイツ語圏の広い世界に開くが、ソルブ語を使わないことは、ソルブ語の創造性とソルブ固有の文化の発展をないがしろにすることになりかねない。このディレンマを抱えながらソルブ文学は、東西ドイツ統一、欧州統合の時代を迎えた。そして新時代と新しい価値観の二十一世紀の中で現れたロレンツ編の詩集『海　島　船』（〇四）は、多言語環境を肯定的にとらえることでソルブ文化の存続の可能性を示し、ローザ・ドマシツィナ（一九五一－）はその最前線の女性詩人として、ソルブの島からドイツの海へと、バイリンガルの航行を続けている。

（三谷　惠子）

現実のヴェールの向こうには何がある？

アメリカのSFというのは大変よくできていて、科学上の最新の研究成果や仮説を取り入れ、現象や考え方に今までに誰も考えつかなかったような解釈を与えたり、新奇なストーリー展開をあざやかに読ませてくれたり、さまざまな最先端ぶりを見せつけてくれる。日本のSF読者も、SFというものに対してはおおむねそうしたアメリカ的な「さすが！」を求めているように思える。確かに、アメリカSFの最先端って本当にすごいよね、と私も思う。しかし、そういう「さすが！」を読めば読むほど何ともいえない飢餓感に襲われ、満たされない気持ちになることがある。そんなのは私だけだろうか？

そういう時にたまたま東欧のゴーレム映画を見たり、SFよりも「ファンタスチカ」と呼ぶほうがしっくりくる東欧小説を読んだりすると、これがまた何とも言えない満足感、映画を見た、小説を読んだという手ごたえを感じて満腹感に満たされるのだ。3Dで斬新なデザインのスペクタクルを見るより、外国の平凡な空港に降り立った時のほうが生々しい異世界感を感じることがある。私には、東欧のファンタスチカには、そういう、人間の感受性に有機的な実感を与えてくれる何かがあるように思えるのだ。

手前味噌になるが、私が『時間はだれも待ってくれない　二十一世紀東欧SF・ファンタスチカ傑作集』を作ろうと思ったのは、こういう手ごたえが欲しかったからかもしれない。実際、このアンソロジーに集まった作品を読んでいると、一つ一つは比較的短い短編なのだが、どれも、もっと長い小説を読んだ時と同じくらいの充足感を味わわせてくれる。言ってみれば、おにぎり一つで素材も調理も味わい尽くして一食分になる、という感じだろうか。

そして、我々日本人にとっては、東欧ファンタスチカの魅力はそれだけに終わらないとも思っている。アメリカ流のＳＦが物事の新奇な解釈や斬新な展開を目指すのに対し、東欧のファンタスチカはあえて「解明」や「新奇さ」を目指さない。何かが起こっても、その原理や理由を科学的、理論的に解明することは重要ではない。割り切れないものは割り切れないまま、物語から読者へと託される。小説の上っ面だけを読むのなら、「これはどういう原理でこうなってるの？　これが起こった理由は何？」とモヤモヤした気持ちになるかもしれない。だが、本来我々日本人は、割り切れないものを割り切れないまま味わい、理由や仕組みを超えたところにある「何か」にアクセスする感受性を持っているはずだ。日本人のこの部分を、東欧ファンタスチカは満たし、潤してくれるように思える。

前掲のアンソロジーから一例を挙げるなら、オナ・フランツの「私と犬」（ルーマニア）などがその好例だろう。息子を尊厳死させた後、残りの長い人生を生きる男の話で、彼の人生には特に何が起こるというわけでもない。ただ普通に仕事をして、世間のニュースを見聞きし、年を取ってゆくだけだ。「ＳＦとして」は新奇なものは何もなく、アイディアとしてはありきたりとさえ言えるかもしれない。しかしこの作品の価値はそこには無い。彼の人生に現れる小さな生命たち――医療用の犬や、普通のペット――が現れては去ってゆく中に、生命というものの愛しさや哀感がにじみ出て、日本人読者の心には非常に心地よくしみ渡るように思えるのだ。東欧のファンタスチカはいずれも、こうした味わいで心を満たしてくれるのである。

東欧と言えば、日本人には地理的にも文化的にもとても遠くて、理解しがたいところのように思えるかもしれない。しかし、現実のヴェールをひらりと一枚めくってみると、そこはもう東欧かもしれないのだ……


（高野　史緒）

アルバニア

十六世紀～十七世紀

アルバニア語で書かれた文献はジョン・ブズクによる一五五五年刊のミサ祈禱書が現存最古だが、アルバニア人によって書かれたものでは北部アルバニア出身のマリン・バルレティ（一四五〇－一五一二）による『スカンデルベウの生涯と功績』（一五〇四）がある。オスマン帝国に抗したアルバニア民族の英雄を描き、当時の西欧で広く読まれたこの作品は、ラテン語で書かれたものながら、アルバニア文学の嚆矢とされる。以降、十六～十七世紀にアルバニア語で書かれたものとしては、レク・マトランガ（一五六九－一六一九）『キリスト教要理』（一五九二）、ピェタル・ブディ（一五六六－一六二二）『信仰の鏡』（一六二一）、ピェタル・ボグダニ（一六二二－

八九）『予言者達の楔』（一六八五）等がある。

この時点で、現代アルバニア文学に通じる特徴が見られる。一つは、彼らの作品が（最初のバルレティは例外として）地域方言の違いこそあれアルバニア語で書かれていること、もう一つは、文学草創期を担った彼らの出身地や生活拠点が多様かつ広範だということである。彼らは欧州各地で活動しており、マトランガに至ってはそもそもアルバニアでなくシチリア生まれである。またオスマン帝政下のアルバニアでも、ムスリム詩人ネズィム・フラクラ（一六八〇―一七六〇）やスレイマン・ナイビ（?―一七七一）らがアルバニア語で多くの作品を残している。

こうした歴史的経緯もあるため、アルバニア文学については現アルバニア共和国やコソヴォ、マケドニアに限定せず、欧米や中東にも目配りすることが本来望ましいのだが、ここではできるだけアルバニアに絞って作家と作品を概観する。またアルバニア文学では詩が大きな比重を占めており（アルバニアの出版点数の実に半分近くが詩集という）後述する有名作家も小説家と並行して、或いはそれに先立って、優れた詩人の顔を持っている。しかしここでは散文の紹介を中心とし、詩の紹介は主要かつ重要なものに留める。

十八世紀～二十世紀前半

共通の言語を用いつつも、十八世紀までは「アルバニア人」や「アルバニア」という民族や国家の概念が特に強調されていたわけではない。その影響は書き手の帰属する地域や信仰に限定され、相互交流も殆ど見られなかった。しかし十八世紀後半には、オスマン帝政からの「解放」「独立」を求め、アルバニア民族意識を鼓舞する運動が興盛を呈し始める。

西欧の啓蒙主義やロマン主義の影響を受けたアルバニア版「ルネサンス」とも言うべきこの運動は、一九一二年のアルバニア独立に至る政治活動を牽引すると同時に、文学にも最初の活況をもたらした。最も代表的なのは『スカンデルベウ物語』（一八九八）『牧畜と農耕』（一八八六）等で知られるナイム・フラシャリ（一八四六―一九〇〇）である。他にアンドン・ザコ・チャユピ（一八六六―一九三〇）、イェロニム・デ・ラダ（一八一四―一九〇三）、ジェルジ・フィシュタ（一八七〇―一九四〇）、ゼフ・セレンベ（一八四四―一九〇一）、アスドレニ（一八七二―一九四七）等があげられる。小説については、初期に若干の例外はあるものの、殆どの作品がアルバニア語で書かれた。

二十世紀前半、文学は更なる発展を見せる。代表的な作家に、『星は踊る』（三三）等の情熱的で感受性豊かな詩作で知られるラスグシュ・ポラデツィ（一八九九―一九八七）、『ナイチンゲール哀歌』（一八八七）のンドレ・ミエダ（一八六六―一九三七）、『シュコダル包囲』（一九一三）等の通俗歴史小説を多数発表した「アルバニア最初の小説家」ンドツ・ニカイ（一八六五―一九五一）等がいる。同時代の政治家エルネスト・コリチ（一九〇一―七五）、編集者として文壇に貢献したファイク・コニツァ（一八七五―一九四二）、一九二四年の民主革命で首相を務めたファン・ノーリ（一八八二―一九六五）も、文学者の側面を持っていた。

この時代は、アルバニア（人）社会の問題点に着目した作品も多い。民族解放運動をテーマにしたフォチオン・ポストリ（一八八九―一九二七）『祖国防衛のため』（一九）、父権社会の抑圧に挑む女性の姿を描いたハキ・ステルミリ（一八九五―一九五三）『私が男の子だったら』（三六）、農村社会の理想と現実の狭間で苦悩する若き知識人を描いたステリョ・スパセ（一九一四―八九）『何故？』（三五）、貧しき人々の現実を直視し社会正義を訴えたミジェニ（ミロシュ・ジェルジ・ニコラ、一九一一―三八）の『自由詩』（三六）等があげられる。社会主義リアリズムを意識した作家が登場するのもこの時期である。なお、こうした作家のほぼ全員が諷刺文学を手がけている。この分野は今も独自の地位を占めており、独裁の時代でも（だからこそ）決して衰えることがなかった。

第二次大戦後

一九三九年にイタリアに併合され、一九四三年にドイツ軍の侵攻を受けたアルバニアでは、様々な勢力が各地で解放闘争を展開した。一九四四年に共産党（労働党）中心の解放戦線が全土を解放し、新政権が発足。

戦後アルバニアでは、パルティザン経験者が「解放戦争」を題材とした文学作品を数多く発表し、その大半は社会主義リアリズムの影響を色濃く受けていた。

スペイン内戦で人民戦線側の義勇兵として参戦したペトロ・マルコは、その経験にもとづく『アスタ・ラ・ビスタ』（五八）や、イタリア占領下のアルバニアを描く『最後の街』（六〇）等を発表した。オスマン帝国への抵抗を描いた『ハリリとハイリヤ』（四九）や、農地改革を題材にした『我らの土地』（五四）で知られるコル・ヤコヴァ（一九一六―二〇〇二）の作品には、マルクス主義史観が投影されている。ヴィミタル・シュテリチ（一九一五―二〇〇三）『解放者』（五二）、ファトミル・ジャタ（一九二二―八九）『泥沼』（五九）、アリ・アブディホヂャ（一九二三―二〇一四）『嵐の秋』（五九）等の他、ステリョ・スパセも社会主義リアリズムへの傾倒を深め、一九三〇年代の農村を題材とする『彼らは孤独ではなかった』（五二）を著した。

労働党の政権掌握後も、二十世紀前半に活躍した作家の多くは存命で、過去の作品も相応の評価を得ていた。だが実際の作家活動は制約を受けたため、創作活動から遠ざかり、教職や海外文学の翻訳に専念する例も見られた。「現代アルバニア文学の創始者」ペトロ・マルコでさえ、たびたび作品発表を制限され、大半は彼の死後に刊行されている。

一方、労働党（特にエンヴェル・ホヂャ）と政治的立場を異にする知識人は、戦後最初の十年余で文壇から排除された。新政権初期に重用された作家が後に逮捕・投獄された例として、セイフラ・マレショヴァ（一九〇一―七一）やゼフ・ゾルバ（一九二〇―九三）があげられる。その一部は、出獄後を一介の労働者として生き延び、一九九一年の体制転換後に文壇復帰を遂げるが、出獄後に米国へ去ったビラル・ギャフェリ（一九三五―八六）のような例も少なくない。

一九六〇年代に登場した新たな世代を代表するのが、ドリテロ・アゴリとイスマイル・カダレである。共に解放戦争期に成長し、ソ連に留学し、後に文壇で指導的役割を果たすが、一九六〇年の対ソ関係悪化で青年期の人生を大きく狂わされた、いわば「失われた世代」でもある。その作品は、例えば戦中アルバニアを題材にしていても、人物描写は矛盾や複雑さも含む豊かなものであり、体制が求める「解放戦争」観とは明らかに一線を画していた。歴史小説で有名なサブリ・ゴドド、戦前戦後の農村を描いた『死の川』(六五)『白き南部』(七二)のヤコヴ・ヴゾヴァ(一九二三-七九)も同時代の作家である。その他にはヴィミタル・シュテリチ、ヴァス・コレシ(一九三六-二〇〇六)、テオドル・ラチョ(一九三六-)、ナショ・ヨルガチ(一九三一-)等がおり、詩の分野ではチェヴァヒル・スパヒウ(一九四五-)やファトス・アラピ(一九三〇-)が優れた作品を世に出した。ただ、国内の評価は言うに及ばず、海外にも翻訳紹介されたこの作家たちもまた、しばしば党の批判にさらされ、少なからぬ作品(例えばカダレの『怪物』等)が出版禁止や内容の「修正」を迫られた。

「九〇年代」以降

「東欧革命」から遅れること約一年、一九九一年に労働党の一党体制が崩壊すると、イデオロギー上の理由で公然たる言及が忌避されてきた戦前の作家や在外アルバニア人の作品が、アルバニア国内でも普通に出版されるようになった。労働党時代に長く獄中生活を強いられた作家たち、例えばカセム・トレベシナ、ファトス・ルボニャ(一九五一-)、ピェタル・アルブノリ(一九三五-二〇〇六)、ヴィサル・ジティ(一九五二-)らは、ようやく作品発表の機会を得た。一方、カダレやアゴリら労働党時代の有名作家も現役で新作を発表しており、その評価も揺るがず今日に至っている。

この時期から活動を本格化させた小説家には『ヌード』(九五)のリドヴァン・ディブラ(一九五九-)、『異邦の愛』(九七)のエルヴィラ・ドネス、『メリユル』(〇二)のヴィクトル・ツァノスィナイ(一九六〇-)等がいるが、特に重要なのはファトス・コンゴリであろう。市民の大量国外脱出が続くアルバニアで数奇な運命をたどる人物を描いた『敗北者』(九二)は一躍ベストセラーとなり、その後も注目すべき長編を次々と発表、欧州を中心に多くの言語に翻訳されている。

(井浦 伊知郎)

Dritëro Agolli
ドリテロ・アゴリ
［1931-2017］

アルバニア中部デヴォル近郊のメンクラス生まれ。イタリアによる併合、ドイツ軍による占領、パルティザンによる抵抗運動、解放から社会主義政権樹立に至る激動期のアルバニアで幼少年期を過ごす。

一九五二年、外交関係がまだ良好だったソ連に留学し、レニングラード（現サンクトペテルブルク）大学で文学を専攻。一九五七年に帰国後、アルバニア労働党機関紙「ゼリ・イ・ポプリト（人民の声）」に記者（後に編集長）として勤める。新聞記者として働きながら詩を発表。故郷デヴォルの農村やアルバニアの歴史風物、そこに暮らす人々への愛情に満ちた眼差し、伝統的スタイルに飽き足らない力強く鮮烈な作風で一躍注目を浴びる。

詩作と並行して散文も手がけ、七〇年代には反ファシズム抵抗運動における人物像を描いた『メモ人民委員』（七〇）、『弾丸を持つ男』（七五）、社会主義時代のアルバニアで官僚機構に生きる人間の悲喜劇を描いた『同志ズュロの栄光と没落』（七三）で小説家としても名声を博す。労働党の一党体制下で作家同盟議長（七三－九二）、人民議会議員（七四－〇五）といった国の要職を務め、体制転換後も社会党（労働党から改組した中道左派政党）の長老議員として政界で一定の存在感を示した。

解放前のアルバニアに生まれ、社会主義政権確立期のアルバニアに育った世代であること、ソ連留学歴があること、ジャーナリストの傍ら詩人として文壇デビューし、社会主義時代から今日まで一貫して作家活動を継続していること等、イスマイル・カダレと共通点が多い（実は住んでいたアパー

トも一緒で、アゴリの方は今も同じ部屋で家族と暮らしている)。作品に対する評価の点でも、アルバニア語圏ではカダレと並び立つ存在である。カダレほど網羅的ではないものの、英語、ドイツ語、フランス語、ギリシア語、中国語に翻訳された作品も多い。

カダレが神話世界や中世アルバニアといった「ここではない別の場所」をも舞台とし、普遍的な作品世界を拡大させているのとは対照的に、アゴリは現実のアルバニア、その土地や人々の暮らしといった「土着」の要素にこだわり続け、それらに根差した言葉のリズムや独特のユーモアで読者の心をつかんできた。鋭い、しかし人間的な暖かさに富んだ諷刺は西欧メディアに「少しだけ陽当たりのよいカフカ」(フィガロ・マガジン)と評されたこともある。アルバニアの人と暮らしの細部に寄り添い、断罪され転落する者にさえも愛着が湧くような、図式化しきれない複雑多彩な人間像を描き上げることによって、むしろ人間の根幹に通じる普遍性を獲得したとも言える。

一党体制下では、その豊饒さが当局の求めるイデオロギー枠を逸脱し、軋轢を生んだ例も少なくない。『過ぎ去りし風のざわめき』(六四)、『生まれぞこない』(九一)、『裸の騎士』(九六)、『悪魔の棺』(九七)等は当局の批判を受けて書籍回収や出版中止の憂き目に遭い、或いは単行本時の大幅な改作を余儀なくされ、或いは文学史において言及すること自体がタブー視された。党の「反官僚主義・反形式主義」路線に沿う小説としてお墨付きを得ていたはずの『同志ズュロの栄光と没落』でさえ、諷刺雑誌「ホステニ(とげ)」で開始された連載が確たる理由も示されぬまま中断された経緯がある(後に単行本で完結)。一九九〇年代以降、これらの完全版、或いは過去作の再版を世に出すに当たってアゴリは自ら「アゴリ出版」を立ち上げており、現在も首都ティラナに存在する「アゴリ書店」で新刊を購入することができる。

長らく独裁体制のヒエラルキーに属しつつも、決して「御用作家」に堕することなく、体制が変わった今も変わらぬ尊敬と支持を集めていることには、こうした背景がある。実際、アルバニア語圏では「カダレよりアゴリが好き」という人も多いのだ。

(井浦　伊知郎)

◇邦訳
なし

イスマイル・カダレ

Ismail Kadare

[1936-]

photograph © Lars Haefner

アルバニア南部の古都ジロカスタルに生まれる。アルバニアの大学を卒業後、モスクワのゴーリキー文学院に留学。だがアルバニアとソ連の関係が悪化し、他のアルバニア人留学生と共に帰国を余儀なくされる。

ジャーナリストとして活動する傍ら詩を発表。一九六三年、『死者の軍隊の将軍』で小説家としても注目される。労働党の一党体制下では作家同盟など党の大衆団体の要職を務めた。また戦後一貫して最高指導者の座にあったエンヴェル・ホヂャ党第一書記とは同郷で、私的にも親交があった。その点「反体制知識人」とは立場が異なり、彼自身それに類した姿勢を公然と示したことはない。それでも少なからぬ作品はしばしば当局の批判を受け、出版停止や大幅な改稿を強いられた。

国内経済が悪化し市民の国外脱出が相次いだ一九九〇年、カダレは党指導部に民主的改革を提言。しかし保守派の反発で改革が頓挫するとフランスへ亡命した。現在はフランスとアルバニアを行き来しつつ、主にアルバニアの首都ティラナで生活している。

カダレの小説世界を概観すると、戦後アルバニアを外国人の視点で描き出したデビュー作『死者の軍隊の将軍』、出身地ジロカスタルを舞台とする自伝的小説『石の記録』（七一）、ソ連留学中に執筆された処女作『広告のない町』（〇一）等がまず挙げられ、次に戦後の政治情勢を題材とする長編群が続く。ソ連や中国との関係悪化前夜を生きる人々の姿を（豊富な外交文書も駆使して）描いた二大長編『大いなる孤独の冬』（七三）、『晩冬のコンサート』（八七）、一党体制下の政治的事件にもとづく二部作『アガメムノーンの娘』、『後継者』（共に〇三）等がこれにあたる。そして、因習に包まれた前近代や中世社会という「異世界」を舞台とする『誰がドルンチナを連れ戻したか』（八二）、『ピラミッド』（九三）、『夢宮殿』（九五）等である。不条理かつ不可解な作品世界はしばしばカフカやオーウェルと比較され、また在米アルバニア人批評家アルシ・ピパはカダレを「アルバニアのエフトゥシェンコ」と評した。

こうした傾向は、『死者の軍隊の将軍』に次いで発表されながら長らく単行本化されなかった初期の中編「怪物」（九〇）に既に現れている。現代のティラナを舞台とし、不気味な神話世界が登場人物の現実を蝕んでゆくこの異色作は、上記要素を未分化なまま内包したカダレ的世界の「プロトタイプ」と言える。神秘や幻想や虚構の立ち入る隙がないように見える『死者の軍隊の将軍』にさえ、後の作品に見られる「迷宮」「得体の知れない機構」「翻弄される個人」が顔をのぞかせている。

これらを現実の全体主義体制の戯画化と見ることは容易だが、現実とは異なる舞台設定、時空を超える幻想的な描写は、作品の多義的な読みを可能とし、アルバニア固有の事情に限定されない普遍的なテーマを展開させることにも成功している。往時の海外書評には、「鉄のカーテン」の向こう側の、とりわけ強固な独裁体制下に、かくも普遍的な価値を持つ文学が生まれていたことへの「驚き」の反応が多い（もっとも「独裁社会にまともな文学など」といった態度自体、人間が持つ不屈の想像力を認めない浅薄な考え方なのだが）。

かくして一党体制下でも、複数政党制と市場経済に移行した現在でもカダレの評価は変わることがなく、アルバニアを代表する国際的作家・知識人として不動の地位を占めている。その作品は四十近い言語に翻訳されているが、特にフランス語訳は充実しており、全作品をフランス語で読むことができる。二〇〇五年に英国の国際ブッカー賞、二〇〇九年にスペインのアストゥリアス皇太子賞を受賞。ノーベル文学賞選考時には毎年のように名前の挙がる作家でもある。妻エレナ・カダレもアルバニア国内で名の知れた作家である。

（井浦 伊知郎）

◇邦訳
『死者の軍隊の将軍』（井浦伊知郎訳、松籟社）、『夢宮殿』（村上光彦訳、創元ライブラリ）、『砕かれた四月』『誰がドルンチナを連れ戻したか』（ともに平岡敦訳、白水社）、『草原の神々の黄昏』（桑原透訳、筑摩書房）、「災厄を運ぶ男」（平岡敦訳『世界文学のフロンティア3』所収、岩波書店）

Fatos Kongoli
ファトス・コンゴリ

[1944-]

photograph © Lars Haefner

アルバニア中部の工業都市エルバサンに生まれる（本人によれば一九四三年末生まれだが、戦時中の混乱で役所の登録が翌年にずれ込んだという）。彼が高等教育を受ける頃、アルバニアは既にソ連と事実上断絶状態にあり、国の指導部は「親中国」路線をとりつつあった。こうした流れの中でコンゴリも中国に留学、北京大学で数学を学んでいる。大学卒業後、一九六七年から郷里エルバサンの学校に数学教師として二年間勤務。その後は社会主義時代の文芸専門出版社「ナイム・フラシャリ」、作家同盟機関紙「ドリタ（光）」など文芸紙誌の編集部で働く。

戦時中のアルバニアに生まれ、社会主義政権初期のアルバニアで育ち、社会主義圏の「兄弟国」（ソ連や中国）に留学し、労働党一党体制下の一九六〇年代に本格的な創作活動を展開した文学者・知識人を「六〇年世代」と呼ぶことがある。代表格はイスマイル・カダレやドリテロ・アゴリであり、年齢的には（多少若いが）コンゴリもまたこの世代に属している。ただし決定的に違うのは、コンゴリが一党体制下では自らの作品を（一部の詩を除いて）全く公にしなかったということである。彼は「六〇年世代」の華々しい活躍とは一線を画し、教育者や編集者といった「裏方」に徹し続けた。一九八〇年代後半に刊行された新聞雑誌や小説の奥付でのみ時折「ファトス・コンゴリ」の名を目にすることができた。

彼自身の文才が日の目を見るのは、労働党の一党体制が崩壊し、二度にわたる自由選挙を経て新しい政権が発足した一九九二年のことである。その前年には、国内での困窮に絶望した数千人の市民が「西側世界」へ向かうフェリーや貨物船に殺到、その異様な光景が世界中に配信されていた。彼が最初に発表した小説『敗北者』（九二）は、まさにこの現象を念頭に置いている。コンゴリは、国外脱出を試みながら土壇場で引き返し、静かに家路につく奇妙な男を主人公に据え、そこから視点を過去に引き戻して六〇〜七〇年代（これは作家自身が沈黙を貫いた時期でもある）アルバニアの日常生活を描き出す。そこには「社会主義リアリズム」の英雄どころか、自らの運命に立ち向かう雄々しき精神性もない。閉鎖された世界の中で「敗北者」の座に甘んじ、進むことも退くこともかなわず、手の届かぬ「外の世界」を見やりつつも、その場に留まり生きる。そんな登場人物の目線で語られたデビュー作は発表直後から大反響を呼び、英独仏伊は言うに及ばず、欧州主要言語に次々と翻訳紹介される。「カダレという大樹の背後には、豊かな才能の森林が存在した」（フィガロ）と海外メディアで激賞され、無名の編集者はにわかに国内外の注目を集めることになった。

続く『屍』（九四）でも、権力機構に絡め捕られ堕ちていく主人公の姿を通じて、コンゴリは独裁の貫徹された社会に潜む「不安」や「狂気」、或いはカフカ的「不条理」を巧みに抉り出してみせる。他方、『象牙の龍』（九九）では彼自身が留学生として過ごした中国での日々を（かつてカダレがソ連での経験を『草原の神々の黄昏』や『大いなる孤独の冬』等で小説にしたのとは若干異なるスタイルで）文学に昇華させている。

「遅れてきた六〇年世代」とも言うべきファトス・コンゴリだが、本人の創作意欲は衰えを見せず、『ダモクレスの夢』（〇一）、『犬の皮』（〇三）、『引き出しの中の幻影』（一〇）、『シ・ド・レ・ラ』（一二）など新作を世に出し続けている。アルバニア国内では複数の文学賞の他、二〇〇四年に「黄金の羽」文学賞を受賞、また出版社協会から二〇〇六年度の「今年最良の作家」に選ばれた。二〇〇二年にはバルカン・地中海圏の作家を対象とした「バルカニカ国際文学賞」を受賞。文壇デビューから二十年を経て欧州圏での評価は定着した感があるが、今後は日本語圏においても注目されるに値するアルバニア人作家の一人である。

（井浦　伊知郎）

◇邦訳
なし

Petro Marko
ペトロ・マルコ
[1913-91]

アルバニア南部ヴロラ近郊のヒマラ出身。一九三〇年代からジャーナリストとして活動。共産主義運動にも加わり、スペイン内戦(一九三六―三九)時は国際義勇軍に参加。この戦争に影響を受けた文学者は多いが、マルコとて例外でなく、その経験は長編『アスタ・ラ・ビスタ』(五八)で描かれている。

人民戦線敗北後、イタリア併合下の祖国で拘束され、イタリアのウスティカ島に幽閉された。この流刑体験も後に『ウスティカの夜』(八九)に結実する。四三年同島脱出後、パルティザンとしてバルカンを縦断。イタリアを経て解放前夜のアルバニアに戻り、解放後は当時唯一の日刊紙だった「バシュキミ(団結)」の編集長に就任。だがアルバニア共産党(一九四八年より労働党)の党内抗争の煽りを受け、一九四七年から五一年まで投獄される。

釈放後は教師として生計を立てながら、国内の反ファシズム抵抗運動を題材とする小説を複数発表。中でも『最後の街』(六〇)は(かのイスマイル・カダレに先んじた)現代アルバニア文学の嚆矢として評価が高い。その一方、作家同盟から一時除名される等、活動は終始制約を受けた。八〇年代以降は沈黙を保ち、祖国が体制転換の嵐に包まれる最中の一九九一年末、首都ティラナで死去。

圧政・貧困・戦争を憎み、自由・平等・平和を希求する中でマルコは共産主義へ傾倒したが、絶えざる社会革新を志向し、タブーを恐れないその精神は、「リベラル」を警戒する党指導部に疎んじられたと思われる。彼が存命だった八五年刊の百科事典に彼の項目はなく、アルバニアよりむしろ隣国ユーゴスラヴィア・コソヴォ自治州(当時)で著作が出回っていた。

かくして「過去の人」となりつつあったマルコだが、九〇年代に多くの未発表作品が世に出ることで再評価の機運が高まった。今世紀に入ってからも上掲『ウスティカの夜』の別ヴァージョン『ひとつの夜とふたつの夜明け』(〇二)が出版されている。過去作も新刊で入手可能となり、今や最も再読の機会に恵まれている作家の一人と言えよう。(井浦 伊知郎)

◇邦訳
『最後の町』〈全二巻〉(直野敦訳、新日本出版社)

Kasëm Trebeshina
カセム・トレベシナ

[1926-2017]

アルバニア中南部の古都ベラトに生まれる。第二次世界大戦中は反ファシズム民族解放戦線に参加。戦後、レニングラードのオストロフスキー芸術院で劇作を学ぶも、アルバニアとソ連の関係悪化で帰国を余儀なくされる。

戦後のアルバニア労働党（共産党）とは距離を置き、作家同盟にも属さなかった。一九五三年、エンヴェル・ホヂャ党第一書記に宛てた「覚書」で、「社会主義リアリズムは理論的にも実際にもフランス絶対主義に直結し」「アルバニアの知的営為に大きな災いをもたらす」と指摘、党の文化政策を公然と批判した。結果、十七年を獄中で過ごし、釈放後も二十年の沈黙を強いられる。数十作にのぼる彼の小説、詩、脚本はただ一冊の詩集――と匿名で翻訳したガルシア・ロルカ――を除き、公表の機会を奪われた。

体制転換後、『季節の中の季節』（九二）、『過ぎ去りし伝説』（九二）、『ゴルゴタの道』（九三）と、封印されていた作品が次々と出版され、今世紀に入ってからも『骸骨商人』（〇六）等、新作が断続的に刊行されている。彼が描くのは民間伝承に着想を得た幻想的で不条理な世界だが、タブーを排し、人間の意識下まで分け入り普遍性を追求する姿勢は、「社会主義リアリズム」に支配された文学史観への拒否反応の裏返しであり、「象徴主義リアリズム」（カナダのアルバニア文学研究者ロバート・エルスィ）とも称される。

「反体制」に徹することが極めて困難だった戦後アルバニアで敢えてその道を選んだトレベシナに対し、（海外はともかく）国内知識人の反応は単純ではない。イスマイル・カダレは『書斎への招待』（九〇）でトレベシナを「凡庸な野心家」と酷評し、一方トレベシナを擁護し党を除名された作家メフメト・ミュフティウはカダレを「体制に順応し妥協した」と批判した。今も評価が分かれるトレベシナを通じて、戦後アルバニア文学における「異端」の問題に焦点を当てた研究は始まったばかりである。

◇邦訳
なし

（井浦　伊知郎）

Sabri Godo
サブリ・ゴド
[1929-2011]

アルバニア南部デルヴィナに生まれる。ドイツ占領下で一九四三年から反ファシズム民族解放戦線に加わり、解放後も一九四八年まで軍に留まる。除隊後はエコノミストとして働きながら小説やルポルタージュを書き、後に作家専業となる。解放戦争時の人物像を描いた『ブトカの老人』(六四)、『熱泉からの声』(七一)、『射撃訓練』(七七)等の作品があり、自身の小説を元に映画の脚本も手がけているが、作家ゴドの名声を高めたのは中世から近世を舞台とする歴史小説である。オスマン帝政に抗し四半世紀に及ぶ独立戦争を指揮した英雄の生と死を描く『スカンデルベウ』(七五)、同帝政末期にアルバニア人地域の自治獲得に貢献したアルバニア人パシャを主人公とする『アリ・パシャ・テペレナ』(七〇)の二大長編は西欧圏でも翻訳紹介された。

労働党の一党体制下では、海外でも通用する作家として、イスマイル・カダレやドリテロ・アゴリに次いで常に名前の挙がる存在であった。史実にもとづきつつ、登場人物との対話の中から「歴史的英雄」の姿を浮かび上がらせる手法は「社会主義リアリズム」の文芸路線に沿うものでもあったが、体制転換後も再版を繰り返し、今も読まれ続けている。

一九九〇年末からは政治へも積極的に関わるようになる。アルバニア共和党の創設に参加、初代党首に就任した。一九九六年から二〇〇一年まで人民議会議員を務め、外交委員会の議長等を歴任、一九九八年の憲法改正時には起草委員会にも加わった。政治的には中道右派であり、労働党の後進・社会党とは対立したが、解放戦争の経験を持つ穏健な保守知識人として一定の尊敬も得ていた。

議員引退後は再び文筆活動に専念していたが、二〇一一年十二月に肺疾患のため死去。戦前アルバニアで王政を敷き、戦後長らく亡命していたアハメド・ゾグの長男レカも同時期に病死しており、アルバニア社会は戦中戦後史の生き証人を相次いで失うこととなった。

(井浦　伊知郎)

◇邦訳
なし

Elvira Dones
エルヴィラ・ドネス
[1960-]

アルバニアの首都ティラナに近い港湾都市ドゥラス生まれ。ティラナ大学で英文学を学び、卒業後の一九八八年にアルバニア国営テレビ局に勤務。海外への出国が厳しく制限されていたこの時期、ドネスはスイス出張の機会を利用してそのまま現地に亡命。祖国の政治体制が変わり市民の往来が自由になった九〇年代以降もスイスを拠点とし、テレビ制作者として良質のドキュメンタリー作品を数多く世に送り出した。二〇〇四年からは米国に移住。北部アルバニアの山村で男性として生きる女性の姿を描いた「宣誓処女 (The Sworn Virgin)」は英語で公開された(二〇〇七年ボルティモア女性映画祭で最優秀賞を受賞した)のを機に、日本を含む世界各国で知られるようになり、映像作家としてのドネスに対する評価を国際的なものにしている。

映像制作の傍ら、小説の執筆をも手がける。『異邦の愛』(九七)、『カーディガン』(九八)、『あやまちの花』(九九)はアルバニア語での出版からさほど間をおかず、イタリア語訳やフランス語訳を通じて西欧世界にも広く紹介された。当初の作品評はもっぱら「恋愛小説」「通俗小説」に対するそれに留まっていたが、二〇〇〇年に発表した『星はそんなに着飾らない』で批評家の注目を集める。体制転換後の経済的混乱の中、言葉巧みに騙され、或いは自らの意志で海を渡るアルバニア人女性の痛々しい現実を、成熟した筆致で共感を込めて描き上げ、続く『ふみにじられた幸運』(〇一)、『沈黙は続く』(〇四)でも、移民や難民など「越境」する女性の苦難に焦点を当てた。「痛み」の三部作と呼ばれるこれらの作品によって、ドネスは九〇年代以降を代表する作家の一人に名を連ねることとなった。

スイス作家協会の会員でもあり、国際的に通用する創作活動を続ける数少ない(アルバニア語圏の女性作家が男性に比してそれほど少ないわけではないが)アルバニア人女性作家の一人である。

(井浦 伊知郎)

◇邦訳
なし

現代ギリシャ語文学の今

　ギリシャは東欧の南端においてアルバニア、マケドニア、ブルガリアと国境を接しているだけではなく、バルカン諸国の一員としてこれらの国々と文化的・言語的にきわめて類似した特徴を共有している。

　現代ギリシャ作家のうち世界中でもっとも多くの言語に翻訳・研究され、広く知られているのはニコス・カザンザキスだろう。また、生誕百三十年にあたる二〇一三年には各国で様々な催しが予定され、再びスポットライトが当てられようとしている。そのカザンザキスが描くのはマッチョな男の世界であり、ギリシャ人にとって何よりも大事な《精神の自由》を高く掲げる。

　ギリシャはヨルゴス・セフェリスとオデュッセアス・エリティスというノーベル文学賞受賞作家を輩出した。二人とも詩人である。さらにノーベル賞級として愛読されるヤニス・リッツォス、コンスタンディノス・カヴァフィスも詩人で、詩の優位性は現代ギリシャ文学の特徴の一つと考えられている。これらの作家の名声はすでに確立し、またその著作の多くは日本語訳も出版され、紹介されてきている。

　そこでここでは最近の文学賞受賞作家に目を向け、日本では未知に等しい二人の女性人気作家エヴゲニア・ファキヌー（一九四五－）とヨアンナ・カリスティアニ（一九五二－）を取り上げる。二人はほぼ同年代の作家であるがその作風はかなり異なる。

　二十世紀最後の四半世紀に登場したマジック・リアリ

ズムはギリシャではそれほど強い影響を与えなかったとされる。その中でエヴゲニア・ファキヌーは現実の設定の中に寓話的・空想的な出来事を挿入して読者を導く。ファキヌーは一九七六年に人形劇団を結成し、その後絵本作家としても活躍、一九八二年から散文作家としての創作活動を開始した。長編『第七の衣』（八三）では、葬儀には七つの衣が不可欠という不思議な因習を持つ一族が、失われた《第七の衣》=《失われた絆》を探す物語が、葬儀に参列するためにアテネから母の田舎を初めて訪れた娘、村に住む叔母、老婆という世代の異なる三人の女の目を通して、それぞれの言葉で語られていく。『雲の列車』（一二）では、十歳の孤児カネナスが《雲の列車》に乗って、まだ見ぬ父オデュッセウスを探す旅に出る。出発と共に列車は雲の中へ消え、車内では荒唐無稽な出来事が続く。列車の終点はこの世の果て、少年の姿で乗り込んだカネナスは急激に若さを失っていく。こうして《カネナス》（誰でもない人）の物語は《カセナス》（誰でも=あなた）の物語に変わる。この作品の中では三十人近い南米の作家の著作が引用され、随所にコラージュされて物語が紡がれていく。他に二〇〇五年の読者賞を受賞した『オルレアンの方法』、二〇〇八年の国家短編小説賞を受賞した「庭の野望」など多作な作家である。

一方、イラスト作家としてデビューしたヨアンナ・カリスティアニは一九九四年に文筆活動を開始するが、第二作目の『小さなイギリス——アンドロス島』（九六）で国家賞を、『地の服』（〇〇）で文芸誌「ディアヴァーゾ」の最高小説賞を、『波の音』（〇七）で再度の国家賞を受賞するなど多くの賞に輝く、旬の作家の一人である。『波の音』では時代遅れで金食い虫となった貨物船にイライラし、父親の恩ある船長に名誉ある勇退を執拗に迫る二代目の船主、大金を得るために説得を続ける妻に対し、十二年の間、家族を棄て、大海の静かな《波の音》を聞きながら、陸に上がることを頑なに拒絶し続ける老船長の姿を描く。彼の眼はすでに光を失っているが、船の上では誇り高く、自信に溢れ、部下の絶大な信頼を得ている。遂に陸に上がった船長は、家族の許では居場所を見つけられず、置き去りにされながらもひたすらに愛し続けた女の許で最後の安寧を見出す。『袋』（一〇）ではは罪を犯した息子とその母が過ごす五日間を軸に、これまでの二人の人生、様々な出来事が挿入される。作者は事件に対して安易に善悪の審判を下すのではなく、自分の《闇の袋》を抱えたまま出口を見失って陰鬱な気分に取り巻かれている我々に対して、愛のない人生、良心の喪失とは何かを真剣に問いかける時だと訴える。現代人の誰もが抱える問題を提起し続けている作家である。

（福田　千津子）

ブルガリア

ブルガリアの文化的特徴

ブルガリアは、ドナウ川を越えバルカン半島に侵入してきた遊牧民族ブルガール人と、その頃すでに現地に定住していたスラヴ人とが同化する過程で成立した。国名の元となった「ブルガール」という民族名は、一説によるとチュルク語の「混ぜ合わせる」に由来し、ブルガール人が多様な民族から構成されていたことを示唆する。

混ぜ合わせる——これはブルガリアの風土を考えるうえで、象徴的な概念だ。ブルガリアは、北はルーマニア、西はセルビアやマケドニア、南はギリシャやトルコと国境を接し、古来さまざまな文化が交錯する場だった。トラキア文化、ギリシャ文化、アジア的な騎馬遊牧文化、西ヨーロッパ文化、そして、東ローマ帝国を介して広まった正教文化、オスマン＝トルコ支配下の約五百年間に浸透した中東文化、庶民の間で培われた豊かなスラヴ民衆文化――ブルガリアの文化および文学は、こうした複数の文化が混じり合う場を土壌として育まれてきたのである。

近代文学の成立

ブルガリアでは、キリスト教の布教を目的としてキリル文字による文字文化が成立し、古くから教会文学が発達していた。また、豊かな口承文芸が民衆によって語り継がれてもいた。しかし、長らくオスマン帝国の支配下に置かれたためブルガリア独自の文化は停滞し、近代文学の成立も遅れざるを得なかった。

転機は十八世紀後半に訪れる。修道士パイシー・ヒレンダルスキ（一七二二―七三）らが文化復興を呼びかける書物を著し、それとともにブルガリア人の間で民族意識が芽生えたのだ。十九世紀に入ると、ブルガリア語による教育・出版活動が盛んになり、標準的な書き言葉が確立され、近代的な文学作品が生まれる素地が整った。そして、反トルコ革命運動が高まりを見せた一八六〇―七〇年代、リュベン・カラヴェロフ（一八三四―七九）やフリスト・ボテフ（一八四八―七六）など革命運動に従事する作家たちが芸術的完成度の高い愛国的作品を書いたことにより、ブルガリア人固有の近代文学が開花し、ブルガリア文学は新たな段階を迎えた。

一八七八年、スラヴ民族保護を掲げて南下政策を採っていたロシアが露土戦争に勝利すると、ブルガリアはロシアを後ろ盾としてオスマン帝国から解放される。解放後、ブルガリアは先進的なヨーロッパ文化の摂取に努め近代化を急いだが、それにともない文学の分野でもヨーロッパの水準に達することが目指された。今日国民作家と見做されているイヴァン・ヴァーゾフ（一八五〇―一九二一）は、詩や短編、中長編小説、戯曲などあらゆるジャンルで作品を執筆し、ブルガリア近代文学の基礎を築いた。また、アレコ・コンスタンチノフ（一八六三−九七）がブルガリア近代化の弊害を舌鋒鋭く笑いのめす風刺作品を発表し、エリン・ペリン（一八七七−一九四九）が農村の日常を巧みに素描した短編作品を書き、ザハリー・ストヤノフ（一八五〇−八九）がブルガリア解放戦争について卓抜な回想録を残すなど、ブルガリア文学の質は飛躍的に上がった。

象徴主義運動

十九世紀末から二十世紀初頭にかけてブルガリア文学は、象徴主義運動に代表されるヨーロッパ・モダニズム芸術の影響を受ける。詩的言語を追究し、語彙や韻律の洗練を目指した「純粋芸術」という概念は、ロマン主義・リアリズム芸術が主流だった既存のブルガリア文学を揺るがした。モダニズム芸術を支持し積極的に作品に取り入れたのが、ペンチョ・スラヴェイコフ（一八六六−一九一二）、ペヨ・ヤヴォロフ（一八七八−一九一四）、ペトコ・トドロフ（一八七九−一九一六）ら象徴派作家たちで、彼らは雑誌「思想《ミサル》」（一八九二−一九〇七）を主たる活動の舞台として、ブルガリア文学の芸術性を高めていった。

スラヴェイコフはドイツ美学やニーチェ哲学の影響を受けて、超人や天才を主題とした詩を書き、ヤヴォロフは内省的な作風で、優れた抒情詩や恋愛詩を詠った。トドロフはドイツ観念論の影響を受けながら牧歌的作品を著し、散文詩のジャンルで功績を残した。その他、テオドル・トラヤノフ（一八八二−一九四五）、ニコライ・リリエフ（一八八五−一九六〇）、ディムチョ・デベリャノフ（一八八七−一九一六）らが象徴派として活躍した。

しかしながら、勢力を誇った象徴主義運動も、一九一二年にバルカン戦争が勃発し、つづいて第一次世界大戦が起こると、その影を潜めてしまう。純粋芸術の理想は、もはや時世に合わなくなっていた。戦争や貧困を目の当たりにして、作家たちは多かれ少なかれ現実社会と向き合わざるを得なくなった。彼らは第一次大戦後、厳しい現実を乗り越えるための思想、芸術形式を模索し、象徴主義の遺産を踏み台としながら新しい文学を創造していく。

左翼文学と中道派文学

ブルガリアは第一次大戦で同盟国（オーストリア）側にくみし、結果として敗戦国となった。そして戦後は、戦中に反戦を唱えていた左翼政党が人気を集め、農民同盟や共産党が力を伸ばした。ところが、農民同盟は政権獲得後に急進的な改革を行ったため、一九二三年六月にクーデターが起こり、右翼に政権を奪われる。これに対して共産党は同年九月に武装蜂起を試みるが、あえなく鎮圧されてしまう。以降、第二次世界大戦終結まで、ほぼ一貫して右派が政府を掌握し続けることになる。

　この時期のブルガリア文学を鮮やかに特徴づけているのは、左翼文学の高揚である。ロシア革命に共鳴する作品、右翼政権を批判する作品が数多く書かれた。だが、政府は左翼活動を厳しく取り締まっていたため、左翼作家のなかには逮捕・処刑される者もいた。象徴派として出発し、アヴァンギャルド芸術の実験的な手法で右翼への抵抗を呼びかけた詩人ゲオ・ミレフ（一八九五－一九二五）。同じく象徴派出身で、繊細な感性と音楽性に富んだ言葉によって革命への共感を表明した詩人フリスト・ヤセノフ（一八八九－一九二五）。そして、二人よりもひとつ後の世代の詩人で、革命の理想を楽天的に詠ったニコラ・ヴァプツァロフ（一九〇九－四二）——彼らはみな、政府による弾圧の犠牲となった。

　他方、政治思想からは距離を置き、個人の芸術観や創作姿勢を貫こうとする作家たちもいた。そうした作家の作品は雑誌「黄金の角《ズラトログ》」（一九二〇－四三）などに掲載され、ブルガリア文学を豊穣なものとした。例えば、二人の女性詩人、ドーラ・ガベ（一八八八－一九八三）とエリサヴェタ・バグリャナ（一八九三－一九九一）は、女性的な感性でブルガリア詩に新風を吹き込んだ。スヴェトスラフ・ミンコフ（一九〇二－六六）はドイツ退廃主義の影響を受けて、グロテスクな幻想小説を著した。そして、ヨルダン・ヨフコフは高い倫理性に裏づけされた反戦文学、農村文学を書き、短編の分野でブルガリア文学に大きな足跡を残した。

「叙事的小説」と「抒情的小説」

一九四四年九月、共産党率いる祖国戦線が政権を奪取し、新政府が樹立される。ファシズムの脅威は去った。しかし、それに代わってブルガリアの文化や生活は、社会主義という別の全体主義イデオロギーの下に組み入れられていくことになった。文学界においてもしかり。作家同盟が共産党政府によって再編成され、社会主義リアリズム文学が公式文学として定められるなど、創作活動の自由が制限された。このような思想・文化の抑圧は、やがて多くの亡命者を生むことにつながり、六〇年代には、のちに著名な思想家となるツヴェタン・トドロフとジュリア・クリステヴァがフランスへと亡命した。

終戦直後のブルガリアでは、反ファシズム闘争を題材とした詩や短編が流行していたが、五〇年代に入ると長編の歴史小説が書かれるようになる。例えば、ディミタル・ディーモフ（一九〇九-六六）は『タバコ』（五一）で、第二次世界大戦期の国民生活をパノラマ的に叙述し、ディミタル・ターレフ（一八九八-一九六六）は歴史小説『鉄の燈台』（五二）で、オスマン帝国支配下の民族運動を描いた。こういった小説はブルガリア人にナショナル・アイデンティティを意識させたが、それは安定した国家体制を築こうとする当時の政治・社会情勢に応えようとするものでもあった。概してこの時期のブルガリア文学は、客観的な筆致で歴史や社会を壮大に描く小説、すなわち「叙事的小説」が優勢だったと言える。

ところが五〇年代後半になると、そうした状況に変化が訪れる。一九五六年四月のブルガリア共産党中央委員会総会で、ソ連のスターリン批判が採択され、ブルガリアも「雪どけ」の時代に入ったためだ。この時期には社会主義リアリズムのドグマが見直され、文学の現代性が盛んに論じられるようになった。そして叙事的小説に代わって、個人の情緒や内面性に主眼を置く「抒情的小説」が増えてゆき、一人称による告白調の語り、連想やメタファーの多用、曖昧なプロット、断片的記述、開かれた結末などを特色とする、新しいタイプの小説が続々と現れてきた。

このような「抒情化」のプロセスは、六〇-七〇年代にかけて多彩なかたちで進行した。例えば、叙事文学の重鎮だったエミリヤン・スターネフ（一九〇七-七九）はリアリズム的作風を変えて、中世史に取材した哲学的な歴史小説を書いた。ディコ・フチェジエフ（一九二八-二〇〇五）は、登場人物の記憶や葛藤、ブルガリアの歴史や伝統を、自然風景と象徴的に結びつけながら、現代の環境問題を論じる重層的な作品を残した。また、詩人として出発したイヴァン・ダヴィドコフ（一九二六-九〇）は、美や善といったテーマを詩情あふれる語りで追究し、散文詩に近い断片的形式の小説を創作した。やはり詩人出身のボゴミール・ライノフは、回想形式を用い実存的な作品を書く一方、アイロニーのセンスと心理の洞察に秀でた推理小説を発表した。

さらに、ブルガリアで伝統的に好まれてきた農村文学のジャンルでも新しい才能が生まれ、ニコライ・ハイトフは短編集『あらくれ物語』（六七）などで、民衆の粗野でたくましい生活模様を軽快な語り口で描き、ヨルダン・ラディチコフは不条理と魔術的リアリズムの手法によって斬新な農民文学の地平を開いた。彼の代表作『馬の思い出』（七五）では、語り手の記憶のなかで、幼少期に過ごした農村と現代の首都ソフィアが交錯し、不条理かつ神話的な物語世界が醸成される。

東欧革命、ポストモダニズム

一九八〇年代に入ると共産党政権に対する国内の不満が高まった。とくにトルコ人に対する同化政策が国内外の非難を集め、ソ連でペレストロイカが始まった八〇年代半ば以降、政府批判は顕著になった。そうした不穏な空気のなかで、社会主義時代を再考する文学作品が書かれた。その代表的作品として、農村文学の大家イヴァイロ・ペトロフ（一九二三-二〇〇五）による『狼狩り』（八二-八六）や、音楽家でもあったヴィクトル・パスコフ（一九四九-二〇〇九）の『ゲオルク・ヘニフに捧げるバラード』（八七）が挙げられる。前者は、第二次大戦後農村部で強制的に執行された農業集団化と、それがもたらした歪みを悲劇的に描き、後者はやはり第二次大戦後の暗い時代を背景に、少年時代の語り手とチェコからの移民である老バイオリン職人との交流をみずみずしく語った。

東欧革命を受けて九〇年に共産党政権が倒れると、社会のあらゆる局面で自由化が進んだ。表現の自由が回復し、社会主義体制下で抑圧されていた作家たちが復権した。例えば、亡命作家ゲオルギ・マルコフ、反体制派女性詩人ブラガ・ディミトロヴァの作品が解禁され、国内でも読めるようになった。加えて、それまで遮断されていた西側の情報や文化が一度に押し寄せてきたため、体制崩壊後の社会的・経済的混乱のなか、文学もいろいろなタイプの作品が入り乱れる状況となった。そこから敢えてひとつ重要な潮流を選ぶとするなら、ポストモダニズムだろう。ゲオルギ・ゴスポディノフは「文学新聞」（九一-）を共同発行して最新の文学動向を紹介すると同時に、ポストモダン文学を自らの理論と実践によって示し、文壇に大きな影響を及ぼした。社会主義という「大きな物語」が解体した後、ブルガリア社会とそこで暮らす人々の間に生じた、混乱と傷。その痛みを見つめ、ばらばらになった現実を再構成するために、断片や矛盾をそのまま提示できるポストモダン文学の手法は有効だったのかもしれない。

二〇〇七年、ブルガリアは欧州連合（ＥＵ）加盟国となった。ヨーロッパの終わり、アジアの始まりに位置する（あるいはそれと逆の視点も可能かもしれないが）ブルガリアの文学が、どのように世界文学の地平へ踏み出していくのか、今後が期待される。

（宮島　龍祐）

Йордан Стефанов Йовков
ヨルダン・ヨフコフ
[1880-1937]

　生地ジェラヴナはバルカン山脈東部の南麓、標高六五〇mほどにあって牧羊・羊毛産業で栄え、オスマン支配下の十八世紀後半にはブルガリア人子弟教育のために庵室学校が開設された伝統のある村で、十八〜十九世紀の民族復興期の伝統的建造物が今も残る。しかし、ヨフコフが生まれた時代には、ブルガリア近代国家の成立とともにイスタンブールとオスマン帝国という大市場が失われて牧羊業は衰退の一途にあり、すでに十九世紀後半から広い農地を求めて平野部に向かう人々の動きが大きな潮流となっていた。ヨフコフの父親もその一人で、一家は一八九七年ルーマニアと国境を接する北東の大平原ドブルジャに移住した。

　一八九五年に生地で基礎教育を終えると、ソフィアでギムナジウムに学び、予備役将校訓練校に進学した。しかし軍事教育になじめず、一九〇四年ソフィア大学法学部に入学したが父の死で学業継続が困難となり、一家の暮らすドブルジャ地方に戻って各地の学校で教師を務めた。

　一九一二年にバルカン戦争が始まると中隊長として従軍したが戦傷し、戦後、軍の「国民と軍」誌に編集者として勤務しながらこの雑誌にルポルタージュ『忘れがたき日の朝』を発表した。第一次大戦時には再度召集されてギリシア戦線に派遣され、後に「軍事通報」誌編集部に配属された。

　敗戦で故郷ドブルジャはルーマニア領となり、避難したヴァルナでは困窮して家族を支えることもままならず、窮状をみかねた友人の仲介で在ルーマニア・ブルガリア領事館広報担当官の職を得た。在外勤務は八年に及んだが、外国暮らしにも外交官という職務にもなじめず、一九二五年には資格不足として通訳官に降格させられた。一九二七年には領事館を辞し、本国で外務省の翻訳官として死の間際まで勤務した。

学生時代から詩を発表していたが、象徴主義の模倣の域を出るものではなく、一九一〇年に発表した短編「羊飼いの苦言」が作家としての出発となった。作品は後に短編集『スタラプラニナの伝説』（二七）に加えられることになる。戦中・戦後には前線での模様を記録したルポルタージュを発表し、これらをまとめて一九一七〜一八年に『物語』二巻本を、一九二〇年には戦記もの『最後の喜び』を公刊した。戦場での体験で、ヨフコフは、軍事的な熱狂に染まらずに現実を冷徹に直視しながらも同僚兵士を温かく見まもるヒューマニストとしての視点を確立することとなった。

完成された作家としてのヨフコフを準備したのは、長年にわたるルーマニア滞在であった。彼は、エリン・ペリンと並んで両大戦間期のブルガリア・リアリズムを代表する作家で、実際の体験と見聞に基づいて作品を表したことでも知られる。とはいえ、その手法は独自で、リアリズム作家であるためには日々の現実と常に接触を保つ必要は必ずしもないと語っているように、体験を作品にまで結実させるために、それを脳裏で何度も反復し成形してゆく長い熟成期間が必要とされた。彼の作品が「幻想的リアリズム」や「ロマン的リアリズム」と呼ばれる所以もそこにある。

内面に沈静して作品を練り上げてきたブカレスト滞在から戻ると『スタラプラニナの伝説』で生地ジェラヴナの自然と伝統の調和のなかで高いモラルを求めた在りし日の人々の姿を歌い上げ、翌一九二八年には教師として過ごしたドブルジャを舞台に農民と土地と両者を結ぶ労働のさまざまな局面を描いた『アンティモヴォ亭夜話』を発表した。これらの作品は、高く評価されてキリル・メトディ賞を授与されたが、ブルガリア語散文文体の完成という点でも重要な意味を持った。

社会問題の解決を対立ではなく調和と和解に求め、試練を通した再生を信じる楽観主義といった諸作品に通底するモチーフは、世代や階層間の対立を鮮やかに描き出して読者の前にさらして見せたエリン・ペリンとは対照的で、その故に社会主義時代には十分に認められなかった点も少なくなかったが、近年、再評価が進められている。

（寺島 憲治）

◇邦訳

『ヨフコフ短編集 ブルガリア語対訳』（松永緑彌訳、大学書林）、「白い燕」（松永緑彌訳、『世界短編名作選 東欧編』所収、新日本出版社）

Йордан Радичков
ヨルダン・ラディチコフ
［1929-2004］

現代ブルガリア文学の巨匠。ノーベル文学賞の候補に挙がっていたとされる。創作手法としては、日常／幻想、悲劇／喜劇、抒情／叙事といった二項対立を崩し、不条理で神話的な物語世界を創造することを得意とした。そのため、しばしばゴーゴリ、カフカ、ガルシア＝マルケスと比較されてきた。

ラディチコフの作品では異質なもの、対立するものは和解へ向かおうとする。農村と都市の融和、伝統と現代性の融和を主題とすることが多く、リアリズム文学とポストモダン文学の中間に位置するような作品が書かれた。このような資質の作家を生んだ背景として、異なる文化や宗教が交錯・共存するブルガリア、あるいはバルカン半島という風土が関係しているかもしれない。例えば、自伝的作品『馬の思い出』では、ローマ人の墓地と、トルコ人の墓地と、ブルガリア正教会の墓地に囲まれて暮らした、故郷の村の思い出が印象的に描かれている。

その村の名前はカリマニッツァ村。ブルガリア北西部に位置する人口五百人ほどの寒村である。ラディチコフが生まれたのは一九二九年で、世界恐慌の年だった。父親を早くに亡くし、貧しい少年時代を過ごした。迷信深い村の生活には、吸血鬼や幽霊といった存在が日常に溶け込んでいて、少年の想像力は豊かに育まれた。けれども学校の通信簿では、国語の成績はいつも悪かった。授業で教わる「序論＋本論＋結論」という書き方に慣れず、好きなところから話を始め、勝手な流儀で作文を書いたからだった。プロットを無視する叙述のスタイルは、作家になった後も生涯変わらなかった。

ラディチコフが本格的に文筆活動を始めたのは一九四〇年代の末ごろ。結核を患い田舎で療養生活を送るなかで、孤独と無為を紛らわすために書いたのがきっかけだった。書いた作品を新聞「国民青年」に送ったところ、文才を見込まれて地方の特派記者になり、その後いくつかの新聞社で編集者を務めるかたわら小説を発表していく。そして、短編集『荒れた気分』（六五）で独自の物語手法を確立した。ラクダを超自然的存在として畏れ敬う村人や、消えたセルビア産の豚について延々と同じ話を繰りかえす村人などが登場するこの作品集では、さまざまな逸脱や連想や象徴によって神話的、不条理的な作品世界を創造する手法が顕著で、社会主義リアリズムで硬直していた当時のブルガリア文学界に衝撃を与えた。

代表作『火薬のいろは』（六九）でラディチコフの手法は完成の域に達する。作品の主題はいたって普通。第二次世界大戦時、ナチスと同盟を結んだ国内のファシズム政権に抵抗する、地方のパルチザン運動を描いたもので、社会主義体制のブルガリアでは正統的な題材だった。だが、語りの手法は極めて革新的で、ある短編の主役が別の短編で脇役として登場したり、同じ一つの事件が複数の短編において反復され、いろんな人物の視点から異なる解釈を与えられたりするなど、個々の短編が互いに相対化することによって流動的かつ有機的な作品体系の形成に成功している。この作品によってブルガリアの反ファシズム文学は高い芸術性を獲得したが、その意味でラディチコフは、ネオレアリズモ文学の旗手だったイタロ・カルヴィーノと近い存在だと言えるかもしれない。

ラディチコフはまた、児童文学の分野でも大きな足跡を残した。豊かな連想を喚起する象徴表現を駆使しながら、動物の世界を悲喜劇的に描き、人間社会を寓意的に照らし出した。スズメの生活を一人称の視点から語る『ぼくたち、スズメ』（六八）で国内の高い評価を獲得し、さらにその後、沼地に棲むカエルの生活や哲学、夢を綴った『ちいさなカエルの物語』（九四）で国際的にも評価され、国際アンデルセン賞のＩＢＢＹオナーリストに選出された。

ラディチコフの生まれ故郷であり想像力の源泉でもあったカリマニッツァ村は、現在ダムの底に沈んでいる。しかし作家はその村に不朽の光を与えた。物語のなかで、今も村の生活はつづいている。

（宮島　龍祐）

◇邦訳
なし

Георги Господинов
ゲオルギ・ゴスポディノフ
[1968-]

東欧革命（一九八九年）以後のブルガリア文学を牽引する作家。同時代の声を鋭敏に察知し、ポストモダン文学の手法を駆使しながら、社会主義政権崩壊以後のブルガリアで共感され得る文学のかたちを摸索しつづけてきた。

ゴスポディノフが東欧革命を迎えたのは二十一歳のとき。ちょうど大学を終えようとしていたころだった。つまり、ゴスポディノフにとって教育課程の修了が、それまで教わってきた思想や理念の終焉と重なってしまったのだ。社会主義イデオロギーが霧消したことによって唐突に訪れた自由の感覚は、作家の身体をおののかせると同時に、新しい言葉、文学を創造する希望を作家にもたらした。ゴスポディノフは大学での研究活動をつづけるかたわら、詩人として文学の道に入り、一九九二年、バスの切符の裏に書いていたという短詩をまとめた詩集を発表。国内で有力な文学新人賞を受賞した。そして一九九九年、最初の散文作品『自然な小説』でブルガリア文学界に深い衝撃を与える。

『自然な小説』は一つの事件だった。九〇年代以降にデビューした作家による本格的なポストモダン文学作品は、まさに「ポスト共産主義時代のブルガリア文学」と呼ぶにふさわしく、瞬く間に評判を呼び、数多くの外国語に翻訳された。作品の主要なプロットは、妻と離婚した語り手がその精神的な深手を語るというものだが、五十ほどの断章から成るこのモザイク的な作品においては、整合性のある物語展開を読み取ることは難しい。語り手の独白は、トイレの歴史に関する博物学的な考察、蠅の視点から語られる偽作聖書の記述、他の文学作品からの夥しい引用、言葉や文学の始源を

問う哲学的思索などと並列される。作中の言葉を借りるならば、物語は「蠅の視覚に類した複眼的小説」となる。

しかし、こうした実験性が作家の独善に終始することはない。なぜなら作品は「詳細なもの、裸眼では気づかない非常に些細なものに溢れた小説。蠅のように日常的な小説」であり、一九六〇–九〇年代のブルガリアの日常生活に関連した記述が数多くちりばめられているからだ。共産主義政権崩壊とその後の経済不況をくぐり抜けてきたブルガリアの国民が、ある種の懐かしさとともに共感できる、そんなレアリアに満ちている。作家は言う――「作品でノスタルジーを取り上げることが多い。このテーマは、ポスト共産主義圏に暮らす多くの人々が抱いている感情、過去に対する姿勢を考えるうえで、とても大切なものだ」。

『自然な小説』の場合、例えばコムソモール（共産党の組織する青年組織）に入りたくなくてイタリアに亡命するとうそぶく友人の思い出が回想されたり、トイレの壁に落書きされた社会主義政権打倒のスローガンが言及されたりするが、こうした記述がブルガリアの読者層のノスタルジーに訴えかけたことは確かだ。「なぜ私の経験したことをあなたが知っているのですか？」という便りが作家に届くこともあるらしい。

そして、この「共産主義時代へのノスタルジー」という主題は、文学作品執筆以外の活動にも反映している。ゴスポディノフは博士号を取得した研究者でもあり、一般人が語る共産主義時代の思い出を集めたインタビュー集『私は社会主義を生きた――百七十一の個人的な物語』（〇六）や、共産主義時代の雑貨や日用品を紹介する図録『社会主義の商品目録』（〇六）の公刊に携わっている。

二〇一一年には満を持して小説『悲しみの物理学』が発表された。長編作品としては『自然な小説』以来、実に十二年ぶりの力作だった。この作品でもやはり「共感」が大きな主題として取り上げられていて、他者の悲しみに深く共感するあまり、その人の物語に深く入り込んでしまい、自他の区別がつかなくなってしまう少年を主人公としている。ゴスポディノフの「共感」が今後どこへ向かっていくのか、一層の活躍が期待される。

（宮島 龍祐）

◇邦訳
なし

Николай Хайтов
ニコライ・ハイトフ
［1919-2002］

南部ロドピ地方の地誌の執筆・編纂にも功績を残したブルガリアの作家。

ロドピ山脈北麓のヤボロヴォ村で貧農の家庭に生まれ、中学校を卒業するとプロヴディフ市に出て粉屋の丁稚、居酒屋店員などの職を転々とし高卒の資格を得てソフィア大学林学科に学んだ。卒業後、ロドピやリラなどの山間地で林業技師を務めていたが、規則に反して地元住民に倒木利用を許可した廉で一九五四年に禁固八年の判決を受けた。判決は後に取り下げられたものの旧職に戻ることはできず、二年ほど無職となった。この時、文筆を業とすることに決意し「セプテンヴリ」誌にルポルタージュや短編を発表し始めた。

彼の名を広く知らしめたのは、一九六七年に発表された『あらくれ物語』で、家父長的なロドピ地方に染み込んでくる新しい価値観との衝突がもたらす人間ドラマを、美しいロドピ地方の山と森を背景にして描いた作品で、ベストセラーとなって多くの言語に翻訳され、収録短編「男の時代」は映画化もされている。ハイトフの描いたこれらの物語のいくつかは、ロドピ地方で広く膾炙されたもので、幼少時や林業技師時代に何度も耳にした話を下敷きに彼の解釈や美意識を織り込んで作品に纏め上げたものと思われる。

このような才能は、『ヤボロヴォ村』（五八）などロドピ地方の地誌や『カピタン・ペトコ・ヴォイヴォダ』（七四）など民衆史から題材をすくい上げた歴史ルポルタージュ作品にも発揮されるが、一方で、盗作騒動を招くことにもなった。しかし、イスラムやトルコ人の話題が制限されていた社会主義時代に、ロドピ地方のイスラム系ブルガリア人（ポマク）について取り上げ、オスマン帝国解体期に短命に終わった独立小国、ポマク・タムラシ共和国に関する学術出版物を支援した功績などは忘れてはならない。

（寺島　憲治）

◇邦訳
『あらくれ物語』（真木三三子訳、恒文社）
※参照　映画「炎のマリア」（脚本：ニコライ・ハイトフ、原題は「山羊の角」）

Богомил Райнов
ボゴミール・ライノフ
[1919-2007]

社会主義時代、ライノフはブルガリア随一の流行作家であり、作家同盟の要職を長年務めたほどの人物だった。ところが社会主義崩壊後、過去にイデオロギーによる芸術の抑圧を行ったとして、激しい非難にさらされる。それに対してライノフは「理想の擁護者であったつもりが、自分でも気づかないうちにおぞましい共産党の教義を担ぐ従僕となっていた」と弁解しながら世を去った。

高名な学者・芸術家の息子として首都ソフィアに生まれ、知的な家庭環境で育ったライノフは、一九四〇年代に都会的な感性の光る詩集を発表しデビューを果たす。文筆活動をつづけるかたわらレジスタンス運動に加わり、終戦後は社会主義国となったブルガリアで社会主義リアリズムの概念を定着させるために尽力した。このとき、政府の理念にそぐわない芸術家の弾圧に加担したため、のちに多くの禍根を残すこととなった。

一九六〇年代、それまで純文学的な作品を書いていたライノフは、推理小説を手掛けるようになる。とりわけ東側の諜報部員エミール・ザホフを主人公とするシリーズは、作家特有の優美なアイロニーとペーソスにあふれた良作であり、共産主義圏で絶大な人気を博した。また一九七〇年には、研究書『暗黒小説』を上梓。西側諸国の推理小説家を批判的に紹介しながらハードボイルド小説の成立過程や倫理性を論じ、大衆文学研究でも業績を残す。さらにこの時期、純文学作品『どこへも続かない道』(六六)で、重病に冒された学術研究員の混沌とした意識や回想の流れを通して、スターリン批判前後のブルガリア社会を描き、その先鋭的なテーマ性で評判を呼んだ。

「創作は自分にとって、人々とつながるうえで唯一確かな道だった。時間のかかる大変な連絡手段だったが、それで自分の存在を認めることができた」――ライノフの亡き今、彼が追い求めた社会主義の理想も、その罪と贖罪も、作品のなかにしか残されていない。

(宮島 龍祐)

◇邦訳
なし

Блага Димитрова
ブラガ・ディミトロヴァ
［1922-2003］

女性詩人・小説家として二十世紀ブルガリア文学史上で目覚ましい業績を残すと同時に、社会活動家、フェミニストとして活躍した。

ディミトロヴァはまず、詩人として高く評価されている。例えば、同国出身のジュリア・クリステヴァはこう述べている――「女性の書いたもので、かくも理知的でありながら官能的であることは極めて稀だった」。愛、死、言葉といった主題を女性の視点から知性的かつ情緒的に語る彼女の詩は、国民の間で広く愛されてきた。

だが、独自の詩法を応用して執筆された散文作品もまた、詩に劣らぬ魅力を湛えている。最初の小説『自己への旅』（六五）は、地方の社会建設事業を取材した作家自身の体験に基づいており、哲学性と抒情性が突出した新しいスタイルで同時代の批評界を沸かせた。その後、一九七一年の代表作『雪崩』では、雪崩に遭遇した登山家グループの心情や人間関係を、散文詩とも読める断章を大量に積み重ねることによって描き、実験的手法を完成の域にまで高める。そして一九八一年には、長編『顔』を発表。共産主義社会に溶け込めず部屋で観葉植物と語りあう女性を描き、体制を批判した。本は禁書扱いとなり発行後ただちに押収された。

「女として、作家として、私はつねに権力や権威を否定してきた」――そう語るディミトロヴァの経歴は、一人の社会活動家の戦歴としても読める。ヴェトナム戦争が起こったときには現地を何度も訪れ、その体験をもとに反戦を訴える本を書いた。また体制転換後、副大統領に推挙された彼女は、権力の側に就くことに抵抗感を覚えたものの、女性の社会進出を促すために副大統領に就任した（結局、大統領ジェレフと意見が合わず、就任の翌年辞職）。彼女の作品はいわば規範に対する戦いの記録であり、一人の自立した作家＝女性が二十世紀の全体主義社会をどのように生き、感じ、それにどう向き合ったか、繊細に伝えてくれる。

（宮島　龍祐）

◇邦訳
なし

Георги Марков
ゲオルギ・マルコフ
[1929-1978]

ブルガリアの亡命作家、反体制派ジャーナリスト。不幸なことにマルコフの名は今日、優れた作家というよりも暗殺事件の犠牲者としてよく知られている。

マルコフは十九歳のとき結核を発病。療養生活を送るなかで作品を書き始め、一九五〇-六〇年代、才能のある若手作家として注目された。だが、党が指導する公式文学の理念から離反した彼の作品は、検閲の壁にぶつかるようになる。例えば小説『屋根』(六四)では、「レーニン」の名を冠した冶金工場の屋根崩落事件をアレゴリカルに描いたため、検閲を通らなかった。また、第二次大戦末期のサナトリウムを舞台に、さまざまな職業・性格の結核患者たちと、重傷を負ったパルチザン女性兵との交流を描いた戯曲『虹の下をくぐり抜けよう』(六六)は、十三回の公演で上演禁止処分が下り、党の機関紙から「ブルガリアの観衆にとって無縁な作品」と指弾される始末だった。

そして一九六九年、新作の戯曲作品が公開初日で上演を禁止されると、憤りを覚えたマルコフはついに西側へ亡命。居をイギリスに構え、英語で作品を執筆するかたわら、ラジオ・フリー・ヨーロッパなどでジャーナリズム活動を始める。このときブルガリアの政治体制を正面から批判する放送を流したため当局の怒りを買い、一九七八年、傘に偽装した銃器で毒弾を撃ち込まれ暗殺された。

その後しばらく、マルコフの存在はブルガリアの公的な場から抹消されていた。しかし、一九八九年に社会主義政権が崩壊してからは一転、社会主義に反旗を翻したヒーローとして名誉回復がなされる。ただ、マルコフがエッセイで述べているように、「ほんのひと時ヒーローになることは容易い。人生を通じて人間であることの難しさに比べれば」。

人間マルコフの軌跡は、名誉や勲章ではなくその珠玉の作品に刻まれている――二〇一一年、約四十五年の時を経て『虹の下をくぐり抜けよう』が初演時と同じ舞台監督で再演されたという。

(宮島　龍祐)

◇邦訳
なし

「この世」の外から聞こえる音楽

学生時代に東欧を旅行していて知り合ったハンガリー人の友達と、何かの映画の話をしていて、「ああ、でもあれは商業映画だから」と言われて驚いたことを覚えている。その映画が商業映画ではない、と思っていたので驚いたわけではない。それが商業映画であることはもちろんだが、そもそも商業映画ではない映画（たとえば「芸術映画」というようなもの？）があるということをこの国の人は信じているのだ、と知って驚いたのだ。私たちは骨の髄まで市場経済というものに染め上げられていて、もうそれ以外の世界があるということを想像出来なくなっている。少なくともバブルまっただ中にあった当時の私はそうだった。世界は市場価値、すなわち「お金」に埋め尽くされていて、高尚な芸術だろうと奇特な研究であろうと、結局のところはお金に還元され、絡めとられている。人の命も心も金次第、という世界から来た私は、それとは違う可能性を信じている人と出会って新鮮だったのだ。

「東欧」という言葉が今でも有効であるとしたら、それはあの地域がかつて、西側の資本主義とは別の原理に属していた、ということを抜きにしては考えられない。「東欧の音楽」も、やはり経済原理とは関係のない空間というものが幸か不幸か存在しており、そこで創造された音楽、そういう空間の刻印を持つ音楽を指す。経済的な成功もなく、若くして脚光を浴びて消耗することもなく、ただただ内的欲求に従って書かれ、大して注目を集めることもなく存在してきた作品。クルタークの音楽は、そういうことを感じさせてくれるものの一つだ。

クルターグ・ジェルジは一九二六年にルーマニアのルゴジに生まれた。母語はハンガリー語で、ユダヤ系である。ハンガリー語を話すユダヤ系ルーマニア人という出自は、三年前にトゥルナヴェニで生を享けたリゲティ・ジェルジと同じである。そして、二人は第二次大戦直後のブダペスト、リスト音楽院でクラスメイトとなり、以来親友となる。しかし、パーソナリティはほとんど対照的だった。エネルギーと好奇心に満ち満ちて、常に貪欲にあらゆるものを吸収してゆくリゲティに対して、クルターグは内気で繊細で過敏で自己批判が強かった。そのせいか、クルターグは寡作で、一時は全作品を合わせても九十分にも満たない、といわれたほどだった。

一つの作品の中でも、クルターグの曲は音が少ないものが多い。『遊び』というタイトルの独創的なピアノ作品集があるが、その中の最もよく知られた曲「花、人間は……」には、わずか七つの音符しかない。ドレミファソラシ、の七つの音が、不思議な順番で、オクターブを変えて、一度ずつ表れるだけである。連弾バージョンもあって、そうなると第一ピアノは三つの音しか弾かない。もちろん単純と言えば単純な曲だが、楽譜を睨んでいると色々なことを考えさせられる。そもそも音の長さはあまり厳密には規定されていない。白い音符（長めの音）と黒い音符（短めの音）があるだけで、何拍と数えられるわけではない。そこにフェルマータのような記号が付いていて、「より長く保つ」とか「すこしだけ長く」というような暗示が加わる。さらにいくつかの音はスラーのようなもので結ばれていて、何らかのアーティキュレーションを示している。おまけに小節線的なものもあって、アウフタクトの役割（つまり小節線の前の、勢いをつける役割）を持つ音もあれば、そうでないものもある。また ある種の身体性も盛り込まれていて、低い音は右手で、高い音は左手で弾くように書かれている（つまり手は交差する）。連弾になると右側に座る第一奏者の右手で低い音が弾かれ、第二奏者の左手で高い音を弾かねばならないので、二人はほとんど抱擁しあうように絡み合うことになる。一見、初心者向けとも見える作品だが、こういう全ての指示をふまえて、限界まで小さい音で説得力をもって弾くのは至難の業だ。圧巻は、クルターグ自身が夫人と連弾で弾いている録音で、そこでは驚くほど繊細な音楽が立ち上がる。

想像してほしい。私たちは、映画『マトリックス』の世界の住人のように、繭のようなものの中で羊水に包まれて夢を見ている。我々が見ているのは「市場経済」という夢だ。私たちはそれを介してしか世界を経験出来ないし、それ以外の形で世界を知覚する可能性がある、ということを考える想像力すら失っている。そこに夢の外から音が響いてきて、それが我々の夢を揺さぶる……。クルターグの音楽には、そんな妄想をかき立てる喚起力がある。

（伊東　信宏）

ルーマニア

〈私たちは歴史的使命の成就のために動員される必要のない最初のルーマニア人世代である――ミルチャ・エリアーデ〉

近代ルーマニア文学は両世界大戦の戦間期のモダニズムが西欧との同期《シンクロニー》を実現する。しかしその黄金時代は短く、ソ連に強制されたプロレタリア文化万能主義の「暗黒の十年」にいったんそれまでの達成のすべてが否定、破壊された。一九六〇年代から再びモダニズムが主流となるが、それは秘密警察体制の限界内での「復古」だった。ポストモダンが意識されるのは「八〇年派」の登場からで、ミルチャ・ネデルチュ、ミルチャ・カルタレスクら「ブルージーンズ世代」を経て再び西欧との同期に向かう。

近代の出発

十九世紀文学はイオン・ブーダイ＝デレアヌ（一七六〇

-一八二〇）の〈英雄的・喜劇的・風刺的〉長編叙事詩『ジプシーの陣』（一八〇〇-一〇）で幕が開いた。作者はルーマニア語がラテン語の発展であり、ルーマニア文化は西欧の一員であると主張する「トランシルヴァニア学派」の論客である。ルーマニア語は紀元一〇六年のローマ帝国による現ルーマニアの地ダキア征服と植民に由来するラテン系言語である。宗教は東方正教が普及する。民族大移動を経て周囲はすべてスラヴ人とハンガリー人になり、やがてルーマニア人の地はトルコ・ロシア・オーストリア三帝国の争奪の的となる。近代ルーマニアの歴史的使命は、この間に分割された国土の統一と、隔離されたラテン的西欧世界への復帰だった。

一八四八年革命《パショプティスト》を経た十九世紀後半の独立ルーマニアは世紀末までに政治経済社会文化のすべての面で西欧的制度（ティトゥ・マヨレスク（一八四〇-一九一七）の言う『中身のない形式』）を着々と整え、西欧の認知を得ることを通じて、ルーマニア人の住む国土の統合をめざした。文学ではフランスからリアリズムが吸収される。ニコラエ・フィリモン（一八一九-六五）の長編小説『古い貴族と新しい貴族』（六三）が当時の大きな達成だった。民族的アイデンティティを求めたマヨレスクの「青春《ジュニメア》」サークルから〈詩聖〉ミハイ・エミネスク（一八五〇-八九）やイオン・クレアンガ（一八三七-八九）らが現れ、劇作家イオン・ルカ・カラジャーレ（一八五二-一九一二、『盗まれた手紙』）の鋭い風刺性は二十世紀末の社会体制転覆期以後も新鮮さを失わない。二十世紀初頭は、**ミハイル・サドヴェアヌ**を頂点として農民的伝統を賛美するポポラニズムが流行する一方、ドゥイリウ・ザンフィレスク（一八五八-一九二二）、ヨアン・スラーヴィチ（一八四八-一九二五）、イオン・アグルビチェアヌ（一八八二-一九六三）らの長編小説が次代のリアリズム隆盛を準備した。

黄金時代としての戦間期

戦間期はルーマニアの黄金時代だった。第一次世界大戦の結果、トランシルヴァニア・ベッサラビア・ブコヴィナが統合されてエリアーデのいうルーマニア人の歴史的使命は達成された。以後第二次世界大戦までの間、前代には「形だけ」だった民主主義・資本主義に「中身」が備わり、文化的には先進西ヨーロッパとの同期が実現し、領域によっては最先端にまで突出した。**リヴィウ・レブレアヌ**『大地への祈り』が突破口となってリアリズム長編小説は全盛期を迎える。エウジェン・ロヴィネスク（一八八一―一九四三）の文学サークル〈ズブラトール〉とその周辺で、ホルテンシア・パパダト＝ベンジェスク（一八七六―一九五五）、カミール・ペトレスク（一八九四―一九五七）、チェーザル・ペトレスク（一八九二―一九六一）、ジブ・ミハエスク（一八九四―一九三五）、**ジョルジェ・カリネスク**、アントン・ホルバン（一九〇二―三七）らが近代主義の担い手となり、**ミルチャ・エリアーデ**、ミハイル・セバスチアン（一九〇七―四五）らがさらに「若い世代」を代表した。マテイウ・カラジャーレ（一八八五―一九三六）の小説『故宮の紳士』（〇〇）にはバルカン風雰囲気の独特な芸術性がある。近代詩の展開はさらにめざましく、ほとんどの文学者の詩的出発をエミネスクの抒情が励ます一方、アレクサンドル・マチェドンスキ（一八五四―一九二〇）のシンボリスムの流れをくむトゥードル・アルゲージ（一八八〇―一九六七）、イオン・バルブ（一八九五―一九六一）、ジョルジェ・バコヴィア（一八八一―一九五七）、ルチアン・ブラガ（一八九五―一九六一）は、社会と価値観の変遷を越える新しい古典となった。ルーマニア育ちのトリスタン・ツァラ（一八九六―一九六三）がスイスでＤＡＤＡを創始したように、前衛文学もめざましい。そのツァラよりまえに不条理小説を書いていたウルムズ（一八八三―一九二三）に影響を受けたアルゲージや、サシャ・パナ（一九〇二―八一）、ジェオ・ボグザ（一九〇八―九三）らのシュルレアリスム運動は、ルーマニア・モダニズムの西欧との同期を象徴する。だが自由を謳歌したルーマニア文化の戦間期黄金時代は第二次大戦敗戦後、ソ連軍占領下の王制廃止とともにドラスチックな終焉を迎えた。

「暗黒の十年」

一九四八年ルーマニア人民共和国が発足すると、ソ連流プロレトクルティズム（労働者文化万能）による粛清の嵐が吹き荒れて、「妄執の十年紀」と呼ばれる暗黒時代を迎える。重要な作品の多くが発禁となり、既成の巨匠たちがサドヴェアヌを除きあるいは失職し、あるいは強制労働に送られた。この時代にはザハリア・スタンク（長編『裸足のダリエ』）、フランチィスク・ムンテアヌ（一九二四–九三、短編「一切れのパン」）らの社会主義リアリズムが迎えられた。やがてスターリン死後の「雪解け」で、ギョルギュ＝デジ首相は愛国主義路線に転じ、文化的にも「雪解け」が始まる。

一九六〇年代から七〇年代にかけて戦間期の巨匠が次第に名誉回復・再評価されるとともに、モダニズムが復活する。詩ではニコラエ・ラビッシュ（一九三五–五六）、ニキタ・スタネスク（一九三三–八三）、マリン・ソレスク（一九三六–九六）らが六〇年派と呼ばれる清新な作風で登場した。小説の分野ではマリン・プレダ、アレクサンドル・イヴァシウック（一九三三–七七）らの長編を筆頭に「暗黒の十年」にこと寄せた体制批判の作品が多く現れ、ジョルジェ・バライイッツァ（一九三五–）、ソーリン・ティテル（一九三五–八五）、ニコラエ・ブレバン（一九三四–）、コンスタンティン・ツォイウ（一九二三–二〇一二）、ファヌシュ・ネアグ（一九三二–二〇一一）、D・R・ポペスク（一九三五–）その他が、散文の精緻な技法を発達させた。

「仮装の技術」

社会主義時代にほとんどの文筆家を傘下に置いたルーマニア作家同盟は、体制の広告塔として豊富な財政的支援を受けていたが、メンバーの態度はジョルジェ・イヴァシュクが長く主宰した作家同盟機関紙「ルーマニア文学」に象徴される。第一面はチャウシェスク大統領あるいはエレナ夫人の写真で飾られるが、二ページ以降はそれを無視した記事、評論、作品で占められていた。チャウシェスク派のエウジェン・バルブ（一九二四–九三）が八〇年代の作家同盟議長職をD・R・ポペスクと争って惨敗したエピソードが示すように、当時の文学者の大勢は反チャウシェスクだった。しかし東ヨーロッパの中でも最もきびしかったとされる秘密警察支配下で反体制の立場を明確にして活動することは不可能であり、地下出版もほとんどなかったことはルーマニアの特殊状況と言えよう。早くフランスへ亡命し、異論派の立場を鮮明にして書き続けたパウル・ゴマをほとんど唯一の例外として、文学者の戦略は、エリアーデが亡命雑誌上で精力的に主張していたように、体制を表面的には受け入れる「仮装の技術」を精巧に練り上げることだった。首都場末の生活を描いた名作『濠』で知られるバルブは民族派の立場で、こうした文壇主流に対立していた。

「八〇年派」から現代へ

六〇年派が戦間期モダニズムの回復にいそしんでいるころ、西欧はすでにポストモダンの時代に入っていた。ルーマニアでは一九六四年のドゥミトル・ツェペネアグ（一九三七－）らの〈夢幻主義《オニリズム》〉に始まる反モダニズムの流れが、一九八〇年代になって、ミルチャ・ネデルチュ、ミルチャ・カルタレスクに代表される「八〇年派」と呼ばれるポストモダン・グループを生み出す。そこでは、六〇年派のような政治的大状況との取り組みではなく、日常的細部に密着するミニリアリズムとテクストの意味の多重性を重視するテクストアリスムや、幻想性、諧謔性が目立つ。ヨアン・グロシャン（一九五四－）、ヴァシレ・アンドル（一九四二－）らもそれに近い。こうした文学運動とは離れたところで、カシアン・マリア＝スピリドン（一九五〇－）はヤシの伝統的文芸誌「文学会話」を主宰し、プシ・ディヌレスク（一九四二－）はカラジャーレ風の戯曲を書いている。

批評・文芸理論の分野では、前代のティトゥ・マヨレスクのあとを受けて、エウジェン・ロヴィネスクがモダニズムを推進した。ややおくれてジョルジェ・カリネスクが古典主義・人文主義・印象主義批評の立場で幅広く活躍、大著『起源から現在までのルーマニア文学史』を残した。ニコラエ・マノレスク（一九三九－）は「六〇年派」とともに登場し、評論活動で「八〇年派」のポストモダニズムを推進した。

一九八九年革命は文学にも戦間期に並ぶ解放をもたらした。ヘドニズムの復権、ＳＦへの接近、夢幻性、ゲーム性志向が目立って来る。エロティック言語を公然化した『猥』のヨアナ・ブラデア（一九七五－）や二〇〇七年に完結したカルタレスクの長編三部作『眩暈』などの例は、ルーマニア文学にとって西欧との同期がもはや宿題ではなくなったことを示す。

（住谷　春也）

Liviu Rebreanu
リヴィウ・レブレアヌ

[1885-1944]

小説家、劇作家リヴィウ・レブレアヌはトランシルヴァニアがオーストリア＝ハンガリー帝国領だった時代にナサウド県のマイエルで育った。教師の子十四人の長男。その地方は軍務と引き替えに大幅な自治を認められていた誇り高いグラニチェール（国境警備隊）の地方で、レブレアヌは「夢の巣」と呼んで終生懐かしみ、自分の小説の登場人物はすべてそこに原型を持つと告白している。

ナサウド、ビストリッツァとハンガリーのショプロンで中学高校生活を送り、〇七年ブダペストの士官学校卒業、少尉に任官するが、金銭問題で軍務を追われ、文筆で身を立てる決意をする。この間に多くの短編中編を書いた。ドイツ語とハンガリー語の教育で育ち、民族意識に目覚めてからルーマニア語の文体獲得に苦闘した。成功してからも遅筆で知られた。ミルチャ・エリアーデは自分の本について「いい作品だが未完ですね。二度か三度最初から書き変えると完成する」と忠告されたと語っている。本人はそれを実行していた。

〇九年、山越えをしてブカレストに移る。一〇年ハンガリー当局の追求で半年間投獄され、獄中で長編『不逞』を書く。一六年、ルーマニアが参戦すると、レブレアヌはドイツ占領軍を逃れながら長編小説『大地への祈り』（原題 *Ion*）を執筆する。幼少時代を過ごしたグラニチェールの地方を舞台に、トランシルヴァニアの若い野心的な農民イオンの土地への執着を描き、そこに教師や司祭という村の指導的知識層の民族意識の葛藤がからむ。二〇年に発表されて、ルーマニア文学に本格的なリアリズムの近代小説を導入した傑作である。続く『処刑の森』（二二）、『一揆』（三二）などでレ

ブレアヌは二十世紀前半のルーマニアで最も重要な小説家となった。『処刑の森』では人生に意義を見出そうと悩むルーマニア青年が国家への忠誠にいったん活路を見出し、オーストリア＝ハンガリー帝国軍に志願して奮戦するが、開戦の二年後、敵対する協商国側に立ってのルーマニアの参戦によって、自分の民族に銃を向ける矛盾に苦しむ。作者の実弟がルーマニア側への脱走を図って処刑されたことを戦後に知って、実弟をモデルにこの小説を構想した。純情なハンガリー人少女との愛が美しく語られる。『一揆』は○七年の大農民一揆の予兆から終焉までを描いた「映画的小説」。主人公ペトレ・ペトレの造形が鮮やかで、権力の弾圧だけでなく、農民側の集団心理の残虐性にも目を配っている。これらの人気作品でレブレアヌは客観主義の作家との定評を得ている。しかし、『大地への祈り』のイオンが宿願の土地を得たあとに破滅するのは、永遠の女性への蘇った恋のためだった。作家は幼年期に街角で見かけた女性への宿命的な憧れを回想している。彼のリアリズムの背後には現世を超越するものへの直観があった。二五年の長編『アダムとエヴァ』の主題は輪廻転生であり、有史以前から七つの時代にわたって、人格を変えながら続く愛の物語である。著者はこの「永遠の幻想の書」を自分の最愛の本だと証言している。リアリズムと超越志向のこの二重性が、復讐に追い詰められる男の精神病理を描く『チュレアンドラ』（二七）のほか、ホリアの乱の歴史小説『クライショール』（二九）、レジオナール運動にかかわる政治小説『ゴリラ』（三八）、推理小説『二人』（四〇）など多様な作品を生み出した。短編にも、「脱走兵イツィク・シュトルル」（三二）などの佳品がある。母親の芝居好きの影響から文学に入ったレブレアヌは生涯演劇に強い関心を持って劇評を書き続け、戯曲には『カドリール』（一九）、『封筒』（二三）、『使徒たち』（二六）がある。ルーマニア作家協会会長、ブカレスト国立劇場支配人、アカデミー会員として、文筆家の生活条件改善につとめた。ソ連軍の占領直前の一九四四年九月一日、ヴァーレア・マーレの仕事場で病没した。妻ファニーは女優で、その連れ子プイア＝フロリカはレブレアヌの後半生についての回想記録を残している。

（住谷　春也）

◇邦訳
『一揆』〈世界革命文学選〉（依田道子訳、新日本出版社）
『大地への祈り』、『処刑の森』（ともに住谷春也訳、恒文社）

ミルチャ・エリアーデ

Mircea Eliade

［1907-1986］

ルーマニアの作家、思想家、インド哲学者、宗教史家、オリエント学者、民族学者、ブカレスト生まれ。第二次世界大戦終了時に文化アタッシェとしてポルトガルにいたミルチャ・エリアーデは、ソ連の占領下に全体主義化されたルーマニアに終生帰国しなかった。パリ時代には亡命者のリーダーとして、「亡命者の責務は政治運動ではなく母国で圧殺されている自由な創造の継承である」と主張、実践した。学術書は英語やフランス語で発表したが、小説は亡命後も母国語で書き続けた。後半生はシカゴ大学教授として二十世紀の宗教史の発展を主導した。

中学高校時代に近視の進行にかかわらず読書に集中、バルザックに熱中し、ジェームズ・フレーザーの民族学著作を読むために英語を、ジョヴァンニ・パピーニの小説を読むためにイタリア語を学び、さらにペルシャ語、ヘブライ語の研究も始める。ヴァシレ・コンタ、マルクス・アウレリウス、エピクテートスの哲学に親しみ、歴史書では特にニコラエ・ヨルガ、B・P・ハスデウを読む。このころ、読書のために睡眠時間を四時間にまで切り詰めた。中学時代から雑誌「通俗科学」へ短編小説やエッセイの寄稿をはじめ、高校三年で百編発表を祝う早熟ぶりだった。

インド留学後に発表した小説『マイトレイ』（三三）で一挙に有名作家となった。これは二八〜三一年にヨーガとサンスクリットの研究のために滞在したカルカッタでの恩師の娘との許されざる交渉を描いた自伝的小説で、新鮮なエキゾチズムに満ちた宿命的な異文化衝突が、濃厚なエロチシズムに彩られている。『無頼の徒』（三五）など新しい世代の証言とし

ての一連のリアリズム長編を書いた後、『令嬢クリスティナ』（三六）、『蛇』（三七）、『ホーニヒベルガー博士の秘密・セランポーレの夜』（四〇）に始まり、亡命後の「ジプシー娘の宿」、「ディオニスの宮にて」「ダヤン」その他、邦訳『エリアーデ幻想小説全集』全三巻におさめられる多くの幻想小説を書き続けた。エリアーデの幻想文学は「聖」の「俗」への仮装という直観を基礎として、パラレルワールドや多時間性などのSF的モチーフに至るもので、ルーマニア幻想小説に新生面を開いた。

エリアーデは学問研究は昼の精神の活動、小説創作は夜の精神の活動で、自分の存在にはどちらも欠かせないという。『宗教学概論』『ヨーガ』『シャマニズム』『永遠回帰の神話』などの独創的な研究で、二十世紀を代表する宗教史家・思想家とされるに至ったが、学問的テーゼを小説に使ったつもりはないという。むしろ文学的想像力が先にあり、それを裏付ける仕事が宗教史研究だったのではないか。

遺稿となった「近視の青年の物語」（八九年公刊）の続編「ガウディアムス」（二八）には生涯を決定した哲学教授ナエ・イオネスクとの出会いが書かれていた。第二次世界大戦参戦前夜に国王と対立、凄惨な弾圧を受けた民族主義レジオナール運動は当時のルーマニア最良の若い知識人層の共感を集めていた。そのイデオローグとみなされたイオネスクとの親密な師弟関係から、エリアーデは三九年強制収容所に送られ、そこで抹殺される寸前の危機を経験している。その体験は、「壁画小説」と呼ぶ自伝的大作『妖精たちの夜』（五五）に色濃く反映されている。最後の長編となった『19本の薔薇』（八〇）の背景にもそれがあった。レジオナールは本来精神運動だが、弾圧と戦う中で凶暴な報復集団に変質し、最も先鋭な反ソ反共のナショナリズムとみなされていたため、エリアーデは敗戦とソ連による占領以後帰国できず、雪解け時代にも帰国しなかった。晩年にユダヤ系の陣営が反ユダヤ主義者という中傷攻撃を集中したのは、ノーベル賞ノミネートを妨害する策動だったらしい。学問研究を総合する「世界宗教史」の完成を見ずにシカゴで没。

（住谷　春也）

◇邦訳
『エリアーデ幻想小説全集』全三巻（住谷春也・直野敦訳、作品社）
『令嬢クリスティナ』、『19本の薔薇』、『マイトレイ』、『妖精たちの夜』〈Ⅰ・Ⅱ〉、『迷宮の試煉』（いずれも住谷春也訳、作品社）
『ムントゥリャサ通りで』（直野敦訳、法政大学出版局）
ほか宗教史関係研究書多数

Marin Preda
マリン・プレダ
[1922-1980]

ルーマニア社会主義時代の代表的小説家。南部平原のテレオルマン県生まれ。両親とも以前の結婚による子供をもつ大家族の農家で農事を手伝いながら育ち、四年生のころは本も買えなかったが、才能を惜しむ教師の援助で進級する。三〇キロ離れた町まで一冊の本を探しに行き、父親に呆れられた。トランシルヴァニアの師範学校でも成績優秀で、文才を注目される。四〇年にブカレストへ転校、四一年一月に強烈な印象を受けた急進的民族主義レジオナールの叛乱と鎮圧は『モロメテ家の人々』、『錯乱』、『獲物としての人生』に回想されている。経済的困難で学校を諦めるが、文筆家を志して村へ帰らず、窮乏生活の末に「時代」紙の校正係となり、その文芸欄に二十歳でデビューし、四八年、カミュやフォークナーの用いた客観的な行動主義の手法による中編小説集『土地の出会い』を発表する。六〇年代初め世界文学を集中して読み、フォークナーに傾倒、六五年カミュ『ペスト』を、七〇年ドストエフスキー『悪霊』を翻訳する。四五年「ルーマニア文学」校正者、五二年「ルーマニア生活」編集者、六八年作家同盟副議長。七〇年から「ルーマニア生活」社を主宰して良質な出版活動に力を注いだ。

転形期の農民像を描き国家賞を受賞した長編小説『モロメテ家の人々』(五六)で当代の指導的作家の地位を確立、以後『散財者』(六二)、『モロメテ家の人々』第二巻(六七)、フランス実存主義に近い長編『闖入』(六八)、『帰還不能』(七二)、『偉大な孤独』(七二、作家同盟賞)、『錯乱』(七五)、自伝小説『獲物としての人生』(七七)と、重要な長編小説を相次いで発表した。八〇年、最後の長編小説『地上最愛の人』刊行。その直後にモゴショアイア宮殿の「作家創作の家」で急死した。

『モロメテ家の人々』の第一巻のテーマは戦間期の農村と農民で、作家は小土地所有農民が資本主義化の大波にどうすれば抵抗できるかという答えをさがす。主人公イリエ・モロメテには最初の結婚でパラスキーヴ、ニーラ、アキムと再婚後のニクラエの四男児があり、再婚のカティナに連れ子ティタとイリンカがある。家の統一を保つために専制家長として振る舞う。土地問題は理性的に解決していく。末子ニクラエを進学のために首都へ送り出す。第二巻は十年後の農業集団化が舞台で、ニクラエが活動家として村に戻り、現地の組織と衝突する。イリエ・モロメテは内的独白で世界における農民の条件について、父と子供の関係について分析する。モロメテにとって農地は財産ではなく物質的・精神的自由の担保を意味していた。感傷的な農村賛美の「種まく人」の時代には描かれたことのない、哲学する農民像である。

『地上最愛の人』は全三巻の長編で、ソ連の占領政策によってルーマニア文化が否定された〈暗黒の十年〉の時代の若い哲学教師ヴィクトル・ペトリニの受難と愛情の遍歴を克明に表現する。ペトリニは学生時代の言葉尻を治安当局にとがめられて大学を追われ、仕事を転々、最下級のネズミ駆除係にまで身を落とす。監獄では知識階級を憎む看守に迫害され、自衛のために彼を殺害した。善良単純な農民が秘密警察に組み込まれて非人間に変身して行くくだりは強烈に刺激的である。この徹底したスターリニズム批判の作品が検閲を免れたのは、チャウシェスク政権が民族主義志向を強めてソ連と距離を置いたためだった。国内で体制批判を主題にするには、ファンタジーに訴えるのでないかぎり、背景をチャウシェスクの前のギョルギュ＝デジの時代に設定するのが当代作家の常道だった。『地上最愛の人』はその中で最も成功した小説である。人物の造形も強力で、初婚のマチルダはルーマニア文学にかつてあらわれなかったタイプと言われる妖婦。のちにペトリニはファンタスティックなシュジーを愛して幸せな日々を得たかに見えたが、シュジーは実は誠実になることのできない女性だった。独房での長い回想は「もしも愛が存在しないならば、何ものも存在しない」という一句で終わる。この傑作発表の一か月後の著者の変死に近親者は秘密警察の関与を信じているが、証拠は消えている。

（住谷　春也）

◇邦訳
なし

Mircea Cărtărescu
ミルチャ・カルタレスク

[1956-]

ミルチャ・カルタレスクはブカレスト生まれ、経済記者を父に持ち、一九八〇年にブカレスト大学文学部を卒業した典型的な「八〇年派」で、詩・散文・評論の各分野を通じてルーマニア・ポストモダンの旗手。小学校ルーマニア語教師、作家同盟書記を経て「批評手帳」編集者、ブカレスト大学文学部助教授。

ニコラエ・マノレスク主宰の「月曜サークル」で詩人としてデビュー、ルーマニアの詩人ではアルゲージを尊敬、またアメリカのビートニク文学の巨匠アレン・ギンズバーグに傾倒して、「八〇年派」、別称「ブルージーンズ世代」の代表となる。『愛の詩』(八三)、『すべて』(八四)などの詩集で注目を浴びる。九〇年に発表した『レヴァント』は英雄的でコミカルな長編叙事詩の形をとって十七世紀のドソフテイから二十世紀のニキタ・スタネスクに至るすべての重要なルーマニア詩の文体を再現していくポスト・モダンの野心的作品で、作家同盟賞を受賞するが、その後創作の重点は散文に移っている。

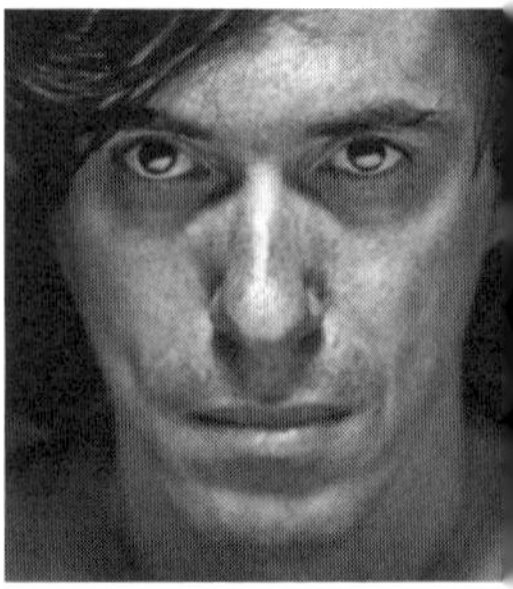

photograph © Cosmin Bumbuț

小説はサリンジャーやマテイウ・カラジャーレの作風を吸収、オヴィッド・S・クロフマルニチェアヌの小説サークル「青春《ジュニメア》」の文集「デサント83」(八三)でデビューする。八九年の中編集『夢』(九三年改訂版以後『ノスタルジア』)はすでに、その後の散文に共通する「現実―幻覚―夢の連続」の原型が現れている。「メンデビル」の同名の人物や「REM」のエゴールなどの奇妙な主人公が現実のブカレストの場末の街角に出現し、「双子」では情念が他者へ移転し、語り手は高校時代の恋人の記憶に酔うあまり、女性に仮装して自殺しようと試みる。「アーキテクト」はクラクソンに取り付かれた建築士が音楽の力で天才オルガン奏者へ、そして造物主へと奇怪な変貌をとげる。主人公たちの行為には秘儀的な意味が見え隠れする。それぞれの作品は独立しながら補完し合い、「メンデビル」の語り手のいう「耐え難いノスタルジー」の雰囲気が共通する。『変装』（九四）では「双子」の両性具有と変身のテーマを掘り下げて、幻想と強迫観念の世界を探り、些末な現実の記憶の的確な記述が救済の意味を帯びてくる。「紙は私の手の汗で湿っている……どんな視線にも耐えよう。癒されてこの精神の戦いから抜けるか、さもなければもう抜けることはないか。」こうした作家のテーマと執念のすべてが注ぎ込まれた長編『眩惑』は、宇宙へ羽ばたく蝶をイメージして、『左羽根』（九六）、『胴』（〇二）、『右羽根』（〇七）と題される三部からなる「自伝的・幻視的小説」（ニコラエ・マノレスク）である。母系を先祖へと聖書的風景の中に辿りながら、追憶され同時に発明された一つの宇宙が首都ブカレストのシュテファン大公街の少年の部屋のパノラマ窓の下に創り出される。それはあたかも宇宙の潜在意識を探る造物主のビルドゥングス・ロマンとなる。『ぼくらが女性を愛する理由』（〇四）は、サンフランシスコの地下鉄で垣間見ただけの美しい黒人娘の記憶に始まり、虚実とりまぜた二十人の女性をめぐるエロティシズムやユーモアと鋭利な風刺を含む短編集。「ザラザ」のように短い長編小説《ロマン》と言えそうな作品も含まれる。最後の章（書名と同じ題）は「それは女性だから。男性ではなく、ほかの何者でもないから」をふくむ四十項あまりの女性賛歌である。『見知らぬ美女たち』（一〇）はカルタレスク文学のユーモア・風刺・グロテスクの魅力が発揮された中編集。「ズメウの百科」はルーマニア民話のアンチヒーロー妖精であるズメウを主題にして奔放な空想世界を創り出した。

　評論『ルーマニアのポストモダン』（九九）は、政治体制がなお重厚長大の工業社会建設にしがみついていた時代にあらわれた「八〇年派」の論客としての代表作。二十世紀後半のルーマニア文学の展望と分析が斬新である。『愛の茶色の眼』（一一）は「人生の三分の二が過ぎた」五十五歳の作家の運命観や創作の秘密に触れるエッセイ集。

（住谷　春也）

◇邦訳

『ぼくらが女性を愛する理由』（住谷春也訳、松籟社）

ミハイル・サドヴェアヌ Mihail Sadoveanu

［1880-1961］

ルーマニアの作家。レブレアヌとともに二十世紀前半の小説家を代表し、短編から中編・長編まで多彩な創作活動を展開した。オルテニアの弁護士の父と農民の母の家に生まれ、ファルティチェニの中学で学んでシュテファン大公の伝記を作ろうとし、資料不足で諦めている。ヤーシの国立高校を出て、ブカレストで法学を学び、一八九七年雑誌「悪魔」に短編でデビュー、その後「種まく人」「ルーマニア生活」をはじめ国内のほとんどの雑誌で活躍する。最初の単行本として『鷹』など四冊を同時に公刊した〇四年を、当代の指導的文人ニコラエ・ヨルガは「サドヴェアヌの年」と呼んだ。「バルザックのリアリズムとロマン派の憂愁を併せ持つ」（G. カリネスク）作風で、常にその時代のルーマニア文学思潮の主流に立ってきた。伝統的農村のいわゆる「農村民主主義」をユートピアとして描こうとする「種まく人」派の中短編作家として出発し、円熟に達した戦間期の神話的象徴主義の第二期を経て、晩年の「暗黒の十年」時代には社会主義リアリズムに転じた。公刊作品は百冊に近く、中でも叙事と叙情の融合に成功した短編集『アンクッツァの宿』（二八）以後、『水の王国』（二八）、『蟹座』（二九）、『斧』（三〇）、『黄金の小枝』（三三）、『ジデーリ兄弟』（三五-四三）、『ペルシャの椅子』（四〇）、『狼の浮き島』（四一）など第二期の作品群はルーマニア文学史に重要なモーメントを画するものとなっている。一九二一年ルーマニア・アカデミー会員。第二次世界大戦後の文化政策で既成作家の多くが活動を否定される中で、ソビエト紀行『光は東方から』（四五）、小説『ミトレア・ココール』（四九）など、社会主義の理想に共鳴した作品が体制に歓迎されて下院議長（四八年）、ルーマニア作家同盟議長（四九年）などの要職をあたえられた。その時代の発表だが『ニコアラ・ポトコアヴァ』（五二）は歴史小説の傑作。

（住谷　春也）

◇邦訳
『サドヴャヌ短篇集』（直野敦訳、大学書林）、「ブラジルへの移民」（直野敦訳、『世界短編名作選 東欧編』所収、新日本出版社）、「湖の妖精」「黒い川」（直野敦訳、『珍しい毛皮 ルーマニア短編集』所収、恒文社）

George Călinescu
ジョルジェ・カリネスク
[1899-1965]

ルーマニアの批評家、文学史家、詩人、小説家。中世のカンテミール、近世のB・P・ハスデウらの系譜を引く百科全書派的文人として、二十世紀前半に多面的な活動を展開した。幼名Gheorghe Vişan、家政婦マリア・ヴィシャンの子として生まれ、子供のない主家カリネスクの養子となり、戸籍名Gheorghe Călinescu。常にG.Călinescuと署名。目立たない子だったが、イタリア文学者ラミロ・オルティス、碩学の考古学者ヴァシレ・プルヴァンの薫陶を受けてブカレスト大学の頃から頭角を現した。「文学美術アデヴァール」紙のコラム「人間嫌いの時評」や、大著『起源から今日までのルーマニア文学史』(四一)などによって、十九世紀のマヨレスクを継ぐルーマニア文学史上最も重要な文芸評論家の一人とされる。かたわら、詩、小説の創作にもすぐれた業績をあげた。長編『オティリアの謎』(三八)では、ルーマニア文学に前例が無いほど多数多様な人物の登場する第一次世界大戦前のブカレストの都市生活の中で、若者たちの憧れの的であり魅力と謎に満ちた美少女オティリアをめぐる物語がバルザック風に展開され、地方出身の青年の視点で描かれる。オティリアの謎めいた失踪ののち、ブラジルから一通の手紙がとどく。牧歌調の美しい恋愛物語である。『哀れなヨアニーデ』(五三)はルーマニア文化の黄金時代とされる戦間期に衝撃を残したレジオナール運動を背景にしているが、そこでさまざまな専門分野の知識人の対応を通じて追求されているテーマは「美しい時代をアカデミックな精神はどのように生きるか」(作者)だった。主人公たちのそれぞれの宇宙観にもとづく行動が物語を編んでいく。息子と娘を失った建築家ヨアニーデは絶えず構築・破壊の二律背反に直面する。『黒の文箱』(六五)は一見前作『哀れなヨアニーデ』の続編のようだが、社交界で成功を重ねていく女性の周囲で没落する貴族階級と新時代に迎合する知識層の姿が痛烈に諷刺されている。

(住谷 春也)

◇邦訳
なし

Zaharia Stancu
ザハリア・スタンク
[1902-1974]

ルーマニアの戦間期から社会主義建設時代にかけて活躍した詩人、小説家、ジャーナリスト。処女詩集『素朴な旅』(二七)をはじめ、野性的な感性を金属的な文体で表現する多くの詩集で注目された。反ファシズム運動に挺身、戦後は国立劇場支配人、アカデミー会員などの要職に就き、ジャーナリストとして、また作家同盟議長としてプロレタリア文化活動をリードしつつ、長編小説を次々に発表した。彼の創作は、自己観照と客観性希求という対極的傾向の間で進められた。

四八年の『はだしのダリエ』は、南部平原の農民の息子として育ち見聞した体験を主人公ダリエ少年に重ねて、世紀初頭の農村の窮状から〇七年の大農民一揆までを詩的な文体で活写し、群集心理への透徹した直観から高度な客観性を獲得した社会主義リアリズムの傑作小説であり、それまでのルーマニア文学史上最も多くの外国語に翻訳された。続編『大地の花』(五四)はその後の社会変革の中のダリエの人間的成長を語り、のちに六〇年の三部作『鐘と葡萄』『星の間に』『火の車』、六一年の『火と戯れて』、六三年の『狂った森』を含む大河小説『はだし』の構想(全十六巻)に組み入れられた。もう一つの大河小説『根は苦い』は五八年に一～五巻が出た。ここでは大戦直後の政治運動の経験と戦前期の現実が複眼的な手法で回想される。

これら大河小説の系列とは独立した傑作『ジプシーの幌馬車』(六八)は、ユダヤ人迫害のような照明が当てられず、無視されてきたロマ種族のホロコーストが舞台となる。戦線に近いウクライナの大草原に強制移住、遺棄された漂泊の一族の生活と族長ヒムバシャの心労、そうして厳しい倫理が維持されなくなって崩壊する共同体への挽歌が叙情的な文体で語られる。原題は『シャトラ』。ロマの習俗の描写が象徴的・印象的で、著者晩年の文明批判の心境が反映されている。

(住谷　春也)

◇邦訳
『はだしのダリエ』(直野敦訳、恒文社)、『ジプシーの幌馬車』(住谷春也訳、恒文社)

Paul Goma
パウル・ゴマ
[1935-]

硬骨の異論派として知られるルーマニアの小説家。ベッサラビア（現モルドヴァ共和国）生まれ。四四年ソ連軍の侵攻を避けて一家で移住した先のルーマニアもソ連に制圧される。高校時代に反ソ連の言動で一週間投獄された。ブカレスト大学文学部在学中の五四年、ソ連派の歴史学・言語学の教授たちと対立していわゆる「ゴマ問題」が始まった。五六年ハンガリー動乱の際の抗議行動を描いた小説の断片を学部の創作ゼミナールで発表して、扇動罪で二年間入獄、三年間自宅軟禁の後、さまざまな肉体労働に従事した。六六年「ルチャーファル」誌短編賞受賞以後活発に雑誌に発表する。チェコ事件でルーマニアが出兵を拒んだ後、ルーマニア共産党に加入するが、七一年、検閲で拒否された長編『頑固もの』をドイツ・フランスで出版して党を除名された。七六年〈自由ヨーロッパ放送〉から『頑固もの』ルーマニア語版を放送する。七七年、チェコスロヴァキアの「憲章77」に連帯してから、当局と対立するばかりでなく国内のほとんどの作家・知識人からも孤立した。フランスへの亡命を強いられ、そこでも秘密警察の暴力や毒殺計画にさらされながら精力的に執筆を続けた。自伝『カリドールで』（八七）はほとんど唯一のルーマニア語の地下出版である。『ジュスタ』（九五）では正義派女子学生の受難が印象的手法で想起される。獄中体験に基づく『頑固もの』『ゲルラ』などで「ルーマニアのソルジェニーツィン」として注目され、西欧で高く評価されたが、徹底した非妥協性ゆえに国内での孤立は独裁体制崩壊後も続き、さらに研究書『赤い週間』（〇三）でベッサラビアでのユダヤ人側からの暴虐・人権無視を告発し、それまで味方だった欧米知識層の多くをも敵に回しながら、ユダヤ人以外の諸民族のホロコースト受難に眼を向けよと主張した。ゴマの作家人生は郷里ベッサラビアへの切ない愛と正義の希求、そうして反骨・反権威で貫かれているが、「自分は作家だ」として、異論派という規定を好まない。

（住谷　春也）

◇邦訳
なし

Mircea Nedelciu
ミルチャ・ネデルチュ
[1950-1999]

ルーマニア社会主義時代末期の〈八〇年派〉のポストモダンの流れを先導した作家・評論家。ブカレスト大学文学部在学中からオヴィッド・S・クロフマルニチェアヌ主宰の文学サークル〈青春《ジュニメア》〉の活動的なメンバーとなり、卒業後、八二年から若い作家や地方作家の集会所であるカルテア・ロムネアスカ出版に、ついで作家同盟に勤め、九〇年、反既成権威の立場で作家同盟と対抗するルーマニア職業作家協会を設立した。八八年に白血病を発病、十年あまりで死ぬが、初期の作品がすでに新しい小説家の世代の到来を告げていた。

複数の視野、引用とコラージュ、細部の焦点と現実世界の断片化、映画的モンタージュなどの技法と、読者との関係の再活性化の能力がネデルチュの語りの特徴を作っている。七九年の短編集『ある中庭の冒険』所収の同題の作品では「共通の言語というものを誰も信じていない」町でのある疎外のケースが提出される。短編集は『制御エコーの効果』(八一)、『所有本能の修正』(八三)、『昨日も一日』(八九)、『八〇年派のお話の話』(八九)と続き、時に同名の人物が別の作品にまたがって登場する。最初の長編『野いちご――反記憶の小説』(八六)は別々の年にシナイアの孤児院に入って義兄弟になる三人の孤児のその後の偶然の出会いと別れで組み立てられる。孤児のそれぞれは「漠然とした記憶」を唯一の資料にして過去を再構成しようとしている。捜す父どうしは関係があるが、話は食い違う。『不思議な治療』(八六)は周知の民話その他のテキストを喚起する。『赤の女』(九〇)ではアドリアナ・バベツィ、ミルチャ・ミハイエシュと三人で書く実験的な小説を試みた。創作とならんで、ポストモダンの理論家としても国内外の多数の雑誌で活躍した。

多数の作品がフランス・アメリカを含む多くの国で翻訳出版されている。

(住谷 春也)

◇邦訳
なし

オーストリア

「反オーストリア」の文学

第二次世界大戦後、連合国によって共同統治されていたオーストリアが独立を回復するのは一九五五年のことである。一九三八年にナチス・ドイツに併合されたオーストリアは、一九四三年のモスクワ宣言により「ナチスの最初の犠牲者」というお墨付きを与えられ、東西冷戦のさなかに永世中立国として、分断された東西ドイツとは違う歩みをはじめた。過去におけるナチスへの加担問題には頰かむりし、みずからを「被害者」と見做すことで、歴史の負の遺産と対峙するのを避けてきたのである。外交では中立政策を掲げる一方、内政では、両大戦間、社会民主党と国民党の対立がナチス介入の隙を与えた経緯から、七〇年代まで保革連合政権がつづいた。政権は安定したが、二大政党はやがて巨大な利権団体となり、社会の停滞を招く。二十世紀末におきた右翼政党・自由党の躍進の背景には、既成政党に対する不満があった。

　また、ハプスブルク帝国崩壊によって小国に転落したオーストリアは、同じドイツ人の国家としてドイツとは異なるアイデンティティを確立する必要に迫られていた。しかし多民族の巨大帝国の盟主という地位を失った今、オーストリア独自の特性を見つけることは容易ではなかった。帝国の崩壊という喪失感に向き合う間もなく政治的混乱のなかでナチスへの併合を許したオーストリアにとって、ハプスブルク帝国が懐古の対象になっていった。クラウディオ・マグリス（一九三九-）はそれを「ハプスブルク神話」と呼んだ。

　このような戦後オーストリア共和国のおかれた位置に対して、文学は批判的にふるまってきた。すなわちハプスブルク帝国以来の封建的なメンタリティを揶揄するような、政治性の高い作品が生み出された。オーストリアの伝統的な郷土文学とは著しい対象をなす。偏狭な郷土愛を否定する作家たちの文学は、コスモポリタン的な性格を持ち、ドイツをはじめヨーロッパで支持された一方、オーストリアに対するネガティヴな視線ゆえに、祖国では「みずからの巣を汚すもの」としてしばしばマスコミの攻撃の対象となった。

　それゆえ、現代オーストリア文学に「オーストリアらしさ」を求めることは難しい。むしろ「反オーストリア」であることが共通項といえるくらいだ。それはかつてハプスブルク帝国時代をシニカルかつアイロニカルに描いたヘルマン・ブロッホ（一八八六-一九五一）やローベルト・ムージル（一八八〇-一九四二）の伝統に連なる。小説技法の面でも伝統的なリアリズムよりも、西欧の前衛的な手法に敏感である。

　加えて人口八百万のオーストリアはマーケットとして決して大きくない。オーストリアの読者にだけ向けて書くのではなく、広くドイツ語圏の読者に開かれた作品を手がける必要もある。オーストリア固有のローカルな問題をテーマとした文学は、商業的な成功が難しい。戦後オーストリアの「純文学」に見られるコスモポリタン精神は、市場の要求とも合致していた。

インゲボルク・バッハマンは、オーストリア出身でありながら本国を越えてひろくヨーロッパに認知された最初の詩人、作家である。西ドイツの文壇に見出され、戦後を代表する文学集団「47年グループ」のなかで華々しいデビューを飾り、西ドイツのメディアで取り上げられたことがきっかけで広く読まれるようになった。「わたし」という女性の主体をテーマとする彼女の作品は、のちにフェミニズムの先駆的作家と受け取られるようになる。オーストリアを作品の舞台としつつもバッハマンは人生のほとんどを、チューリヒ、ベルリン、ローマなど異国で過ごした。

イルゼ・アイヒンガー（一九二一－）もバッハマンと同じく「47年グループ」のメンバーであったが、その作風はもっと言語実験に傾いており、同時期に盛んになったウィーン・グループの詩人たち、エルンスト・ヤーンドル（一九二五－二〇〇〇）やフリーデリケ・マイレッカー（一九二四－）、H・C・アルトマン（一九二一－二〇〇〇）に近い。ウィーン・グループはフランスのダダイスムやシュルレアリスムの影響を受けた、遅れてきたモダニストたちである。ファシズム時代に抑圧されてきた運動が一気に開花した感があった。彼らの作品は、言語実験をとおして保守的な精神風土を風刺し、破壊する試みである。

バッハマンより若いトーマス・ベルンハルトも戦後オーストリアの一時代を劃した作家だ。トラークルに影響を受けた初期の詩に始まり、『石灰工場』（七〇）を頂点とする、現実への呪詛にみちた初期の小説群はルイ＝フェルディナン・セリーヌ（一八九四－一九六一）を思わせる。一時期は「散歩」のように極度に文体実験的な作風を示していたが、自伝五部作を経て、やがて無限フーガを思わせる野心作『消去』（八六）を完成させる。戯曲の分野でも、戦後社会のナチス体質、オーストリアの狭隘な土着性を風刺した『英雄広場』(八八)などを次々と発表し、スキャンダルを巻き起こした。

ペーター・ハントケは、既成の文壇、とくに形骸化していた「四七年グループ」を痛烈に批判してデビュー、センセーショナルな成功をおさめるが、七〇年代にはさりげない日常をとりとめもなく語るスタイルへと変化していく。その過程でみずからのルーツとしてのスロヴェニアに関心を抱いて書き上げたのが『反復』である。ユーゴスラヴィア内戦では公然とセルビアを支持し、挑発的なハントケの言動は国際的な論争をまきおこした。

多彩な作家群

八〇年代に入った社民党単独政権の時代、オーストリアの家父長的風土を批判する女性作家の活躍が目立つようになる。バーバラ・フリッシュムート(一九四一―)、アンナ・ミットグッチュ(一九四八―)、エルフリーデ・イェリネク、マルレーネ・シュトレールヴィッツ(一九五〇―)などがその代表である。彼女たちは鋭い政治意識とともに言語という表現手段にも非常に自覚的であった。バッハマンが受容されるのもこの時期だ。その先駆けとしてヘルタ・クレフトナー(一九二八―五一)やマルレーン・ハウスホーファー(一九二〇―七〇)がいたが、その作品が広く読まれるようになるのは二十一世紀に入ってからである。とりわけイェリネクはシュルリアリスムの影響を受けつつ、マルクス主義の立場から資本主義社会を批判する作品を発表した。小説『欲望』(八九)は現代消費社会への直接的な攻撃であるとともに、男性社会が編みあげている言語を解体するような難解な文体実験でもある。ロラン・バルトの『神話作用』で理論武装していた彼女の作風はいわゆるポスト・モダニスムの範疇に当てはまる。引用を多用する間テクスト性の手法や、文学という(高尚な)制度そのものの転倒を試みる意欲作を次々と発表し、オーストリアの作家としてはじめてノーベル文学賞を受賞した。

一九八八年、ヴァルトハイムがオーストリア大統領に選ばれた際に、彼が親衛隊員だったことが暴かれた。これを一つのきっかけとして、オーストリアの戦争責任をめぐる作品が多数書かれる。なかでもエリーザベト・ライヒャルトの『二月の影』（八四）は、第二次大戦末期マウトハウゼン強制収容所から脱走した囚人を地域住民が看守と協力して虐殺した史実に基づいて書かれた作品であり、大きな反響を呼んだ。またクリストフ・ランスマイアーの『キタハラ病』（九五）は、現在もナチス支配がつづいているヨーロッパ、というパラレルワールドを描いた力作である。

ゲルハルト・ロートは『ウィーン内部への旅』（九一）七部作など、様々な手法でウィーンを描き出し、現代における全体小説を志向している。郷土文学の伝統を換骨奪胎したのがヨーゼフ・ヴィンクラー（ケルンテン）やノルベルト・クストライン（一九六一ー、チロル）。邦訳『眠りの兄弟』（九二）で知られるローベルト・シュナイダー（一九六一ー）はフォラルベルク出身だ。第一次大戦後イタリア領となった南チロル出身の作家たちは、多言語状況のなかで保守的な地元の郷土文学から大きく離れた作品でドイツ語圏の読者に受け入れられた。ヨーゼフ・ツォーデラーとザビーネ・グルーバー（一九六三ー）の名前を挙げておく。ウィーンの民衆劇の伝統を引くフランツォーベル（一九六七ー）やペーター・トゥリーニ（一九四四ー）の存在も見逃せない。ユダヤ系の作家では、ローベルト・シンデル（一九四四ー）とローベルト・メナッセ（一九五四ー）はみずからの出自を題材にした小説を発表している。より若い世代ではドロン・ラビノヴィチ（一九六一ー）がいる。フロリアン・リプシュ（一九三七ー）のようにスロヴェニア語で書く作家も健在だ。

現代オーストリア文学は多様である。ドイツ文学との違いは、カトリックおよび封建的権威主義へのラディカルな批判精神と、ヴィトゲンシュタインやカール・クラウスから引き継いだ言語懐疑の精神であり、それらはむしろハンガリーやチェコの現代文学と通じる特徴を備えているといえよう。

（國重 裕）

Ingeborg Bachmann
インゲボルク・バッハマン
[1926-73]

バッハマンはまさに戦後ドイツ文学の寵児だった。死者を悼むという倫理性を優先した「焼け跡派」の形式的貧しさに対して、辺境から彗星のごとく現れて伸びやかに讃歌を謳いあげた詩人は、黒服の葬列のなかの紅一点だった。

恋多き女でもあった。ユダヤ詩人パウル・ツェラン、スイスの小説家マックス・フリッシュを熱烈に愛し、やがて傷ついて離れていった。それでも、セーヌ川に入水自殺したツェランの面影をとどめるばかりか、何気ない日付にフリッシュとの思い出も盛り込んだバッハマンの小説『マリーナ』のように、三者それぞれの作品には引用や暗示という形で愛の痕跡が刻まれた。また、同世代のヨーンゾン（『クラーゲンフルトへの旅』）やエンツェンスベルガー（『ヨーロッパ半島』）、ヴォルフ（『カサンドラ』）のみならず、ベルンハルト（『消去』）やイェリネク（『壁』）らがこぞって彼女にオマージュを捧げている。

不慮の事故で夭折したため、残された作品は少ない。一九五〇年代に詩集を二冊出してから散文に転じ、短編集二冊と長編一冊を上梓したにとどまる。生前は小説の規則も知らぬ「堕ちた詩人」との酷評まで浴びたが、没後にフェミニスト批評によって読み直された。断片性や多義性など弱点とみなされていたものが「女性的な語り」として評価されたのだ。

イタリアとユーゴに接する辺境生まれの彼女には「境界」は身近だった。父親がナチ党員だったことを恥じ、戦後も変わらぬオーストリアの保守性を嫌悪して、国境を越えたイタリアで「再生」を体験する。しかし彼女にとって「越境」は何よりも文学的冒険だった。ツェランとの交友のなかで「アウシュヴィッツ以後の詩」への問題意識を深め、語り得ぬものに対する沈黙の重みを知る一方で、「可能なものに不可能なものを抗争させることで、我々の可能性を拡大していくこと」に期待を寄せて、通常はありえない「純粋なもの」を現実のなかに出現させればどうなるか、という思考実験を繰り返した。そして、語り得ぬものを既知の図式に還元していく常套句的思考法が批判の的とされた。

六〇年代半ば、フリッシュとの泥沼の恋愛に心身とも傷ついた彼女は、長編連作『さまざまな死に方』の構想にたどりつく。ファシズム的暴力は現代でも消え去ったわけではなく、特に男女間で「巧妙に」行使されつづけているというのだ。二人の関係を三人称の醒めた視点で記したフリッシュの日記に激高したバッハマンがそれを火にくべたという逸話が示すように、これはただの振られ女の恨み節などではない。私的な秘密を常套表現によって脱神秘化どころか、商品化までしてしまう言語表現の暴力が問われている。

未完のまま遺された草稿では、この言語の暴力にさらされるのは女ばかりだった。例えば『フランツァの書』で夫の精神医に研究対象とされて精神に失調をきたす主人公は、植民地主義の犠牲者となった「文明の他者」、スロヴェニア人やエジプト人、パプアニューギニア人に自己同一化し、西欧近代を問う視座を用意してくれるものの、女性を「理性の他者」と決めつける本質主義の罠にはまる恐れがあった。

それを回避するために改めて書き下ろされた『マリーナ』（七一）は、同一の主体でも、祝祭的時空間の陶酔に「生きる私」と祝祭の後に我に戻って「観察する私」は別人であるという前提に立って、性の異なるドッペルゲンガーという装置を編み出した。だから、よく「女性的」と評される語り、幸福の歓喜に打ち震えるかと思えば、わずかな不安に戦き脈絡もなく語りつづける「私」は現実の女性、いわんやバッハマン自身ではなく、過剰に演出されたものに過ぎない。バッハマンはあらかじめ「女性的な語り」の限界を認識しつつも、この現実世界では持続しえない語りを仮想的に出現させることで、日常言語の犯罪性を暴いた。結語「それは殺人だった」はこの犯罪性を自覚した新しい語りの可能性を示している。

（山本　浩司）

◇邦訳　『インゲボルク・バッハマン全詩集』、『バッハマン／ツェラン往復書簡　心の時』（ともに中村朝子訳、青土社）、『ジムルターン』（大羅志保子訳、鳥影社）、『マリーナ』（神品芳夫・神品友子訳、晶文社）、『三十歳』（生野幸吉訳、白水社／松永美穂訳、岩波文庫）、「発作の場所」（『照らし出された戦後ドイツ　ゲオルク・ビューヒナー賞記念講演集』所収、人文書院）

Thomas Bernhard
トーマス・ベルンハルト
[1931-89]

「私が書くのは、いつも内面風景ばかりだ。外からは見ることのできない内面のなりゆき、これこそ文学における唯一興味深いものだから。外的なものはすべて、見れば分かるではないか。ほかの誰にも見えないもの、それを書き留めることにこそ意味がある。」ベルンハルトのこの言葉は、彼の文学のありようを端的に示している。彼の小説は、ほとんど登場人物のモノローグから成り、それが最初から最後まで、段落の切れ目もなく延々と続く。挿入句や副文を多用した長いセンテンスの連続で、極端な場合、一ページが一、二文で占められている。それでいて文体には独特の音楽性があり、読み手は次第に虜となっていく。虚構と事実が入り混じり、読者がそこに実在の人や場所を錯覚してしまうのも、ベルンハルトの特質であろう。彼の「小説」は多分に自伝的要素を含んでいるが、一方「自伝」として書かれた五部作『原因』(七五)、『地下室』(七六)、『息』(七八)、『寒さ』(八一)、『ある子供』(八二)は、語り手の目を通して様式化されている。文学と非文学の区別など、彼にあっては意味をなさないのかもしれない。

彼ほど、故国オーストリアとのあいだにスキャンダルを巻き起こした人物もめずらしい。小説『凍え』(六三)で国家賞を得たときの受賞スピーチが、そもそもの始まりだった。主催者側の大臣は怒り心頭に席を立ち、壊れんばかりの音をたてて投げつけるように扉を閉め、会場を出て行った。ベルンハルトはこのとき、オーストリア人を「断末魔の被造物」と罵ったうえ、「国家は常に失敗へ、人々は絶え間なく卑劣行為と精神薄弱へ断罪されている。……だが、死を思えば何もかもお笑いぐさだ」、と言い放った。オーストリアのナチス性を弾劾した晩年の劇作『英雄広場《ヘルデンプラッツ》』（八八）では、オーストリア社会全体を騒擾の渦に巻き込んだ。そして死後、遺言が明らかになったときに再度、人々は驚かされた。自作の国内での上演、印刷、朗読を一切禁じたのだ。「私は、オーストリアという国と何の関係も持ちたくない……」。戦後もナチスを信奉しながら、それをカトリックの法衣で覆い隠している国、彼が弾劾するのは、そういうオーストリアであった。生涯彼は、そのオーストリアに暮らし続けたのではあるが……。

ベルンハルトの主人公たちは、死に魅入られた存在である。死を直視することによって、あらゆる表層の向こう側にある真実に対峙し、狂気に近い境界域に生きる人々、世界を拒み、自己をも蔑視する孤高の偏屈たち。そうした主人公の多くには、母方の祖父、生涯無名に終った作家、ヨハネス・フロイムビヒラーの姿が重なる。母の愛を信じることができず、私生児として暗い幼少期を送ったベルンハルトの唯一の理解者は、祖父であった。父は、母を捨て、一度も息子に面会することなく死んだ。自殺と言われる。「お前が私の一生を台無しにしたのよ。何もかもお前のせいだわ。」母から受けたこの言葉は、ベルンハルト少年の心に深く突き刺さった。

祖父と、祖父が愛読したショーペンハウアー、パスカル、モンテーニュ、ノヴァーリス、そしてヴァレリーが、ベルンハルトの文学的先達だった。自殺願望に囚われた青年期、自ら決意して学校を辞めた彼は、場末の食料品店で働くことで、活路を見出す。声楽家として身を立てる可能性が見えたそのとき、肺病に襲われ、生死の境をさまよう。同じころ、同じ病院で祖父が病死、一年後には母も癌で早世した。闘病のあと、彼自身は九死に一生を得る。ザルツブルクのモーツァルテウムで音楽と演劇学を修め、五〇年代から創作を世に問うた。小説『凍え』の成功により、一躍現代文学の旗手として躍り出たが、劇作においても次々話題作を発表した。わが国でも著名なザルツブルク音楽祭（演劇祭でもある）で、最も多く上演された現代オーストリアの劇作家は、トーマス・ベルンハルトである。一九八九年、五十八歳で病死した。

（今井　敦）

◇邦訳『石灰工場』（竹内節訳、早川書房）、『ヴィトゲンシュタインの甥』（岩下眞好訳、音楽之友社）、『消去』（池田信雄訳、みすず書房）、『古典絵画の巨匠たち』（山本浩司訳、論創社）、『ある子供』『原因』（ともに今井敦訳、松籟社）、短編集『ふちなし帽』（西川賢一訳、柏書房）。戯曲に『ハルデンプラッツ』（池田信雄訳、論創社）など。

Peter Handke
ペーター・ハントケ

［1942- ］

言葉は事物を覆い隠し、私たちの目を塞ぐ。ハントケはこのことに対して極めて敏感である。初期の言語実験的と呼ばれた諸作や、九〇年代以降の旧ユーゴ情勢（を語る言葉）に対する発言に顕著なところだ。（だが第一にメディアの言葉を問題とするハントケは「親セルビア」のレッテルを貼られ、親／反セルビアの単純な対立構図に落とし込まれて欧州中のメディアの十字砲火を浴びせられることになる。）

第二次大戦中のケルンテン州グリッフェン生まれ。同州南部は特にスロヴェニア系の多い二言語地域であり、ハントケの母親もスロヴェニア系である。ハントケはしかし幼児期の大部分をベルリンで過ごし、就学年齢になってケルンテンに戻ったとき、スロヴェニア語も土地のドイツ語も聞き慣れぬものになっていたようだ。カトリックの全寮制ギムナジウムに入って古典語を学ぶが、のちクラーゲンフルトの公立高に移る。六一年グラーツ大学法学部入学。こうした経緯が言語感覚の形成に与っているであろうことは想像に難くない。六六年、ズーアカンプ社から長編小説『雀蜂』刊行、大学を中退。同年、戦後ドイツ文学の重鎮たちが集まる〈47年グループ〉のプリンストン大会でフロアから既成作家を「描写インポテンツ」などと批判する発言を行ない、耳目を引く。また同年、劇場という制度自体を舞台上で問題にする『観客罵倒』初演。初期の作品は、言語の制度性や文学ジャンルの慣習を明るみに出す批判的傾向が強い。サスペンス小説というジャンルのメカニズムを逐一明らかにし解体しつつ進むサスペンス小説『押し売り』（六七）、言葉を持たぬ者が言葉を吹き込まれていくグロテスクな過程を描く戯曲『カスパー』

（六八）。自殺した実の母親について書かれた『幸せではないが、もういい』（七二）は、「女の一生」を語る既存の言葉との格闘だと言ってよい。孤独の実験室などと呼ばれもする『左ききの女』（七六）で注目すべきは、心理や「内面」の描写を一切排除していることだ。

しかしまたハントケは、言葉がそれあって初めてわれわれに事物を見させてくれること、そういう言葉こそが紡がれていくべきであるということに極めて意識的である。そのような言葉を生み出していこうとする努力は、七九年から八一年にかけて書き継がれた『ゆるやかな帰郷』四部作以降の作品に著しい。しばしば七〇年代末のハントケの「転回」が云々されるが、作家自身、これらの作品によって、本来自分が書くべきだと漠然と考えていた書き方に初めて到達したのだと言っている。断絶ではなく付加、拡大深化と見るべきだろう。制度の言語、言語の制度に対する批判的な視点はこののちも揺らぐことはないが、そうした足枷を否定的に明らかにすることが前面に出ていた初期とは違って、これ以降、言わば別の言語を切り拓いていこうとする姿勢が顕著になる。目立たぬものに言葉を与え物語の中に場所を与えていくこと。「救済＝至福」「帝国＝領域」といった手垢が付きイデオロギー的政治的に汚れて用いられることも稀になってしまった語彙を磨き直して新たな意味と文脈を与えること。ヴェルギリウス、ゲーテ、シュティフターといった古典の参照。あるいは新たな「神話」の探求。「無垢な、自分の日常生活から得られた神話、そこから新たに始めることができるような神話」。ハントケにとっての神話は、物語＝歴史ではなく美的フォルムであり、その一例が反復である。「神話は反復からなる。別の時代、別の場所の、別の人物に生じる比較可能な出来事」。反復は、世界を改めて把握可能にするものであり、知覚の混乱した現代に対する文学的応答であり、同時に物語的連関を打ち立てるものでもある。とりわけ日常的な事物、一見瑣末なディテールに結びついたフォルムの反復が、「日常的な意味作用に点火」する（バルトマン）。『反復』自体を表題にした自伝的な物語（八六）はこの方向での最初の重要な結実であり、その後も『無人の入江の一年』（九四）、『モラヴァの夜』（〇八）などの大作を発表している。

（阿部 卓也）

◇邦訳 『幸せではないが、もういい』『空爆下のユーゴスラビアで』（ともに元吉瑞枝訳）、『左ききの女』（池田香代子訳）、『反復』（阿部卓也訳）※いずれも同学社、『ドン・フアン（本人が語る）』（阿部卓也・宗宮朋子訳、三修社）など多数。戯曲に『カスパー』（龍田八百訳、劇書房）、『私たちがたがいをなにも知らなかった時』（鈴木仁子訳、論創社）。

Elfriede Jelinek
エルフリーデ・イェリネク
［1946- ］

一九四六年シュタイアーマルク州ミュルツツーシュラーク生まれ。小説家、劇作家。

十代の頃から音楽学校でパイプオルガンを学び、その後大学で演劇と芸術史を学んだ後、一九七一年にオルガン奏者資格を取得。父親はユダヤ系の化学者だが精神病院で死去し、その後はキャリアウーマンの母親との確執が強く、一時期引き籠もり状態となった。初期作品はウィーン・グループの影響を受けた言語実験作で一九七〇年のデビュー作もモンタージュ構成のポップアート調の小説である。操作された仮象のメディア世界を痛烈に批判する一九七二年の次作から、硬直した村の因習性と経済状況に翻弄される女性たちの不毛の愛をテーマとするアンチ郷土文学小説『愛人たち』（七五）、五〇年代の戦後オーストリア社会を舞台にテロリスト化する若者たちの暴力構造と虚無世界、女性への抑圧を描いた『締め出された者たち』（八〇）を経て、男女および母娘の被虐的関係を冷徹な筆致で析出した自伝的作品『ピアニスト』によりメディアの注目を集めたが、これは二〇〇一年にハネケ監督により映画化されカンヌ映画祭でグランプリを受賞した。さらに女性の猥褻言語を追求することで男性の性的固定観念を痛烈に風刺した『欲望』（あるいは『快楽』）（八九）によって賛否両論の激しい議論を喚起した。これは「女性ポルノ」として曲解され誹謗中傷と好奇の目にさらされながらも「言語的濃密さにおいて力の及ぶ限りの極限」との本人の声とともに、高い評価を得た。男性によるポルノ言語の支配的暴力性を文体的に異化しつつ、その家父長制的欺瞞性を暴露し、さらにカトリック支配のオーストリア的な欺瞞性をも告発し

photograph © G. Huengsberg

ている。

イェリネクはまた劇作家としても数多くの作品を残しているが、常にモンタージュを文学技法として用い、筋はなく執拗なモノローグが重層的に続いていく難解なテクストである。イプセンの『人形の家』のパロディ作品『ノラが夫を去った後に何が起こったか』（七七）から、祖国としてのドイツと同胞の賛美、故郷の称揚と他者排除の意識を暴露・批判した『雲。家。』（八八）、ハンナ・アーレントとハイデガーをモデルにして、障害児乳児の安楽死やオーストリアの観光産業批判、その根底にある排外意識におけるナチズム的心性を告発した『トーテンアウベルク』（九一）を経て、野蛮な闘争心を国家が統御してできたスポーツ競技の持つ暴力性をファシズムの構造と重ね合わせた『スポーツ断片劇』（九八）に至るまで、きわめて挑発的かつラディカルな力作を矢継ぎ早に発表している。『スポーツ断片劇』については「問題なのは大衆現象としてのスポーツです。ショーヴィニズムやファナティズムをあおり立てるメディアとしてのスポーツ、要するに戦争としてのスポーツこそ問題です」と制作意図を明かしているが、テクストの持つ重層性および多声性は、その神話的、社会的、個人的な解読の可能性を拡大させる多義的な特徴を持つ。一九七四年から一九九一年まで共産党員だったイェリネクの言語的特徴は、直接的な社会批判よりは暗号化された言語遊技と隠語を含み、実体性を持たない形象描写と即物的かつシニカルで冷徹な文体にある。オーストリア女性作家の中でもっとも過激なフェミニスト作家であり、二〇〇四年のノーベル賞受賞に際してオーストリアの保守的政治家たちから激しい反発を買った。トーマス・ベルンハルトやペーター・トゥリーニの劇作と並んで、牧歌的なオーストリアに対して「身内を汚す者」の烙印を押されるゆえんでもあるが、その多声的な音楽性と造形性は高く評価され、今後もその実作が注目され続ける作家である。また劇作はアカデミー劇場などで上演されてきたが、その演出方法も俊英の舞台監督によって斬新に工夫され、従来のドラマツルギーを打破しインパクトのある前衛的舞台空間を創出してきた。

（土屋　勝彦）

◇邦訳　『ピアニスト』『死と乙女　プリンセスたちのドラマ』（ともに中込啓子訳）、『したい気分』（※原題は『欲望』ないし『快楽』である）（中込啓子、リタ・ブリール訳）、『死者の子供たち』（中込啓子・須永恆雄・岡本和子訳）※いずれも鳥影社、『トーテンアウベルク――屍かさなる緑の山野』（熊田泰章訳、三元社）、『汝、気にすることなかれ――シューベルトの歌曲にちなむ死の小三部作』（谷川道子訳、論創社）、『光のない。』（林立騎訳、白水社）など多数。

Joseph Zoderer
ヨーゼフ・ツォーデラー
［1935- ］

南チロルのメラーンにツォーデラーが生まれたとき、両親も、近隣の人々もイタリア語は話さなかった。既に十六年前から彼らはイタリア人だったというのに。彼らが話していたのは、ドイツ語だった。

第一次大戦に敗れたオーストリアは、一九一九年、南チロルをイタリアに割譲した。ツォーデラーが生まれた一九三五年、ムッソリーニ政権の下、大勢のイタリア人が入植を始めた。四歳のとき、七万五千人にのぼる南チロル人が故郷を捨てた。ドイツへ行くのだ。ナチスの言う「楽園」を目指して……。

ツォーデラー家もそうだった。失業中の父は去ることを決めた。そして漂着したグラーツで、少年ヨーゼフは度重なる空襲を経験した。戦争が終るとスイスのカトリック系寄宿学校に入ったが、やがて学校を飛び出し、南チロルに帰った。だが、そこにあるはずの故郷もまた、見知らぬ土地となっていた。

ツォーデラー文学のテーマは、漂流から生まれた。「よそ者」としての、根無し草としての不安、確立されないアイデンティティ。自伝的小説『手を洗うときの幸福』は、故郷と呼べるもののない少年の心の変遷を描いている。

ヴィーン大学中退のあと、ジャーナリストとして働きながら、創作を始めた。評価を固めたのが、『手を洗うときの幸福』と『イタリア女』（小説）。ドイツ語住民とイタリア人住民の狭間に立たされ、新しいアイデンティティを求めて苦悩する人間を描いた。ライヒ＝ラニツキら、ドイツ批評界の大物が絶賛した。イタリアでの成功はそれを凌いだ。駅の売店に廉価版が山積みされるほどの、ベストセラーだった。

彼は自らを、「オーストリア文化に刻印され、イタリアの旅券を持ったドイツ語作家」と呼ぶ。偏狭な民族主義に対して手厳しく、地元で反発を買って裏切り者扱いされた時期もあった。『ロンターノ』（八四）、『持続的朝焼け』（八七）、『海亀祭』（九五）、『慣れの苦しみ』（〇二）、七十五歳で、『残酷の色彩』（一一）を発表している（いずれも小説）。

（今井 敦）

◇邦訳
『手を洗うときの幸福・他一編』（今井敦訳、同学社）

Gerhard Roth
ゲルハルト・ロート
[1942-]

一九四二年医師の息子としてグラーツに生まれ、医学を学んだ後、グラーツ計算センターに勤め、その後一九七八年より作家となる。一九七〇年代前半の言語実験的な習作時代から七〇年代後半の伝統的な語りを中心とするストリーテラーの時代を経て、八〇年代に成立した連作七部作『沈黙の資料集』と九〇年代半ば以降の七部作『冥府』が代表作である。田舎に引きこもる医者を囲む閉塞的な自然と農民たちの運命共同体的生活が冷徹に描出されるアンチ郷土小説『静かなる大洋』(八〇)に始まり、主著とも呼べる『ありきたりの死』(八四)では、養蜂家の息子である唖の青年が語り手となって、村の殺人事件、叔母の雪山の思い出、医者の猟銃自殺などが語られる前半部に対して、この青年が精神病院に入院して書簡として綴る後半部では、非日常のグロテスクなイメージが展開され、人間の歴史と動物の歴史の境界が消え混迷の意味世界となり、物語自体への否定となる。そして次の『奈落の縁にて』(八六)『予審判事』(八八)『闇の歴史』(九一)と続く諸作品でも「オーストリアの歴史のあからさまな狂気と、日常の秘められた狂気」が主題となる。ロートの文学は、綿密な取材と観察の上に成り立つ虚構であり、自然科学者的な厳密かつ明確な言語表現を特色とする。膨大なノートや写真、備忘録、日記などが鮮明な記憶力と想像力によって織り合わされるゆえに「新リアリズム文学」の系譜に属するが、作品の真実性は現実のリアリティではなく言語的リアリティあるいは知覚のリアリティにある。その筆致は精神分裂病者の知覚や想像力に新たな認識価値を見出し、それを現実把握の一手段としている。田舎の自然と風土や都市の風景を冷徹かつ批判的に観察し、その背後にあるナチズム批判にもつながっていくが、ベルンハルトのように大仰な罵倒表現に転化させず細部描写において暗示する。ユダヤ人の聞き語り風小説『闇の歴史』やウィーンの地下世界を暴く『ウィーンの内部への旅』(九一)などでも冷徹な観察力と卓越した描写力は健在である。

(土屋　勝彦)

◇邦訳
『ウィーンの内部への旅——死に憑かれた都』(須永恒雄訳、彩流社)

Josef Winkler
ヨーゼフ・ヴィンクラー

[1953-]

一九五三年、ケルンテン州カーメリングの農家に生まれる。義務教育修了後、各種の職業学校に通ったり、出版社や大学事務局に勤めたりもするが読書にふけって長続きしなかった。しばしばイタリアにも滞在。初期の自伝的三部作『未開のケルンテン』(八四)では故郷の幼年時代を支配する抑圧構造を析出し自我解放の闘いに向かうが、様々の死や倒錯的な性、抑圧された母語の問題が現出する。損なわれた幼年期、家父長制原理への批判、ホモセクシュアル、死、自殺が主題化されるが、そのアルカイックな農村文化の持つヒエラルヒー描写は、アンチ郷土文学の代表作家インナホーファの文学に類似点を見出せる。ロシアからケルンテンに移送された農婦の回想形式たる作品『強制移送』(八四、邦題『思い出のウクライナ』)、農村世界の根元的隷属状況が社会的な視野からとらえられる『奴隷』(八七)、イタリアでの不幸な死にまつわる話と語り手の幼年期の追憶が重ねられる『苦いオレンジの墓地』(九〇)、さらに散文集『死骸、家族を窺いながら』(〇三)では形象的な言語で様々の死にまつわるエピソードが綴られ、現実と幻想の狭間に詩的架橋がなされるが、構築的な物語を志向するのではなく、観察された風景が過去の追憶と重ねあわされて独特のブラックユーモアを醸している。

敬愛するベルンハルトとの違いを「形象的な強度を持つ点」にあると自ら述べるように、その文体的特色として独特の詩的な形象性と写像性がみられ、感性的な言葉を紡ぎだしていく古風な作家である。犯罪と放浪の作家ジャン・ジュネの影響も大きく「自己解放になった」という。イタリアやインドへの多くの旅行経験から生まれた作品では、宗教的な死の儀式がカトリック儀式と比較されながら静謐な筆致で内省的に描出されている。ハントケと同様に自分を「概念に弱い人間」と規定し、カメラ的視線でとらえたものを手書きで収集しつつ推敲を重ねる文章家であり、オーストリアのペシミズム的文学伝統につながる中堅作家といえよう。

(土屋　勝彦)

◇邦訳

『思い出のウクライナ――ある強制移送の軌跡』(若槻敬佐訳、同学社)

Elisabeth Reichart
エリーザベト・ライヒャルト
[1953-]

エリーザベト・ライヒャルトはデビュー作『二月の影』(八四)で、国内ではタブーとされてきたマウトハウゼン強制収容所をテーマに、収容所からの脱走者を地元住民がナチスと協力して虐殺した「ミュールフィアテルの兎狩り」と称されるオーストリアにとって恥部ともいえる事件を真正面から描き、一躍脚光を浴びた。もちろん作品の政治性だけが注目されたわけではない。第二次世界大戦中の蛮行が、戦後社会にいかなる歪みを生みだしたかまで丹念に描いていることも評価された。第二作『おいで、湖を渡って』(八八)では、反ナチス・レジスタンスにおける女性の役割が検証される。『二月の影』に引き続き、母-娘の世代間の葛藤も主要な主題だ。このようにザルツブルク大学史学科出身のライヒャルトは、マリー＝テレーズ・ケルシュバウマーと並んでナチス時代の史実に主題した小説を発表する一方、女性性器を表す俗語を標題とした『Fotze』(九三)など、女性がいかに主体的な言説を獲得できるか(あるいはその不可能性)をテーマにした作品も多い。『ザコラウシュ』(九四)は、オーストリアの女性で初めて博士号を取得しながら狂気の淵に沈んだヘレーネ・ドルシュコヴィッツのモノローグである。『悪夢』(九五)は、今なおオーストリアに巣食うユダヤ人差別を抉出した野心作。

『二月の影』以来、内的独白を多用し、視点人物や時間が頻繁に入れ替わるライヒャルトの文体は晦渋だが、重い歴史的テーマを描くための必然性を備えている。近年も『死んだ男たちの家』(〇五)、『目に見えない写真』(〇八)、『オーストリア鉄鋼協会の子どもたち』(一一)といった大作を発表している。

一九九九年に半年間日本(名古屋)に滞在した彼女は、日本を舞台にした長編『天照の忘れられた微笑み』を執筆した。

一九五三年オーバー・エスタライヒ州シュタイヤエッグ出身。

(國重 裕)

◇邦訳
なし

Christoph Ransmayr
クリストフ・ランスマイアー
［1954– ］

一九五四年ヴェルス（オーバーエスタライヒ）生れ、トーマス・ベルンハルトが晩年を過ごして没したトラウン湖畔グムンデンに幼少期を送り、一九七二年から七八年までウィーン大学で哲学、民俗学を学んだ後、ウィーンで雑誌編集者を勤め、西独諸誌にルポやエッセイを寄稿、八二年からフリーの作家。八八年オウィディウスの変身物語に拠る第三作『ラスト・ワールド』で一躍世の注目を集める。アジアや北米南米への長旅を閲した後、アイルランドの西コークに居を構えるが、十一年ぶりの長編小説『さまよえる山』刊行時の雑誌インタヴューでは、ウィーンに戻ったがアイルランドの〈キャンプ〉は畳むのか、との質問に「天地神明に誓って、否」と応じて、ただ新妻の許に在りたいがためのウィーンへの移動であり、今までの本拠はそのまま温存、いわば避暑地に変えただけと言明して自らを「ツーリスト」と規定していた。

二人の兄弟がアイルランドの南西海岸を出奔、ヒマラヤ地方の山嶽へと、衛星放送やネット等の最新のしかし既存の知見に逆らって、今日なおも未踏の山を探し求めて旅に出る叙事詩形式のこの作品は、とりもなおさず世界地図上の最後の空白を窮める敢行を主題とする。

前作『キタハラ病』（九五）は、日本人医学者の発見になる奇病を題名に、故郷とおぼしき村を舞台に架空の戦後世界を描き、昨秋、野沢温泉のゼミナールに来日した折り著者も自認していたとおり、功成り名を遂げて何の制約も無しにものした会心の作、さらに十一年前の『氷と闇の恐怖』（八四）が二重帝国時代の南極探検を原典に一つの異本を展開するのと構造は通底する。処女作『輝ける破滅』（八二）からしてすでに四大と人間の対置を、主題と変奏とする見立ては同工で、〈ルール二〇一〇〉演劇祭に発表された同一主題への複数作家の寄与から成るオデュッセウス変奏の一翼を担う戯曲『略奪者オデュッセウス』（一〇）も、恒数と変数の図式の作者得意の手法に叶った企画。近刊の、毎回「私は見た」と説き起こされる七十の掌篇の集積『怖がりな男の地図』（一二）にもまた、それぞれが深刻な重心を潜めつつも変幻自在の万華鏡とそれを見る一つの眼という定点から成る同根の構図が窺われるだろうか。

（須永 恆雄）

◇邦訳
『ラスト・ワールド』（高橋輝暁・高橋智恵子訳、中央公論社）
『氷と闇の恐怖』（樋口倫子訳、中央公論社）

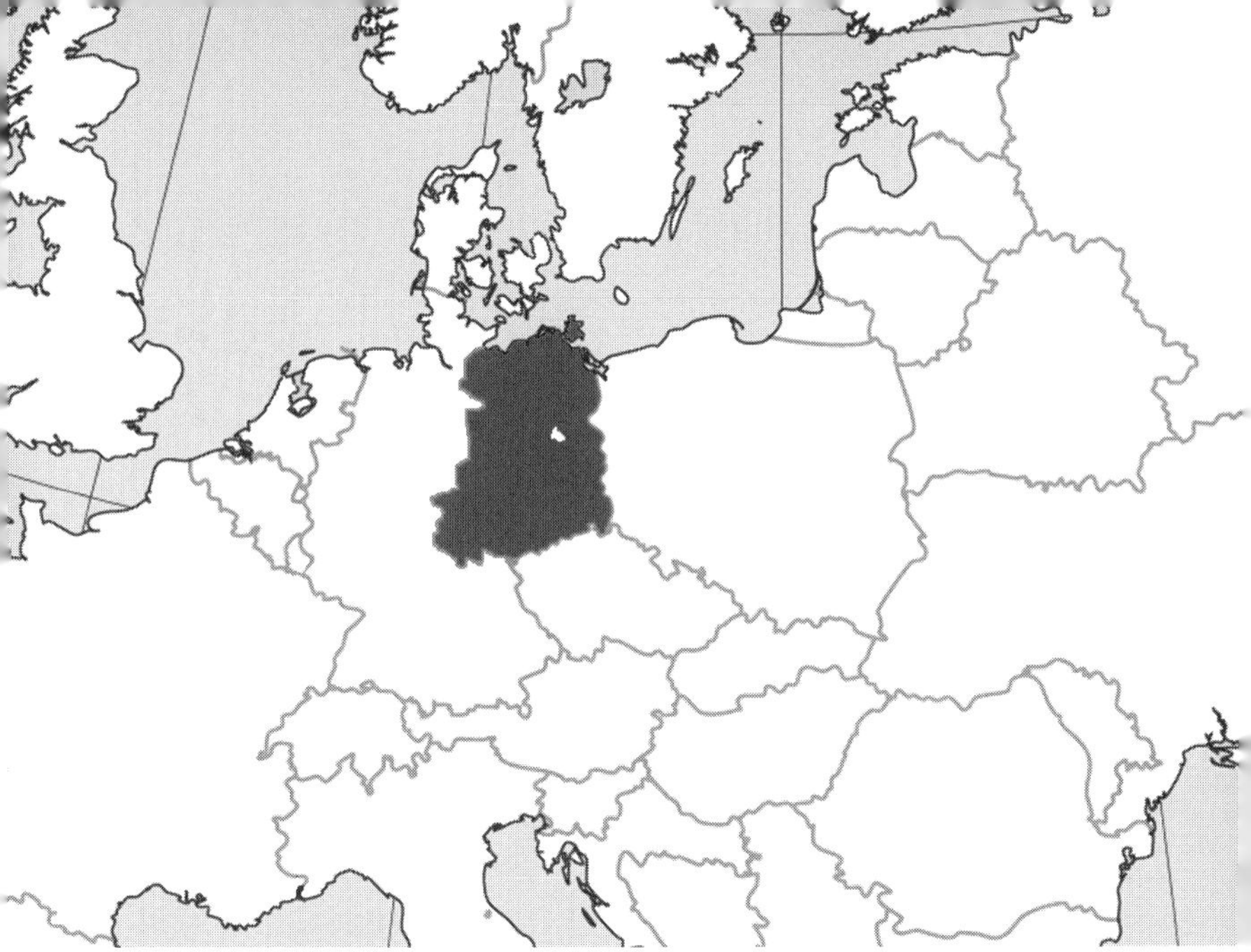

東ドイツ

一九四九年に建国されたドイツ民主共和国（東ドイツ）は、ドイツ連邦共和国（西ドイツ）、また全世界に対しておのれの正当性ひいては優越性を誇示する必要があった。「ドイツにおける民主的な共和国」の文学も当初より、このような国家の政治的な要請に応えることが求められた。

新しい社会主義国家を担う書き手は、ヴァイマール共和国時代からの共産主義者、反ファシズム闘争の闘士の世代を中心としていた。文部大臣を務めたロベルト・ベッヒャーやアンナ・ゼーガースがその例である。労働者や農民を主人公に、脱ナチス化そして新国家建設への意気込みを描いた作品が多い。社会主義の理想を追求しつつも、政府を風刺したり、演劇概念そのものを改革しようとしたブレヒト（一八九八―一九五六）のような存在は冷遇されていった。

アメリカからマーシャル・プランの支援を受けて経済復興をはじめた西ドイツにくらべ、ソ連に戦時賠償金を支払う必要があった東ドイツは（国内の工場の設備や鉄道の線路などがソ連へと持ち運ばれた）、社会主義システムの混乱もあり遅々として復興が進まなかった。国民は不満を募らせ、労働ノルマ引き上げをきっかけに一九五三年にはベルリンで民衆が蜂起したものの、人民軍の戦車によって鎮圧された。スターリンの死をはさむ五〇年代、東ドイツでは路線闘争に勝利したウルブリヒトにより政治の硬直化が進んだ。この時期の様子は『賃金を抑える者』（五八）など初期のハイナー・ミュラーの戯曲から見てとることができる。党指導による、作家たちを工場労働の現場に送りこみ、また労働者にペンを持たせようとした文学運動「ビッターフェルトへの道」はかけ声だおれで、無惨な失敗に終わった。

社会主義体制下の閉塞感と「個人」

東ドイツの文学がプロパガンダの道具、教条的な社会主義リアリズムの閾を超え独創的な作品を送り出すようになったのは六〇年代に入ってからである。「ベルリンの壁」建設後、人口流出が止まった東ドイツではつかの間の安定期を迎える。ブリギッテ・ライマン（一九三三―七三）は『日常への到着』（六一）や『フランツィスカ・リンカーハント』（七四）で東ドイツのなにげない日常生活と主人公の心の揺れを描いた。ここには声高な政治スローガンはなく、党のイデオロギー礼讃もない。むしろ社会主義体制の閉塞した空間への個人の不満や不安がにじみ出る作品となっている。この日常性への回帰の時代を代表する作家がクリスタ・ヴォルフである。政治的理想と個人的感情を等価あるいは感情を優先するように書くヴォルフの試みは、しかし、国家にとって模範となる人物を造形したり、国家建設への楽観的結末が要請されていた時代にあって、党指導部の期待とは異なるものだった。そして『クリスタ・Tへの追想』（六八）は、社会主義社会に適応できない主人公が早世する物語で、発禁の憂き目にあう。

七〇年代にウルブリヒトが失脚しホーネッカーが後を継ぐと、おりからの東西の緊張緩和《デタント》、ブラント西ドイツ首相による東方政策もあり、文化政策も一時的な雪解けを迎えた。しかし一九七五年にビーアマン事件がおこると事態は一変する。歯に衣着せぬ風刺ソングで高い人気を誇ったシンガーソングライターのビーアマンが、西ドイツへのコンサートツアーのために出国するや、東ドイツ政府が彼の市民権を剥奪。これに抗議して芸術家たちが政府への公開書簡を発表し、たちまち市民たちのあいだで署名活動がひろがっていく。危機感を募らせた政府は強い姿勢で取締りを行った。ペーター・フーヘル（一九〇三－八一）、ライナー・クンツェ（一九三三－）、ザラ・キルシュ（一九三五－）といった反体制派知識人と呼ばれる作家が東ドイツを去っていった（五〇年代から活躍していたウーヴェ・ヨーンゾン（一九三四－八四）も体制に失望して西側に亡命している）。東ドイツにとどまった作家たちは検閲を配慮せざるをえず、場合によっては国内で発禁となり西ドイツでしか作品の発表が許されない場合があった。

重苦しい政治状況、停滞する経済。無力感が広がる。この時期深刻化していた公害問題を扱った作品の一つとしてモニカ・マロン（一九四一－）の『煤塵』（八一）を挙げておこう。マロン自身は党幹部の娘で、この作品では環境問題だけでなく、知識人と労働者の連帯可能性（あるいは不可能性）もテーマにしている。フォルカー・ブラウン（一九三九－）の「未完の物語」（七五）は、現実の社会主義に対する苦い失望を反映した短編である。八〇年代に登場したクリストフ・ハインの初期の作品からは、権威主義的で理不尽な東ドイツ社会の息苦しさがひしひしと伝わってくる。

ドイツ統一へ

そんな体制への不満から八九年の夏、ハンガリー経由で多くの市民が西側に脱出した。その動きは秋になっても衰えを知らず、十月には自由を求める月曜デモがライプツィヒではじまった。もはや政権は事態を収拾できず、十一月九日ベルリンの壁が開放された。

当時ヴォルフやハインら知識人は集会で、資本主義でも現実の社会主義でもない第三の道を模索しようと呼びかけていたが、国境が開放され、あらためて西ドイツの物質文明の豊かさを思い知らされた市民がもはや耳を傾けることはなかった。「あるべき社会主義」を掲げる政治家・知識人は急速に支持を失い、雪崩をうってドイツ統一に向かって歴史は進んでいった。

さらにヴォルフをはじめ多くの芸術家が秘密警察《シュタージ》に関与していたことが明らかにされると、いっせいにマスコミからの指弾にさらされることになった。サーシャ・アンダーソン（一九五三―）ら反体制を貫いていると目されていた若手詩人たちでさえ、じつはシュタージと結託していたことが分かり、衝撃が走った。国民の五人に一人がなんらかのかたちでシュタージと関わっていたとされる。ヴォルフガング・ヒルビヒの『《わたし》』（九三）はみずからシュタージのスパイだった作家の手による不条理な社会への告発である。

九〇年代、西ドイツに併合された東ドイツを待っていたのは厳しい現実だった。「社会主義国家の優等生」と言われた東独は、予想以上に経済基盤が弱く、自由主義経済のもとでたちまち経営に行き詰る企業が相次いだ。職を失った人たちは、統一で約束されていたはずの豊かな生活が空手形であったことを悟らされただけではない。万事西ドイツを規範として進められていく社会改革で、東ドイツ時代の良い面まで全否定され、優越感をひけらかす西ドイツ人から二級市民のように扱われる屈辱感も味わわされた。統一直後の激しい変化を表現するために、それまで小説を書いていた作家が詩を書くようになった。

「東ドイツ文学」は今なお書かれつづける

統一後の東ドイツを担ったのは、社会主義への思い入れがさほど強くなかったより若い世代だった。トーマス・ブルスィヒ、インゴ・シュルツェ、ジェニー・エルペンベックらは、東独時代の思い出と統一後の厳しい現実を、いく分距離をとってユーモアもまじえながら描く。ドイツ文学の伝統よりも、むしろサリンジャーなど現代アメリカ文学に影響をうけた彼らの作品は広範な読者に受け入れられた。

いっこうに見通しがつかない生活、これまでの価値観や人生まで否定されたように感じた人びとは「東ドイツ酒場」やテレビ番組「東ドイツショー」に夢中になった。「オスタルギー」といわれるこの現象は、しかし東独時代に逆戻りしたいという意味ではない。急激に変化する社会への不安、なかなか適応できない新しいシステムへの苛立ちに対し、一種の虚構としての東ドイツを呼び返すことで精神を防御しようとする姿勢だと考えるべきであろう。

統一から時間が経つにつれ、自分たちのアイデンティティを東ドイツ建国からもっと遡って、ナチス時代さらにはプロイセン、ザクセン時代からの流れのなかで捉えようとする歴史小説が書かれるようになった。多くは何代にもわたる家族の物語である。例としてユリア・フランク(一九七〇-)の『真昼の少女』(〇七)、ウーヴェ・テルカンプ(一九六八-)『塔』(〇八)を挙げておこう。

統一よりすでに二十五年が経過した。しかし東西格差はまだ埋まらない。東ドイツの出身者にとって自分の存在理由、生きる目的を考えるうえで、消滅した国家の影響を無視することはできない。その意味で今日なお「東ドイツ文学」は書かれつづけている。今世紀に入っても、一九七六年生まれのヤナ・ヘンゼル(一九七六-)の『無人地帯の子供たち』(〇二)がベストセラーを記録したことは記憶に新しい。七七年生まれのクレメンス・マイヤーが、荒廃した旧東独ライプツィヒの一画を舞台とした『おれたちが夢見ていたころ』でデビューしたのは二〇〇七年だ。クリストフ・ハインやカーチャ・ランゲ=ミュラーといった東ドイツ時代から活躍していた世代も健在だ。西ドイツ出身のマルセル・バイヤー(一九六五-)はドレスデンに移り住み、東ドイツを主題とした作品『カルテンブルク』(〇八)を発表している。

心の壁が崩壊するのは、そして東ドイツ文学が消滅するのはいつのことになるだろう? 統一から二十五年を経て、かつてない規模の戦争難民を受け入れているドイツ。いまドレスデンを中心にイスラーム排斥を訴えるペギータが猛威をふるっている。

(國重 裕)

Heiner Müller
ハイナー・ミュラー
[1929-95]

悲劇とは絶えず「正義」の物語をめぐってきた。私的なものと公的なものとの葛藤・対決のうちに「正義」が予感される『アンティゴネ』や、血で血を洗う報復の連鎖が果たして「正義」なのかと逡巡し続けた『ハムレット』を想起して欲しい。このように悲劇が抱える矛盾の構造を先鋭化させた形で提示し、共産主義的立場から「正義」の是非を問い続けた劇作家がブレヒトであったわけだが、彼亡き後、西欧近代の悲劇をめぐる国家や歴史の問題と相対峙し、二十世紀後半最大の劇作家となったのがハイナー・ミュラーである。

一九二九年一月九日、チェコとの国境に近いザクセン州エッペンドルフに生まれた彼は、シラーやヘッベルの戯曲に触発されて劇作家を志す。一九五〇年代からベルリンに出て文筆活動を開始し、ブレヒトが亡くなった一九五六年頃から、それと入れ替わるようにして注目を浴び始める。当初は社会主義建設に向けた生産劇やドイツ史劇を書いていた。『賃金を抑える者』（五六／五七）と『訂正』（五七／五八）によってハインリヒ・マン賞を受賞、一応は前途有望な劇作家としてデビューする。が、ベルリンの壁が建設された一九六一年、学生演劇のために書いた『移住者』が国家上層部の干渉で上演禁止処分を受け、東ドイツ作家同盟から除名されてしまう。ミュラーの存在は以後、体制批判的な異端の劇作家として政治的に危険な意味合いを帯び、その作品は一九八〇年代半ばに至るまで、東ドイツ国内では上演禁止処分にあった。それゆえ、党本部の監視の目を逃れるために、ギリシア悲劇やシェイクスピアなど古典の〈改作劇〉を数多く執筆、西側諸国で美学的に受容されることになった。

代表作に、西欧知識人の一人称「私」の葛藤を無意識のレヴェルにまで掘り下げて問いつめた『ハムレットマシーン』

（七七）、金羊毛探しに向かうイアソンのアルゴー船遠征隊に植民地主義の起源を探った『メディアマテリアル』（八二）、フラットな画像の読解を通じてメタシアター的な見る／見られる関係性を生起させる『画の描写』（八四）、そして東欧社会主義体制の歴史的・政治的動向を叙事的手法で綴った連作『ヴォロコラムスク幹線路』（八四-八七）などがある。

ブレヒトの〈教育劇〉を批判的に継承したとされるミュラーだが、幾つかの点で女性劇作家エルフリーデ・イェリネクへと続く、新しいポストドラマ的な作劇法を創始した。例えば、マルクス主義の通時的な時間把握に対し、共時的なポスト構造主義における一連の言語理論や精神分析の成果を踏まえて「作者はアレゴリーより賢く、メタファーは作者よりも賢い」と主張、極度に圧縮された難解で高密度なテクストを紡ぎ、夥しい記号や引用の羅列とその間隙による多声性を重視した実験的な作風に転じる。また対象から血肉を剝ぎ取って骸骨にまで還元し、人間主体の意識の深層を即物的に描出するレントゲン的な手法を見せた。こうして、ブレヒトであれば生き生きとした矛盾やドラマの彼方に〈不可能な現実〉として照射されていた「正義」や「友愛の地」が、ミュラーにあっては故意に宙吊り状態のまま凍結され、グロテスクで暴力的なヴィジョンでもって打ち砕かれ、ただ破滅へ向けて不毛に進行してゆく歴史の歩みだけがクローズ・アップされる。しかし、ドラマすら起こり得ない虚無の極限状態が「怖れ」や「戦慄」とともに体感されるがゆえに、観客の心には別にあり得たかもしれない歴史の姿が喚起され、そこへ向かう志半ばに無念な想いで散った死者や先人の記憶が強烈に想起されることになる――「希望の最初の形姿は怖れであり、新しいものの最初の出現は戦慄である」（ミュラー）。

一九九〇年代には、ベルリンの壁崩壊、共産主義社会の終焉、ドイツ再統一といった話題と相俟って、一躍世界の演劇界における〝台風の目〟となったミュラーは、演出家としても華々しく活躍、日本国内でも「ＨＭＰ（＝ハイナー・ミュラー・プロジェクト）」が結成され、彼の仕事は大々的に研究紹介された。が、尊敬と憧れの絶頂にあった一九九五年十二月三十日、食道癌に肺炎を併発してベルリンにて逝去する。彼の演劇テクストは、現代においてなお悲劇としての強度を持ち、硬直や不毛さから逆説的に希求すべきかすかな希望の声を、もうひとつの別な歴史を、しかし実現不可能であろう「正義」を我われに呼び醒ますものであった。

（大塚　直）

◇邦訳『ハイナー・ミュラー・テクスト集〈1～3〉』（岩淵達治・谷川道子・越部暹訳、未来社）、『指令』（谷川道子訳、論創社）、『ゲルマーニア ベルリンの死』（越部暹ほか訳、早稲田大学出版部）、『闘いなき戦い』（谷川道子ほか訳、未来社）

Christa Wolf
クリスタ・ヴォルフ
[1929-2011]

クリスタ・ヴォルフは東ドイツ（ドイツ民主共和国）を代表する作家というだけでなく、「東独と運命を共にした作家」というべきかもしれない。一九二九年ドイツ東部のメクレンブルク出身。少女時代に一時ナチスに心酔したこともある少女は、戦争と敗戦にともなう避難民体験を経て、ドイツ再建の夢を共産主義に託す。理想に燃えたヴォルフは『モスクワ物語』（六一）で、社会主義による新国家創設の方針を忠実に文学化する。作家ヴォルフの名声を不動のものとした『引き裂かれた空』（六三）では、西に去る科学者の恋人とともに一度は東を捨てる決意をする主人公が、最後に翻意して東独にとどまり新国家建設に身をささげる。しかしスターリン批判後も硬直化していく東ドイツの現実を、ヴォルフの良心は無視してはいなかった。社会主義統一党の幹部候補生として党中央委員会候補にまで登りつめた彼女だが、つづく『クリスタ・Tの追想』（六八）では、現実社会に適応できないまま早世する主人公を描き、検閲の末事実上の発禁処分を受ける。社会主義国家の優越性を描き、楽観的な結末が芸術作品に要求された時代であった（アンジェイ・ワイダ監督の映画「大理石の男」を見よ）。ヴォルフは党の批判を受け、エリート・コースから外される。

『幼年期の構図』（七六）は、主人公ネリーが少女時代から「わたし」を発見するまでの物語と、ナチスから現在に至る時代背景が交錯する実験的な作品である。ヴォルフの作品は、たんに政治的なモチーフを扱ってきただけではない。移ろいゆく過去や主観的な事象に、いかに文学として客観性を附与できるかという方法論につねに裏打ちされていた。彼女の小説は、教条的な社会主義リアリズムを克服する果敢な挑戦でもあった。彼女の多数の文学論がそれを証明している。

かならずしも党の方針に忠実でなくなった彼女は、とくに「ビーアマン事件」以降「六月の一日」などの短編、『チェルノブイリ原発事故』（八七）や『夏の日の出来事』（八九）といった、身辺の日常生活を主題にした作品を発表する。政治的なテーマを描きにくくなったヴォルフは当時忘れられた女性詩人カロリーネ・ギュンデローデの詩集を編纂したり――彼女を主人公とした小説『どこにも居場所はない』（七九）も執筆――、晩年不遇だった先輩作家アンナ・ゼーガース論を著したり、友人であり癌で若くして亡くなったブリギッテ・ライマンの日記や書簡集の刊行に尽力するなど、編集者として活躍する一方、『カッサンドラ』（八三）に代表されるように、ギリシャ神話に題材を借りながら女性の置かれた位置に対する考察を深め、活動の場を広げていった。

八九年の民主化運動では、率先して街頭に立ち、再統一に反対し、資本主義でも現実に存在した社会主義でもない「第三の道」を選択することを呼びかけたが、賛同するものは少なかった。さらに直後に発表した『残るものは何か？』（九〇）によって魔女狩りさながらの西ドイツメディアのバッシングを受ける。東独時代に秘密警察の監視を受けた体験をつづった小品は、一般市民に比べて恵まれていた作家ヴォルフの高慢だというのである。反体制作家と目されていたヴォルフが一時的であるにせよ秘密警察に協力していた事実も明るみにされ、彼女への集中砲火はとどまるところを知らなかった。

東独の消滅という歴史的事件を描くには時間を要すると語っていた彼女が発表したのは『メデイア』（九六）。ギリシャの女王メディアの運命を辿りながら、ジャーナリズムの暴力を暴露するものだった。晩年も『一年に一日』（〇三）、アメリカ滞在を題材にした『天使の町』（一〇）を発表した。

ヴォルフは、西ドイツのギュンター・グラスと同じく、積極的に政治的な発言をしながら民衆を導くことができると信じた知識人タイプの作家、最後の啓蒙主義者だった。しかしヴォルフが提起した問題は過去のものではない。そして何より彼女の小説の端正でみずみずしい文体は永遠に色褪せることなく読者を魅了しつづけるだろう。近年、本格的な伝記や近親者による回想録も刊行され、さまざまな視点からヴォルフの仕事を読み直すことができるようになっている。

（國重　裕）

◇邦訳

『引き裂かれた空』（井上正蔵訳、集英社）、『クリスタ・Tの追想』（藤本淳雄訳、河出書房新社）、『残るものは何か？』（保坂一夫訳）『カッサンドラ』（中込啓子訳）『どこにも居場所はない』（保坂一夫訳）（以上〈クリスタ・ヴォルフ選集〉、恒文社）、『メデイア――さまざまな声』（保坂一夫訳、同学社）ほか多数

Christoph Hein
クリストフ・ハイン
［1944- ］

ハインは歴史に翻弄されつづけた。生後まもなくシレジア（現ポーランド領）の故郷を追われた。ライプチヒ近郷で育つが、牧師の子だったため高校進学もままならず、何とか夜学に通って大学に進学するものの、演劇を専攻したいという夢はかなわなかった。卒業後はベルリンの劇団の文芸部員となり、革命の指導者の変節を描く『クロムウェル』（八〇）など、歴史の衣装を借りて東独の現実を撃った。それでも国を離れず、一九八九年暮れには、クリスタ・ヴォルフ、ハイナー・ミュラーら「批判的知識人」と共に街頭に出て「社会主義の変革」を訴えた。

文名が一般に知られるようになるのは、八二年の小説『疎い恋人』（西独では、『龍の血を浴びて』と改題して翌年刊）だった。外に対し鎧で身を固めて自己を守ろうとする中年女医が死んだ恋人を巡って語るモノローグで、現代工業社会での孤独という普遍性のあるテーマを扱っている。見事に女になりきってみせたのは演劇畑で培った経験のたまものだろう。語られた言葉の裏に額面とは別の意味を読み取らせる手法で、強がる語り手の心にぽっかりあいた絶望が伝わってくる趣向のこの作品は、西側諸国でも好評を博した。

小説家としてのハインは、ヘーベル、クライスト、カフカらの衣鉢を継ぐ「メッセージなき年代記作者」を自認する。現実を正確に観察して記録するという控えめな態度と奇をてらわぬ平易な文体は古風なスタイルと言えなくもないが、「歴史の勝者」の立場から「不都合なことは隠蔽し、ごつごつした現実の肌触りを削り落として滑らかにしていく」「公認の歴史記述」に対抗するという強い批判意識に裏打ちされ

ていることを見落としてはならない。

市井の人に目を向ける「下からの年代記」という基本姿勢は統一後も変わらない。国際化したベルリンに暗躍するロシアマフィアの暴力に襲われる自動車販売業者（『ヴィレンブロック』、〇〇）、市場原理の荒波を浴びた大学に切り捨てられる国文学の非常勤講師（『ヴァイスケルンの遺稿』、一一）など、世相をうまく取り込みながら、統一後の急激な社会変化に翻弄される普通の人々の肖像を描くことに成功している。さらには、赤軍派の残党が過剰防衛の警官に殺されるという現実のスキャンダルに取材した『幼い頃には庭が』（〇五）で、テロという西ドイツ戦後史の闇にも迫って新機軸を見せた。

統一後のハインの代表作『国取り』（〇四）は、ある男の自殺を巡って複数の語り手が語る形をとって五〇年代東独の保守性を暴いた旧作『ホルンの最期』（八五）の続編で、架空の田舎町をそのまま舞台として引き継ぎながら、時代設定を戦後から九〇年代まで拡大した。語りの上でも、歴史の複数性を意識させる手法を踏襲しつつ進化させて、人民所有に抵抗する地主や私営企業主、ドロップアウト組など、一元的に思われがちな東独社会のもつ複雑な階層性に注意を向けさせると同時に、避難民を異分子として排除するドイツ社会に根づいたクセノフォビアの頑固さを鮮やかに示した。難民として居着いた片腕の家具職人一家が、村八分めいた壮絶な虐めにあいながら、二代目になって町の有力者に成り上がったというサクセスストーリーが一本の筋として通っているが、それぞれの立場に応じて偏向した語りの視点が複数用意されているため、この主人公が安易に美化されることはない。ハインらしいバランス感覚が発揮され、主人公のみならず語り手たちの小市民的な弱さまでもが暴かれるのだ。主人公は、農地収用の片棒を担ぎ、さらには西への非合法脱出補助にも手を染めて暴利を貪っただけだし、不可解な死を遂げた父親の復讐を誓いながら、やがて体制にすっかり妥協していく。しかも統一後の新たな移民に対してはかつて自分たちを排除したのと同じ論理が振り回される。この冷徹な歴史認識がハインの「下からの年代記」に類いまれなリアリティを与えているのは間違いない。


（山本　浩司）

◇邦訳
『ママは行ってしまった』（松沢あさか訳、さえら書房）、『僕はあるときスターリンを見た』（小竹澄栄・初見基訳、みすず書房）『ホルンの最期』（津村正樹訳）、『龍の血を浴びて』（藤本淳雄訳）、「ベルリンの街のアルバムから」（『エルベは流れる――東ドイツ短編集』所収）※以上、同学社

Wolfgang Hilbig
ヴォルフガング・ヒルビヒ
[1941-2007]

ライプチヒ都市圏の炭鉱町に生まれる。父が戦地で消息を絶ち、文盲の坑夫だった母方の祖父のもとで育つ。空襲から身を隠した炭坑、長じて東独で最下層に位置づけられていた火夫として過ごした地下室、こうした薄暗い地下空間がヒルビヒの原点となる。この「下からの眼差し」が地上で営まれる「現実」を相対化していき、「現実」も「主体」も確固たるものではないという立場にまでいたる。生粋の労働者作家ながら、社会主義建設の困難に立ち向かう前向きな労働者をヒーローとして提示するような公認の社会主義リアリズムとは相容れるわけもなかった。最初の詩集が西で出た後の一九八五年に出国した。

秘密警察を取り上げたベルリン小説『「私」』(九三)は、一人称と三人称が入り交じる凝った文体を駆使して、「東独発のポストモダン小説」との高い評価を受けた。書けなくなった詩人が情報提供者となることを強いられ、人気作家をマークしていくのだが、標題の「私」が括弧に入れられているように、追跡する私も追跡される彼も主体としての輪郭がぼやけて違いが分からなくなる。夢と現実、虚構と現実の区別も曖昧模糊とした迷宮めいた作りなのだ。しかも調査のために下水道を動きまわる「私」は取り澄ましたベルリンのスカートのなかを覗き込むと共に、地下に眠る死者たちともつながり、都市をエロスとタナトスという次元で体験していく。

長編の虚実の境を描く力を支えているのが、廃墟や廃物、排泄物、血にこだわる彼の感性であり、詩や短編小説で鍛え上げられた抒情的な言語である。その点では、「古い皮剝場」(九一)など短編小説の方が、秘密警察や東西統一(『暫定地帯』、〇〇)といった時事性とは距離を置いて、二十世紀の絶滅の歴史と関連づけつつ絶望的な東独の原風景を提示したという意味で、彼の本領が発揮されている。ドイツでは生誕六十周年に合わせて全集が編まれるなど、惜しまれて早世した作家を改めて読み直す機運が高まっている。

(山本　浩司)

◇邦訳
『私』(内藤道雄訳、行路社)、「ゆるぎない土地」(園田みどり訳、『世界文学のフロンティア3』所収、岩波書店)

Katja Lange-Müller
カーチャ・ランゲ＝ミュラー
［1951- ］

東独の建国と共に生まれ育った作家世代のなかで際立った個性を放つ女性作家である。経歴が出色だ。党幹部を母親に持ちながら、左利きを矯正しようとする教師に反抗して放校処分（「社会主義にふさわしからぬ素行」）、植字工見習いとなる。このころ読んだメルヴィル『バートルビー』に強い影響を受け、以後は、チェーホフ、トゥエイン、マッカラーズらの短編を貪るように読む。出版社や放送局の下働きを経て、精神病院の看護助手。その後ライプチヒ大学文芸学科で学ぶも、現代モンゴル文学の実地調査と称して中央アジアに飛ばされる（「そんなものどこにあるのよ」）。それでもめげずに無断で国境越えして捕まったという武勇伝まである。一九八四年、西側に出国。

短編を得意とするが、言語実験的な小説『カスパー・マウザー』（八八）を出発点としているように、方法意識が高い。長編向きの題材もあえて文章や単語のレベルまで圧縮をかけて短くして余白に語らせるのだ。社会の良識を逆なでする「諷刺」や「グロテスク」を主題とすることが多く、自らの手法を「ブイヨン」と称して、読者がお好みでお湯の量を調整してくださいと、とぼけるのもそんな彼女らしい。

作品の人物関係では伝統的な性役割の逆転が目立つ。「動物愛」と「獣じみた愛」を掛けた『早すぎた獣愛』（九五）では、生物教師への女子高生の憧れと失望が、閉鎖に追い込まれる私営印刷所の職人たちが印刷物に隠されたメッセージを残して精一杯の反抗を見せる『印刷所からの最後の手記』（〇〇）では、男たちの性的不能と奔放な女主人公が描かれていく。代表作『悪い羊』（〇七）でも、東西統一を男女の恋愛のアナロジーとして描く流行に乗ると見せかけつつ、健全な東の看護婦がエイズに罹った西のジャンキー少年を看取るというふうにひねりを入れた。文体の圧縮度の高さのみならず、冷戦という特殊な環境でのみ生きられた「ビオトープ」西ベルリンにオマージュを捧げたという点でも記念碑的な作品である。

（山本　浩司）

◇邦訳
なし

Ingo Schulze
インゴ・シュルツェ
［1962- ］

ドレスデン生まれのシュルツェは、イエナで古典文献学とドイツ文学を修めた後、一九九〇年までテューリンゲン地方の小都市アルテンブルクで劇場の文芸部員を務めた。

東西ドイツ統一後にフリージャーナリストとして滞在したロシアのサンクトペテルブルクを舞台にさまざまな人間模様を描いたデビュー作『幸福の三十三の瞬間』で注目を集めたのが一九九五年。続いて一九九八年、『シンプルストーリーズ』で、かつて暮らしたアルテンブルクを舞台に、もと東ドイツ市民の統一後の暮らしを感傷を交えず淡々と描いて、国内外での評価を確立した。

二〇〇五年、約八〇〇ページの大長編『新たな生』を発表。小説家を志した青年が東ドイツでの自身の半生を書簡として綴る本書は、著者自身の歴史観、文学観の集大成ともいえる。前二作の飄々とした作風とは異なる思索的なもので、肯定、否定双方の意味で「待ち望まれていた『ヴェンデロマン（ドイツ再統一を主題にした小説）』だ」と評された。

大長編を書ききったことでひとつ山を越えたのか、二〇〇七年の短編集『ハンディ』では統一ドイツでの日常を再び飄々と描いた。ベストセラーとなった本書に続いて二〇〇八年、長編『アダムとイヴリン』を発表。ロードムービー風のスピード感のある展開が人気を博すとともに、壁崩壊後約二十年たって東独消滅を失楽園になぞらえた設定が話題となった。

文学賞授賞式などさまざまな場で、政治や社会問題に鋭く深い意見を述べるシュルツェだが、作品はほとんどが登場人物の日常を飄々と描いたもの。この点を問われて、「なにかが起きている、起きねばならないと感じる場所が、日常生活以外のどこにあるんですか」と述べる。東ドイツで生まれ育ち、統一後にまっさきにデビューした一連の作家の世代に属すが、現在では東独出身という枠で語られることもなく、国内外での評価と一般読者からの人気が最も高い現代ドイツ作家のひとりだ。

（浅井　晶子）

◇邦訳
「新たな生（抄）」（浅井晶子訳、『DeLi 5』所収、沖積社）、「『幸福の三十三の瞬間』より」（粂田文訳、『DeLi 7』所収、論創社）

Thomas Brussig
トーマス・ブルスィヒ

[1965-]

「笑い」に定評のあるブルスィヒ作品だが、その根底にあるのは怒りだ。旧東ベルリンに生まれたブルスィヒは、ベルリンの壁を見ながら育ち、大学入学資格試験に合格後兵役に赴き、その後、大学進学はせずに数々の仕事を転々とした。学校と軍隊での体験が、国家や組織というものに対する根本的な不信感を植え付けたという。

東西ドイツ統一直後の一九九一年、『水の色』でデビュー。続いて一九九五年、長編小説『我ら英雄たち』でドイツじゅうに一躍その名を広める。もと国家保安省《シュタージ》職員である語り手クラウスが、ベルリンの壁は自分がペニスで開いたのだという珍説を主張する本書は、語り手の性を通して東独国家の「倒錯」を笑いのめす抱腹絶倒の風刺小説であると同時に、時の体制に順応して恥じない一般市民の日和見主義に対する怒りの告発でもある。「皆が反対だったという。それなのに皆が組み込まれ、皆が参加した。臆病で、分別がなくて、または単に愚かだった」「何百万人もの負け犬は、己の失敗に向き合わないかぎり、これからも負け犬のままでしょう」主人公クラウスは、性倒錯者である我が身を曝して捨て身でそう叫ぶ。本書は出身の東西を問わず読者からの熱烈な支持を受け、「シュピーゲル」誌が選ぶ過去四十年の世界ベストセラー四十作にも入った。

一九九九年、企画と脚本を担当した映画『ゾンネンアレー』が、当時のドイツ映画史上最多の動員数を記録し、同じ題材を扱った小説『太陽通りの短いほうの端で』(邦訳版タイトルは『太陽通り』)もベストセラーに。ベルリンの壁の傍で暮らす高校生の日常を朗らかに、美しくさえ描いて、後の「オスタルギー(東＝オストに対するノスタルジー)」ブームの先駆けとなったこのコメディで、ブルスィヒは大衆的人気を確立したが、一方で東独を美化、無害化したとの批判も受けた。だが、社会の理不尽への怒りを抱えながら、それをあえて笑いの対象にするという著者の姿勢は、現在まで変わらない。

(浅井　晶子)

◇邦訳

『ピッチサイドの男』、『サッカー審判員フェルティヒ氏の嘆き』(ともに粂川麻里生訳)、『太陽通り』(浅井晶子訳)※いずれも三修社

「我ら英雄たち(抄)」(浅井晶子訳、『DeLi 4』所収、沖積社)

Jenny Erpenbeck
ジェニー・エルペンベック
［1967- ］

父は物理学者にして作家、母は翻訳家、祖父母も作家という文学一家の娘として東ベルリンに生まれる。製本師の技術を学んだ後、大学で演劇学、続いて音楽劇演出を専攻。卒業後はグラーツのオペラハウスの演出を手がける。東ドイツでの家族の名声は重荷だったといい、ベルリンの壁崩壊に際してよかったことは、「西では誰も私の家族の名前を知らなかったこと」。

一九九九年、児童擁護施設に引き取られた身元不明の女の子を描いた小説『年老いた子どもの話』でデヴュー。ドレスデンが舞台だと推測はできるが、場所も時代も説明がないおとぎ話風の雰囲気が、シュールな結末と共に話題を呼んだ。

その後諸作品を経て、二〇〇八年、小説『故郷探し――苦難』を発表。かつて著者の祖母が所有した別荘の歴史をたどる物語の中に、ドイツ現代史が凝縮されている。やはりおとぎ話風の突き放した語り口で、自己主張が前面に出がちな他の家族史小説の逆を行くと評された。

続いて二〇一二年、『すべての日々の黄昏』を発表。二十世紀初頭にオーストリア帝国の片田舎に生まれた女性が、偶然のいたずらによって「生きたかもしれない」五通りの人生を描いた。主人公とその血族の人生を通して、二十世紀ヨーロッパの過酷な歴史が浮かび上がる。二〇一二年のドイツ書籍賞にノミネートされるなど、高い評価を得た。

個人の運命を通して二十世紀の歴史を描いた作品が多い。ところが、固有名詞を使わず、登場人物の心理描写を極限まで切り詰めることで、重い主題がどこかおとぎ話のような様相をまとう。さらに、フレーズやモティーフの繰り返しが、幻想的な雰囲気をいっそう強める。繊細な言語感覚には定評がある。インタヴューでは「時に本能的に、意味をゆがめた言葉を書くことがある。ところが全体として見ると、そこに狙った意味、作り出したかったなにかが現れてくる。言葉が常にその総体以上のものであることには驚く」と語っている。

（浅井　晶子）

◇邦訳
『年老いた子どもの話』（松永美穂訳、河出書房新社）

イディッシュ文学

イディッシュ文学の誕生と広がり

イディッシュ語の「イディッシュ」は、ドイツ語の形容詞「ユダヤの」jüdisch に相当し、それは、長いあいだ「ヘブライ・ドイツ語」と呼ばれ、場合によってはただ「俚言＝ジャルゴン」とのみ呼びならわされてきたアシュケナージ（ドイツ）系ユダヤ教徒の共通語である。中世前期、ライン河流域に居場所を求めた流浪のユダヤ教徒は、宗教儀礼にはヘブライ語を用いながらも、世俗的な言語としては、異教徒と同じ中世高地ドイツ語を話した。つまり、それはユダヤ教徒固有の習慣に基づく語彙やいいまわしを含むドイツ語の変種にすぎなかった。ただし、ヘブライ文字という由緒ある文字体系を持つユダヤ教徒は、その文字を活用し、ヘブライ語を操れない同胞を啓発するために、宗教書や祈禱書から説話集にいたるまでを次々に書籍化するようになる。それはローマ字を用いたドイツ語文献の誕生とほとんど時期を同じくするものであったといってもよい。

しかし、中世後期になり、ドイツ語圏におけるキリスト教の急成長や、十字軍に見られる異教排斥の高まりとともに、イディッシュ語を話すユダヤ教徒のなかで、比較的宗教的に寛容だった東方スラヴ人居住地域への移住を希望するものが増える。ボヘミア王国やポーランド王国が、経済の活性化をめざしてユダヤ教徒に各種特権を与え、その移住を促したという政治的な背景もあった。もちろん、そこでもユダヤ教徒を

「異端」扱いするキリスト教徒たちの心ない差別は、存在したが、キリスト教徒との接触を経ることで、イディッシュ語のなかには、スラヴ語起源の語彙や言いまわしが数多く混じることになり、まさにヨーロッパ全域で「近代文学」の様式が定着するようになる十九世紀に世俗的なユダヤ文学が誕生するポーランドからウクライナにかけての一帯で広く用いられていたイディッシュ語は、かたやユダヤ的な伝統によって裏打ちされたヘブライ語やアラム語（タルムードの言語）、かたや各種スラヴ語を、それぞれことばの端々にちりばめた雑種的な言語だった。そのさまを知りたい方には、ぜひイディッシュ語作家、ショレム・アレイヘム（一八五九―一九一六）の代表作『牛乳屋テヴィエ』の邦訳をごらんいただきたいが、すでに作家を志望するひとりひとりが、聖書ヘブライ語から異教徒の言語に至るまで多言語に秀でた知識人であったこともあり、イディッシュ文学ほど、隣接言語に向けて広く開かれた文学もめずらしい。

そういったなかで、新聞雑誌類が庶民の教養を培うメディアとして台頭すると、ショレム・アレイヘムに加えて、メンデレ・モイヘル・スフォリム（一八三五―一九一七）やイツホク・レイブシュ・ペレツ（一八五二―一九一五）などの巨匠が、近代イディッシュ文学の最初の実験を試みる。それが十九世紀後半から二十世紀初頭にかけてである。同じころ、同じくウクライナからルーマニアへと至る地域で活動を始めた近代イディッシュ演劇の祖、アヴロム・ゴルドファデン（一八四〇―一九〇八）の名前も忘れてはならないだろう。

ところが、こうした近代イディッシュ文学の台頭期は、東部ヨーロッパから西へ、そして南北アメリカや南アフリカへの移住が盛んになった時期に重なった。一八八〇年以降、ロシア領で反ユダヤ的な事件が相次いだこともこうした移住熱を煽った。つまり、近代イディッシュ文学は、北はリトアニアから、南はルーマニアにかけての「東欧」を揺籃の地としながら、アシュケナージ系ユダヤ人の新しいディアスポラとともに世界へと「散種」されるのである。ロシア・東欧地域から世界への移住（もしくは亡命）の結果、東欧諸語を「母語」とする話者が新しく西欧諸語との接触を余儀なくされたように、イディッシュ文学の担い手もまた世界に活動の拠点を広げ、そして西欧諸語との新たなハイブリッド化を引き受けることになる。ユダヤ系の英語作家アブラハム・カハン（一八六〇－一九五一）や、ユダヤ系のラテンアメリカ作家アルベルト・ヘルチュノフ（一八八三－一九五〇）らの登場は、そうした新天地におけるイディッシュ文学の移植と根づきにともなう平行現象であった。言い方を変えれば、ドイツ語圏、フランス語圏、英語圏、スペイン語圏、ポルトガル語圏における東欧系移民の文学世界への参入のなかで、東欧ユダヤ系が果たした役割はきわめて大きなものであったということである。

たとえば、第二次世界大戦後の合衆国で活躍したイェジー・コシンスキなどは、ポーランド系英語作家だったが、見ようによっては東欧ユダヤ系の英語作家のひとりともみなしうる。逆に、東欧ユダヤ系の米国作家、フィリップ・ロス（一九三三－）などは、ユダヤ系を含む東欧系の文学とみずからとの親近性を強調し、「母語」をスラブ諸語（もしくはハンガリー語やルーマニア語）とするものであれ、イディッシュ語とするものであれ、東欧系の父母を持つ作家にとって、「東欧」はひとつの原風景でありうると考えた。

東欧のイディッシュ文学

「東欧」のイディッシュ語作家は、第二次世界大戦期の「ホロコースト」の被害者となるか、でなければ、九死に一生を得る形で逃げ延びるか、どちらかだったが、少なくとも一九三九年まで、当時、ポーランド領だったヴィリニュス、そしてワルシャワは、ニューヨークと並び、巨大なイディッシュ文学の中心であった。新しく発足した国際PENクラブの大会へも、この両都市から代表が派遣されたほどである。

ワルシャワは、ペレツが活動の拠点として、その門下に数々の若手が集まった経緯もあり、その後、世界で活躍する多くの作家にとって聖地でありつづけた。第一次世界大戦後に独立を果たしたポーランドでは、ユダヤ系の政党（ブンド）が民族自治を要求する政治活動・文化活動・教育活動に熱心であったこともあり、後のノーベル賞作家、アイザック・バシェヴィス・シンガー（一九〇二-九一、ノーベル賞一九七八年受賞）は、そうした空気をたっぷりと吸いながら、ここで作家修行を積んだ。彼は兄のイスラエル・ヨシュア・シンガー（一八九三-一九四四）がニューヨークに活動の拠点を移したのに引きずられるようにして、一九三五年にワルシャワを離れるが、渡米後も作品の多くをワルシャワやポーランドの僻村を舞台にして書き上げ（邦訳には『ルブリンの魔術師』や『ショーシャ』がある）、彼が渡米後も一貫してイディッシュ語で小説を書き続けたのは、両大戦間期のポーランドで、ユダヤ教徒の多くがイディッシュ語を話し、そのイディッシュ語を抜きにして過去をふり返ることなど不可能だと彼が判断したからだった。その小説のなかでは、ニューヨークやマイアミやブエノスアイレスが舞台となる場合でも、登場人物はイディッシュ語を懐かしそうに話す。要するに、その文学はあくまでも「移民文学」であり、移民と「母語」の切っても切り離せない関係を描く文学である。邦訳のある『敵、ある愛の物語』は、これに「ホロコースト・サバイバー小説」という特徴を加えたものだと言える。

同じく両大戦間期のワルシャワで活躍したイディッシュ語作家には、詩人でもあったイツィク・マンゲル（一九〇一-六九）がいる。十八世紀以降、オスマン帝国、ハプスブルク帝国、ルーマニアと次々に帰属が変わり、現在はウクライナに属するチェルニウツィ（ドイツ語名チェルノヴィッツ）に生れた彼は、一時はルーマニアのイディッシュ語詩人としてブカレストで活動したが、その後、ワルシャワに活動の舞台を移し、聖書に素材を得た数々の詩篇（『エステル記・歌謡集』）や、邦訳のある散文『天国の話』などを書き上げる。西ヨーロッパに移り住むことで戦禍を逃れた彼は、晩年をイスラエルで過ごすが、最も多産だったのがワルシャワ時代である。

また、ナチス・ドイツの侵攻以降もポーランドに留まった詩人のイツハク・カツェネルソン（一八八六―一九四四）は、そもそもヘブライ語でも詩を書くバイリンガル詩人だったが、ワルシャワ・ゲットー時代には、もっぱらイディッシュ語での詩作にはげみ、絶筆である『滅ぼされたユダヤの民の歌』や『ワルシャワ・ゲットー詩集』などには邦訳もあり、ポーランド最後で、最大のイディッシュ語詩人であったと言ってもよい。

他方、ヴィリニュスは、ロシア領時代からユダヤ系労働運動の拠点となったこともあり、ポーランド領だった一九二五年には、世界最大のイディッシュ史・イディッシュ思想研究のセンターとなるＹＩＶＯが立ち上がる（現在はニューヨーク）。また、一九三〇年代には「若きヴィルネ」を名乗る若手のイディッシュ詩人が台頭して、戦争を生き延びた後、イスラエルで活躍したアヴロム・スツケヴェル（一九一三―二〇一〇）、同じく戦争を生き延びて合衆国で活躍したハイム・グラーデ（一九一〇―八二）は、このグループに属していた。同じヴィリニュスで青春を送ったポーランド語詩人、**チェスワフ・ミウォシュ**（戦後に渡米、一九八〇年にノーベル文学賞受賞）は、後年、同郷人としてのスツケヴェルやグラーデに対して深い愛着を示すようになる。

「東欧」とユダヤ

一七九五年の「第三次ポーランド分割」のあと、今日の東欧諸国の原型をなす諸国家は、いったん、すべて地図の上から消え去った。ロシア帝国・プロイセン帝国・ハプスブルク帝国・オスマン帝国、この四大勢力のはざまで、十九世紀というナショナリズムの世紀を生きなければならなかったのが「東欧」だ。その後、第一次世界大戦を経た、その戦後処理のなかで、新しい国民国家作りが部分的に軌道に乗るのだが、その独立もナチス・ドイツの台頭によってふたたび脅かされ、ドイツの敗北後も、今度はソ連主導の共産主義レジームのなかで生き延びなければならなかったのが「東欧」である。そして、ソ連邦の崩壊後に政治的独立を達成したバルト三国やベラルーシ、ウクライナ、モルドヴァなども、この意味からすれば「東欧」だろう。

そして、この地域こそがまさにヨーロッパのなかで、最もユダヤ人が密集する地域だった（元オスマン帝国地域のユダヤ教徒の多くは、ライン河流域からやってきたアシュケナジムではなく、イベリア半島を逐われて結果として移り住んだセファルディムだった。ドイツ語作家・思想家のエリアス・カネッティ（一九〇五-九四）は、その家系に属する）。であればこそ、とくに第二次世界大戦期のドイツ軍占領下では空前の被害がユダヤ人社会に及び、想像を絶する「ホロコースト」の記憶を引き受けなければならないのが、戦後の「東欧」だったということである。

したがって、戦後文学の巨匠のなかでも、イスラエルのヘブライ語作家、シュムエル・アグノン（一八八八-一九七〇、一九六六年にノーベル文学賞）や、フランス語作家、エリ・ヴィーゼル（一九二八-二〇一六、一九八六年にノーベル平和賞）のように幼少期をイディッシュ語世界で暮した作家もいれば（ソ連邦のロシア語作家、イサーク・バーバリ（一八九四-一九四〇）もそうしたひとりと言える）、ソール・ベロウ（一九一五-二〇〇五、一九七六年にノーベル文学賞）やナディン・ゴーディマー（一九二三-二〇一四、一九九一年にノーベル文学賞）のように、先祖まで遡れば東欧ユダヤの伝統に行き着く作家もいる。また、ハンガリーの作家、**ケルテース・イムレ**（二〇〇二年にノーベル文学賞）やイタリアの作家、プリーモ・レーヴィ（一九一九-八七）のように強制収容所でイディッシュ語に接した後に作家となったケースも少なくなく、セルビアの**ダニロ・キシュ**も、そうしたイディッシュ語経験を持つ父のことを描いた。つまり、波乱万丈の二十世紀を生きたユダヤ系の表現者は、バシェヴィス・シンガーのようにイディッシュ語で書くことはなくても、イディッシュ語の響きを脳の片隅に宿しながら、それぞれの言葉で書き続けた。

そう考えると、二十世紀初頭のドイツ語表現者、マルチン・ブーバー（一八七八-一九六五）とフランツ・カフカ（一八八三-一九二四）の差異と共通性が見えてくるだろう。ブーバーは、ウィーン生まれだが、幼少期をオーストリア領の辺境で過ごし、とくにハシディズムと呼ばれるユダヤ教の新しい宗派に傾倒して、ヘブライ語やイディッシュ語に取り巻かれる生活を送った。ドイツを逐われ、一九三八年にパレスチナに渡った彼は、シオニストのひとりとみなされることが多いし、著作の大半はドイツ語で書かれている。しかし彼はポーランド語やイディッシュ語が鳴り響いていた環境のなかで知的な成長を遂げたひとりである。逆に、プラハ生まれのカフカは、大学に入るまでイディッシュ語の存在には無関心だったし、無知でもあったが、大学生時代にシオニスト学生運動に関わったこと、一九一一年から一二年にかけて、ポーランドから来たイディッシュ語劇団と意気投合したことが、ユダヤ系作家としてのカフカの誕生に大きな刻印を残した。第一次世界大戦期にロシア＝オーストリア国境地域からやってきた難民の問題に注目したのも、ボヘミア地方に居ながらにして彼が身近に接することになった「東欧ユダヤ世界」との濃厚な接触の結果である。

二十世紀に入って、「東欧」はそれぞれの「民族語」を用いながら文学に関わるという決断を、すべてのユダヤ系作家に強い、そのなかでイディッシュ語を「民族語」とみなしたものは、約半数であったと考えていいだろう。もちろん、彼らは異教徒の言語にも堪能で、バシェヴィス・シンガーの場合で言えば、彼はポーランド語で本を読み漁ったし、『魔の山』のイディッシュ語訳に従事できるほどドイツ語に精通してもいた。イディッシュ文学がまがりなりにもヨーロッパ文学の諸潮流と歩調と合わせる文学史を築きあげられたのは、その担い手の飽くなき文学修業のたまものだった。

しかし、残りの半分は、多くの場合、イディッシュ語にあまり大きな未来を見出すことができず、むしろ異教徒の言語を用いて表現する方の道を選んだ。それは時としてみずからの出自をカムフラージュする形をとったが、しかし、ナチズムをはじめとする反ユダヤ主義の横行は、そうした同化ユダヤ人作家・詩人に対しても攻撃の矛先を向けた。また他方では、ユダヤ性を売りにする同化ユダヤ人作家も「東欧」にはあらわれるようになり、ポーランドのブルーノ・シュルツなどは、そうした両面を有するポーランド語作家だった。

そして、興味深いのは、そうした同化ユダヤ人をそうだと知った上で付き合った非ユダヤ人たちの存在だ。そのなかには、ユダヤ教徒を忌み嫌い、それを大声で公言するものもいるにはいた（そこには元ユダヤ教徒も僅かだが含まれた）が、そうではなく、地域のナショナリズムから距離を取る同化ユダヤ人の知識人に、敵意でなく憧れを覚えた非ユダヤ人もいた。とくに戦後まで生き延びた作家や詩人のなかには、そういった形で過去をふり返るものが少なくなく、すでにワルシャワ・ゲットー蜂起（一九四三）の段階で、ユダヤ人の悲劇を悼む詩を書き残していたチェスワフ・ミウォシュはそのひとりであったし、アルゼンチンで戦争を生き延びたヴィトルド・ゴンブローヴィチのように、生涯を通じて、同化ユダヤ人との友情を大切にした作家もいた。

「東欧」のナショナリズムは、権力の座に位置する人間の判断次第では、いつなんどき反ユダヤ主義傾向に陥ってもおかしくない危険な要素を内包していたし、いまでもそういうところはある。じっさい、「ホロコースト」に加担したなかには、ドイツ以外の東欧諸国の国民も少なからず含まれた。しかし、逆に良心的な知識人であれば、あらゆる反ユダヤ主義から自由であろうとしなければならないという基本だけは、「東欧」が二十世紀のあいだに身につけてきた大きな知的遺産の一部である。社会主義体制下の「東欧」では、あからさまな反ユダヤ主義は横行しなかったが、かといって、各国民国家の遺産として、かつてイディッシュ語を話した「ユダヤ系マイノリティ」の記憶を正確に「国民の記憶」のなかに根づかせる努力が十分になされたわけではなかった。しかし、一九八〇年代に入ると、バシェヴィス・シンガーの作品が少しずつポーランド語に翻訳されるようになるなど、イディッシュ文学もまた、「国民文学」の一部であるとみなす空気が少しずつ広がってきている。その背景には、ポーランドにかぎっていえば、アダム・ミツケーヴィッチ（一七九八－一八五五）からジョーゼフ・コンラッド（一八五七－一八五五）まで、国外に出た後、場合によってはポーランド語を棄てて活躍した同胞をまで温かく「文学史」のなかに呼び戻そうという傾向があり、「ホロコースト・サバイバー」として世界に散った古き隣人に対しても、敬意を払うことは知的に正しいことであるという判断が、少なくとも知識人や出版界には定着しつつある。

このような意味で、本書のなかに「イディッシュ文学」の項目を設けたことには大きな意義があった。イディッシュ語話者をもはやほとんど残さない「東欧」ではあるが、少なくとも東欧諸国は、イディッシュ語を「母語」とした何百万人もの墓碑を守るための国家でありつづけなければならず、そうした過去の記憶を引き受けるという任務は、べつに同化ユダヤ人にだけ負担を求めるべきものではないだろう。

アンジェイ・ワイダによる映画化で知られるヴワディスワフ・レイモント（一八六七―一九二四）の『約束の土地』は、二十世紀初頭を背景に、ポーランド貴族とドイツ人とユダヤ人の友情を描いた名作だが、多民族・多言語・多文化が、あぶなかしくも共存・共生・共栄をはかっていた過去の記憶を正しく呼び覚ますことの重要性が、つねに語られつづける場所としての「東欧」を考えるとき、「イディッシュ文学」の位置は、実態より大きく見せる必要はないものの、決して無下に扱われるべきものではない。ロシアを含めたときの「東欧」はかつて一千万人にも及ぼうとするイディッシュ語話者を擁した土地だったからである。

（西　成彦）

◇邦訳

ショレム・アレイヘム『牛乳屋テヴィエ』（西成彦訳、岩波文庫）

アイザック・バシェヴィス・シンガー『不浄の血――アイザック・バシェヴィス・シンガー傑作選』（西成彦訳、河出書房新社）、『ルブリンの魔術師』『ショーシャ』（ともに大崎ふみ子訳、吉夏社）、『父の法廷』（桑山孝子訳、未知谷）、『敵、ある愛の物語』（田内初義訳、角川文庫）など。

イツィク・マンガー『天国の話』（三浦靱郎訳、社会思想社）

イツハク・カツェネルソン『滅ぼされたユダヤの民の歌』（飛鳥井雅友・細見和之訳、みすず書房）、『ワルシャワ・ゲットー詩集』（細見和之訳、未知谷）

シュロイメ・アン＝スキ『ディブック』（西成彦編、赤尾光春訳、未知谷）

ベラルーシ文学
——土地の人間（トゥテイシヤ）の曖昧なアイデンティティ

ベラルーシは個性の強い民族や地域のひしめく東欧の中では比較的影の薄い国である。両隣にあるロシアとポーランドの間で取ったり取られたりをくりかえすうちに、どちらの側とも似ているけれどちょっと違うという曖昧な独自性を獲得することになった。ウクライナとリトアニアもベラルーシと似たような歴史的変遷を経ているが、こちらはキエフ大公国やリトアニア大公国という輝かしい歴史の記憶がアイデンティティの拠り所になっている。実はベラルーシこそがリトアニア大公国の正統な後継国家だという議論もあるが、国の名前を持っていかれてしまった手前どうも分が悪い。しかしここでは影の薄さこそが他の東欧諸国にはないベラルーシの際立った個性だと主張したい。

まだベラルーシという国家がなかった時代、「あなたは何人ですか？」と聞かれた農民は、自分がベラルーシ人だという意識がないため、「わしらはこの土地の人間（トゥテイシヤ）ですよ」と答えたという。出所がはっきりしないのがいささか怪しいが、ベラルーシ人の国民的なアイデンティティの希薄さを説明する際に今でもしばしば引用される逸話である。

ベラルーシの国民詩人として、ロシアのプーシキンやポーランドのミツケヴィチと並び称されるヤンカ・クパーラ（一八八二–一九四二）は『トゥテイシヤ』（二二）という戯曲を書いている。これはロシア革命後の内戦時代のミンスクを舞台にしており、主人公のミキータ・ズノーサクはドイツ軍、ポーランド軍、ソ連赤軍と新しい勢力が町を占拠するたびに自分のアイデンティティをころころと入れ替える。自分の名前すら、ロシア語の「ニキーチイ・ズノシロフ」やポーランド語の「ニキーチシュ・ズノシロフスキ」をその場に応じて使い分けるありさま。確固たる自意識の欠けたトゥテイシヤ（土地の人間）を反面教師として滑稽に描き出すことで、クパーラの喜劇はベラルーシ人のあるべき理想に強く訴える力を持った。ソ連時代にはナショナリスティックな傾向を批判されて日の目をみなかったが、一九九〇年に由緒あるヤンカ・クパーラ国立アカデミー劇場のミカライ・ピンヒン監督によって上演され、熱狂的な支持を得ることになった。

独立の熱狂がさめると、ロシア語の影響力が大きくなる一方で、ベラルーシ語の戯曲や文学はあまり人気を得られない残念な状況になっていったが、ベラルーシ語歌詞のポップミュージックは例外的に熱心なファンを集めている。リャヴォン・ヴォリスキーをはじめ人気ミュージシャンを集めたロック・ミュージカル『国民のアルバム』（〇〇）はポーランドとソ連によって東西分割されていた時代（一九二〇–一九三九）のベラルーシを舞台にしている。真面目なナショナリストは一人も登場せず、政治演説も戦争もほろ酔い加減の雰囲気の中で展開する。登場人物はポーランド人だったり、ロシア人だったり、ユダヤ人だったりするが、そのアイデンティティは定まってはおらず、結局は「この土地の人」としてしか規定できない。クパーラの戯曲では否定された曖昧な自己認識が、ここでは国家や民族の枠組にとらわれない肯定的な価値を担っている。

一九八〇年代後半には「トゥテイシヤ」というネガティブな意味合いの言葉をあえて名乗った作家のグループもあった。そのメンバーで現代ベラルーシ文学を代表する作家のひとりとも言われるアダム・グロブス（一九五八–）は後に「トゥテイシヤ」（〇〇）という短編小説を書いている。語り手がミンスクにかつて住んでいたユダヤ人の知り合いを思い出すというエッセー風の作品で、面白いのは「土地の人」という小説のタイトルが「この土地に住んでいたユダヤ人」を指していることだ。「ベラルーシ」という明瞭なカテゴリーを使うことでこぼれ落ちてしまいかねない差異も、境目のはっきりしないトゥテイシヤ（土地の人）が包みとることができる。ベラルーシ文学の希薄さが、ある種のしなやかな強さとなることを願ってやまない。

補記　民族意識の希薄なベラルーシ人は、ロシア人以上にソ連にノスタルジーを抱く人が多い。二〇一五年のノーベル賞作家スヴェトラーナ・アレクシエヴィチが描く社会主義に生きた普通の人々の多くがベラルーシ人なのは偶然ではない。

（越野　剛）

想像力としてのウクライナ文学

想像力——それは異なるもの同士を結び合わせ、一つの物語を作り上げてゆく仮説形成的《アブダクティヴ》な構想力のことではなかろうか。だとすれば、今からちょうど百年前、混迷の世紀転換期を力強く生き抜き、豊かな才能と想像力を以て近現代ウクライナ文学の礎を築いた一人として、レーシャ・ウクラインカ（一八七一—一九一三）の名を挙げないわけにはゆかない。

幼少期から慣れ親しんだ故郷ヴォルイニ地方のフォークロアを題材としたメルヘンドラマ『森の歌』（一一）は広く知られるところであるが、同じく作家晩年の代表作の一つに、彼女が病身を押して執筆に心血を注ぎ、その無事の脱稿を待ち望んでいた『ルフィヌスとプリシラ』（一一）という長編劇詩がある。これはウクライナ版『クオ・ヴァディス』とでも呼ぶべきもので、古代ローマにおける初期キリスト教徒の受難をモチーフとして、権力と大衆、文明と宗教等をめぐる問題が、登場人物間の詩的な対話形式の中で澱みなく展開されている。

主人公の二人、ルフィヌスは名門一族の若きローマ市民で哲学的知性の持ち主、その妻プリシラもローマの名士老アエティウスの愛娘であったが、彼女は同時に「野蛮な新興宗教」として当局による弾圧の対象となっていたキリスト教の信徒でもあった。プリシラは危険を顧みずにカタコンベでの夜間礼拝に参加していたが、密告によって集会が検挙される危機が差し迫る。ルフィヌスは信徒ではなかったものの、妻の身を案じて自宅を彼らの集会場所として提供することを申し出る。しかしその秘密を嗅ぎつけるかのようにローマ社会の「寄生者」クルスタが来訪し、集まる信徒らを「知人」と偽りつつ平静を装おうとするルフィヌスを尻目に、彼らに向かってキリスト教およびその神を冒瀆する言葉を吐き続ける。ようやくクルスタを追い払った矢先、今度は信徒たちが「クルスタによる聖物冒瀆を思い出させる」として、アドニス（女神ヴィーナスに愛された美少年）の神話をモチーフとしたルフィヌス邸の絢爛たるフレスコやモザイクの壁画を塗り潰し始める……。そして結局、密告者が呼び寄せた官憲の手先によって、ルフィヌスとプリシラは信徒の会衆と共に捕えられてしまう。

聖職者を標榜しながら詭弁を弄して保身に走る者たちの振る舞いに辟易しつつも、親友ルキウスの誠心からの語りかけや、極限状況においてさえ変わることのないプリシラの献身的な生き様に共鳴するルフィヌスの魂は、宗教や信仰の形骸的な側面に躓《つまず》くことなく、友人や妻への信頼と敬愛の念をさらに深めてゆく。キリスト教徒に対する公開裁判が行われる円形競技場を舞台とした最終幕では、「パンとサーカス」に酔い痴れ、残酷な処刑さえ余興と変えてしまうローマ市民の狂気の一面が、作者の筆によって鮮やかに描かれている。ローマの名門の出自であったルフィヌスおよびプリシラは、二人の意思次第で極刑を免れる機会を何度か与えられていたのだが、自らの良心と信念に従って判断し行動した結果、処刑への道を共に選ぶことになる。

最後の場面、二人の今際《いまわ》の言葉と、その直後に響く斬刑の鈍重な音が、作品の幕を忽然と閉じる。

「さらばわがローマよ、おまえも直に滅びよう」

「親しい皆さん、神さまがあなた方をお救いくださるように」

共にローマの狂気の前に斃れたルフィヌスとプリシラ。信仰のあり方の違いを越えて妻と生死を共にしたルフィヌスは、プリシラにとってかけがえなき同伴者であったに違いない。しかし、呪詛ではなく、祝福の祈りによって最後の別れを告げたプリシラも、夫ルフィヌスのよき同伴者であっただけでなく、時に高慢な信徒の仲間に対しても、いや、処刑の現場に居合わせた全ての人々にとってさえ、やはりよき同伴者であったと言えまいか。第一次大戦やロシア革命を間近に控えた暗澹たる時代、レーシャ・ウクラインカはこの作品によって、複雑多岐に分節・分断された現代世界およびそこに住まう人々の「共通分母」となり得る、新たな希望を見出そうとしたのかもしれない。

ウクライナというトポスは、「クライ（分かつ）」という印欧祖語由来の語根と、それを裏づけるかの如き凄惨な分断と併合の歴史を、宿命的に併せ持っている。同時に、あらゆる生命体を組成するところの細胞が、母なる海の一部を細胞膜で「囲い取る」ことによって誕生したように、あらゆる風土はその母胎となる大地から発展的に「分かたれる」ことによって形成されるのであり、ウクライナが本質的に内包する「分かたれた大地」という概念が、混沌の中から一つの自律的秩序が生まれ出ずる際のダイナミズムをいみじくも示唆するものであるという側面も、決して見逃してはならないだろう。

そうした宿命を直接的・間接的（あるいは逆説的）に踏まえつつ、土壌派・西欧派、または伝統主義・現代主義・ポスト現代主義等の思想や文体上の違いを越えて、真摯に「現代」を語ろうとするウクライナ文学の珠玉の作品群は、その類い稀な想像力と抗い難いアクチュアリティによって、常に私たちを惹きつけてやまない。

（原田　義也）

東欧からのドイツ人追放とドイツ人の故郷喪失をめぐる文学

第二次世界大戦前のドイツ

カント（一七二四－一八〇四）、E・T・A・ホフマン（一七七六－一八二二）、アイヒェンドルフ（一七八八－一八五七）、ショーペンハウアー（一七八八－一八六〇）、リルケ（一八七五－一九二六）、カフカ（一八八三－一九二四）、皆ドイツ文学者あるいはドイツの哲学者としてよく知られている。だが、ここに挙げた六人は、現在のドイツ語圏（ドイツ・オーストリア・スイス）の国境の外で生まれている。カントやE・T・A・ホフマンが生まれた町は、ケーニヒスベルク。今はロシアの飛び地となりカリーニングラードと呼ばれている。アイヒェンドルフやショーペンハウアーが生まれた場所は、今はポーランド領。リルケやカフカが生まれた町はチェコのプラハ。彼らの生まれ故郷はいずれも、かつてはドイツ文化が花開いた場所である。昔のドイツ語圏は今よりずっと広かったということだ。ただし、ドイツ語圏の拡大は先住民の土地を侵略した結果でもあった。十三世紀以降、キリスト教化を名目としたドイツ騎士団による入植や、ハンザ同盟による通商圏の拡大を背景に、東欧の各地にドイツ語話者が移住・定住し、その地域は現在のポーランド、ウクライナ、ルーマニア、チェコなど広範囲に及んでいた。

逃亡・追放・故郷喪失

とはいえ、東欧の地では何百年にもわたり、多くの民族がまがりなりにも共存してきたのである。その多民族共存の状況は、ナチスの台頭で終わりを告げた。ナチス・ドイツはドイツ系住民保護を名目にチェコスロヴァキアを併合し、さらにドイツの領土を東西に隔てているポーランド回廊を自国の領土とするべくポーランドに侵攻し、第二次世界大戦が始まった。その後、ドイツの敗戦が決定すると、東欧各地に分布していたドイツ語話者がドイツ本国へと追放されることとなった。ドイツ人が広範囲に散らばっていることを根拠にドイツが領土拡張を繰り返すのを防ぐのが目的だったとされる。このとき、ソ連の意向によってポーランドとドイツとの国境が西へと移されるなどして、ドイツは戦前の領土の四分の一を失った。昔からドイツだったのに敗戦でドイツではなくなった地域と、昔からドイツではなかったけれどドイツ語話者が住んでいた地域から、どんどんドイツ語話者が追放された。赤軍が攻めてくることを恐れて一九四四年末頃から自らの意思で故郷を後にしたドイツ人たちもいたが、彼らもいずれは故郷に戻るつもりだった。土地家屋や財産を捨ててドイツ本国へと移住させられた人々は皆、きっといつかは故郷に戻れると信じていた。

逃亡・追放・故郷喪失をめぐる東側の文学

終戦後、ドイツは東側と西側に分割占領された。一九四九年の段階で東側占領地区では四人に一人が東方からの避難民だった。被害者というニュアンスが感じられる「被追放者」や「避難民」という言葉を公に使うことは禁止されており、彼らは「移住者」と呼ばれていた。ドイツ人追放がソ連主導で行われたため、追放について語ることそれ自体がソ連を敵視する行為とみなされタブー視されていたのだ。アンナ・ゼーガース（一九〇〇―八三）は、一九五〇年に、「移住者」という言葉をタイトルに掲げて短編を執筆している。夫を戦争で亡くし、ふたりの子どもを連れて小さな村へと移住してきた女性が、受け入れ家族に疎んじられて肩身の狭い生活を余儀なくされるが、やがて共産党の助けでまともな住処と生活の喜びを手に入れるという筋書きである。この作品からは、移住してきた見知らぬ土地に同化していくことがいかに困難であったか、そしてドイツ本国の地元住民にとっても戦後の貧困のなかで移住者を受け入れることはいかに大変なことであったかを知ることができるだろう。

一九六〇年代には、ヨハネス・ボブロフスキーが故郷(現ロシア領)への愛を密かに語る作品を数多く発表した。「ねずみのおまつり」(六二)は、童話のような雰囲気でありながら、ドイツ人が東欧の地で犯した罪を照らし出す作品である。ポーランドのある町の小さな店でユダヤ人の老人と月が語らっていると、そこに若いドイツ兵が現れ、そしてまた去っていくというだけの筋だが、ポーランドのユダヤ人のたどった過酷な運命を象徴的に描く物語となっている。この作品はドイツ兵として従軍した作者自身の体験にもとづいており、作品に登場するドイツ兵はユダヤ人の老人に対して身体的な暴力や言葉の暴力は加えない。作者自身、通信兵だったおかげで、他国民を殺さねばならないような場面には遭遇しなかった。だが、この作品からは、直接手を下していないからといって自分には罪はないと判断するのは早計であるという作者の考えが読み取れる。

文学への規制がやや緩和された一九七〇年、エーリク・ノイチュ(一九三一-)は「牧人」という小説を執筆した。この作品は逃亡の過程を描いたもので、主人公はひとりの老牧人。餓死や凍死、戦線にぶつかる危険と隣り合わせで何カ月も徒歩で移動しなければならず、必死の思いでようやくベルリン郊外に辿り着いても、そこに喜びや安心や達成感が待っているわけではない。そこにいるのは、無気力な顔をして横たわっている移住者たちの群れだ。逃亡・追放の過酷さがまざまざと伝わってくる作品である。

一九七六年には、クリスタ・ヴォルフが『幼年期の構図』を執筆した。現在はポーランド領となっている土地で生まれ、自らも強制移住を経験した彼女の自伝的要素を孕む小説だ。それまでの東ドイツ文学が、ソ連をはじめとする東欧諸国の顔色を窺いながら書かれたものだったのに対し、この小説は、故郷からの移住を強いられた人々の心境を驚くほどストレートに描いている。例えば、「ロシア人はすべてのドイツ女性を暴行する。これは疑いない事実だ」という文章だけをみても、ソ連との友好関係のために慎重に慎重を重ねてきたそれまでの東ドイツ文学とは違っていることが分かる。また、逃亡・追放というテーマについて東ドイツでは自由に語られてこなかったという事実も、小説中で言及されている。

一九四九年の段階で四人に一人が「移住者」であった状況に比して、このテーマを扱った東ドイツの文学作品はごくわずかだが、国の規制の間隙を縫って書かれた諸作品は、必ずしもわかりやすく「被害」を訴えるものではないからこそ、かえって読者の胸を打つ。

逃亡・追放・故郷喪失をめぐる西側の文学

西側占領地区及び西ドイツでは、東側に比べればはるかに大きな言論の自由があったが、それでもこのテーマは扱いづらいものとされてきた。人口の五人に一人が東方からの移住者という状況で、下手なことを言えば多くの人の反感を買う可能性があった。また、昔の領土を取り返そうとしていると受け取られたり、ナチス犯罪を相対化しようとする修正主義や報復主義であるとして批判されたりしないためには、慎重にならざるを得なかった。

また、国境線に対するスタンスは東西ドイツで決定的に違っていた。オーデル＝ナイセ線と呼ばれる、敗戦に伴ってドイツとポーランドの間に引かれた新しい国境線は、東側では一九五〇年には既に正式な国境線として認められていたものの、西側で正式に承認されたのは、ようやく一九九〇年のドイツ統一の際のことだった。オーデル＝ナイセ線を認めるということは、被追放者たちにとっては故郷を決定的に失うということであり、オーデル＝ナイセ線の承認に反対する声が止むことはなかった。

だが、東欧諸国との友好関係を築くため、あるいはナチス時代を反省し新しく生まれ変わったドイツをアピールするためには、オーデル＝ナイセ線を受け入れる必要があった。その承認の過程で文学が果たした役割は少なくない。

例えば、クルト・イーレンフェルトは、『冬の雷雨』(五一)という小説のなかで、牧師という立場から、神を信仰する人間たちが故郷を喪失するようなことを神はなぜお許しになるのかという疑念に答えようとする。そして、自分たちの国・民族が罪を犯した以上、何らかの犠牲が必要になるのだという答えを導き出す。このような作品が、領土の喪失はナチス時代にドイツが犯した罪の代償だという戦後主流になっていく考え方を生み出すのに寄与した。

現在はポーランド領となっているシレジア地方で生まれたハインツ・ピオンテクの短編「雪の下の土」は、終戦の十年後に書かれた。故郷への帰還を断念する辛さを味わいながらも希望を持って新しい土地で生きていこうとする農民一家を描くことで、被追放者たちの共感と新しい故郷に根を下ろそうという決意を呼び覚まし得る作品となっている。

ジークフリート・レンツの『郷土博物館』(七八)やギュンター・グラスの『ブリキの太鼓』(五九)は、逃亡・追放・失われた故郷をめぐる文学の代表作である。『郷土博物館』は、故郷奪還目的に利用されるのを防ぐために、移住先で再建した博物館に放火する人物を描いた物語。『ブリキの太鼓』は、三歳で成長を止めた少年を主人公に、戦前・戦中・戦後の時代を描き、ナチスの暴走を助長させた一般の人々の罪を暴く作品である。両作品とも、ドイツの罪の自覚がなければ生まれなかっただろう。

今のドイツの形ができるまでにドイツ人は多くの葛藤を経てきた。その過程で西ドイツでは、実際に故郷喪失を経験した作家たちが、文学作品を通して、東欧の故郷を愛しているがゆえに放棄するという道を作ってきたのである。

(永畑　紗織)

東西統一後の東欧系ドイツ語文学

はじめに

前項で紹介したとおり、第二次世界大戦の惨禍に見舞われるまで、東欧地域でのドイツ文化は、ドイツ文化全体のなかでも重要な位置を占めていた。また東欧のなかでドイツ文化は大きな役割を果たしてきた。カフカ（一八八三－一九二四）やリルケ（一八七五－一九二六）、ヴェルフェル（一八九〇－一九四五）といったプラハ出身でドイツ語で創作した作家たちの名前を思い浮かべてもいい（あるいはザッヘル・マゾッホ（一八三六－九五）を）。ここではごく簡単にではあるがそれぞれの地方とのドイツ文化の交流、地元に果たした役割についても言及しておきたい。その意味で、誰よりも往時の東欧世界を描いているのはユダヤ系作家・ジャーナリストのヨーゼフ・ロート（一八九四－一九三九）の諸作品だろう。いやロート自身が、この諸民族そして文化が混淆する地域を体現した存在だったというべきかもしれない。彼はこの地域の繁栄とナチス・ドイツの台頭による危機を生きた作家だった（一九三八年に困窮のうちに病死したロートは、この地域の破滅は体験しなかった）。しかしロート、あるいは少し後の世代にあたるパウル・ツェラン（一九二〇－七〇、チェルノヴィッツ出身のユダヤ系ドイツ語詩人）を生み育てた文化的土壌は、ナチス・ドイツが惹き起こしたカタストロフによって一瞬のうちに壊滅されてしまった。

もっと南方のトランシルヴァニア地方（ハンガリー語ではエルデーイ地方、ドイツ語ではジーベンビュルゲン地方）にも、シギショアラなどこの地方に入植したドイツ人の共同体が形成され、独自の文化をはぐくんでいた。この地域の都市はルーマニア、ハンガリー、ドイツの三つの言語の呼び名を持っている。クルージはハンガリー人からはコロジュヴァール、ドイツ人からはクラウセンブルクと呼ばれる。しかしこの地域のドイツ語文化も、ナチスの侵略と敗退、共産主義政権の成立によって逼塞することを余儀なくされてしまう。ノーベル文学賞を受賞したヘルタ・ミュラーは『狙われた狐』(九二)などで、チャウシェスク政権下でのドイツ人・ドイツ文化への厳しい監視と迫害、当時の息詰まるような暮らしぶりを赤裸々に描いた。

ドイツ統一後の状況

戦後、失われた故郷について語ることは、東西両ドイツとも、ともすれば戦前への復古主義さらにナチスの政策を肯定する言辞とみなされ、政治的にきわめてデリケートな問題になった。この点も、先の項目で説明されている。逃避行の苦労、赤軍(ソ連兵)の暴虐を正面から文学作品のテーマとすることは憚られた。彼らは沈黙を強いられただけではない。東プロイセンからの避難民が、廃墟から復興を遂げようとする「新生ドイツ」で異物・厄介者扱いされ、言われない差別にさらされる様は、たとえばファスビンダー監督の映画「ローラ」(八一)にも描かれている。

それゆえにこそ一九九〇年のドイツ統一は、とりわけ故郷喪失者にとってこのようなタブーを払拭する絶好の機会に映った。西ドイツ時代から政界に一定の勢力を持っていた在郷シュレージエン人協会は、オーデル=ナイセ線を最終的な国境として確定することに声高に反対した。この国境を認めることは、彼らの故郷が永遠に「ドイツ」でなくなることを意味するものだからだ。八〇年代、アウシュヴィッツでの虐殺を含めナチスの犯した罪を、スターリンの粛清やポル・ポトの虐殺といった二十世紀の他の犯罪と並べて、ドイツの責任を相対化・軽減しようとする動きが「歴史家論争」と呼ばれる激しい応酬に発展したばかりだった。

そうした空気の中、ここでもギュンター・グラスが果たした役割は大きい。『鈴蛙の呼び声』（九二）でポーランドとドイツの歴史的和解を説く記念墓地設立運動を描くことによって、両者の歩み寄りを促した（小説のなかでこの運動は挫折を余儀なくされるのだが）。

モニカ・マロン（一九四一-）は、東独時代のデビュー作『煤塵』（八一）でも触れていたみずからのユダヤ系ポーランド人という出自を題材に『パヴェルの手紙』（九九）を執筆した。だが統一を期に、これまで忌避されてきた東方難民あるいは戦前のドイツ人居住地を描いた小説が雨後の筍のように現れるような現象はみられなかった。とはいえ、ナチスを含む二十世紀のドイツの歴史をとらえ直そうとする大部な歴史小説が、流行のように数多く書かれるようになったのは事実である。そして、たとえば歴史家ヒルグルーバー（「歴史家論争」ではノルテら保守派の歴史修正主義を批判していた）が大戦末期において避難するドイツ系住民を守ろうとした国防軍の英雄的行為を評価しようとした試みに対し、ハーバーマスが激しく論駁したり、また避難民を乗せた客船グストロフ号撃沈事件を主題の一つとするグラスの『蟹の横歩き』（〇二）発表を契機として、グストロフ号沈没の悲劇について「シュピーゲル」誌などで大々的な特集が組まれるなど、「失われた故郷」「失われたドイツ」に対する関心――「怨嗟」という言葉を用いることに語弊があるとすれば――は衰えるところをしらない。もちろんこのような復古調の言説を勢いづかせることがグラスの意図だったわけではない。むしろ匿名のネット社会において、感情的な政治的な書きこみ（言動）が孕む危険性に対して警鐘を鳴らそうとしたといえる。しかし（グラスの本意とは裏腹に）『蟹の横歩き』を契機としてドイツで沸きおこった騒動（ようやく「犠牲者としてのドイツ人」を語れるようになったという自負）が、今日なおこの問題が未解決のまま生きており、議論することが難しい現状を明示したといえる。

ベルリンに集った東欧出身の作家たち

若い世代の作家にとって、「鉄のカーテン」が開いたことは、東方に広がる新しい世界が開けたことを意味した。インゴ・シュルツェの小説『幸福の三三の瞬間』（九五）は、これまで訪れることが困難だった東欧を旅した新鮮な体験なしには書かれなかっただろう。マルセル・バイアー（一九六五―）のように統一後の東欧世界に関心を抱いてドレスデンに移住した西側出身の若手作家もいた。バイアーはその経験を『カルテンブルク』（〇八）という、ナチス時代から東独へいたる大部な歴史小説へと結実させた。

そして東欧の社会主義国家の崩壊は、文化的にもドイツに大きな影響を及ぼした。ふたたびドイツの首都になったベルリンでは、東欧出身の作家が数多く活躍するようになった。先に紹介したヘルタ・ミュラーは冷戦期にルーマニアから亡命してきた作家だが、九〇年代には政治的・経済的に不安定な東欧から、とりわけ内戦がつづいたユーゴスラヴィアからドイツへと、多くの作家が移り住んできた。統一後のベルリンではプレンツラウアーベルク、シェーンホイザーアレー、パンコーなど短い周期で「芸術家村」のようなものが現出し活気に沸いている（街が俗化し、また家賃が高騰すると別の地区に人気は移動する）。かつてのハプスブルク帝国の首都であるウィーンではなくベルリンに作家が集まったのは、ベルリンが文化的活力にあふれる街だっただけでなく、経済市場として魅力のある街だったことが大きな理由であったことは否めないだろう。

もちろん、ヴラジーミル・ヴェルトリーブ（一九六六―）やユリア・ラヴィノヴィチ（一九七〇―）のように、ウィーン・グループを代表とする言語懐疑、言語実験の伝統をもつオーストリアを意識的に拠点に選ぶ作家もいる。

冷戦による「鉄のカーテン」が「東欧」と「ドイツ」の線引きが持つ意味を大きく変えてしまったことは「はじめに」でも触れた。そして二十一世紀に入りEUの東方拡大にともなって両者の関係もふたたび変わりつつある。多民族・多文化・多言語・多宗教が共生し、せめぎあう「東欧」を去り、生涯を異郷の地でドイツ語作家として送った作家たち、ブルガリア出身でノーベル賞文学賞を受賞したエリアス・カネッティ（一九〇五-九四）、先に名を挙げた詩人パウル・ツェラン、「プラハの春」が武力鎮圧された後チェコから西ドイツに亡命し、小説を書きつづけたリブシェ・モニコヴァ（一九四五-九八）たちにとっての、創作のバックボーンとしての「ドイツ文化」の意味合いも、今日やはり大きく変容しつつある。

　いずれにせよウクライナ出身のウラジーミル・カミナー（一九六七-）、ハンガリー出身のテレージア・モラ（一九七一-）、ボスニア出身のサーシャ・スタニシッチ（一九七八-）、ブルガリア出身のイリヤ・トロヤノフ（一九六五-）、アゼルバイジャン出身のオリガ・グリヤノヴァ（一九八四-）など多士済々である。

　とはいえ、これらのドイツ語で創作する作家が、かつてのゲーテ（一七四九-一八三二）だのシラー（一七五九-一八〇五）だのトーマス・マン（一八七五-一九五五）だのといったドイツ文学史のカノン（正典）の後継者たらんとしているわけではないことはいうまでもない。ユーゴ内戦からアムステルダムに亡命したウグレシッチ、アメリカに亡命したテア・オブレヒト（一九八五-）と同じように、スタニシッチにとってベルリンがある程度の必然性を持っていたにせよ「絶対」であったわけではない（テレージア・モラと同じハンガリー出身の作家でもアゴタ・クリストフはフランスに、クリスティナ・ヴィラグ（一九五三-）はスイスに居を移している。）もちろんスタニシッチにせよモラにせよ、それぞれの郷土の風景を描いた内容というより、彼らなりの独特のドイツ語の文体を構築、駆使して、ドイツ語（文学）に新鮮な息吹を送りこんだことが高い評価を得る理由になってはいる。とはいえ、「東欧出身だから」という理由だけで一括りにする必然性はほとんど存在しない。むしろベルリンの「今」を生きる作家たちを括る共通項を無理に挙げることは、困難であるばかりか暴論になりかねない。むしろトルコからのエミーネ・エツダマル(一九四六-)、フェリドゥン・ザイモグル(一九六四-)そして日本からの多和田葉子(一九六〇-)——さらにザルツブルク(オーストリア)からのレグラ(一九七一-)を加えてもよい——のように、多言語多文化のベルリンの魅力に惹かれ、この都市の空気を呼吸する作家たちの一人としてこれらの作家を捉えた方が適切だろう。このことはドイツ語を母語としない作家に与えられる文学賞であるシャーミッソー賞の受賞作からもわかる。

引揚げ者のドイツ語文学、東欧のドイツ語文学という意味では、やはり第二次世界大戦で大きな断層線が走り、一つの文化的な豊饒な世界が失われ、時代にすでに幕を下ろしたといえる。現代の新しい「ドイツ語文学」は、過去のイメージからは自由に作品を楽しむことが読者に求められているのではないだろうか。

今日、ウクライナ、ロシアの政治状況はきわめて不安定である。たとえば言論弾圧をさけてロシアの作家ミハイル・シーシキン(一九六一-)はチューリヒに活動の中心を移し、エッセイなどドイツ語で発表しはじめた。また多くの戦争難民を受け入れているドイツの移民政策がどうなるか見通せない。ときの政治によって「東欧系ドイツ語文学」も今後さらに変貌を余儀なくされるだろう。

注記

ギュンター・グラスの作品名は多義的である。『鈴蛙の呼び声』は「不吉な出来事を告げる者の声」という意味であり、『蟹の横歩き』は本来「退行」を意味する。

(國重　裕)

Johannes Bobrowski ヨハネス・ボブロフスキー

［1917-65］

リトアニアと国境を接する東プロイセンのティルジット（現在のロシア領ソヴェツク）生まれ。少年時代の夏休みは、祖母が住んでいたリトアニアのモチシュケン村（現在のリトアニア領モシチキャイ）で過ごし、ユダヤ人やロマ、リトアニア人、ポーランド人、ロシア人、ドイツ人が入り乱れて生活しているこれらの地域での体験と自然の風景が、彼の心に強い印象を与えた。十七歳の時、ナチス政権に抵抗する告白教会運動に加わる。その後、兵役義務に服している間に家族はベルリンに移住する。第二次大戦が始まり、彼は通信部隊の一兵士として従軍。敗戦とともにソ連軍の捕虜となり、四年半にわたる捕虜生活を経て、東ベルリンに住む家族のもとへと帰還したのは一九四九年末のことだった。戦後は生まれ育った東プロイセンの故郷に帰ることが許されなかった彼は、東欧の幅広い地域に関心を向け、これらの地域の歴史・風土に作品の題材を見出し、執筆活動を行った。一九五二年以降は、特にこれらの地域における諸民族の関係を描くことに主眼が置かれた。

詩人として文壇デビューした彼の最初の長編『レヴィンの水車』（六四）の舞台は、一八七四年の西プロイセン（現ポーランド領）。ドイツ人やポーランド人、ユダヤ人やロマたちが暮らす小さな村である。主人公は語り手の祖父ヨハン。裕福なドイツ人で水車を所有している。彼はユダヤ人レヴィンの水車小屋が儲かっているのが気に入らず、彼の水車小屋を壊してしまう。裁判が行われるものの、レヴィンの敗訴に終わる。レヴィンはロマの恋人マリーとともに村を去る。ヨハンの完全な勝利にもみえるが、ヨハンは村に居心地の悪さを

感じ、町へと引っ越すことになる。この小説のなかで目につくのはドイツ人の横暴さである。ヨハンは自分には特権があると信じていて、好き勝手な振る舞いも許されると思っている。教会への資金援助が目的でヨハンに取り入ろうとする伝道師フェラーのような取り巻きもおり、ドイツ人であれば偉ぶることが許されるかのようである。この小説中のドイツ人たちは「ありとあらゆる財産を持って」いるとされ、物質的な欲望に囚われているようにみえる。例えば、葬儀に絹製の黒服を着て行けることが嬉しくてたまらない様子のヨハンの妻クリスティーナが描かれていたりする。他方で、この作品内では民族というものの曖昧さが繰り返し強調されている。「ドイツ人たちはカミンスキーとかトマシェフスキーだとかコサコフスキーとかいう名前で、ポーランド人の方はレープレヒトだのゲルマンだのという名前がついていた」という一文を読めば、民族というものが決して固定化されたものではないと作者が言おうとしていることが分かるだろう。

　ボブロフスキーは、ポーランド人の家系とドイツ人の家系が入り混じった家の出である。ドイツ語を母語とし、ドイツ文化のなかで成長し、ドイツ人として戦地に立った彼は、ドイツ人という加害者側の人間であるという自己認識を持っていた。他方で、名字からして東方を思わせる自分は、ドイツ人と東欧諸民族をつなぐような存在になるべきだと考えていた。長編『リトアニアのピアノ』（六五）は、リトアニア人とドイツ人の相互理解と融和のために、リトアニアの国民的詩人ドネライティスの生涯をテーマとするオペラの制作を企画する人々を描いている。舞台は一九三六年六月のメーメル地方。この地方は東プロイセンとリトアニアの間に位置し、一九三六年当時はリトアニアの主権下にあったものの、リトアニア語とドイツ語の両方を公用語とする自治政府が置かれ、ナチスの台頭以降、ドイツ系住民とリトアニア人との間の緊張状態が続いていた。作品内では、芸術の力を信じるか否かという論点も提示される。芸術の力、ことに音楽の力を信じたいと願う作者の遺作となった作品である。

　ドイツ人と東欧諸民族の融和を執筆テーマに掲げた彼の詩と小説は、東西両ドイツ及び諸外国で愛された。

（永畑　紗織）

◇邦訳
『ボブロフスキー詩集』（神品芳夫・田中謙司訳、小沢書店）、『レヴィンの水車』『リトアニアのピアノ』（ともに山下肇・石丸昭二訳、河出書房新社）

Günter Grass
ギュンター・グラス
[1927-2015]

ダンツィヒ（現在のポーランド領グダンスク）生まれ。父はドイツ人、母は西スラヴ系少数民族のカシューブ人だった。第一次世界大戦後のダンツィヒは、ポーランドでもドイツでもない都市国家で、人口の九割がドイツ語話者、残りの人々の多くはポーランド語やカシューブ語を話した。ポーランドの権利を守るべく、国際連盟の保護下に置かれていたが、この状況は多数派を占めるドイツ系住民の反発を招くことになる。一九三九年にドイツに併合されると、ポーランド系住民やユダヤ系住民に対する迫害、虐殺が起こった。

　グラスが九歳のとき、父がナチスに入党。十歳のとき、進んでヒトラー青少年団少年部に入る。十五歳で航空隊助手となり、十七歳で武装親衛隊の隊員となった。終戦にともない米軍捕虜となり、約一年の捕虜生活を送る。釈放後もしばらく家族と連絡がとれないままだったが、半年ほど後にケルン近郊の農家の納屋にいる家族と再会。三十二歳で小説『ブリキの太鼓』（五九）を出版する。この本は大反響を呼んだが、性描写やグロテスクな描写のために多くの反発を引き起こした。

photograph
© Das blaue Sofa / Club Bertelsmann

　『ブリキの太鼓』には、大人の世界に嫌気がさして三歳で成長を止めた少年オスカルの視点から見た戦前・戦中のダンツィヒ、そして身長が伸びてからのオスカルが見た戦後のドイツが描かれている。少年オスカルの周囲には、ダンツィヒに暮らす民族の縮図がある。母はカシューブ人、父はドイツ人、母の不倫相手はポーランド人、ブリキの太鼓を売ってくれるおもちゃ屋はユダヤ人だ。小説中には、おもちゃ屋がオスカルの母に、ポーランド人と親しくするよりもドイツ人と親しくする方が得策だと忠告する場面、おもちゃ屋がドイツ人にめちゃめちゃにされる場面、オスカルの父が終戦間際、ナチス党に所属していたことを隠そうと、党の徽章を飲み込もうとしてソ連軍の兵士に射殺される場面など、当時のダンツィヒの民族同士の関係や政治状況がどのようなものであったかを物語る情景が数多く描かれている。

『ブリキの太鼓』からは、作者グラスの故郷ダンツィヒに対する郷愁の念は感じられない。彼のなかに、故郷を喪失したことへの心の痛みがないわけではない。「センチメンタルな気分に溺れること」への警戒心が、彼の作品から郷愁の雰囲気を排除しているのである。彼は、清算し得ないドイツの罪を知りながら故郷奪還を叫ぶことは恥ずべきことだと考え、東側諸国との関係改善を推し進めた連邦首相ヴィリー・ブラントを支持し、オーデル＝ナイセ線の承認のために奔走した。

東西ドイツ統一後、まず『鈴蛙の叫び声』(九二)を発表している。リトアニアのヴィリニュス(両大戦間期はポーランド領)から追放された過去を持つポーランド人女性とダンツィヒから追放された過去を持つドイツ人男性が恋に落ち、故郷の墓で眠ることを望む人々の希望をかなえる事業を思いつくが、その計画が進展し、ドイツ企業の進出によりポーランドの土地をドイツ人が占拠するようになることを危惧したふたりは、この事業から手を引くことを決意するという物語である。オーデル＝ナイセ線が確定した後も、ドイツ人がポーランドを脅かす事態が起こり得る可能性を危惧した作品と言えよう。二〇〇二年には、一万人のドイツ人避難民を乗せたヴィルヘルム・グストロフ号がソ連海軍の潜水艦からの攻撃を受けて沈没した事件をテーマとして扱った『蟹の横歩き』が出版された。この事件は、被害者としてのドイツについて語ることを避けてきた戦後のドイツではタブー視されてきたが、この小説では、この事件をドイツを正当化する手段として用いようとするネオナチに焦点が当てられている。グラスがこの事件を取り上げたのは、語ることを避けてきたせいで事実が捻じ曲げられて利用されてしまう危険を指摘するためなのだ。

グラスの作家活動は、常にナチス時代の罪の自覚に根ざしているのである。

(永畑　紗織)

◇邦訳　『ブリキの太鼓』(池内紀訳、河出書房新社)、『鈴蛙の呼び声』(高本研一・依岡隆児訳)『蟹の横歩き　ヴィルヘルム・グストロフ号事件』(池内紀訳)『玉ねぎの皮をむきながら』(依岡隆児訳)『箱型カメラ』(藤川芳朗訳)※以上、集英社、『女ねずみ』(高本研一・依岡隆児訳、国書刊行会)、『ドイツ統一問題について』(高本研一訳、中央公論社)ほか多数。

Herta Müller
ヘルタ・ミュラー
［1953- ］

「故郷喪失の風景を濃縮した詩的言語で描いた」として二〇〇九年のノーベル文学賞を受けたミュラーは、ルーマニア西部の農村に生まれた。村の住民はみな十八世紀にマリア・テレジアの入植政策でドイツ南部から呼び寄せられた農民たちの末裔に当たり、ドイツ語を母語とする。純血主義のドイツ人村は二度の世界大戦と二つの全体主義という荒波をもろに受けた。裕福な地主だった祖父は共産党政権になって財産を奪われ、母もソ連に強制連行された。秘密警察への協力を拒んだ作家自身も、陰湿な嫌がらせを受け、死と隣り合わせの恐怖を味わった。特に親友までが秘密警察に通じていたという事実はトラウマとなった。

このように政治的に虐げられた経験がミュラーの原点となるが、一方で父たちが武装親衛隊としてナチの先兵をつとめたという忌まわしい過去があり、マイノリティとして「民族」や「故郷」を抵抗の拠点にできない複雑さがある。短編集『澱み』（八二）は、農村の抑圧的な日常を多感な少女の視点から抒情性ゆたかに描き出したものだが、村社会からは「面汚し」と批判されもした。一九八七年にルーマニアを出国し父祖の地ドイツの土を踏むが、そこも「故郷」たりえなかった。

自伝的事実を踏まえたミュラーの小説はどれも政治性を帯びている。とはいえリアリズムの手法によってメッセージを発しようというのではない。語彙も構文も限りなく貧しくすることで逆に文章に強度を持たせ、「でっち上げられた感覚」という独特なプリズムを通して、現実は不条理な童話のような空間へと作り直される。人間ばかりか木々や壁までが権力の手先となって、目を凝らし、耳をそばだてている監視社会の現実のなかに読者を引き入れ、そこに生きる者たちの不安を追体験させるのだ。

秘密警察の恐怖が最初にはっきりと描かれるのは長編『狙われたキツネ』（九二）で、八九年末の革命の発火点となったティミショアラが舞台だ。ただし世界史的事件が大上段にふりかぶって語られるのではない。秘密警察の策略によって仲を引き裂かれる女ともだち二人それぞれの職場の日常がクローズアップされていく。国民を飢えさせてまで食料を輸出し、燃料不足で停電が相次いだ政権末期の惨状も正確に描き込みながら、それが幻想的なイメージに転化していく。そして短い場面を次々につないでいくスピード感ある手法が特徴的だった。

『心獣』（九三）は、秘密警察というテーマも断片を積み重ねる手法も同じだが、チャウシェスクが政権についた七〇年代のつかの間の自由化の時代を起点に、それがあたかも獲物を誘い出すための罠だったかと思えるほど反動化した八〇年代半ばまで射程を広げており、英語圏でもミュラーの名前が認知されるきっかけとなった代表作だ。西側のモダニズム文化の洗礼を受けた体制批判的なドイツ系マイノリティの学生たちが、秘密警察の脅迫や襲撃を受けつつも友情の絆を強める青春群像劇である。それぞれにモデルがいて、実際に自殺に見せかけた不可解な死を遂げた友人の詩人ばかりか、秘密警察に内通していた親友に対してまでも哀悼の気持ちを捧げようとする作家の思いが作品を支えている。

構想に十年を費やした『息のブランコ』（〇九）では、母親が体験したソ連によるルーマニア＝ドイツ人の強制連行事件という過去を取り上げた。事件はながらく体験者も一様に口をつぐむタブーだったが、同じく連行された同性愛者の詩人パスティオールに取材を重ね、鋭い言語感覚を備えた彼をモデルに主人公を造型することで、忘却の淵から救い出した。五年の歳月を断片の集積に圧縮した上で、細部にわたる精密さと詩的変形力を兼ね備えた独特な文章の力によって、毎日の過酷な強制労働を芸術的パフォーマンスの域にまで高めるなど、言葉が収容所の過酷な現実のなかでは唯一の生きる糧であったことが伝わってくる。体験者世代が消えていくなか、記録文学とは違う形で第二世代が負の過去に向き合う可能性を示した功績は大きい。


（山本　浩司）

◇邦訳
『狙われたキツネ』、『澱み』、『息のブランコ』（いずれも山本浩司訳、三修社）、『心獣』（小黒康正訳、三修社）

Kurt Ihlenfeld
クルト・イーレンフェルト
[1901-72]

アルザス地方のコルマール生まれ。西プロイセンのブロンベルク（現在のブィドゴシチュ）で育ち、第一次世界大戦後、ポーランドへと割譲されたこの土地を離れることとなった。第二次世界大戦中には、ベルリンから焼け出された後、牧師をしていたシレジアの村から一九四五年二月に逃亡することになる。生まれ故郷のコルマールも、イーレンフェルトが生まれた当時はドイツ領だったものの後にフランス領となる土地であり、まさに国家間の領土問題に振り回された生涯だったと言えよう。

一九五一年に彼が執筆した小説『冬の雷雨』は、「年代記」、「日記」、「対話」、「聖者伝」の四部構成である。第一部の「年代記」が小説全体のほぼ半分を占めており、この部分では、一九四五年二月三日のシレジアの村で迫りくる前線に怯える村人たちの様子が描かれている。この日、この村に戦車や別の地域からの避難民たちがやってきたのを見聞きした村人たちは、自分たちが間もなく故郷を去らなければならないことを悟る。「聖者伝」以外の三つの部分で中心に据えられている人物は、空襲で焼け出されてベルリンからこの村へとやってきた牧師である。この牧師は作者自身をモデルとしている。

この小説の中心テーマは神学的な問題である。ベルリンの家から焼け出された後、トラウマに苦しめられ、信仰に疑念を抱くようになる牧師の妻のほか、自殺によって不安と危険から逃れようとし、それがキリスト教的見地から許されるかどうかを牧師に問いかける人物たちの姿が小説中に描かれている。そして「我々はみな罪を負っている、例外なく」とあるように、この小説の中では、戦争の脅威やドイツの敗北、目前に迫った逃亡は、他民族や神に対して犯した罪への罰だと捉えられている。宗教的な立場からドイツの罪をみつめ諸民族の和解を願う作者の手になる一大巨編である。

（永畑　紗織）

◇邦訳
なし

Heinz Piontek
ハインツ・ピオンテク
[1925-2003]

シレジア地方のクロイツブルク（現在のポーランド領クルチュボルク）生まれ。一九四三年に徴兵され、終戦とともに米軍捕虜となる。その後、早くも一九四六年に物書きとしてのキャリアを積み始めた。東方からの追放を扱った詩「散り散りになりし者たち」（五七）は有名である。また彼の故郷クロイツブルクの暮らしや風景については自伝的小説『私の人生の時間』（八四）から知ることができる。

彼の短編「雪の下の土」（五五）は、一九五二年の西ドイツを舞台にしていると思われる作品で、七年前の冬に東方から逃亡してきた農民ヴィッテクを主人公としている。移住先では現地住民の農場で働かせてもらっているが、農場の所有者はヴィッテク家族に比べるとはるかに裕福そうだ。ヴィッテク一家は、通勤用のバイクを欲しがる息子のために故郷から連れてきた馬を手放すことになるが、無事に逃げてこられたのはこの馬のおかげだという思いがある彼らにとって、それは苦渋の決断である。憂愁な雰囲気の漂う作品だが、故郷に連れ帰ってくれるものを手放す、故郷を思い出させるものを手放すという行為に、新しい土地で生きていこうという覚悟が表れている。また、この作品には故郷に対する感情の世代間のギャップも描かれている。ヴィッテクの妻が帰郷のことを口にしかけると息子は「その話はやめろよ。もううんざりなんだよ」と叫ぶ。ヴィッテク世代の人間が過去にとらわれているのに対し、若い世代にとっては、今、目の前にあることの方が大事なのである。当時のドイツ各地で同様のことが起こったであろう日常のひとこまを描いたこの作品は、自分たちも足を前に踏み出さねばと読者に思わせたに違いない。ピオンテクは、一九六〇年代・七〇年代には、社会貢献を意図しない「純然たるポエジー」の代表者だと批判されたが、政治活動はせずとも彼なりのやり方で社会的テーマに取り組んでいたのだ。

（永畑　紗織）

◇邦訳
なし

Siegfried Lenz
ジークフリート・レンツ

[1926-2014]

マズーレン地方のリュク（現在のポーランド領エウク）生まれ。父を早くに亡くし、父の死後は母と離れて祖母の家から学校に通った。一九四三年に海軍に徴兵されるが、終戦直前にデンマークで逃亡。英国軍の捕虜となり、そこで通訳として働いた。

短編集『ズライケンはこうも優しかった』（五五）で、初めて故郷というテーマを扱って以来、彼の作品には時折、このテーマが顔をのぞかせる。彼が一九七八年に発表した小説『郷土博物館』は、故郷の思い出との関わり方を問いかける作品である。この小説の主人公は、マズーレン地方の出身で、伯父から引き継いだマズーレン郷土博物館を移住後の新しい故郷に再建するが、博物館の展示を昔の故郷奪還に利用したがるマズーレンの同郷人会と衝突してしまう。そして、過去の記録を乱用から守り抜くために博物館に火をつけ、自らもひどい火傷を負う。入院中の主人公の回想から、マズーレンの暮らしや風景や歴史、第一次世界大戦後のドイツ史、隣人であったポーランド人達との関係、一九二〇年代の民族主義的傾向、ナチス時代、そして赤軍からの逃亡について知ることができる。

レンツは、東側諸国との関係改善を推し進めた連邦首相ヴィリー・ブラントを支持し、オーデル＝ナイセ線を確認し西ドイツとポーランドの国交正常化を取り決めた一九七〇年のワルシャワ条約の調印の際には、ワルシャワに招待されてもいる。だが、こういった政治活動のためにオーデル＝ナイセ線反対派の人々からは激しい攻撃を受けた。『郷土博物館』は、これらの攻撃への反発から書かれたものだと考えられる。マズーレンを愛した人物の、愛しているがゆえの決断の重さを突き付けるこの作品は、故郷喪失者たちの心を揺さぶるものだったのではないだろうか。レンツはワルシャワ条約調印の日付は「ほかならぬ厄介な故郷幻想の終焉と、より大きなヨーロッパの結束への希望をもたらした」と述べている。

（永畑　紗織）

◇邦訳

『アルネの遺品』、『遺失物管理所』、『黙禱の時間』（いずれも松永美穂訳、新潮社）、『嘲笑の猟師』、『愉しかりしわが闇市』（ともに加藤泰義訳、芸立出版）、『国語の時間』（丸山匠訳、新潮社）、『試験』（丸山匠訳、第三書房）

南欧と東欧の交錯

——トリエステそしてボリス・パホル

トリエステという町の真実

イタリアのなかの「東欧」といってすぐ思い浮かぶのは、長靴型の半島をアドリア海岸沿いにヴェネツィアを過ぎ、さらに南下してスロヴェニアと国境を接する町トリエステ。第一世界大戦をはさんでオーストリア＝ハンガリー帝国からイタリア王国へ、次いで第二次世界大戦末期、一九四三年のイタリア無条件降伏後は、ナチス占領下に置かれ、四五年イタリア解放後も、四月三十日のイタリア反ファシスト解放委員会による反ナチス暴動と翌五月一日のティトー率いるユーゴスラヴィア・パルチザンによる解放を経て、「トリエステの四十日」とよばれるティトー側による報復と粛清がつづき、四七年二月、いわゆるモーガン・ラインで仕切られたトリエステ自由地域の分割統治がはじまる。その北部地域が正式にイタリア共和国に帰属したのは五四年十月二十六日のことだ。

ヴェネツィアから南下して列車で到着したら、駅前のリベルタ広場から二十三番のバスに乗って五分も行けばイストリア通りに着く。そこから平和通りと名づけられた坂道を三分も上ればユダヤ人墓地の入り口。つまりはトリエステ随一の広大な墓地の北端に出る。ここアドリア海を臨む高台に広がる聖アンナ墓地には、カトリックの三十六区画を中心に、スロヴェニア正教、イスラーム教、ユダヤ教、英国教会、プロテスタントに各一区画、加えて通りを挟んだ向かい側に旧軍人墓地と、一応信仰や職業によって棲み分けがなされてはきたが、いまではそこに信仰を持たない人びとも加わり、区画の境界も少しずつ融け合っているようにみえる。

ダニロ・キシュの『死者の百科事典』（八三）に倣うわけではないけれど、聖アンナ墓地に足を踏み入れたなら、一つひとつ墓に刻まれた名前や碑銘をながめてみるといい（もしできるなら口に出してみるのもいいだろう）。そこにはトリエステという町の真実が刻まれている。

たとえばナヴラティィル家の墓。刻まれている名前は、ラウレッタ・ココ・ナヴラティィル、アントニオ・ココ、ルイージア・ヴィルヘルミ、ヴィットリーナ・ナヴラティィル・ヴィルヘルミ、ルドヴィィコ・ゴルタン。その傍らにやや小ぶりの墓が三つ。エッケル家、ズマイエーヴィッチ家、ダンネカー家とある。その奥には、ファブリス、ハウベルゲル、ポランツの墓碑が並んでいる。さらに南東に進むと、ひときわ目を惹くリバティ様式の墓があって、コヴァチッチ―ノイミューレルの家名が。見ると、ベッティーニ・デ・ジャクサ・ミトローヴィッチ・コッレルと、三つの土地か民族か、ともかくもスラヴとイストリアそしてヴェネトが混じり合った墓に、第一次世界大戦の痕跡が残されている。ヨゼフ・プレイニッチにはヨゼフとアマーリア、カルロにチェチーリア、カヴチッチにはパウリとパヴェルの名が墓碑の左側に連なっていて、右側にはデ・ハセクとこれも貴族の家柄が、ピエートロにオラーツィオ、エリザの名とともに刻まれている。その後にはなぜかエルメネジルダ・ダッセとあって、デ・ハセクが変形してもはやスラヴの痕跡がかすれている。言うまでもなく碑銘には、イタリア語だけでなく、セルボ－クロアチア語も、ドイツ語も、スロヴェニア語も、そしてもちろんフリウリ語も刻まれている。

たぶんイタリアにあって、北方と東方が南欧のなかに融合している稀有な町トリエステ――もっぱら中欧の結節点として論じられることの多いこの町を手掛かりにイタリアのなかの東欧について考えてみるのは、けっして無謀ではないだろう。

イタリアのなかの東欧を体現する作家

とりわけ齢百歳を超えてなお現役の作家ボリス・パホルのような存在は、この町の特異性とイタリアのなかの東欧の在り様を考えるうえできわめて示唆に富んでいる。

一九一三年八月二八日、パホルが生まれたころのトリエステでは、世紀初頭の十年余でスラヴ系(スロヴェニア、クロアチア、チェコ)市民が全人口の一五%から二五%へと急増し、なかでも地理的に近接することもあって、スロヴェニア系市民は最大勢力を占めていた。作家がうまれたころにはスロヴェニア信用組合が町の中心部に取得した土地に、寄り合い所として「(民族)文化の家」が建てられ、ホテル・バルカンの一室には本部事務局が設けられていた。

第一次世界大戦後、トリエステがイタリア王国に併合されてからは、イタリア系市民とスロヴェニアおよびクロアチア系市民との反目は激化の一途をたどり、ついには一九二〇年七月十三日夜、「スロヴェニア文化の家」本部焼き討ち事件が起きる。パホルの中編小説『港湾炎上』(五九)には、このイタリア人ファシストによるスロヴェニア民族への攻撃が少年の眼にいかに理不尽に映ったかが描かれている。そしてこの事件後、公の場でスロヴェニア語を話すことが禁じられ、スロヴェニア人学校にたいしても閉鎖へと追い込むべく公然と圧力が掛けられるようになるのだが、母語と民族文化を奪われていく日々の暮らしを、パホルは『港湾炎上』だけでなく、それに先立つ短編集『トリエステのぼくの家』(四八)においても、あるいは直後に発表された短編集『窮地』(六〇)においても、繰り返し描いている。

母語を忘れたふりを強いられる日々への途惑いと、そうした日々のなかで膨らんでいく行き場のない暴力的感情とが、子どもたちの眼を介して読者に手渡される。なかでも「コート掛けの蝶」と題された短編に描かれた少女のすがたは象徴的だ。たまたま同級生の男の子に口にしたスロヴェニア語を教師に咎められ、少女は三つ編みの髪をコート掛けに吊される罰を受ける。感情に任せる言動はもちろん、人としてではなく物扱いされる理不尽にも、ひたすら堪えることだけがもとめられる毎日のなかで苛まれるアイデンティティの在処が、奇妙に宙づりにされた時間の輪郭の断片の連なりとして綴られていく。

作家自身は一九三五年までカポディストリアとゴリツィアの寄宿学校で神学を学ぶが、三八年にトリエステにもどり、ファシズムの台頭とともにいっそう強まってきたスロヴェニア民族に対する同化の圧力に抵抗して非合法活動下で刊行されていた雑誌やビラなどを読むようになっていく。そして四〇年、まずリビア戦線に、次いでガルダ湖畔に収監中のユーゴスラヴィア軍捕虜の通訳軍曹として派遣されることになる。

四三年九月八日バドリオ政権による無条件降伏を受け、トリエステに帰郷。占領中のドイツ軍による応召を無視、スロヴェニア国民解放戦線にパルチザンとして参加するが、翌四四年ゲシュタポにより逮捕、ダッハウに送られる。以後、「政治犯」としてフランス、ドイツ各地の収容所六箇所を、アルザスのナッツヴァイラーからベルギーのベルゲン－ベルゼンまで看護士として働かされながら転々とする。そして連合軍による解放後、フランス、ヴィリエール・シュル・マルヌで結核療養を受け回復したのち、四六年トリエステに帰郷を果たす。

パルチザン体験は、暫くして四九年から三年掛けて雑誌に小説「叛逆の秋」として連載されたのち、大幅な改稿を経て五六年『港湾都市』として刊行される。だが、パホルにとって、たとえばパルチザンとしての抵抗運動が、山中でのゲリラ戦という軍事行動か、あるいは都市部での地下情宣活動かという二者択一を迫ったように、リビア戦線にイタリア軍兵士として応召するに際しても、イタリアかスロヴェニアかという帰属の選択から逃れることとなしに北アフリカに赴くことは叶わなかった。そうしてどちらか一方を選んだり選ばされたりしたところで、いわば両義的なアイデンティティの様態そのものは変わらないのだという認識が顔をのぞかせるようになる。

両義的な未決状態のなかで語る

四七年十月、パドヴァ大学文学部を卒業したあと、パホルがイタリア文学の教師として生きる選択をしたのも、おそらくはそうした認識の反映なのだろう。それ以上に、歴史のもたらす残酷な現実が、作家を両義的な未決状態のなかで語りつづけることへと向かわせたのだと言えるかもしれない。五〇年代には、雑誌『湾』の編集に携わりながら、ティトーとスターリンの対立下に生じた新たな全体主義による自由と民主主義思想にたいする裏切りを、イタリアとユーゴスラヴィア、西と東の交錯する町トリエステから眺めながら表現をつづけていく。この時期の体験を小説にしたのが長編『迷宮にて』(八四)だが、この作品は、希望と失望の交錯する時代の状況が、民族・文化・政治どれをとっても東西の交差点であり結節点であるトリエステの空間に重ねられることで歴史的重層性を獲得し、平板な反共小説でも感傷的な回顧譚でもない(いささか遅れてきた)教養小説としての品格を手に入れているようにみえる。

だが一方で、ユーゴスラヴィアからみれば、隣国にあって反体制詩人や知識人と親交を深め、たとえば四五年五月の反共勢力一万二千人虐殺事件を喧伝するスロヴェニア系イタリア人作家は、何とも不都合な存在でしかなく、遂には全著作の発禁と作家本人の入国禁止という措置が取られることになる。

だからといってパホルの創作や生き方に変化が生じたわけではない。言語と民族意識、ファシズムと全体主義にたいする批判、強制収容所体験を中核とする主題群に拮抗する感情である愛の主題——そうした要素すべてを包摂し体現する町トリエステに暮らし、スロヴェニア語で表現をつづけること以外、パホルがもとめる生き方はないらしい。言い換えれば、パホルにとって、トリエステの町そのものが「物を書きはじめたときから気づいていた何を措いても必要なもの」（『心のなかのスカラベ』（七〇））なのだから、それは変わりようがない。

それは代表作『共同墓地《ネクロポリス》』（六七）についても言えることだ。九カ国語に翻訳され、分けてもフランス語では、一九九〇年本作刊行以降三十作以上が途切れることなく翻訳され、いまやボリス・パホルの名はケルテース・イムレやプリモ・レーヴィ（一九一九-八七）と並ぶ、収容所体験文学の中核作家として広く知られている。たしかにこの小説は、作者自身の収容所体験に基づいた作品である。ひとりの男が観光ツアー客として、かつて自分が収容されていたナッツヴァイラー＝ストリュートフ強制収容所を再訪する。生き延びた男のいまと、モニュメントとして保存され再生と修復を繰り返す過去、そして男の生きた過去の現実とが不協和音を発しつつ次第に一本の糸に撚り合わせられていく。それは男が、ストラスブール南西六〇キロメートルにある過去と現在が織り成す現実を、みずからの心情のなかでともかくも負荷を掛けずに受けとめようと努めた小説的成果であると言えるかもしれない。

そしてこの上首尾が、ハプスブルクにフリウリの文化も抱え込んだ、イタリアでもスロヴェニアでもない、トリエステ独自の多元的混淆性のなせる業であるとすれば、その多元的混淆性こそがイタリアのなかの東欧を体現するものにほかならないと言えるだろう。

（和田　忠彦）

東欧文学とフランス語

重層的な多言語状況とフランス語

大革命によって国民国家の礎を築いたフランスにおいても、一七八九年当時フランス語を話していたのは国民の一部に過ぎず、大半の「フランス人」たちはフランス語がおぼつかないまま、プロヴァンス語やブルトン語、アルザス語といった地域言語を話していた。その一方、旧体制《アンシャン・レジーム》下の十八世紀では、フランス語は宮廷の雅語、文芸の言葉、あるいは啓蒙主義という最先端の思想を伝える言語として、ヨーロッパ各地の王侯貴族や知識人にとっての基礎教養となっていた。ロシアの女帝エカテリーナ二世やプロシア国王フリードリッヒ二世など、啓蒙専制君主たちはヴォルテールと交誼を結んだが、この哲学者《フィロゾフ》の膨大な書簡はフランス語の力を駆って全欧に流通し、ポーランドやハンガリーでもルソーやモンテスキューが熱心な読者を獲得していた。

やがてフランス革命が起こり皇帝ナポレオンが東征を起こすや、領邦国家に分裂したドイツや多民族国家ハプスブルク帝国において民族主義運動は加速し、十八世紀末から始まっていた「民族語」の整備と称揚もこれに連動してゆく。ハンガリー王国では一八四四年の言語令でハンガリー語がラテン語に取って代わって公用語となり、一八六七年のアウスグライヒ（＝キエジェゼーシュ）によって成立したオーストリア・ハンガリー二重君主国では、公務員にこそ公用語（ドイツ語・ハンガリー語）の能力が求められたものの、各民族の言語でも教育が行われることとなる。東欧の多言語状況というものは、単に複数の言語が共存しているというだけではなく、「民族語」や教養語、公用語といった位相の異なる言語カテゴリーが重層的な関係を取り結んでいるのである。

十九世紀においてもフランス語は外交語としての地位を保ち、エリートたちの教養語であり続けたが、ポーランドのアダム・ミツキェーヴィッチ（一七九八-一八五五）やハンガリーのペテーフィ・シャーンドル（一八二三-四九）など独立を夢みた「国民詩人」たちにとってはなによりも革命思想の運び手として大きな意義を持った（独立戦争の敗北により、前者はパリに亡命、後者は戦死する）。一八四〇年代のハンガリーではサン・シモンやフーリエ、ミシュレやユゴーが盛んに読まれており、ロマン派を代表する小説家ヨーカイ・モール（一八二五-一九〇四）は「われわれはみなフランス人であった」とすら回顧している。

「西方」へのあこがれ、「民族」からの「切断」

二十世紀を通じてフランス語の影響力はゆっくりと退潮していくが、ハンガリー近代文学を刷新した文芸誌「西方《ニュガト》」（一九〇八-四一）の名に象徴的に表れているように、東欧作家の多くは、自らの根ざす土地から汲み上げた詩情と西方に輝く「先進文化」の融合のうちに新たな文学を築き上げていった。アディ・エンドレ（一八七七-一九一九）にとってのボードレール、ヨージェフ・アティッラ（一九〇五-三七）にとってのヴィヨン、あるいはピリンスキ・ヤーノシュ（一九二一-八一）にとってのヴェイユは、詩人としての彼らを形成する上で決定的な影響を与えたとされている。

フランス語を自在にあやつる者たちのなかから、やがてフランス語で直接文学作品を著述する者たちがあらわれるが、そこでは程度の差こそあれ「民族語」との「切断」が選び取られている。反芸術運動「ダダ」の創始者トリスタン・ツァラ（一八九六-一九六三）は、フランス語が必修となっていたルーマニアの中等教育を受け、第一次世界大戦が始まった直後にブカレスト大学に入学する。ほどなくして兵役回避のためにドイツ語圏スイスのチューリッヒに赴き、一九一六年七月十四日（フランス革命記念日）にキャバレー・ヴォルテールにて最初の「ダダの夕べ」を開催した。そこで朗読された「ムッシュー・アンチピリンの宣言」冒頭に「ドイツの赤ん坊のスマトラ頭」とあるように、ツァラはブカレストで接した「民族学」に関心を持っており、アフリカやオセアニアの文化にも詩的源泉を求めていた。芸術からその意味を切断する詩人は、ルーマニアどころかヨーロッパの外部を「無意味」なフランス語に接合する。同「宣言」で揶揄されているイタリア未来派のマリネッティがエジプトはアレキサンドリアの生まれであることも考えると、二十世紀初頭の前衛は周縁にこそ起源を持っている。

　フランスと同じくロマンス語圏に属するルーマニアからは、ほかにも不条理演劇の劇作家ウジェーヌ・イヨネスコ（一九〇九-九四）や苦悩に満ちた箴言で知られるエミール・シオラン（一九一一-九五）がフランス語で著作をおこなったが、彼らは出来合いのフランス語世界にただ参入したのではなく、言語自体へ高い意識を働かせながら特異な思想を展開することになった。フランス語による著述はむしろフランスという枠を越えて普遍的な思弁の道具となる。両者の親友だったミルチャ・エリアーデが世界中の宗教についてフランス語で論じる傍ら、亡命の地にあってルーマニア語でルーマニアを舞台にした小説を書き続けたのは示唆的である。

「父祖の地」を異言語に描く

　後のエリアーデと同様、ルーマニアを主な舞台に選び、さらに自ら放浪した近東の旅路を加えて描いたフランス語作家、パナイト・イストラティ（一八八四-一九三五）のことも思い出しておこう。黒海にほど近いドナウ河畔の港湾都市ブライラに生まれたイストラティは、ギリシア人の父を早くに亡くし、洗濯女の母に貧民街で育てられる。小学校を卒業してすぐ丁稚奉公に出たため、フランス語は辞書を片手にフェヌロンを読んで独習したものだ。貧困と流浪の果てに自殺も試みたが、ロマン・ロランの知遇を得て文学に志す。バルカンや近東を描いたエキゾチックな冒険譚はたちまち人気を博したが、「バルカンのゴーリキー」と呼ばれたイストラティの真骨頂は貧しい民衆への暖かいまなざしに在り、後続の知的なフランス語作家たちよりもむしろハンガリーの民衆派作家などに似ていようか。純朴な荒くれ男の悲劇を描いた『コディン』

（二六）などはモルナール・フェレンツ（一八七八–一九五二）の『リリオム』（一九、鷗外の翻訳・川端の翻案がある）を思い起こさせるし、貧しさの中で良く生きる母親の肖像はモーリッツ・ジグモンド（一八七九–一九四二）の『七クライツァール』（〇八）に通じるものがある。のみならず、アルバニア人移民を主人公に据えた『キール・ニコラス』（二六）で外国人差別の問題を取り上げるところなどには、コスモポリットなフランス語作家としての独自の視点も窺える。

　一方、世界市民ではなく「ヨーロッパの詩人」と呼ばれる作家にオスカル・ミロス（一八七七–一九三九）がいる。彼が生まれたのはかつてのリトアニア大公国、当時は帝政ロシアに、現在はベラルーシに属する土地であり、父親はリトアニア系ポーランド貴族、従弟は後にノーベル賞を受ける亡命詩人チェスワフ・ミウォシュである。幼少時にフランスに渡って教育を受けフランス語を創作の言語としたが、リトアニア独立後にはリトアニア語を学び民話の収集を行うなど、記憶なき父祖の地の民俗文化に惹きつけられていった。

フランス語を選び取った作家たち

　第二次世界大戦は東欧のさまざまなコミュニティに甚大な被害を与えたが、とりわけホロコーストによるユダヤ人の激減と敗戦による東欧ドイツ人《ザクセン人》の故郷脱出《エクソダス》は、東欧の人口動態を大きく変えることとなった。亡命ユダヤ人たちの多くがアメリカに渡り、しばしば英語で著述を行う一方で、強制収容所から生還してパリに学んだトランシルヴァニアのユダヤ系ハンガリー人エリ・ヴィーゼル（一九二八–二〇一六）のように（最終的には渡米したが）フランス語を証言の言語に選んだ者もいる。『夜』（六〇）を始めとする彼の著作はホロコースト体験を基にしたドキュメンタリー小説として評価が高い。

　冷戦が始まると東から西へのさまざまな「亡命」が日常化する。祖国で発禁処分を受け、西側での出版に賭けざるを得なかった東欧作家たちは、自分たちの作品が過度に政治化された文脈で解釈され消費されていくことにしばしば困惑と不満を露にした。東欧出身の最も高名な亡命作家であるミラン・クンデラは、作品の翻訳が極めて杜撰であることに憤った結果、自らも参加したフランス語訳を決定版としてチェコ語原典と同じ真性さを認めるという奇妙なレトリックを展開していくことになる。カリブ海はマルチニック島出身のパトリック・シャモワゾー（一九五三―）はクンデラによってパリ文壇に推挙されたこともあるが、その盟友ラファエル・コンフィアン（一九五一―）は自らを「強制されたフランコフォニー（フランス語使用）」の作家として、個人の自由によってフランス語を学んだ「自由なフランコフォニー」の作家たちと区別している。確かに旧植民地出身の作家たちとは立場が異なり、クンデラがフランス語で小説を出版するのは冷戦後であり、むしろ文学的な探求の過程でフランス語を主体的に選び取ったと看做すべきだろう。

クンデラに次いで大きな成功を収めたのは、ハンガリー動乱の際に難民として祖国を離れスイスで工場勤めをしていたアゴタ・クリストフことクリシュトーフ・アーゴタであろう。政治亡命というよりは頻発していた西側への「出稼ぎ」に近い境遇で、他のエリート作家たちと異なり、移住先で一からフランス語を学んだ。文体は平明だが、戦火のハンガリーらしき土地を舞台にして鬼気迫る状況を幻想的な筆致で描いたところに独特の妙味がある。

現在では東欧の作家たちが「母語」によって執筆した「母国」で出版することを妨げる外的要因は少なくなった。それゆえ外国語で書くという行為は作家個人によって内的に動機づけられることになるはずだが、多くの読者を求める経済的な動機も少なからず作用しているように思われる。北米を中心に東欧系移民文学は盛んとなっているが、フランス語は英語に大きく水をあけられている。しかし、多様化を続けるケベックのフランス語文学から新たな作家が生まれてくる可能性もあるだろう。いまやEUで東欧と繋がったフランスは、「越境」するにはもはや近すぎるのかもしれない。

（鵜戸　聡）

Agota Kristof
アゴタ・クリストフ
[1935-2011]

人間は歴史を創る主体であるはずだが、その前に、自らの与《あずか》り知らぬ歴史を被《こうむ》る客体であることを免れない。まして市井の個人の場合、「自分の人生」が本当に自分の責任に帰するもの、自分のものであることはむしろ稀だろう。たとえば歴史の圧倒的な力によって否応なしに難民の状況に置かれるとき、辛うじて自由な主体にとどまろうとする人間に何が残されているだろうか。故国も、家族も、自己形成の器であった親密な母語までも失って、異邦で生き延びることに汲々とする個人に、何が残されているだろうか。記憶と、記憶を加工して、事実の彼方の意味の次元に「真実」を紡ぐ言語的想像力の駆使、つまり、歴史へのリベンジとしての「書くこと」だけではないだろうか。私見で恐縮だが、それこそがアゴタ・クリストフの創作活動のエッセンスであったと思う。

彼女は、一九三五年の晩秋にハンガリーの片田舎で生まれた。貧困の中で育ち、高卒後すぐに結婚し、繊維工場で働いた。ハンガリーは当時、ナチス・ドイツの軛《くびき》の下で戦時を終えた途端に、ソビエト連邦の支配下に組み入れられた国だった。A・クリストフは若くして、世界大戦に見舞われただけでなく、右翼全体主義からも左翼全体主義からも圧迫されたのだった。やがて一九五六年のハンガリー動乱。二十歳の彼女は生後四ヵ月の乳飲み子を抱えて西側に逃れ、フランス語圏スイスの町、ヌーシャテル市に漂着した。後年多くの読者が思い描くようになった亡命作家・越境作家のイメージは錯覚にすぎない。当時の彼女は文学上の実績など皆無の難民であり、スイスの時計工場で働き、片言のフランス語で生き延びる女工だったのだ。大学の外国人向け講座でフランス

語の読み書きを学んだのは、スイスに定着してから五年後の一九六一年、二十歳代も後半になってからだった。

フランス語はアゴタの内部で母語ハンガリー語を徐々に駆逐するという意味においては、本人の文化的アイデンティティにとって「敵語」だったのだが、その「敵語」をあえて用いて、彼女はその後、人間的な自律性を恢復していった。かねて芝居好きだったから、地元の劇団やラジオ局のために数多くの戯曲とラジオドラマの脚本を書いた。『エレベーターの鍵』、『ジョンとジョー』など、出色のものが多く、そこには悲劇的なユーモアが横溢している。

しかし、クリストフの代表作はなんといっても、一九八〇年代の前半に構想され、八六年にパリで出版された『悪童日記』である。この冒険小説は、戦時の荒廃の中で冷酷さをも身につけつつ逞しく生き延びる双子の少年たちの手記の形で、人間生存の苛酷な条件を少しの妥協もなしに、抒情を排し、装飾を削ぎ落としたオリジナルな文体で抉り出していった。そうして、圧迫されたヒューマニティのぎりぎりの反発力を浮かび上がらせていた。やがて『悪童日記』の続篇である『ふたりの証拠』が八八年に、そして続々篇に当たる『第三の嘘』が九一年に上梓された。作品はより構造化され、陰翳を深め、透明な悲しみの色を濃くしていた。この豊穣な創作の時期に、フランスで、また翻訳をとおしてドイツ語圏で、さらにそれ以上に日本で、小説家クリストフの熱心な読者がうなぎ上りに増えたのだった。

二十世紀ヨーロッパを破壊した全体戦争と全体主義の犠牲者だったA・クリストフは、どん底の人間的現実を濾過し、さながら影絵のように真実を暗示する物語世界を作った。彼女の小説と戯曲が宿した批評性は、痛切なアイロニーに満ちた寓意性と、苛烈なまでに簡潔な文体の発明にあった。歴史に翻弄された難民であった寡黙なアゴタが腹の底に培ったラディカリズムには、読者の感受性自体を変えてしまうような起爆力があった。一九九〇年代後半以降、彼女が『悪童日記』三部作に比肩するほどの作品を生み出すことはなかったが、残った作品の力は今後も衰えることがないだろう。

（堀 茂樹）

◇邦訳
『悪童日記』『ふたりの証拠』『第三の嘘』『どちらでもいい』（いずれもハヤカワepi文庫）、『昨日』『怪物―アゴタ・クリストフ戯曲集』『伝染病―アゴタ・クリストフ戯曲集』（早川書房）、『文盲 アゴタ・クリストフ自伝』（白水社）
※いずれも堀茂樹訳

英語のなかの東欧系文学

イギリス、旧英連邦諸国、アメリカ合衆国といった英語圏と東欧は距離的には遠い。しかしながら、ユダヤ系を中心とした東欧からの移民は各地に散らばっており、その二世、三世も数多い。書物や映画といった媒体経由だけでなく、彼らとの直接的な繋がりから生まれたイメージは、英語圏の文学作品にも多数書き込まれている。本論では東欧からの距離に応じて、何人かの作品を具体的に挙げながら、現在、英語圏で東欧系の人々がどう描かれているかを見ていきたい。とはいえ、筆者の専門がアメリカ合衆国の現代文学であるために、その他の地域や時代の作家たちについては言及できなかった。

非東欧系の作家たち

アメリカ合衆国において非東欧系の作家たちが東欧について持っている知識は多いとは言えない。十九世紀のロシア文学、二十世紀のロシア革命、冷戦期の反共プロパガンダ、そしてソビエト連邦崩壊後の混乱などが彼らの中で、東欧の主要なイメージを形作っている。

ドン・デリーロ（一九三六－）の短編「ドストエフスキーの深夜」（〇三）はその代表的な作品と言えるだろう。イタリア系二世であるデリーロにとって、東欧は異教的でエキゾチックな場所である。主人公は二人の平凡な大学生で、寒い地域にある大学に新入生としてやってきた。彼らは二人である遊びを始める。イルガウスカスという名の、まるでヴィトゲンシュタインのようにしゃべり、ドストエフスキー（一八二一―八一）を読み続ける奇妙な論理学教授や、古くさいコートを着て帽子を被り、いつも町をうろつき回っている老人の人生を、少ない知識から勝手に創作していくのだ。バルト風にも響く教授の名前から、彼はロシア移民だと決めつけ、実は老人は彼の父親なのではないかと空想する。本作では東欧の遠さや寒さと、自分たちが置かれている状況の寂しさが共振している。

ニューヨーク生まれのケン・カルファス（一九五四―）による、パロディ的な仕掛けの多い作品には、ボルヘス（一八九九―一九八六）やカルヴィーノ（一九二三―八五）の影響が強く感じられる。だが短編「Pu239」（九九）には、彼がソビエト連邦崩壊後、一九九一年から一九九四年まで、ジャーナリストの妻と共にモスクワで生活したという経験が生きている。核施設で大量に被爆したティモフィは、プルトニウムをマフィアに横流しすることで妻子のために金を手に入れようとする。チンピラと出会って交渉するも、郊外に連れ出され、その場で殺害されてしまう。知識のないチンピラ連中はプルトニウムを麻薬の一種だと勘違いして、思い切り鼻から肺に吸い込む。彼らの金と暴力しか信じないという生き方は、共産主義後の東欧をアメリカ合衆国の作家がどう見ていたかを示している。

東欧系三世以降の作家たち

東欧系の家系に生まれた書き手たちはもちろん、自分らのルーツには敏感である。東欧の歴史や文学を学び、祖父母の話を積極的に聞くという姿勢を持っていることも多い。しかしながら彼らの知識は偏ったものでしかない。あくまで英語を使用しながら東欧に接近する結果、東欧の各地域や各時代が混ざった、空想的な世界としての東欧のイメージが彼らの作品に登場することになる。

アメリカ南部であるジョージア州で育ったジュ

ディ・バドニッツ（一九七三‐ ）はベラルーシ系であり、カフカ（一八八三‐一九二四）やバーベリ（一八九四‐一九四〇）、ゴーゴリ（一八九二‐一九四二）、ブルーノ・シュルツなど、東欧作家たちへの愛情を隠さない。他にもチェーホフ（一八六〇‐一九〇四）、ナボコフ（一八九九‐一九七七）、ブルガーコフ（一八九一‐一九四〇）などを精力的に読んで作品を書いている。短編「ナディア」（〇五）で主人公のハイスクール教師ジョエルは、ロシアか東欧にある紛争地域から業者を使って花嫁を呼び寄せる。しかしそのナディアには、実は故国に残してきた娘がいた。彼女を救出しようとして、ついにジョエルは少女を見つけるものの、何者かに狙撃されると、咄嗟に彼女を楯にして自らを守ってしまう。一方、ジョエルと性的な関係があった女性たちは嫉妬に狂い、集団でナディアを襲って彼女を川に流すが、ナディアはこの試練を生き延びる。この幻想的な作品は、だがアメリカ合衆国の人々が貧しい他国の人々をいかに差別的な目で見ているかを告発している。

東欧系二世の作家たち

東欧諸国での暮らしを両親や祖父母から直接聞くことのできる二世の作家たちにとって、東欧は三世以降より圧倒的に身近である。したがってバドニッツなどのような極端な他者化も二世の作家たちには見られない。むしろ、既に失われた世界という意味では、親の世代のノスタルジーを共有しているようにも思える。

　ポーランド系二世であるスチュアート・ダイベック（一九四二‐ ）の短編「冬のショパン」（九〇）の舞台は、多様な東欧移民が集まって暮らしているシカゴの下町だ。英語、ポーランド語、ボヘミア語が飛び交う界隈に事件が起こる。どうやら親元に戻ってきたマーシーの腹の中には黒人の子がいるらしいのだ。事情をろくに説明しない彼女は、黙ってピアノを弾き続ける。黒人音楽であるブギウギ、そしてポーランドのショパン。近所に住む主人公の男の子は、マーシーに淡い恋心を抱きながら、祖父であるジャジャと彼女の奏でる音楽を聞く。グダニスク、クラコフ、アラスカ、フィリピンと世界を巡っては時たまシカゴに戻ってくるジャジャの言葉は、遠い東欧を主人公に想像させる。やがてピアノの音は止み、マーシーは人種ごとの共同体の境界を越えて、黒人男性の元へ去っていく。短編「パラツキーマン」(七〇)では、シカゴの真ん中にノスタルジックな東欧の風景が拡がる。屑屋についていった主人公の少年の前に、突然ロマの一団が現れるのだ。だがあとで同じ場所に戻ってみても、彼らは何の痕跡を残さず消え去っている。

ポーランドのユダヤ系二世であるアート・スピーゲルマン(一九四八-)にとって、父親の人生をたどることはそのまま闘いである。ピューリッツァー賞も獲ったグラフィック・ノベル『マウス』(九一)では、偏屈で人を信用せず、ものを溜め込み、夜中にうなされる父親がなぜこんな人物になったのかを追求し、ホロコーストの歴史に切り込んでいく。実は主人公の父親はアウシュヴィッツ収容所の生き残りだった。相手の前で態度を変えること、物資を工夫して使いこなすこと、複数の言語を使うことなど、父親がやっていることすべてはナチス占領下のポーランドや死の収容所で生き延びるための有効な方策だった。すなわち、父親にとってホロコーストはまだ終わっていないのだ。父親の人格のせいもあり、主人公の母親は自殺に追い込まれてしまう。息子も父親の異常な言動に苦しんでいる。ユダヤ人に対して向けられた国家的規模の暴力が何十年経っても、被害者自身の日常で反復され、再生産されてしまうことを『マウス』は示している。しかも、作者が直接体験していない災厄を果たして表象することができるのかという本作の問いかけは、歴史を引き継ぐことを巡る重要な問題提起である。

移民一世の作家たち

二世以降の作家たちにとっては意識的に近づくものである東欧も、一世の作家には自明なものであるかと言えば、必ずしもそうではない。幼くしてアメリカ合衆国にやって来た一・五世の作家たちは、故国に精神的なつながりを感じている。だが彼らにとって、現在暮らしている社会の方がはるかにリアリティがあることは否めない。当然ながら、一世の作家たちは東欧に所属しているという感覚は強い。しかしながら、いざ故郷から来たばかりの人を見れば、自分には東欧を代表して語る資格があるのだろうか、むしろ英語で書く自分は偽の元東欧人でしかないのではないか、という疑問の念に苛まれる。

六歳でラトビアのリガからカナダに移民してきたユダヤ系のデヴィッド・ベズモーズギス（一九七三-）にとって、ロシア語は両親と話すための言語でしかない。短編「ナターシャ」（〇四）には、ロシアに対する彼の距離感がよく表現されている。主人公の男の子はロシア語の語彙が少ない。だからおじがロシアから連れ帰った妻ズィナの連れ子であるナターシャに「居間」と言いたくても、「テレビを見る部屋」としか表現できない。しかし不自由な言語で話すうち、彼女が金をもらってポルノに出演していたなど、郊外の平凡な少年には想像を絶したロシアでの生活を知る。彼女に恋心を抱いても、結局、二人の価値観の違いを乗り越えることはできない。

ボスニア生まれのアレクサンダル・ヘモン（一九六四-）がサラエボからアメリカ合衆国に来たのは一九九二年である。短期滞在のつもりだったが、その間にボスニア戦争が勃発し、彼はアメリカ合衆国に亡命した。三十歳近い彼は一念発起し、大学院に入り直して英語の作家となる。短編「指揮者」（〇七）で主人公は、アメリカ合衆国にやって来た詩人ディドと再会する。ボスニア語で軽々と美しい詩を書く彼に、主人公は魅せられながら、強烈に嫉妬する。英語を使い、アメリカ人の前でボスニアの苦しみを代弁している自分は、才能のないインチキでしかないのではないか。しかし、アメリカでディドの本当の素晴らしさを理解できるのは自分だけだと気づいた主人公は、ボスニアとアメリカ、あるいは世界に散らばるボスニア人たちを英語で繋げるのが自分の役目だと気づく。

（都甲　幸治）

◇邦訳文献

ケン・カルファス「Pu239」（都甲幸治訳、『すばる』二〇一三年一二月号所収）

アート・スピーゲルマン『マウスⅠ』『マウスⅡ』（ともに小野耕世訳、晶文社）

スチュアート・ダイベック「冬のショパン」（『シカゴ育ち』所収、白水Uブックス）、「パラツキーマン」（『紙の空から』所収、晶文社）※ともに柴田元幸訳。

ドン・デリーロ「ドストエフスキーの深夜」（都甲幸治訳、『天使エスメラルダ』所収、新潮社）

ジュディ・バドニッツ「ナディア」（岸本佐知子訳、『元気で大きいアメリカの赤ちゃん』所収、文藝春秋）

デヴィッド・ベズモーズギス「ナターシャ」（小竹由美子訳、『ナターシャ』所収、新潮社）

アレクサンダル・ヘモン「指揮者」（岩本正恵訳、『愛と障害』所収、白水社）

イェジー・コシンスキ Jerzy Kosinski

［1933-91］

名前だけを見ると普通のポーランド人のように思えるが、米国では「ジャージ・コジンスキー」と発音されることが多い。米国のPENクラブの会長まで務めたことのある彼は、一九七〇年代から八〇年代にかけて、米国では売れっ子だった。なかでも『庭師　ただそこにいるだけの人』（七〇）は、『チャンス』の題で映画化もされ（七九）、広く人気を博した。しかし、ポーランド生れの彼が米国に渡ったのは、一九五七年のことで、その彗星のような登場に対するやっかみもあったのだろう、その名声には醜聞がつきまとった。『庭師』についても、大戦間期のポーランドで有名だったタデウシュ・ドウェンガ・モストーヴィチの小説『ニコデム・ディズマの出世』（三二）の「翻案」にすぎないと蔭口をたたく者もあらわれた。

その名を世界にまでとどろかせたのは、第二次大戦下のポーランド東部でサバイバルを果たした少年を主人公にした『ペインティッド・バード』（六五）が最初だった。あたかも「自伝」であるかのような波乱万丈の少年時代を描いたこの作品にも、ゴーストライターがいただの、ドイツ軍占領下のポーランド人民衆を貶めて描き過ぎだのといった中傷や批難が相次いだ。しかし、この英語で書かれた「ホロコースト文学」がもたらした衝撃力は、疑う余地がなかった。

「ホロコースト・サバイバーの文学」としては、エリ・ヴィーゼル（イディッシュ語とフランス語）やプリモ・レーヴィ（イタリア語）等が書いた強制収容所物が一方にあるが、それとは別に、幼い時期にポーランドで「ホロコースト」を経験しながら、九死に一生を得て戦後まで生き延びた作家としては、ポーランドでは『間借りの少女』（八五）のハンナ・クラル（一九三七－）、フランスでは『アブラハムの記憶』（八三）のマレク・アルテール（一九三六－）等が有名だ。『ペインティッド・バード』は、その奇想天外な物語に、これを手に取った読者はまず度肝を抜かれる。しかし、そこにはフィクションならではの仕掛けが縦横無尽に施され、戦争が作り出す無政府状態が鮮烈に描き出されるのである。

　コシンスキは、そもそもユゼフ・レヴィンコップという名前のユダヤ系で、戦間期においてもユダヤ系が多かった工業都市ウッチで、比較的裕福な家に生れた。しかし、一九三九年、ウッチがドイツに併合され、リッツマンシュタットとドイツ風に名前が変わると、一家はドイツ占領地域の東部へと疎開を図った。その後は隠れ処を転々としながら、名前もユダヤ人だとは悟られにくいコシンスキという名前に改め、解放の日まで生き延びた。伝記的な検証が進むにつれて『ペインティッド・バード』に語られた少年のサバイバル物語は、フィクションでしかないことが明らかになったが、そこに盛られた鮮烈なエピソードの多くは、コシンスキの単なる創造ではなく、あるものは地方に伝わる伝承（ペンキを塗って空に放たれた鳥が仲間のリンチを受ける話や、人間のいたずらで鵞鳥のひなを育てることになったコウノトリの雌が姦通の罪で同じくリンチを受ける話など）、あるものは実際に疎開中に遭遇した事実（巨大なナマズの話や、森に身を隠しながら逃げ惑うユダヤ人少年の話）からの借用であり、またカトリックになりすますために聖体拝領を受けたといったくだりは実話に依拠しているようだ。解放軍としてやってきたソ連軍を文字通りの「解放軍」として美化しながら描いているのも、コシンスキ＝レヴィンコップ一家の経験をあらかたなぞるものであった。

　米国で作家となってから後も、さまざまなスキャンダルに巻きこまれつつ、一線に身を置きつづけたコシンスキだが、半自伝的な『六九丁目の隠者』（八八）を世に問うてから三年後、彼はニューヨークの家で謎の自殺を遂げる。晩年は、母国ポーランドに里帰りも果たし、クラクフのカジミェシュ地区の再開発に資金を援助するなど、ポーランド系ユダヤ人としての出自に見合った活動を行いつつある矢先のことだった。

（西　成彦）

◇邦訳

『ペインティッド・バード』（西成彦訳、松籟社）、『異境』（青木日出夫訳、角川書店）、『庭師　ただそこにいるだけの人』（高橋啓訳、飛鳥新社）

ラテンアメリカ文学と東欧

文学、とりわけ二十世紀の文学における東欧とラテンアメリカを考えるうえで、忘れがたい二つの出来事がある。ひとつは一九四〇年代のブエノスアイレスでのゴンブローヴィチとボルヘス（一八九九－一九八六）（および彼周辺の文壇）との出会いであり、ふたつ目は一九六八年のプラハで行なわれた、ミラン・クンデラとカルロス・フェンテス（一九二八－二〇一二）、フリオ・コルタサル（一九一四－八四）、ガルシア＝マルケス（一九二七－二〇一四）との出会いである。前者の出会いはすれ違いに終わり、後者は友好的に実現したという差はあるが、それは出会いの際のやり取りの様子を当事者の言葉を参照して振り返っているにすぎない。いまここでは、ふたつの出会いを通じて、「西欧」に対して「東欧」と「ラテンアメリカ」には何がしか共通するところがあることが明らかになったという点を確認するのが有益だろう。では共通するところとはどういうものだろうか。

西欧の「植民地」としての東欧とラテンアメリカ

たまたま訪れたアルゼンチンに長逗留することになったゴンブローヴィチは、そのあいだにアルゼンチンの芸術家たちと付き合ったが、彼らがヨーロッパの模倣に汲々としていることに幻滅する（ここで彼の言う「ヨーロッパ」とは「西欧」とほぼ同義だと考えてよい）。彼がなぜそのような心境に至ったかと言えば、ヨーロッパの外に出たはずなのに（彼はブエノスアイレスに着いてすぐ「ヨーロッパには戻らない」と言ったという）、むしろ西欧中心主義があまりに強固だったからだ。ゴンブローヴィチから見たアルゼンチンと西欧は、祖国ポーランドが西欧に対するのと同じ関係にある。ポーランドもアルゼンチン（あるいはラテンアメリカ）も、西欧の伝統を革新できるところにあるのに、そうしていないのだ。

続いてクンデラの見解を引いてみよう（ちなみにクンデラはこの本で問題にしている「東欧」に対して「中欧」という言葉を使っている）。彼は、中欧とラテンアメリカはともに「西欧の二つの辺境」であり、「無視され、打ち捨てられた二つの土地」であると指摘する。ウォーラーステインの世界システム論を敷衍したようにも見える、中心と周縁の論理である。さらにクンデラは、両地域がそれぞれ「帝国」（中欧にとってのソ連と、ラテンアメリカにとってのアメリカ合衆国）に抑圧を受けていることも共通点として加えている。

クンデラがゴンブローヴィチと違うのは、ラテンアメリカと東欧の文学が二十世紀の小説世界で中枢の場所を占めたということが彼にとってラテンアメリカへの親近感を強めていることだ。ゴンブローヴィチが味わった裏切られる期待とは逆に、東欧との予想外の共通点を発見した悦びがある。この二人の印象のずれは、それぞれの出会いが一九四〇年代か六八年かという時代の差から生まれていると考えてもいいだろう。ラテンアメリカの文学が台頭したのを見たクンデラと、それ以前のゴンブローヴィチとでは見方に差があって当然である。ただ二人の東欧作家にとって、東欧とラテンアメリカは言わば西欧に対して兄弟（もしくは双子？）関係にあり、しかも両地域が西欧によって「植民地状態《コロニアル》」にあることが指摘されているのである。この点は重要である。たとえば、西欧は新大陸という周縁には怪物キャリバンを、東欧の闇にはドラキュラを生み出したことを思い出してもよい。

ラテンアメリカにおける東欧文学の受容

ではラテンアメリカの側からこれに類する主張があったのだろうか。カルロス・フェンテスはハンガリーのコンラード・ジェルジの小説『都市の創設者』

の英訳に序文を寄せ、中欧とラテンアメリカは敗北を熟知している点で共通する、という趣旨のことを述べている。内容からして、また「中欧」というクンデラが好む用語を用いていることからして、フェンテスはクンデラの視点を踏まえて自説を展開しているように思われる（注1）。ただ、これをひとつの確かな応答と見てよいのかどうかはここでは判断できないので、事例として提示するに留めておき、いったんラテンアメリカにおける東欧文学の受容を見ておきたい。

もっとも稀有な例はゴンブローヴィチの『フェルディドゥルケ』（三七、スペイン語版は四七年）で、この作品はブエノスアイレスで実作者とラテンアメリカの作家たちとの共同作業によって翻訳された。したがって、アルゼンチンには先に見たようなゴンブローヴィチの物の見方を直接・間接的に伝授され、刺激を受けた人がいた。アルゼンチンの作家で、マヌエル・プイグ（一九三二―九〇）と同性愛者解放戦線を立ち上げたネストル・ペルロンゲル（一九四九―一九九二）の所有するコレクションの一冊に『フェルディドゥルケ』があり、彼の死後、その本は移住先のブラジルのサンパウロ大学図書館に収められ、それを読んだ人物がゴンブローヴィチの研究書を書く――たとえばこんな移動を伴うエピソードがアメリカ大陸におけるゴンブローヴィチの浸透の仕方としてある。一方クンデラの場合も、スペイン語への翻訳をめぐっては移動がつきまとう。現在彼の作品のスペイン語翻訳を手がけている一人はベアトリス・ヂ・モウラ（一九三九―）だが、彼女はブラジル出身で、のちにバルセロナに移り、そこでオスカル・トゥスケッツ（一九四一―）と出版社を立ち上げる。この出版社はいまや文芸書の大手トゥスケッツ出版のことであり、そこからクンデラ作品が刊行されている。『存在の耐えられない軽さ』（八四）をチェコ語から訳したフェルナンド・デ・バレンスエラ（一九四七―）はスペイン生まれだが、ゴンブローヴィチがブエノスアイレスにいたのと同時期にそこで教育を受けていた。その後、プラハ大学に渡り、クンデラ以外にもパヴェル・

コホウト（一九二八-）、ボフミル・フラバルなどを訳すことになる。

このような、ときに個人的な体験と絡み合った翻訳書に触れる重みを理解して読んだラテンアメリカの作家のひとりにロベルト・ボラーニョ（一九五三-二〇〇三）がいる。彼はブエノスアイレスでの『フェルディドゥルケ』の翻訳作業を、「今世紀の文学的悦びの画期的な出来事のひとつ」だと言っている。しかしボラーニョの感激からわかるのは、ラテンアメリカから見たとき東欧文学は、言語の障壁からしても遠いものに見えていることだ。

ラテンアメリカにおける東欧ユダヤ人

むしろラテンアメリカでは、たとえばアルゼンチンを例にとってみれば、東欧は文学という書物よりは、よりリアルな生きた存在としてのほうが大きかったかもしれない。アルゼンチンには十九世紀末からポーランドを含めて東欧の多くの地域から移民が渡り、そのなかにはユダヤ人襲撃《ポグロム》を逃れた東欧ユダヤ人も数多く含まれている。したがって、アルゼンチン産の作品には東欧（ユダヤ）人の登場が増え、ロベルト・アルルト（一九〇〇-四二）、エルネスト・サバト（一九一一-二〇一一）、オズバルド・ランボルギーニ（一九四〇-八五）らの作品では彼らが衣料品店主や下男、技師として登場することになる。ペルーの事例では、バルガス＝リョサ（一九三六-）の『密林の語り部』（八七）が参考になるだろう。

このような移民のなかから東欧出身の作家としてその後ひときわ注目される存在になるのが、東欧ユダヤ系の作家たちである。アルゼンチンではユダヤ系作家選集が編まれている。イディッシュ語ではなくスペイン語で書いた作家では、古くはアルベルト・ヘルチュノフ（一八八三-一九五〇、小説『ユダヤ人のガウチョ』）、ダニエル・ブルマン（一九七三-、映画『僕と未来とブエノスアイレス』監督）、二十一世紀に入ってバシェヴィス・シンガー（一九〇二-九一）を翻訳したマルセロ・ビルマヘル

（一九六六－）といった作家たちがいる。農村部や都市部のユダヤ系の人々を活写し、伝統の継承やアルゼンチンへの同化を主題にした物語は枚挙にいとまがない。程度の差こそあれ、ラテンアメリカの他の国々でもおそらく似たような流れを確認することができるのではないかと想像している（たとえばキューバのハイメ・サルスキー（一九三一－）、コロンビアのマルコ・シュヴァルツ（一九五六－）、ブラジルのモアシル・スクリャール（一九三七－二〇一一））。

西欧を模倣し、そして書き換える

では彼らの文学をどのようにとらえたらよいのか。ここで重要となるのが、ボルヘスの立場である。彼はゴンブローヴィチがアルゼンチン文学に幻滅していたのとちょうど同じころ（一九四三年）、ゴンブローヴィチと同じようなことを別の角度から述べている――アルゼンチン（およびラテンアメリカ）の伝統は西欧文化に属している。しかし、自分たちアルゼンチン人は西欧文化に束縛されていないので、西欧内部にいる人よりも大きな力でその伝統を革新できる、と。つまりボルヘスによれば、アルゼンチンの作家たちは臆することなく西欧的主題を模倣し、また書き換えてよいというわけである。「アルゼンチン作家と伝統」と題されたこのエッセイはさまざまなところで引用されている。ゴンブローヴィチが幻滅した西欧文化の模倣は、ボルヘスからは書き換えの可能性を秘めた、むしろ期待に満ちた創造行為となっている。西欧の内部に育ちはしたものの、拘束されない外部に位置するゆえに獲得する大きな自由。これがボルヘスから見たアルゼンチン（あるいはラテンアメリカ）文学の西欧に対する権利である。ある文化の内部に置かれながらも、その文化を外部の目線から書き換える自由があるというのは、ポストコロニアル文学のマニフェストのようにも読めないだろうか。簡単には言い切れないかもしれないが、少なくともこのボルヘスの表明は、東欧とラテンアメリカがともに「植民地状態《コロニアル》」にあるとするクンデラとゴンブローヴィチへの答えとして読みたくなる。

ボルヘスがこのような立場をとるときに参考にしたのが、西欧文化に対するユダヤ人の立場の自由である。ボルヘスは米国の社会学者の意見を参照したとしているが、彼のいるアルゼンチンではユダヤ系の作家がスペイン語で書いていくのを横目で見ていたという事実を踏まえておきたい。ラテンアメリカの文学もまた、ユダヤ人によって書き換えられるはずだと想像が及んでいたのかどうか。

その事例となるかどうかはわからないが、たとえばグアテマラのエドゥアルド・ハルフォン（一九七一－）は「ポーランド人ボクサー」（〇八）というスペイン語で書かれた短編で、老ポーランド系ユダヤ人を登場させている。物語は、その孫息子（作者と見なしてよいように思われる）が、祖父のアウシュヴィッツ経験を再話したものだ。ヘルチュノフからハルフォンの登場までにおよそ百年。ラテンアメリカと東欧（ユダヤ）の関係に、二十世紀が丸ごと入っている。

注1

コンラード『都市の創設者』英訳版掲載のフェンテスによる序文については、西スラブ学研究会二十五周年記念シンポジウム（二〇一二年、立教大学）における柴田元幸氏の発表資料を参照した。

（久野 量一）

◇邦訳文献

ミラン・クンデラ『カーテン』（西永良成訳、集英社）

ヴィトルド・ゴンブローヴィッチ『フェルディドゥルケ』（米川和夫訳、平凡社ライブラリー）

マリオ・バルガス＝リョサ『密林の語り部』（西村英一郎訳、岩波文庫）

ホルヘ・ルイス・ボルヘス「アルゼンチン作家と伝統」（牛島信明訳、『論議』所収、国書刊行会）

◇編者・執筆者紹介◇

・編者

奥彩子（おく・あやこ）

共立女子大学文芸学部准教授。専門は東欧文学、比較文学。著書に『境界の作家ダニロ・キシュ』（松籟社）、『東欧地域研究の現在』（共編著、山川出版社）など。訳書にキシュ『砂時計』（松籟社）、ダムロッシュ『世界文学とは何か？』（共訳、国書刊行会）などがある。

西成彦（にし・まさひこ）

立命館大学大学院先端総合学術研究科教授。専門は比較文学。著書に『イディッシュ 移動文学論Ⅰ』、『エクストラテリトリアル 移動文学論Ⅱ』（ともに作品社）、『バイリンガルな夢と憂鬱』（人文書院）、『ターミナルライフ 終末期の風景』（作品社）などがある。訳書に『不浄の血 アイザック・バシェヴィス・シンガー傑作選』（河出書房新社）、ショレム・アレイヘム『牛乳屋テヴィエ』（岩波文庫）、ゴンブローヴィッチ『トランス＝アトランティック』（国書刊行会）など。

沼野充義（ぬまの・みつよし）

東京大学大学院人文社会系研究科教授。専門はロシアおよびポーランドの文学。また文芸評論、翻訳、日本文学の海外への紹介にも取り組む。著書に『〈徹夜の塊〉ユートピア文学論』（作品社）、『W文学の世紀へ』（五柳書院）、『チェーホフ 七部の絶望と三部の希望』（講談社）、『世界は文学でできている 対話で学ぶ〈世界文学〉連続講義』（編著、光文社）など。訳書にナボコフ『賜物』（河出書房新社）、レム『ソラリス』（ハヤカワ文庫）、『チェスワフ・ミウォシュ詩集』（共編訳、成文社）など多数。

・執筆者（五十音順）

赤塚若樹（あかつか・わかぎ）
首都大学東京大学院人文科学研究科教授。専門は映像文化・比較文学。訳書にネズヴァル『少女ヴァレリエと不思議な一週間』（風濤社）など。

浅井晶子（あさい・しょうこ）
京都大学大学院人間・環境学研究科博士後期課程単位認定退学。ドイツ語圏の現代文学を精力的に翻訳紹介している。訳書にトーマス・ブルスィヒ『太陽通り』（三修社）など。

阿部賢一（あべ・けんいち）
東京大学人文社会系研究科准教授。専門はチェコ文学、シュルレアリスム。訳書にフクス『火葬人』（松籟社）など。

阿部卓也（あべ・たくや）
関西学院大学商学部准教授。専門は現代ドイツ語文学。訳書にハントケ『反復』（同学社）などがある。

荒島浩雅（あらしま・ひろまさ）
早稲田大学在学中ザグレブ大学留学。大阪大学大学院修了。大阪産業大非常勤講師。専門はクロアチアセルビア語の文学。訳書にミランカ・トージッチ『写真とプロパガンダ』（三元社）など。

飯島周（いいじま・いたる）
跡見学園女子大学名誉教授。専攻は言語学。訳書にチャペック『絶対製造工場』（平凡社ライブラリー）など多数。

井浦伊知郎（いうら・いちろう）
福山国際外語学院校長。広島大学大学院文学研究科博士課程後期単位取得退学。専門はアルバニア言語学、バルカン言語学。訳書にカダレ『死者の軍隊の将軍』（松籟社）がある。

伊東信宏（いとう・のぶひろ）
大阪大学大学院文学研究科教授。専門は東欧の音楽史、民俗音楽研究。著書に『中東欧音楽の回路――ロマ・クレズマー・20世紀の前衛』（岩波書店）などがある。

井上暁子（いのうえ・さとこ）
熊本大学文学部准教授。専門はポーランド語圏を中心とした中・東欧文学。共著書に『反響する文学』（風媒社）など。

今井敦（いまい・あつし）
龍谷大学経済学部教授。専攻は現代ドイツ文学、とくにオーストリアのチロル地方の文学を専門とする。訳書にツォーデラー『手を洗うときの幸福・他一編』（同学社）など。

岩崎悦子（いわさき・えつこ）
東京教育大学卒業。ELTE（ブダペスト大学）留学を経て、東京外国語大学等でハンガリー語講師を務めた。専攻は言語学、ハンガリー文学。訳書にコンラード『ケースワーカー』（恒文社）など。

鵜戸聡（うど・さとし）
鹿児島大学法文学系准教授。専門はアラブ＝ベルベル文学・演劇、フランス語圏文学。訳書に『時間はだれも待ってくれない　二十一世紀東欧ＳＦ・ファンタスチカ傑作集』（共訳、高野史緒編、東京創元社）など。

大塚直（おおつか・すなお）
愛知県立芸術大学准教授。専門は近現代ドイツ語圏の演劇・文化史。訳書にローラント・シンメルプフェニヒ『アラビアの夜／昔の女』（論創社）など。

小椋彩（おぐら・ひかる）
東洋大学文学部日本文学文化学科助教。専門はポーランド文学、亡命ロシア文学。訳書にトカルチュク『逃亡派』（白水社）など。

加藤有子（かとう・ありこ）
名古屋外国語大学外国語学部准教授。専攻はポーランド文学・文化、表象文化論。著書に『ブルーノ・シュルツ――目から手へ』（水声社）など。

木村英明（きむら・ひであき）
世界史研究所研究員。専攻はスロヴァキアの文学・文化。訳書にサムコ・ターレ『墓地の書』（松籟社）など。

國重裕（くにしげ・ゆたか）
龍谷大学経営学部准教授。専門はオーストリア・東欧の現代文学、二十世紀ドイツ思想、比較文化論。著書に『中欧――その変奏』（共著、鳥影社）、『ドイツ保守革命』（共著、松籟社）など。

久野量一（くの・りょういち）
東京外国語大学総合国際学研究院准教授。専攻はラテンアメリカ文学、カリブ文学。訳書にロベルト・ボラーニョ『鼻持ちならないガウチョ』（白水社）など。

久山宏一（くやま・こういち）
東京外国語大学など非常勤講師、ポーランド広報文化センタースタッフ。専攻はポーランド文学・文化、ロシア文学。訳書に、ミツキェーヴィチ『ソネット集』（未知谷）、レム『大失敗』（国書刊行会）など。

栗原成郎（くりはら・しげお）
東京大学名誉教授。専攻はロシア文学、ユーゴスラヴィア文学。訳書にアンドリッチ『呪われた中庭』（恒文社）ほか多数。

越野剛（こしの・ごう）
北海道大学スラブ・ユーラシア研究センター准教授。専門はロシア文学、ベラルーシ文学。訳書に『風に祈りを――リホール・バラドゥーリン詩集』（春風社）など。

櫻井映子（さくらい・えいこ）
東京外国語大学・大阪大学講師。専門はバルト・スラヴ語学。著書に『ニューエクスプレス　リトアニア語』（白水社）がある。

佐々木とも子（ささき・ともこ）
九州大学文学部独文学科修士課程修了。翻訳家（スロヴェニア語、英語）。訳書にツァンカル『慈悲の聖母病棟』（共訳、成文社）など。

芝田文乃（しばた・あやの）

ポーランド語翻訳者、写真家、ブックデザイナー。訳書にムロージェク『鰐の涙——ムロージェク短篇集』（未知谷）など。

須永恆雄（すなが・つねお）

明治大学法学部教授。専門はドイツ・オーストリア文化。訳書にゲルハルト・ロート『ウィーンの内部への旅』（彩流社）など。

住谷春也（すみや・はるや）

東京大学フランス文学科卒業、ブカレスト大学文学部博士課程修了。ルーマニア文学の研究・翻訳を続けている。訳書に『エリアーデ幻想小説全集・全3巻』（作品社）など多数。

高野史緒（たかの・ふみお）

作家。一九九五年『ムジカ・マキーナ』でデビュー。『カラマーゾフの妹』（講談社）により第五十八回江戸川乱歩賞受賞。東欧SFのアンソロジー『時間はだれも待ってくれない 二十一世紀東欧SF・ファンタスチカ傑作集』（東京創元社）を編纂。

田中壮泰（たなか・もりやす）

日本学術振興会特別研究員（PD）。専門はポーランド文学、比較文学。

つかだみちこ（つかだ・みちこ）

ポーランド文学研究家、翻訳者。訳書に『シンボルスカ詩集』（編訳、土曜美術社出版販売）、『世界 ポエマ・ナイヴネ』（共訳、港の人）など多数。

土屋勝彦（つちや・まさひこ）

名古屋学院大学国際文化学部教授。専門はドイツおよびオーストリアの文学、越境文学。著書に『反響する文学』（編著、風媒社）など。

寺島憲治（てらじま・けんじ）

元東京外国語大学講師。専攻はブルガリアの言語・文化。著書に『ニューエクスプレスブルガリア語』（白水社）など。

都甲幸治（とこう・こうじ）

早稲田大学文学学術院教授、翻訳家。専門は現代アメリカ文学・文化。著書に『生き延びるための世界文学 21世紀の24冊』（新潮社）など。

栃井裕美（とちい・ひろみ）

千葉大学大学院人文社会科学研究科博士過程満期退学。専攻はセルビア文化・文学。著書に『学問の森へ——若き探求者による誘い』（共著、風媒社）がある。

永畑紗織（ながはた・さおり）

立命館大学嘱託講師。専門は戦後のドイツ文学。著書に『啓蒙と反動』（共著、春風社）など。

中丸禎子（なかまる・ていこ）

東京理科大学理学部准教授。専門は北欧・ドイツの近代文学。編著書に『アイスランド、グリーンランド、北極を知るための65章』（共編著、小澤実・中丸禎子・高橋美野梨編、明石書店）がある。

原田義也（はらだ・よしなり）
明治大学国際日本学部兼任講師。専門は近現代ウクライナ文学。著書に『ロシア・中欧・バルカン世界のことばと文化』（共著、成文堂）がある。

平野清美（ひらの・きよみ）
チェコ文学翻訳者。専門はチェコ文学、チェコの児童文学。訳書にシュクヴォレツキー『二つの伝説』（共訳、松籟社）など。

福田千津子（ふくだ・ちずこ）
東京大学大学院人文科学研究科博士課程修了。博士（文学）。専門はギリシャの言語、文学。著書に『現代ギリシャ語入門』（大学書林）、『現代ギリシア語文法ハンドブック』（白水社）などがある。

堀茂樹（ほり・しげき）
慶應義塾大学総合政策学部教授。専門はフランスの思想と文学。訳書に、アゴタ・クリストフ『悪童日記』（ハヤカワ epi 文庫）など多数。

三谷惠子（みたに・けいこ）
東京大学大学院人文社会系研究科教授。専門はスラヴ語学。訳書にセリモヴィッチ『修道師と死』（松籟社）など。

宮島龍祐（みやじま・りゅうすけ）
東京大学大学院人文社会系研究科修士課程修了。専攻はブルガリア文学。

茂石チュック・ミリアム（もいしちゅっく・みりあむ）
スロヴェニア出身。リュブリャナ大学卒業後、東京大学留学。東京工業大学で修士号獲得。スロヴェニア政府観光局の東京オフィス勤務。

簗瀬さやか（やなせ・さやか）
大阪大学外国語学部非常勤講師。ハンガリー文学の翻訳・紹介に取り組んでいる。訳書にナーダシュ・ペーテル『ある一族の物語の終わり』（共訳、松籟社）。

山崎佳代子（やまさき・かよこ）
ベオグラード大学文学部教授。詩人、翻訳家（セルビア文学）。日本現代詩のセルビア語への翻訳紹介も行う。訳書にダニロ・キシュ『若き日の哀しみ』（創元ライブラリ）など。

山本浩司（やまもと・ひろし）
早稲田大学文学学術院准教授。専門は戦後のドイツ文学。訳書にヘルタ・ミュラー『狙われたキツネ』（三修社）など。

早稲田みか（わせだ・みか）
大阪大学大学院言語文化研究科教授。ハンガリー語学専攻。訳書にエステルハージ『ハーン＝ハーン伯爵夫人のまなざし』（松籟社）など。

和田忠彦（わだ・ただひこ）
東京外国語大学名誉教授。専攻はイタリア近現代文学・文化芸術論。訳書にタブッキ『時は老いをいそぐ』（河出書房新社）など多数。

あとがき

本書の成立について簡単に記します。

本書の構想は二〇〇八年にさかのぼりますが、そのきっかけは松籟社の「東欧の想像力」シリーズにありました。二〇〇七年から刊行されはじめた、東欧文学の翻訳叢書です。東欧文学と一口に言ってみても、全体を見通すことはなかなかむずかしい。地域ごとに、言葉の壁もあります。見取り図となる本がほしい。シリーズの読者にとっても同じだろうが、まず自分用に。私に棲みついた、そんな願望を編集の木村浩之氏に話したところ、賛同していただきましたので、編者に沼野先生をお迎えして、構想を進めました。

当初の考えでは、対象とする地域を東欧に限定していました。東欧の文学にできるだけ多くの紙幅をさくためです。しかし、東欧文学に占める亡命文学と移民文学の比重を考えれば、見取り図はさらに広い視野から描くことが望ましいのではなかろうか。そこで、西先生に編者に加わっていただき、東欧を出自とする文学をも取り上げることにしました。

上記のような方針の転換もあって、刊行が大幅に遅れることになりました。原稿を早くに寄せてくださった執筆者の方々には、お詫びの言葉もありませんが、ようやく出版に至ったことを喜びたいと思います。ひとえに、木村浩之氏の粘りづよい努力のおかげです。ここに、感謝の意を表します。

奥彩子

◉作家紹介ページ 五十音順目次◉

東欧《とうおう》の想像力《そうぞうりょく》　現代東欧文学ガイド

2016年1月31日　初版発行
2018年5月30日　第2刷

定価はカバーに表示しています

編　者　　奥彩子・西成彦・沼野充義

発行者　　相坂　一

発行所　　松籟社（しょうらいしゃ）
〒612-0801　京都市伏見区深草正覚町1-34
電話　075-531-2878　　振替　01040-3-13030
url　http://shoraisha.com/

印刷・製本　　モリモト印刷株式会社
装丁　　西田優子

Printed in Japan

Ⓒ 2016
ISBN978-4-87984-343-2　C0098